Anne Gracie

Louée par la presse, adorée des lectrices, Anne Gracie insuffle un ton nouveau à la romance Régence. D'origine australienne, elle a parcouru l'Europe et la Malaisie durant son enfance. Ses romans, traduits dans le monde entier, ont reçu de nombreux prix. Elle vit aujourd'hui à Melbourne et donne des cours d'alphabétisation.

La mariée était en rouge

Aux Éditions J'ai lu

LES SŒURS MERRIDEW

1 – Le plus doux des malentendus
N° 8095
2 – Première valse
N° 8160
3 – Sauvetage amoureux
N° 8533
4 – Baisers parfaits
N° 8781

LES ARCHANGES DU DIABLE

1 – Le cavalier de l'orage
N° 9898
2 – La dame de mes tourments
N° 10014
3 – Une lady à épouser
N° 10020
4 – Rien que la passion
N° 10059

MARIAGES DE CONVENANCE

1 – Noces hâtives
N° 12218
2 – Scandale
N° 12440
3 – Mon amoureux
N° 13218

Anne

GRACIE

MARIAGES DE CONVENANCE – 4

La mariée était en rouge

Traduit de l'anglais (États-Unis)
par Catherine Berthet

J'ai lu

J'AI LU
POUR elle

Si vous souhaitez être informée en avant-première
de nos parutions et tout savoir sur vos auteures préférées,
retrouvez-nous ici :

www.jailu.com

Abonnez-vous à notre newsletter
et rejoignez-nous sur Facebook !

Titre original
MARRY IN SCARLET

Éditeur original
A Jove book, published by Berkley,
an imprint of Penguin Random House LLC

Ce livre est dédié aux Servantes des Mots,
Mary Jo Putney, Patricia Rice,
Nicola Cornick, Andrea Penrose,
Joanna Bourne, Susan King
et Suzanne Kearsley, avec qui je m'entretiens
tous les quinze jours sur mon blog,
et qui m'offrent leur amitié, leur soutien
et leurs encouragements. Merci à toutes.

1

C'est une vérité universellement reconnue qu'un célibataire pourvu d'une belle fortune doit avoir envie de se marier.

Jane AUSTEN,
Orgueil et Préjugés

Agatha, lady Salter, tapa du pied avec impatience et consulta la pendule sur le manteau de la cheminée. Cela faisait vingt-six minutes… non, vingt-sept à présent, qu'il la faisait attendre.

Les jeunes gens d'aujourd'hui ! Tellement mal élevés.

Mais ce n'était pas parce que le duc oubliait les bonnes manières qu'elle allait se laisser détourner de son objectif. Quelle était la citation exacte, déjà ? « C'est un fait universellement connu… » Non, ce n'était pas cela. « C'est une vérité… » Oui, voilà. *Une vérité.*

« C'est une vérité universellement reconnue qu'un duc célibataire pourvu d'une belle fortune doit avoir envie de se marier. » Une remarque très sensée pour commencer un roman ridicule.

Des jeunes femmes décidant elles-mêmes qui elles épouseraient ! C'était grotesque.

Si elle n'avait pas eu une tante pleine de bon sens, cette idiote, cette entêtée d'Elizabeth aurait laissé filer sous son nez un excellent parti. Par chance, sa tante lui avait sauvé la mise en lui faisant visiter le domaine du jeune homme. Interdite, cette petite sotte avait enfin regardé autour d'elle et compris ce à quoi elle avait failli renoncer.

Lady Salter jeta un nouveau coup d'œil à la pendule. Vingt-neuf minutes. Quelle honte ! Certes, elle s'attendait qu'il n'ait pas envie de la voir. Ce n'était toutefois pas une excuse pour être en retard.

Qu'il éprouve un brin de dépit était compréhensible. Après tout, il avait été abandonné au pied de l'autel. Un homme avait sa fierté. D'un autre côté, il ne s'agissait pas d'un mariage d'amour. L'union entre le duc d'Everingham et lady Rose Rutherford, la superbe nièce de lady Salter, avait été arrangée. Le duc était le meilleur parti du moment, et ce mariage aurait dû être le clou de la saison.

Cette union avait été le fruit de semaines de réflexion et d'une stratégie rigoureuse. Quand les fiançailles avaient enfin été annoncées, lady Salter avait gagné l'admiration de toute la haute société. Son triomphe avait été de courte durée.

Rose l'avait terriblement déçue. Un mariage secret ! Avec un moins-que-rien. Un épouvantail revenu d'entre les morts, sale et en haillons, qui avait surgi au beau milieu de la cérémonie ! Une honte absolue. Y penser lui était insupportable.

Mais elle n'admettait pas sa défaite.

La porte du salon s'ouvrit sur le duc. Enfin !

Lady Salter se leva et inclina gracieusement la tête.

— Bonjour, Redmond.

Elle l'avait connu en culottes courtes et entendait bien le lui rappeler en l'appelant par son prénom.

Redmond Jasper Hartley, cinquième duc d'Everingham, pénétra dans la pièce d'un pas tranquille. Bien qu'il l'ait fait attendre une demi-heure, il ne présenta pas d'excuses. Il s'inclina sur sa main et demanda d'un air de profond ennui :

— Lady Salter, comment allez-vous ?

Son regard froid exprimait la plus grande indifférence. Lady Salter n'y alla pas par quatre chemins.

— Je crois savoir que ma nièce est venue vous présenter ses excuses pour son comportement scandaleux.

Le duc haussa les sourcils.

— Votre nièce ? répéta-t-il, comme s'il ignorait à qui elle faisait allusion.

Lady Salter pinça les lèvres. Sa colère n'était donc pas retombée. Sous cette impassibilité de façade, il dissimulait une rage froide. La fierté était une chose, l'impolitesse à l'égard de ses aînés en était une tout autre. Par ailleurs, lady Salter avait pâti autant que lui de l'insouciance de Rose.

— Je veux parler de lady Rose Rutherford, comme vous le savez. Il me semble qu'elle est venue ici la semaine dernière pour vous présenter ses excuses.

Le duc alla à la fenêtre et fit mine de contempler la rue.

— Cette visite a-t-elle une raison précise, lady Salter ? demanda-t-il au bout d'un moment d'une voix crispée.

— Vous avez toujours besoin d'une épouse ?

Il se figea, puis se retourna lentement.

— Puis-je savoir en quoi cela vous regarde, madame ? s'enquit-il d'un ton glacial.

Lady Salter leva le menton et dévoila sa botte secrète.

— J'ai une autre nièce.

Le duc ne broncha pas. Ses traits semblaient sculptés dans un bloc de glace.

— Elle est aussi fille de comte, bien sûr, toutefois sa mère était de naissance modeste. Georgiana est jeune, séduisante, en excellente santé et...

— ... ambitieuse.

Déconcertée, lady Salter battit des cils.

— Pas du tout. C'est même tout le contraire, en fait. Elle a...

— ... toutes ses dents, j'en suis certain. L'image même de la perfection, c'est sûr, mais elle ne m'intéresse pas.

Lady Salter le foudroya du regard. Le duc plissa les lèvres et poursuivit d'un ton froid où perçait l'insolence :

— Nous ne sommes pas à Tattersalls, lady Salter. Inutile d'énumérer les qualités de votre nièce. Je n'ai pas l'intention de satisfaire ses ambitions, ni les vôtres.

Lady Salter se hérissa. La comparer à un marchand de chevaux, vraiment !

— Vous oubliez les bonnes manières, jeune homme – duc ou pas ! Votre mère serait horrifiée.

La mère de Redmond était la filleule de lady Salter, en plus d'être une amie.

Le duc fixa la pendule avec insistance.

Son indifférence était exaspérante, ainsi que le fait de croire qu'elle avait des ambitions pour sa nièce. C'était le cas, naturellement – Georgiana ignorait où était son devoir –, mais le duc ne pouvait le savoir. Georgiana et lui se connaissaient à peine, et ils n'avaient pas dû échanger plus d'une douzaine de mots. Dans ce genre de situation, il fallait qu'une tante intervienne et prenne les choses en main.

— Votre mère et moi...

— ... seriez bien inspirées, à l'avenir, de ne plus vous mêler de mes affaires.

Traversant le salon en deux enjambées, il tira sur le cordon de la sonnette.

— Je vous souhaite une bonne journée, madame.

Lady Salter s'en étrangla presque d'indignation. Quelle ingratitude, alors qu'elle se donnait autant de mal pour lui trouver l'épouse idéale !

Le majordome apparut.

— Fleming, vous pouvez raccompagner lady Salter.

Cette dernière se leva et, drapée dans sa dignité, gagna la porte. Le temps qu'elle l'atteigne, la colère prit le dessus. Parvenue sur le seuil, elle se retourna.

— J'ai eu tort de croire que Georgiana était faite pour vous, Redmond, déclara-t-elle froidement. En fait, ma nièce n'a aucun désir de vous épouser, ajouta-t-elle avec un reniflement méprisant. La vérité, c'est qu'elle a tout fait pour dissuader Rose de le faire.

— Elle espérait me garder pour elle, sans aucun doute.

— Votre arrogance est déplacée, monsieur ! Elle n'a cessé de proclamer son antipathie à votre égard. Et je m'aperçois qu'elle avait vu juste. De toute façon, cette enfant ridicule a décidé qu'elle préférait vivre avec ses chiens et ses chevaux plutôt que se marier.

Le duc ne trouva rien à répondre.

— J'avais cru, Votre Grâce, qu'un mariage avec une jeune fille de bonne famille, à l'esprit indépendant, qui ne serait pas sans cesse accrochée à vos basques, et qui serait heureuse de vivre dans un domaine de campagne pour y élever des chiens, des chevaux, et accessoirement des enfants, était exactement ce que vous recherchiez. Une épouse qui vous laisserait en paix et ne vous causerait aucun souci.

Lady Salter marqua une pause, le temps que ces paroles pénètrent l'esprit du duc. C'était la description qu'il lui avait faite de l'épouse idéale quand elle lui avait suggéré une union avec Rose.

— Quoi qu'il en soit, reprit-elle avec un geste dédaigneux de la main, il aurait fallu que je déploie tous mes pouvoirs de persuasion pour inciter Georgiana à vous épouser.

Le duc darda sur elle un regard dur comme du silex, et elle ajouta avec une satisfaction à peine dissimulée :

— Je ne serais pas étonnée qu'elle nous oblige à la traîner de force jusqu'à l'autel. Ma nièce est une entêtée, qui fait fi des conseils de ses aînés. Vous êtes aussi obstiné qu'elle, si bien que vous auriez été parfaitement assortis. Cependant, vu votre attitude à l'un comme à l'autre, je vous annonce que je m'en lave les mains.

Et sur ces mots, elle sortit la tête haute.

— Je ne suis pas à la maison, dit Hart au majordome, après le départ de lady Salter. Je ne suis là pour personne.

La nouvelle de son mariage annulé au dernier moment s'était répandue en ville comme une traînée de poudre. Depuis, la cloche de l'entrée ne cessait de retentir. Ces dames de la haute société se pressaient pour le consoler, et dans l'espoir évident de l'attirer de nouveau dans le piège du mariage – sinon pour elles-mêmes, du moins pour leur fille, leur nièce, ou leur petite-fille.

Qu'elles aillent au diable ! Il en avait fini avec les femmes. Non, pas avec les femmes, avec les aristocrates de sexe féminin.

Il tenta de se remettre à sa correspondance, mais sa contrariété persistait. Diable ! En quoi le fait qu'il se marie ou pas concernait-il tous ces gens ? Bien sûr, il lui fallait un héritier, pour autant, rien ne pressait. Il n'avait pas trente ans. Et ce n'était pas parce qu'il avait failli se marier une fois qu'il était prêt à recommencer, bon sang.

Sa tentative s'était quand même plutôt mal terminée, non ?

Quelques jours auparavant, son ancienne fiancée lui avait rendu visite. Officiellement, elle voulait lui présenter ses excuses, elle avait cependant eu le toupet de l'inviter au bal initialement prévu pour célébrer leur mariage. Le bal avait été maintenu afin de fêter la réapparition de son maudit époux revenu d'entre les morts. Hart n'avait rien contre cet homme, mais pourquoi diable n'était-il pas revenu une ou deux semaines plus tôt ? Cela leur aurait épargné bien des tracas.

Tout bien réfléchi, il avait déjà vu la jeune fille que lady Salter avait tenté de lui refiler. Lady Georgiana Rutherford accompagnait Rose lors de cette visite. Une brune aux longues jambes, qui semblait ne pas avoir froid aux yeux.

Elle avait relevé ses jupes pour se réchauffer devant le feu, les avait laissées retomber avec désinvolture quand il était entré dans le salon. Pas le moins du monde embarrassée. Un vrai garçon manqué, sinon une fille légère.

Avec de fort jolies chevilles, pour autant qu'il s'en souvienne.

Elle préférait vivre avec ses chiens et ses chevaux.

Hart ricana. Qu'elle reste avec eux !

— Quoi ?

Lady Georgiana Rutherford n'en croyait pas ses oreilles.

— Vous m'avez offerte à ce… ce duc ? Comme… un gâteau sur une assiette ? Sans même me consulter ?

George prenait le thé dans le salon, avec son oncle Cal, l'épouse de celui-ci, Emmaline, et ses deux grands-tantes : la gentille et l'aigrie. Tante Dottie, la gentille, tricotait tout en lorgnant le plat de tartelettes. Sa sœur, tante Agatha, les toisait sans daigner s'intéresser aux douceurs posées devant elle.

Assis dans le canapé à côté de sa femme, Cal rit tout bas.

— Comme un gâteau dans une assiette, George ? Je dirais plutôt comme un hérisson dans un sac ! s'exclama-t-il avant de mordre dans un biscuit aux amandes.

George l'ignora. Elle était occupée à foudroyer tante Agatha du regard.

— Comment avez-vous osé agir dans mon dos et faire une... une proposition pareille ?

Tante Agatha balaya ces reproches d'un geste de la main.

— Il faut bien que quelqu'un te trouve un époux. Emmaline est occupée à préparer l'arrivée de l'héritier. En outre, Rose ayant abandonné ce pauvre duc devant l'autel, notre famille lui doit réparation.

— C'est possible, mais ce n'est pas une raison pour me sacrifier !

La vieille dame posa sa tasse bruyamment.

— Quand on rencontre un duc à marier, ma petite, il ne faut pas hésiter !

— Je ne veux pas d'un duc ! Je ne veux pas de mari du tout ! Je l'ai déjà dit et répété. Et même si je voulais me marier, le duc d'Everingham serait la dernière personne que je choisirais.

George n'aurait su dire pourquoi, mais le duc d'Everingham l'agaçait au plus haut point, avec son regard dur et indifférent, et ses airs supérieurs. Elle rêvait de lui rabattre le caquet.

— Fadaises ! Toutes les femmes ont besoin d'un mari. Et en dépit des apparences, tu es la fille d'un comte. Il faut donc te marier et faire honneur à ta famille.

Cette négation pure et simple de ses aspirations exaspéra George.

— Je ne veux pas de mari. Je n'en ai pas besoin, et je ne laisserai personne arranger un mariage pour moi !

— Ne sois pas ridicule, mon enfant.

— Je ne suis pas ridicule, et je ne suis pas une enfant. J'ai presque vingt ans, et...

— Et il est grand temps que tu te maries et ne sois plus à la charge de ta tante et de ton oncle. Ashendon et Emmaline auront bientôt une famille.

Tante Agatha désigna le ventre proéminent d'Emmaline, puis fixa un regard sévère sur sa nièce rebelle à travers son face-à-main.

George lui rendit son regard en levant crânement le menton. Elle n'aurait su dire si la vieille dame avait réellement besoin de lunettes, ou si c'était juste une arme visant à intimider son interlocuteur. Quoi qu'il en soit, George refusait de se laisser impressionner.

Tante Agatha poursuivit :

— Les sœurs d'Ashendon sont désormais mariées, même si leur mariage n'a rien d'idéal, et leur avenir est assuré. Il ne reste plus que toi. Non seulement tu ignores les bonnes manières, tu te comportes comme un garçon manqué, tu es dépourvue d'éducation, mais, pire, tu ne cherches nullement à t'améliorer. Tu devrais être reconnaissante que je m'intéresse à ton avenir.

— Reconnaissante ? Pour votre ingérence ? Je ne vous ai rien demandé !

George était sur le point d'exploser. Les insultes de tante Agatha l'avaient blessée. Si elle ne pouvait nier que ses paroles contenaient un fond de vérité, il n'était toutefois pas question de laisser sa tante avoir le dessus sur elle.

— Tu ne peux exiger de ton oncle qu'il s'occupe indéfiniment de la progéniture de son frère décédé, alors que ce dernier s'en était lui-même désintéressé. Surtout lorsqu'il s'agit d'une jeune fille qui n'attire que des ennuis. Avoir un geste charitable est une chose, traîner un boulet en est une tout autre.

Emmaline se redressa, furieuse.

— George n'est pas un boulet, tante Agatha ! C'est une jeune fille adorable, elle fait partie de la famille. En ce qui me concerne, elle peut bien vivre avec nous jusqu'à... jusqu'à ce qu'elle ait cent ans !

Elle tendit la main vers Cal, qui s'en empara pour lui témoigner son soutien. Tante Agatha ne se laissa pas troubler.

— C'est votre condition actuelle qui vous pousse à parler ainsi, Emmaline. Les femmes enceintes sont nerveuses, c'est bien connu. Tu vois, Cal ? Ton épouse est une fois de plus bouleversée à cause de Georgiana. Et cela met l'héritier en danger.

— Ce n'est pas moi qui bouleverse tout le monde, marmonna Georgiana.

— Écoutez, tante Agatha..., commença Cal.

— Ne t'inquiète pas, Cal, intervint George. Je ne suis pas assez sotte pour prêter attention au déversement de mépris d'une prétentieuse vieille bi...

— George, l'interrompit Emmaline d'un ton d'avertissement.

George lui coula un regard en coin et ravala le chapelet d'insultes qu'elle s'apprêtait à débiter. Si elle ne demandait pas mieux que de croiser le fer avec tante Agatha, elle ne voulait pas faire de peine à Emmaline.

Tante Agatha se redressa de toute sa hauteur, telle une mante à la tête couronnée de fils d'argent.

— Quelle abominable enfant ! Jamais de ma vie je n'avais subi pareille impolitesse de la part d'une fille de son âge. Dire qu'elle fait partie de ma propre famille !

— Comprenne qui pourra, rétorqua George d'un ton suave. Quoi qu'il en soit, je ne serai pas toujours à la charge de Cal et d'Emmaline. À vingt-cinq ans, j'entrerai en possession de mon héritage, et je partirai. Personne n'aura plus à se soucier de moi.

— Plus de cinq ans à attendre, donc, commenta sa tante, les lèvres pincées. Un jeune couple ne devrait pas avoir à supporter la présence de...

— J'ai demandé à plusieurs reprises à Cal de me verser une pension, prélevée en avance sur mon héritage. Il a toujours refusé. Mais si je pouvais en disposer, je les débarrasserais de ma présence sur-le-champ.

— C'est précisément la raison pour laquelle je n'en ferai rien, déclara Cal. Emmaline et moi apprécions beaucoup George, tante Agatha, et elle pourra rester chez nous aussi longtemps qu'elle le souhaitera.

— Exactement ! Nous t'aimons sincèrement, George, et tu ne nous gênes pas du tout, renchérit Emmaline. À présent, cessons ces chamailleries et savourons notre thé.

En entendant le mot « thé », Finn, le chien de George, vint s'asseoir à côté de Cal et fixa d'un air mélancolique le biscuit que celui-ci tenait encore à la main.

George se rembrunit et déclara à voix basse :

— Je suis encombrante, Cal, inutile de le nier.

Cal échangea un coup d'œil avec son épouse et sourit.

— Disons plutôt que tu égayes nos journées, qui sans toi seraient relativement monotones.

Tandis que Finn lui soulevait le bras de son museau, il ajouta :

— Je veux dire, toi et ton énorme lévrier. Non, Finn, ce n'est pas pour les chiens.

Il engloutit son biscuit, et Finn se rallongea sur le sol avec un soupir dépité.

— La maison va nous sembler bien vide, maintenant que Rose et Lily sont parties, avoua Emmaline. Nous ne pourrions pas nous passer de toi, George.

George fixa le ventre de la jeune femme. La maison ne resterait pas longtemps vide. Le bébé accaparerait bientôt toute l'attention de sa belle-sœur.

— Je partirai dès mon vingt-cinquième anniversaire, s'entêta-t-elle.

— Nous en reparlerons le moment venu, dit Cal. Personne ne t'obligera à te marier, George, mais je ne veux pas que tu vives seule.

— Pourquoi ? J'ai vécu seule la plus grande partie de ma vie.

Seule avec sa fidèle Martha.

— Et je le regrette profondément, assura Cal d'un ton grave. Henry aurait dû être puni pour sa négligence. Et pour avoir gardé le secret aussi longtemps sur ton existence. Il n'empêche que tu fais partie de la famille désormais, et que tu resteras ici.

— Je n'arrive jamais à choisir entre les tartes aux prunes et les tartes aux fraises, déclara tante Dottie dans le silence qui suivit. La marmelade est très bonne aussi, naturellement. Je trouve cependant que les fruits rouges ont un parfum irrésistible. Pas vous ?

L'atmosphère se détendit un peu. Tante Agatha posa sa tasse dans un tintement de porcelaine.

— Puisque c'est ainsi, je m'en lave les mains.

— Les fruits rouges sont vraiment plus doux, ma chère Aggie. Inutile de te mettre en colère pour si peu, dit tante Dottie en adressant un clin d'œil à George.

— Je ne parlais pas de la confiture, et tu le sais très bien, Dorothea. Pour une jeune fille de notre rang, il n'y a pas d'autre choix que le mariage. Nous avons déjà une ratée dans la famille, nous n'avons pas besoin d'une deuxième, ajouta-t-elle en regardant sa sœur à travers son lorgnon.

— Tante Dottie n'est pas une ratée ! protestèrent Cal et Emmaline d'une seule voix.

Tante Dottie eut un petit rire amusé.

— Ne vous inquiétez pas, mes chéris, il faut toujours qu'Aggie s'en prenne à quelqu'un quand elle est contrariée. Cela ne me dérange pas le moins du monde. Goûte à l'une de ces tartes, Aggie, dit-elle en tendant le plat à sa sœur. Elles sont vraiment bonnes, et elles t'adouciront peut-être la langue.

Tante Agatha refusa d'un geste.

— Tu manges trop de sucreries. Pas étonnant que tu sois aussi grosse !

— Elle n'est pas grosse ! s'exclama George avec véhémence.

Tante Dottie était douce et potelée, et George n'aurait pas voulu qu'elle soit autrement.

— Tu vois ? dit tante Dottie à George. Quand elle est agacée, elle se venge sur la première personne venue. En général, c'est moi. Cette pauvre Agatha pique comme une guêpe. C'est ainsi depuis notre plus tendre enfance. Je ne fais pas attention à ses remarques, et tu devrais m'imiter.

Elle examina une coupelle de sucreries et en choisit une.

— Il faut profiter de la vie, Aggie, et je profite de chaque instant qui m'est offert. Pas toi ?

Elle goba la friandise et se remit tranquillement à son tricot.

Il y eut un court silence, uniquement rompu par le cliquetis des cuillères contre la porcelaine et un étrange bruit de mastication derrière le canapé. Emmaline regarda George en haussant les sourcils et celle-ci haussa les épaules, perplexe. Cal afficha un air innocent.

— Eh bien, tante Agatha, dit-il en évitant le regard de sa femme, ne faites pas durer l'attente. Comment le duc a-t-il réagi à votre proposition ?

George déglutit, soudain anxieuse. Il n'était pas possible qu'il ait accepté. Elle n'avait pas encore songé à la réponse du duc, préoccupée qu'elle était par l'ingérence de sa tante dans ses affaires.

— Il a refusé tout net, bien sûr, lâcha Agatha. Aucun gentleman ne voudrait d'un garçon manqué ignorant les bonnes manières pour épouse, ajouta-t-elle avec une satisfaction non dissimulée.

— Il a dit cela ? Dans ces termes ? s'écria George, indignée.

Sa tante haussa un sourcil sarcastique.

— Que croyais-tu ? Qu'il n'avait pas remarqué tes lacunes ? J'ai fait de mon mieux, mais...

La vieille dame se leva, secoua sa jupe, et s'empara de sa canne d'ébène.

— J'ai d'autres visites à rendre. Je vous souhaite à tous une bonne journée. Ashendon…

Cal se leva pour raccompagner sa tante.

« Un garçon manqué ignorant les bonnes manières. »

— Comment ose-t-il ? Comment ose-t-elle ?

George se leva d'un bond et se mit à arpenter le salon. Elle n'aurait su dire à qui elle en voulait le plus, de tante Agatha ou du duc d'Everingham. Elle les aurait volontiers étranglés.

Penser que sa tante lui avait proposé de l'épouser et qu'il l'avait rejetée était humiliant – quand bien même elle ne voulait pas de lui.

— Ce n'est pas lui qui doit me rejeter, c'est moi qui dois le rejeter !

Qu'elle n'en ait pas eu l'occasion, qu'il l'ait rejetée sans même qu'on lui ait demandé son avis à elle, était à la fois mortifiant et exaspérant.

— Il est plutôt séduisant, non ? fit remarquer tante Dottie, qui ne l'avait vu qu'à l'église, lors de la cérémonie avortée. J'aime assez ce genre de grand brun ténébreux.

— Il est peut-être séduisant et ténébreux, mais il est aussi froid, hautain et arrogant. Il regarde les gens de haut, comme s'ils n'étaient que des vermisseaux indignes de son attention.

George ne l'avait rencontré qu'à de rares occasions, durant les préparatifs de son mariage avec Rose – quelle chance que celle-ci ait pu lui échapper ! –, et l'avait détesté au premier regard.

— Ses amis, qui ne sont pas très nombreux, l'appellent Hart, dit-elle. Son prénom est Hartley, mais en ville on le surnomme le Sans-Cœur. Vous vous rendez compte ? Rose l'a échappé belle. Que je sois dam…

Elle s'interrompit, jeta un coup d'œil à Emmaline, et reprit :

— Il est hors de question que je me sacrifie à sa place. Tante Agatha n'avait pas le droit de faire cela !

— Non, concéda Emmaline. Et personne ne t'obligera à te marier si tu ne le souhaites pas.

— Aggie croyait bien faire, intervint tante Dottie.

George afficha une expression si étonnée qu'elle ajouta :

— Oh, je sais qu'elle est autoritaire, qu'elle se mêle des affaires des autres, qu'elle croit tout savoir. Pour elle, nous ne sommes que des moutons qu'elle doit empêcher de s'égarer. Elle pense toutefois agir pour le mieux.

— Comment pouvez-vous tenir de tels propos ? demanda George, déconcertée.

— Pour Aggie, le mariage est une fin en soi. Et elle pense que c'est le cas pour tout le monde. Mais...

Tante Dottie poussa un soupir et enchaîna :

— Aggie s'est mariée trois fois, sans pour autant trouver le bonheur. La richesse, oui. Mais le bonheur ?

Elle secoua la tête.

— Parce qu'elle n'a pas eu d'enfant ? hasarda Emmaline.

— Les enfants sont une bénédiction, bien sûr, le bonheur, c'est une autre histoire. Je ne me suis jamais mariée, et je n'ai pas eu d'enfant, pourtant je considère que ma vie a été – est – très heureuse. Le tout, ma chère George, c'est de savoir ce que tu veux au fond de toi et d'agir en conséquence. J'ai fait mes propres choix dans la vie. Je n'ai pas de regrets.

À voir son expression tranquille et son sourire serein, on ne pouvait que la croire, songea George.

Sauf qu'elle n'était pas tante Dottie, elle ne possédait pas son tempérament doux et docile. Quand tante Agatha se mêlait de ses affaires, elle avait envie de hurler, ou de frapper quelqu'un. De préférence le duc, qui l'avait repoussée avec suffisance alors qu'elle n'avait jamais voulu de lui. Elle était hors d'elle. Elle avait besoin de sortir, d'échapper à cette atmosphère suffocante, de respirer.

Hélas, un après-midi chargé l'attendait. D'interminables visites de courtoisie, avec des remarques faussement timides sur les attentions des gentlemen, sur l'incroyable retour d'entre les morts du mari de Rose – le scandale qui remontait à sept jours était loin d'être oublié –, et des questions plus ou moins subtiles sur la façon dont le pauvre duc avait pris la chose. Un duc, abandonné devant l'autel, au profit d'un inconnu en guenilles... Quel délicieux sujet de potins !

Et puis, il y avait les gentlemen qui courtisaient George... Cal s'y entendait pour éloigner les coureurs de dot. Cependant, comme tante Agatha, plusieurs gentlemen refusaient de croire qu'elle n'ait pas envie de se marier.

La plupart du temps, George trouvait ces visites pénibles. Aujourd'hui, elles allaient lui sembler insupportables.

— J'ai besoin de prendre l'air, dit-elle brusquement. J'emmène Sultan faire un tour.

— Tu es déjà allée te promener ce matin, lui rappela Cal qui revenait dans le salon.

— La promenade n'était pas assez longue. À moins que tu n'aies besoin de moi, Emmaline ?

— Non, va te promener, ma chérie. Tout est sous contrôle ici. Nous avons reçu toutes les réponses à nos invitations, Burton se charge de l'organisation du bal – je le soupçonne d'être dans son élément –, et Rose est complètement absorbée par l'aménagement de sa nouvelle maison.

— Elle harcèle de pauvres ouvriers innocents, précisa Cal, amusé.

— Et Lily est partie je ne sais où avec son époux. Tu es donc libre de faire ce qui te plaît.

— À condition que Kirk t'accompagne, ajouta Cal.

Kirk était le sévère valet écossais qui gardait un œil sur ses sœurs quand elles allaient faire une promenade à cheval à Hyde Park.

— Oui, renchérit Emmaline. Cal va m'emmener en promenade pour profiter du soleil.

— Ah, bon ? fit Cal en battant des paupières.

— Oui, nous allons chez Gunter. Le bébé a encore envie de glace à la pistache.

— Ah, si c'est pour le bébé...

Cal tendit la main à sa femme pour l'aider à se lever. Arrivée à la porte, Emmaline se tourna vers George.

— Après la promenade, je compte faire une sieste. Aussi, n'hésite pas, évade-toi avec ton chien et ton cheval.

— Et Kirk, lui rappela Cal.

— Change-toi les idées, ma chérie.

Cette chère Emmaline. Elle comprenait toujours.

— Et pas de folies ! ajouta Cal.

2

Ce n'était pas un jeune homme malintentionné, à moins que le fait d'avoir le cœur assez froid et d'être égoïste ne constitue de la malveillance.

Jane AUSTEN,
Raison et Sentiments

— Cette vieille harpie a essayé de m'embobiner, naturellement. C'est la marraine de ma mère et ces deux-là sont capables de tout. Elle s'attendait que je croie que cette fille ne s'intéresse pas au mariage.

Hart ricana. Franchement, prétendre qu'il faudrait la traîner jusqu'à l'autel ! Il n'avait pas rapporté ce détail à Sinc, son ami, quand il lui avait raconté l'entrevue avec lady Salter. Ce n'étaient que des mensonges, bien sûr, et Sinc était un type bien, mais il avait la langue bien pendue, surtout après avoir bu quelques verres. Hart n'avait pas envie que l'anecdote se répande dans toute la ville.

Son ami Johnny Sinclair – Sinc pour les intimes – était arrivé chez lui peu après le départ de lady Salter. Il était censé se rendre à la salle de boxe tenue par M. Jackson, et finalement il était resté déjeuner avec lui.

— Lady George ? C'est une belle fille. Le genre de fille avec laquelle un gars se sent à l'aise.

— À l'aise ? répéta Hart d'un ton glacial qui le surprit.

— Oui, elle est nature, expliqua Sinc. Elle dit exactement ce qu'elle pense, et le gars sait parfaitement où il en est. Elle ne fait pas la chasse au mari, et ne s'en cache pas. Elle a décidé de ne pas se marier. Jamais. Son rêve est de vivre à la campagne pour élever des chiens et des chevaux. On ne peut pas le lui reprocher, n'est-ce pas ?

— Donc, c'est une excentrique ?

Sinc secoua la tête.

— Je n'irais pas jusque-là. Je crois que le mariage lui fait peur, voilà tout. D'après ma sœur, qui connaît bien sa famille, son père l'a abandonnée quand elle était bébé. Sa mère est morte et lady Georgiana a grandi seule, dans la pauvreté. Une sale affaire. Elle était la fille d'un comte, et elle l'ignorait ! Elle vivait dans un cottage et ne mangeait pas tous les jours à sa faim.

Sinc vida son verre et le tendit à Hart pour qu'il le remplisse.

— Elle ne savait même pas qu'elle avait de la famille avant qu'Ashendon la découvre et la conduise à Londres.

— Quelle histoire touchante ! commenta Hart, pince-sans-rire.

Il n'en croyait pas un mot.

— En effet, murmura Sinc. Pas étonnant qu'elle soit méfiante. Cela dit, c'est agréable de danser avec un joli brin de fille en sachant qu'elle n'est pas en train de comploter pour te passer la corde au cou.

— Ne sois pas naïf, rétorqua Hart, agacé. Bien sûr, qu'elle veut te prendre dans ses filets. Sa tactique est un peu plus subtile, voilà tout.

— Ainsi s'exprime notre éternel cynique. Eh bien, si elle désire à tout prix trouver un mari, pourquoi a-t-elle déjà repoussé une demi-douzaine de gars de ma connaissance ?

— Une demi-douzaine ?

— Au moins. Porter, Yeovil, Trent, énuméra Sinc en comptant sur ses doigts, Towsett, Belmore… et qui d'autre encore ? Ah, oui. Morcombe ! Pour ne parler que de ceux que je connais.

— Towsett ? Le comte ?

Ils étaient allés à l'école avec Towsett. Ce garçon affreusement ennuyeux était devenu l'être le plus prétentieux qui soit. Sinc acquiesça.

— Lui-même. Il est fou d'elle, paraît-il. Il a essuyé plusieurs refus, pourtant il ne se déclare pas vaincu. On se moque de lui dans tous les clubs, ajouta-t-il en riant. Ce garçon tout gonflé de son importance est désespéré et se meurt d'amour pour une fille qui défie toutes les conventions.

Pensif, Hart fit tourner son vin dans son verre. Towsett était considéré comme un excellent parti. Titré, riche, et… solide.

— J'ai misé sur lady George, reprit Sinc.

Hart leva vivement les yeux.

— Tu paries sur elle ?

— Seigneur, oui ! Impossible de résister. La plupart des autres soutiennent Towsett. Il faut reconnaître qu'il est très coté sur le marché du mariage. Toutes les matrones sont à ses trousses, et leurs filles se jetteraient sur lui sans hésiter. Mais il n'a d'yeux que pour lady George. Toutefois, les autres ne la connaissent pas aussi bien que moi. Elle n'est pas du tout comme les autres filles, c'est une originale. Elle veut son indépendance.

— C'est ce que tu espères.

Sinc leva son verre en souriant.

— Oh, je sais que je raflerai la mise ! Elle ne veut pas entendre parler ni de lui ni de mariage. C'est ce qui est drôle, tu vois. Personne ne la croit, et Towsett encore moins que les autres. Il ne peut pas imaginer qu'on le rejette, surtout lady George.

Hart haussa les épaules.

— Eh bien, tu as la réponse au mystère. Elle vise plus haut.

Apparemment, elle avait des vues sur un duché.

— Cynique. Le temps nous dira lequel de nous deux a raison. À propos de demain soir, que dirais-tu de faire un saut à l'opéra ? Après avoir dîné au club, bien entendu.

Hart fronça les sourcils. L'opéra était bien le dernier endroit où il pensait que Sinc avait envie de se rendre.

— L'opéra ? Et pourquoi cela ?

— Monty a des vues sur l'une des danseuses, et cette petite coquine le fait marcher. Elle lui a laissé entendre qu'elle lui donnerait sa réponse demain, aussi avons-nous décidé de l'accompagner au cas où le pauvre vieux aurait besoin de consolation. La mère de Monty a une loge. Tu comptes venir ? Le spectacle devrait être intéressant. Je ne parle pas des miaulements sur scène, mais de Monty s'efforçant de conquérir la pouliche.

Hart haussa les épaules.

— Je dînerai avec toi au club et c'est tout.

Il ne raffolait pas de l'opéra, et les aventures heureuses ou pas de Monty avec la danseuse le laissaient indifférent. Il savait que cela se résumerait à une transaction financière. Si Monty offrait une somme suffisante à la fille, elle accepterait ses attentions. Sinon, elle chercherait un protecteur plus généreux.

S'il se fiait à son expérience, il n'y avait aucune différence entre les danseuses d'opéra et les jeunes filles à marier de la haute société. Tout dépendait de l'offre qu'on leur faisait.

Sultan, le cheval de George, se frayait péniblement un chemin dans les rues encombrées de Londres, regardant avec dédain toute cette activité – chiens, gamins des rues, charrettes et fiacres. Cette agitation lui déplaisait, cela se voyait à ses oreilles rejetées en arrière et à la façon dont il se raidissait de temps à autre. Toutefois, ayant passé de longs mois à Londres, il savait qu'après ce passage difficile il serait récompensé par une course folle.

La journée était trop avancée pour aller galoper dans Hyde Park, à moins d'être prêt à marcher au pas en saluant des connaissances, et à s'offrir de temps en temps un petit trot de cinq minutes. Cela n'aurait plu ni à George ni à Sultan, et encore moins à Finn, aussi la jeune fille dirigea-t-elle sa monture vers Hampstead Heath. C'était plus loin, mais cela en valait la peine, et elle avait son après-midi de libre.

Or, George avait besoin de liberté.

Elle continua d'avancer, Finn trottinant à ses côtés, parfaitement indifférent aux jappements des roquets des rues. Kirk la suivait de près, aussi vigilant et sévère qu'à son habitude. Il l'avait souvent accompagnée dans ses promenades, et d'ordinaire cela lui plaisait – bien que ce soit difficile à dire avec lui. Cependant, aujourd'hui, sa désapprobation était évidente.

Cela avait commencé quand elle l'avait retrouvé dans la cour de l'écurie, déjà juchée sur Sultan et prête à partir, alors qu'en général, c'était lui qui allait chercher les chevaux et les amenait devant la porte. Il lui avait jeté un coup d'œil et s'était renfrogné.

— Le comte sait que vous sortez habillée comme ça ?

— Nous allons à Hampstead Heath, répondit-elle en souriant. J'ai envie de galoper.

— Ce n'est pas correct, lady Georgiana, et vous le savez.

— Je porte une jupe, vous voyez bien, dit-elle en soulevant un des panneaux de tissu qui recouvraient son pantalon.

Le valet ricana.

— C'est une selle pour homme.

— Non, vraiment ? fit-elle, éberluée. Et pourtant, je suis déjà à cheval.

Il ouvrit la bouche pour protester, mais elle ne lui en laissa pas le temps.

— Oh, ne soyez pas aussi guindé, Kirk ! Vous savez parfaitement que je monte souvent ainsi, même lorsque Cal est là.

— Oui, au lever du jour. Quand il n'y a pas âme qui vive dans le parc. Là, c'est le milieu de la journée, et nous allons emprunter des rues. Vous allez provoquer un scandale, lady Georgiana.

— Allons donc, personne ne me reconnaîtra !

Elle brandit un chapeau d'homme qu'elle enfonça sur sa tête, glissa ses cheveux à l'intérieur avant de rabattre le bord presque devant ses yeux.

— Vous voyez ? Allons-y, à présent.

Elle s'engagea dans la rue, mettant fin à la discussion. L'Écossais pinça les lèvres mais la suivit, l'air plus maussade que jamais.

— Vous est-il arrivé de monter en amazone, Kirk ?

Il ne prit pas la peine de répondre – son regard était suffisamment éloquent.

— Non, bien sûr que non, reprit-elle. Et pourquoi cela ? Les hommes ont beau nous dire que les selles d'amazone sont tellement plus pratiques et plus sûres, vous ne verrez jamais l'un d'eux en utiliser. Pourquoi ? Parce que cette façon de monter est ridicule, voilà tout. Et se tenir en équilibre sur ce genre de selles demande plus d'habileté, alors qu'avec une selle normale vous contrôlez votre monture avec les cuisses, et…

— Lady Georgiana ! s'exclama Kirk, gêné.

Georgiana dissimula un sourire. Elle avait oublié que les dames n'étaient pas supposées avoir des cuisses, ou du moins qu'il ne fallait pas y faire allusion.

— Donc, si je veux m'offrir un vrai galop, je dois monter à califourchon.

Elle ne connaissait rien de plus agréable qu'une bonne course, penchée sur l'encolure de son cheval, le visage au vent, avec la sensation de ne faire qu'un avec sa monture. Monter à cru était encore meilleur, c'était ainsi qu'elle avait appris, mais mieux valait ne pas essayer. Pas ici, à Londres. Un jour peut-être, quand elle serait libre...

Elle ne détestait pas sa vie actuelle. Pas vraiment. Pour autant, elle n'appréciait pas trop Londres, avec ces milliers de gens qui vivaient les uns sur les autres et lui donnaient l'impression d'étouffer. La saleté et les odeurs étaient répugnantes. Pourquoi la crasse paraissait-elle pire à Londres qu'à la campagne ?

À Londres, le bruit ne cessait jamais. Même la nuit, on entendait le fracas des charrettes, des cris, des disputes, des bruits de coups. La campagne non plus n'était pas silencieuse la nuit. Il y avait les hurlements des renards, le hululement des chouettes, les aboiements des chiens dans le lointain, mais c'étaient des bruits paisibles.

Malgré tout, certains aspects de sa vie ici lui plaisaient. Cal l'avait fait entrer dans la famille presque contre son gré. Elle n'avait jamais eu de famille et ne ressentait pas le besoin d'en avoir une. À son grand étonnement, cela avait fini par lui plaire. Elle aimait la sensation d'avoir un chez-soi, la compagnie de ses tantes, Lily et Rose, qui étaient plutôt comme des sœurs pour elle. Et Emmaline, sa tante par alliance, qui était une sœur, une amie et une mère tout à la fois. Emmaline était une bénédiction. George en était même arrivée à apprécier Cal, si autoritaire fût-il.

Quant aux grands-tantes… Si Dottie était un amour, elle se serait volontiers passée de tante Agatha. Comment celle-ci avait-elle osé aller proposer sa main à ce duc froid et prétentieux ?

À mesure qu'ils s'éloignaient de Londres, l'humeur de George devenait plus légère. La circulation diminuait, le bruit, la saleté et le chaos s'éloignaient. Les murs grisâtres laissaient place à la verdure, l'air était plus pur et plus frais. Elle respira profondément et se sentit revigorée.

Sultan aussi perçut la différence, son pas se fit dansant et impatient. George prit les rênes à pleines mains.

— Soyez prudente, lady George, lança Kirk. Il est très vigoureux.

Lady George, pas Georgiana. Cela signifiait que Kirk lui avait pardonné sa tenue.

Ce cher vieil idiot de Kirk était persuadé que Sultan était trop fort, trop vif, trop puissant pour une dame, et il le lui avait dit à plusieurs reprises. Elle ne comptait plus le nombre d'hommes qui l'avaient ainsi mise en garde.

Mais elle avait élevé Sultan. Elle avait assisté à sa naissance, et c'était elle qui l'avait entraîné quand il n'était encore qu'un poulain. Ils se comprenaient parfaitement, tous les deux.

D'autre part, titrée ou pas, George n'était pas une vraie dame.

« Un garçon manqué, sans éducation… » Elle chassa cette pensée. Ce que le duc pensait d'elle lui importait peu.

La lande s'étendait sous leurs yeux. Il n'y avait personne en vue. George tira sur le bord de son chapeau.

— Allez, Kirk, on fait la course jusqu'à ce vieux chêne, en bordure de forêt.

Et sans attendre de réponse, elle lança sa monture au galop. Son chien Finn s'élança derrière elle.

— C'est quand même mieux que de passer l'après-midi chez Jackson, non ?

Hart désigna l'immense étendue de verdure au bout de laquelle s'élevait une forêt touffue.

— Je croyais que tu parlais d'aller à Hyde Park, pas en pleine nature.

Hart ricana.

— Hyde Park ? À cette heure-ci ?

Il n'imaginait rien de pire que le parc à l'heure de la promenade.

— Personnellement, je ne vois aucun inconvénient à aller échanger des potins avec de belles dames, rétorqua Sinc en relevant son col. C'est mieux que de se retrouver au milieu de nulle part, dans ce vent glacé.

— Arrête de te plaindre. Ce n'est qu'une brise un peu fraîche. Elle chassera tes idées noires et les mites de tes vêtements.

— Des mites, dans mes vêtements ? Mon valet ferait une crise de nerfs si cela arrivait. Et moi aussi !

— Grimpons au sommet de la colline. Tu te sentiras mieux en prenant un peu de hauteur.

Hart partit au petit galop, et Sinc le suivit en ronchonnant. Il avait prévu de passer l'après-midi à boire des cocktails chez Jackson avec ses amis. Ce qui l'intéressait, c'était l'aspect convivial du lieu plus que de dépenser de l'énergie. Pourtant, il s'était laissé persuader de faire une promenade à cheval. Bien sûr, il avait insisté pour passer chez lui afin de revêtir sa tenue de cavalier – Sinc était toujours vêtu avec une extrême recherche. Hart comprenait maintenant que, si son ami s'était donné autant de peine, c'était parce qu'il s'attendait à aller conter fleurette à Hyde Park, et non à galoper à travers champs.

Hart tira sur les rênes de sa monture en atteignant le sommet de la colline, et contempla la capitale au loin. C'est à peine s'il parvenait à distinguer le dôme de Saint-Paul. Il s'efforçait de repérer d'autres bâtiments quand un martèlement de sabots lui fit tourner la tête.

À environ cinquante mètres, un splendide étalon noir déboula comme un coup de tonnerre. La superbe bête se déplaçait à la vitesse du vent, mélange de grâce et de puissance. C'était de toute évidence un pur-sang arabe.

Le garçon, assez jeune, qui le montait était presque couché sur son encolure, tel un jockey dans une course. Il donnait l'impression d'être né sur le dos d'un cheval. Ce n'était pas un gentleman. Du moins à en juger par son chapeau de toile un peu grand, son pantalon et ses bottes usés. Un apprenti, peut-être. Ou un jeune palefrenier. Quel idiot payait quelqu'un d'aussi jeune pour entraîner un animal aussi magnifique ?

Un chien gris haut sur pattes courait derrière le cavalier. À distance suivait un homme à l'allure solide. Un autre palefrenier ? Hart n'aurait su dire si les deux étaient ensemble.

Alors qu'il observait l'étalon et son cavalier, un déclic se fit dans son esprit. Une impression fugitive, un souvenir furtif… comme s'il avait déjà vu ce cheval et son cavalier quelque part…

Sinc le rejoignit.

— Brrr… Il fait encore plus froid ici. Si nous rentrions ?

Cela suffit à lui faire perdre le fil de ses pensées. Cependant, il ne pouvait détacher les yeux de l'étalon.

— Quel animal magnifique !

— Hmm ? Oh, oui ! Très beau, confirma Sinc alors que le cheval et son cavalier passaient devant eux à toute allure.

Il ne s'était jamais beaucoup intéressé aux chevaux.

— Bon sang, je vais acheter cet étalon !

Sans autre explication, Hart se lança aux trousses de l'animal. Sinc cria, mais ses mots s'envolèrent avec la brise. De toute façon, Hart ne pensait qu'à rattraper l'étalon.

Il se rapprocha peu à peu du cavalier et de sa monture. Le garçon jeta un coup d'œil par-dessus son épaule, et il le vit froncer les sourcils.

— Hé ! Je veux vous demander quelque chose !

Le garçon l'ignora, et le cheval prit de la vitesse. Hart piqua les flancs de sa monture pour lui faire accélérer l'allure.

— Attendez ! Je veux acheter votre cheval ! hurla-t-il. Qui est son propriétaire ?

Le cheval et le garçon obliquèrent sur la gauche et dévalèrent une pente très raide. Hart les suivit. Ils traversèrent une sorte de marécage vert et boueux.

La boue soulevée par les sabots de l'étalon noir éclaboussa le visage de Hart. Il ne prit pas la peine de l'essuyer. Si la détermination du garçon à le fuir était agaçante, la course elle-même était enivrante.

Ils remontèrent le flanc d'une colline. Sans ralentir, l'étalon se dirigea vers une forêt. Il était plus puissant et plus rapide que la monture de Hart, et le garçon était plus léger que ce dernier. Le duc n'avait aucune chance de le rattraper.

— Arrêtez, bon sang ! Je veux juste vous parler, cria Hart.

Parvenu à la lisière de la forêt, le garçon regarda en arrière. Hart entrevit une rangée de dents blanches quand le gamin le gratifia d'un signe de la main insolent… qui pouvait tout aussi bien être un geste grossier. La monture et son cavalier disparurent, et un rire léger flotta sur la brise jusqu'à Hart.

Jurant, il regagna lentement l'endroit où Sinc l'attendait, voûté sur son cheval.

— Tu t'es bien amusé ? Je suis transi. Bien entendu, étant ton plus vieil ami, je ne demande pas mieux que de me transformer en bloc de glace pour te faire plaisir.

Hart ignora le sarcasme.

— Ce petit bâtard a refusé de s'arrêter. Tout ce que je voulais, c'était savoir à qui appartenait ce cheval.

— C'est tout ? Eh bien, tu aurais pu me le demander, cela t'aurait épargné cette cavalcade et m'aurait évité de me transformer en glaçon. Tu sais que tes joues sont tachées de boue, je suppose. Quant à tes bottes...

Sinc frémit.

— Quoi ? Tu sais à qui appartient ce cheval ? Qui est-ce ?

— Tu as oublié ton mouchoir ? Je peux t'en prêter un si tu veux. Tu ne peux pas te promener avec cette boue sur le visage.

Excédé, Hart tira un mouchoir de sa poche et s'essuya.

— Tu en as oublié un peu, là, dit Sinc en désignant son propre menton.

— Voilà ! répliqua Hart en frottant l'endroit indiqué. Maintenant, avant que je t'étrangle, dis-moi à qui appartient cette maudite bête.

— Oh, elle ne voudra pas le vendre !

— Elle ? Tu veux dire que la propriétaire est une femme ?

Il fallait qu'elle soit idiote pour confier un animal aussi précieux à un gamin. Certes, il fallait reconnaître que c'était un fameux cavalier. Superbe, en fait. S'il achetait l'étalon, il lui offrirait peut-être un emploi.

— Oui, bien sûr. Tu ne le savais pas ?

— Comment le saurais-je ? Je suis censé la connaître ? Qui est-ce ? Où puis-je la trouver ?

Sinc lui lança un regard aussi bizarre qu'amusé, et désigna du menton la direction que le cheval avait prise.

— Tu viens de la voir.

Hart regarda autour de lui.

— Où cela ?

— Sur le cheval. Elle t'a bien fait courir, apparemment.

Le cavalier était une femme ? Sacrebleu, elle savait monter. En fait... il avait bien décelé quelque chose de familier dans son allure...

— Qui ?

— Si tu te donnais la peine d'aller te promener à Hyde Park, tu aurais déjà rencontré le cheval et sa cavalière. Elle se rend au parc très tôt, tous les matins, avec sa famille. Pratiquement au lever du jour, précisa Sinc avec un nouveau frémissement.

Hart arqua les sourcils.

— Et comment se fait-il que tu les aies vus ? Tu te lèves rarement avant midi.

— En rentrant chez moi, bien entendu. Je vois souvent le soleil se lever après avoir passé la nuit dehors.

— Et quelle famille est assez intrépide pour sortir à une heure aussi matinale ?

Sinc sourit.

— Une famille dont tu as failli faire partie.

Un court silence suivit ces mots. Sinc éclata de rire.

— La dame que tu viens de poursuivre à travers la lande était lady George Rutherford. Je t'avais dit que c'était une originale.

3

Dans sa bibliothèque, il avait toujours pu jouir librement de son temps et de sa tranquillité ; et bien que prêt... à affronter sottise et prétention dans toutes les autres pièces de la maison, là, d'habitude, il parvenait à y échapper.

Jane AUSTEN,
Orgueil et Préjugés

L'après-midi était chaud et ensoleillé. George, tante Dottie et Emmaline traversaient Berkeley Square pour aller acheter des glaces chez Gunter lorsque retentirent des cris aigus et des jappements.

À quelques pas, une dame d'un certain âge, élégamment vêtue, sautillait sur place, affolée, en agitant les mains et en hurlant, tandis qu'une bande de chiens se querellaient et tournoyaient en aboyant.

— C'est Millie Prescott ! s'exclama tante Dottie.

— Fifi ! Arrêtez, espèces de brutes ! Oh, ma pauvre petite Fifi !

George comprit tout de suite. Au milieu d'une douzaine de bâtards hirsutes se trouvait une petite pékinoise délicate, avec des rubans roses.

Finn lui-même parut très intéressé par la scène.

— Assis ! lui ordonna George.

Le lévrier obéit à regret. George s'aventura au milieu du groupe, ramassa la petite chienne et la rendit à sa maîtresse. Après quoi elle chassa les autres chiens qui, ne perdant pas tout espoir, s'écartèrent de quelques mètres sans toutefois s'éloigner trop.

L'un d'eux, plus courageux et plus amoureux que les autres, bondit vers Fifi. Mme Prescott poussa un cri strident, George rugit pour faire fuir le chenapan, et Finn vint à la rescousse. Les autres chiens reculèrent.

— Dieu que vous êtes courageuse, lady Georgiana ! Je suis étonnée que vous n'ayez pas été mordue. Merci, merci. Ciel, je suis bouleversée ! Ces brutes ont surgi de nulle part pour s'attaquer à mon pauvre bébé.

George jeta un coup d'œil à Emmaline et à tante Dottie, qui se retenaient de rire.

— Hum... ils ne voulaient pas l'attaquer.

— Bien sûr que si ! Vous n'avez pas vu ? Oh, ma pauvre petite Fifi, tout va bien, ma chérie ?

Elle examina anxieusement la petite chienne et redressa les rubans qui retenaient sa houppette.

— Maman est là, mon petit chou. Ces méchants chiens ne te feront plus de mal.

— Ils reviendront, l'avertit George. Je vous conseille de garder Fifi enfermée à la maison pendant une semaine ou deux.

Les chiens s'étaient écartés, mais ils attendaient, les yeux fixés sur Fifi, qui gigotait pour échapper aux bras de sa maîtresse.

— Enfermée ? Pourquoi ferais-je cela ? Fifi raffole de ses promenades au parc.

— Oui, mais elle est en chasse en ce moment, expliqua George.

La dame ne sembla pas comprendre, aussi précisa-t-elle :

— En chaleur. Ces chiens le savent, ils le sentent.

Mme Prescott eut une grimace horrifiée.

— Ils la sentent ? Alors qu'elle a pris son bain ce matin, avec son savon spécial ? Et pourquoi l'attaqueraient-ils ? Ils ne m'attaquent pas, moi, et pourtant je me sers du même savon.

George ne savait plus comment lui expliquer de façon polie ce qui se passait. Elle lança un regard de détresse à Emmaline, qui approcha.

— Ce que ma nièce veut dire, madame Prescott, c'est que votre chienne est en pleine période de reproduction.

Elle tapota son propre ventre pour souligner ses paroles. Mme Prescott battit des paupières et réprima une exclamation.

— Non, ce n'est pas possible. Ma Fifi est trop jeune pour cela, ce n'est qu'un chiot !

— Ce n'est plus un chiot, et ces chiens le savent, rétorqua George avec brusquerie. Isolez-la pendant quelque temps.

— Oh, oui, je le ferai. Merci beaucoup, chère lady Georgiana. Lady Ashendon, lady Dorothea, je vous souhaite une bonne journée.

Mme Prescott s'éloigna prestement en serrant Fifi contre sa poitrine. La petite chienne lança un regard de regret à ses admirateurs.

— Elle est veuve depuis l'année dernière, expliqua tante Dottie. Elle n'a pas d'enfant et son mari était un homme dur et froid, qui ne voulait pas d'animal chez lui. Fifi est son premier chien.

— À en juger par le comportement des autres chiens, je ne serais pas étonnée que Fifi lui fournisse bientôt de nouveaux pensionnaires.

Emmaline éclata de rire.

— George, ma chérie, tu es une bouffée d'air pur. Surtout, ne change jamais !

— Je suis d'accord, renchérit tante Dottie. À présent, allons chercher nos glaces.

Cet après-midi-là, la sonnette de l'entrée retentit une nouvelle fois chez le duc. Elle avait déjà résonné avant, en vain. Avec un sourire satisfait, Hart se pencha sur sa correspondance. Les vautours à l'affût de potins en seraient pour leurs frais. Fleming avait des instructions très strictes.

Il examina la lettre qu'il était en train d'écrire. L'exercice était plus difficile qu'il ne s'y attendait. La veille, il avait envoyé un message au comte d'Ashendon pour lui proposer d'acheter l'étalon noir. Il ne précisait pas qu'il avait vu sa nièce monter le pur-sang, et encore moins que ce garçon manqué ne montait pas en amazone. Quoi qu'il en soit, il était sûr que Sinc se trompait et que l'animal n'appartenait pas à la jeune fille.

Il avait tort.

En effet, un court message lui était parvenu ce matin, dans lequel le comte l'informait que l'étalon appartenait à lady Georgiana et qu'elle ne voudrait sans doute pas le vendre. Toutefois, s'il souhaitait faire saillir une de ses juments, elle consentirait peut-être à le lui prêter. Il n'avait qu'à s'adresser directement à elle.

C'était ridicule. Ashendon lui avait toujours paru avoir la tête sur les épaules, mais autoriser sa nièce à posséder un pur-sang d'une telle valeur… Une jeune fille ne devrait pas s'occuper de l'élevage des chevaux, et encore moins de leur vente.

Il termina sa lettre en lui offrant une somme généreuse pour l'animal – il ne risquait pas de discuter saillies avec une dame –, inscrivit l'adresse, et scella la missive. Puis il reporta son attention sur son courrier d'affaires. C'était moins compliqué.

Quelques minutes plus tard des voix dans le hall, dont celle d'une femme, lui firent lever la tête.

Son majordome frappa discrètement à la porte et passa la tête dans l'embrasure.

— Votre Grâce, pardonnez-moi, mais...

— Fleming, je vous ai dit que je n'étais là pour personne ? Est-ce si difficile à comprendre ?

— Je suis désolé, Votre Grâce...

— Oh, c'est ridicule ! Comme si mon fils vous avait ordonné de ne pas me recevoir, dit une voix derrière la porte.

Le majordome lui adressa un regard désolé, et Hart le congédia d'un geste. S'il était irrité, il comprenait Fleming. La plupart des hommes étaient désemparés devant sa mère.

Tout en minceur, fragilité et flot d'étoffes bruissantes, la duchesse d'Everingham contourna Fleming. Jolie et d'allure encore jeune – elle refusait d'admettre qu'elle avait dépassé les quarante ans, même s'il était difficile de le nier avec un fils de vingt-huit –, elle cultivait une apparence de délicatesse qui réveillait les instincts protecteurs d'un certain nombre d'hommes.

Dont Hart ne faisait pas partie.

— La bibliothèque, Redmond ? dit-elle d'un ton plaintif. Tu reçois ta mère dans la bibliothèque ?

Hart désigna les documents étalés sur son bureau.

— Je travaille.

Avec une moue boudeuse, sa mère traversa la pièce d'un pas vacillant, se laissa gracieusement choir dans le fauteuil le plus confortable, et poussa un soupir. Sa nouvelle dame de compagnie la suivait de près. C'était une femme incolore, vêtue dans des tons fades de gris et de mauve, qui serrait contre sa poitrine un gros réticule informe.

Hart la salua. Il ne se rappelait pas son nom, et savait juste que c'était une cousine éloignée. Sa mère changeait si souvent de dame de compagnie qu'il perdait le fil. Très dévouées au début, elles devenaient « impossibles » au bout de quelques mois, et il était prié de les congédier en leur offrant une pension.

La dame sortit du sac un certain nombre de flacons qu'elle aligna sur le guéridon à côté du fauteuil de la duchesse. Des sels, de la poudre de corne de cerf, des plumes à brûler, et diverses potions destinées à revigorer les malades. Toute une batterie de remèdes.

Non que sa mère fût malade. Certains prétendaient que la duchesse d'Everingham se complaisait dans cet état de santé fragile. Hart, lui, était convaincu que sa mère adorait cela. Pour autant qu'il sache, elle avait une santé de fer.

Ces différents remèdes ne servaient que d'avertissement silencieux. Ils étaient là pour lui rappeler que toute opposition aux désirs de sa mère aurait des conséquences désastreuses, voire fatales. Il avait appris cette leçon-là très jeune.

La dame de compagnie sortit un châle de l'énorme réticule et le drapa sur les genoux de sa mère. Sa Grâce avait horreur des courants d'air.

— Cessez donc de vous agiter ainsi, Hester, dit la duchesse en rejetant le châle d'un geste agacé. Laissez-nous. Je veux parler à mon fils.

Hester tendit à la duchesse douairière une fiole de cristal, contenant probablement des sels, et dit à mi-voix à Hart :

— Essayez de ne pas la contrarier, Votre Grâce. Elle ne se sent pas très bien, aujourd'hui.

C'était presque toujours le cas. Surtout lorsqu'elle voulait quelque chose. Hart se garda de le dire à haute voix, bien sûr.

— Apportez-nous du thé et des gâteaux, Fleming, ordonna-t-il au majordome, qui s'attardait près de la porte.

— Oh, non, je ne pourrais rien avaler ! assura sa mère. Je prendrai juste un peu de sirop d'orgeat. Avec du miel et une tranche de citron. Et peut-être une biscotte. J'ai besoin de recouvrer mes forces.

Fleming s'inclina et sortit avec la dame de compagnie. Hart se replongea dans sa correspondance. Sa mère soupira, et il continua d'écrire.

— Cette maison me manque tellement.

Hart l'ignora. Sa mère s'était toujours plainte du mobilier démodé d'Everingham House et de la façon dont la maison était aménagée. Elle la trouvait trop grande, sinistre et froide. Le père de Hart avait dépensé une fortune pour lui faire plaisir, sans jamais parvenir à la satisfaire.

Il n'avait jamais compris la duchesse. Contrairement à Hart.

Quelques années auparavant, Hart avait fini par céder aux plaintes continuelles de sa mère, et lui avait acheté une jolie maison au bout de la rue, plus petite, plus claire, plus facile à chauffer et plus moderne. Elle avait fait entièrement refaire la décoration avant d'emménager, tout en confiant avec tristesse à ses amies que son fils l'avait chassée de la maison familiale.

À l'époque, lui-même vivait dans un appartement de célibataire, et avait fermé Everingham House. L'année dernière cependant, ayant décidé de se marier, il avait rouvert la maison, l'avait fait redécorer et moderniser, en particulier les cuisines et la plomberie, et s'y était installé.

Naturellement, sa mère avait aussitôt éprouvé le désir de revenir vivre dans cette maison.

Comme il ne faisait pas mine de mettre sa correspondance de côté, elle soupira de nouveau et déclara d'une voix geignarde :

— M'aventurer dans le monde extérieur m'épuise, tu sais.

— Dans ce cas, pourquoi le faire ?

— Parce que je suis désespérée, Redmond ! Totalement désespérée !

Hart continua d'écrire.

— Je suis désespérée pour toi et pour la situation dans laquelle tu te trouves ! Mon chéri, ajouta-t-elle après coup, comme si elle se rendait compte que son ton était trop hargneux.

Il ne leva pas les yeux.

— Ne vous inquiétez pas pour moi, mère. C'est inutile.

— C'est loin d'être inutile, mon fils. Cette horrible cérémonie interrompue, les ragots, le scandale, le déshonneur ! Cette affreuse tache sur notre nom ! Je suis accablée.

La duchesse frémit, déboucha la petite fiole en cristal et en respira le contenu.

Hart ne dit rien. Il n'en voyait pas l'utilité. Ils avaient déjà eu cette conversation à plusieurs reprises. Oui, il y avait des commérages, mais ceux-ci ne duraient jamais. Et si sa mère ne se rendait pas dans autant de réceptions – parce qu'elle se forçait à sortir, naturellement –, elle n'aurait pas à les entendre.

— Ne te fais pas de souci, mon fils. Je m'efforcerai de résister à la tourmente. C'est pour toi que je m'inquiète. J'espérais que tu allais enfin t'établir et que je pourrais partir en paix.

Elle se renversa dans son fauteuil et ferma les yeux.

— Partir où, mère ? Vous comptez retourner à Bath ?

Il saupoudra la lettre de sable pour absorber l'encre, la plia, et s'empara de son sceau.

— Vous allez essayer un traitement de bains de mer, cette fois ? J'ai entendu dire qu'un plongeon dans l'eau salée faisait beaucoup de bien.

La duchesse frissonna et pressa la fiole contre sa poitrine.

— Cela me tuerait.

— Seulement si vous vous noyez. Je crois que des femmes robustes se tiennent à côté des patients pour empêcher que cela n'arrive. Vous ne risquez absolument rien.

Sa mère se redressa et le fusilla du regard.

— Ne sois pas aussi obtus, Redmond... mon cher garçon. Sache que la seule chose qui m'aide à rester en vie, la seule, mon très cher, c'est mon désir de te voir établi. Marié.

— Dans ce cas, je repousserai mes noces indéfiniment afin de rallonger votre vie.

— Non ! Non... Oh, je vois que tu me taquines ! Tu ne devrais pourtant pas.

Elle agita faiblement la fiole sous son nez comme pour souligner ses paroles.

— Le Dr Bentink dit que je suis de constitution fragile. Un choc, même léger, pourrait me coûter la vie.

Hart ne prit pas la peine de répondre. Le Dr Bentink savait où était son intérêt.

Fleming entra, suivi par un valet muni d'un plateau sur lequel se trouvaient deux tasses, une théière, un verre de sirop d'orgeat, une assiette avec quelques tuiles aux amandes, et un plat contenant d'appétissants gâteaux à la crème.

La duchesse refusa d'un geste.

— Oh, c'est très joli, mais non, merci ! Je ne pourrai rien avaler.

— Vous devez reprendre des forces, Votre Grâce, murmura Fleming.

Il alla chercher une petite table qu'il posa à côté de la duchesse. Puis il servit le thé, ajouta un peu de lait et deux morceaux de sucre, remua le tout, et déposa sur le guéridon la tasse, le verre de sirop d'orgeat, l'assiette de tuiles, et une soucoupe contenant deux petits gâteaux roses recouverts de crème. Puis il servit à Hart un thé noir sans sucre et posa la tasse à côté de son fauteuil, face à la duchesse.

— Je finis juste ceci.

Hart écrivit l'adresse sur la lettre. Quand il leva les yeux, les deux gâteaux étaient toujours dans la soucoupe de sa mère ; en revanche, il y en avait beaucoup moins dans l'assiette. Comme toujours, Fleming avait anticipé les goûts de la duchesse.

Hart quitta son bureau et alla s'asseoir en face d'elle. Il but son thé à petites gorgées.

— Je ne peux pas manger, Redmond, je suis trop désemparée.

Il continua de boire tranquillement.

— Peut-être une tuile, reprit-elle. Il faut se forcer pour ceux que l'on aime.

Elle prit une tuile, la fit tourner entre ses doigts.

— Cette chère lady Salter…

— M'a rendu visite il y a quelques jours et m'a fait part de votre suggestion concernant une éventuelle épouse. Je l'ai envoyée promener.

Sa mère étouffa une exclamation.

— Ne me dis pas que tu t'es montré impoli, Redmond ! Non seulement elle est ma marraine, mais c'est aussi une de mes plus chères amies.

— Je me suis montré brusque plutôt qu'impoli. Et je vais vous dire ce que je lui ai dit. Cessez de vous mêler de ma vie, mère, ou bien…

Il s'interrompit en voyant sa mère tomber à la renverse dans son fauteuil, apparemment en proie à un malaise. Il attendit.

Au bout d'un moment, constatant son indifférence, elle se ressaisit.

— Ou bien ?

— Ou bien un de ces jours, je vous rendrai la pareille.

— Que veux-tu dire ? demanda-t-elle en étrécissant les yeux.

— Je donnerai peut-être mon consentement à l'un de ces dandys que vous encouragez à vous courtiser. Ils me harcèlent sans cesse pour que je leur accorde votre main.

— Tu ne ferais pas cela !

Hart haussa les épaules.

— Jeavons est déjà venu me voir trois fois.

La duchesse tapota son chignon.

— Le cher garçon. Cela n'est pas possible, bien sûr.

Jeavons était plus jeune que Hart, et très impressionnable.

— En effet. Il était encore en culottes courtes il y a peu. Bullstrode conviendrait davantage.

La duchesse se raidit.

— Bullstrode ! Cet arrogant ! C'est un balourd et une canaille ! Il est… vulgaire. Ce n'est pas un gentleman.

— Il vous adore, mère. Il m'a importuné à plusieurs reprises pour que je lui accorde votre main.

— Tu dois refuser ! Que dis-je ? *Je* refuse !

— Ah, mais Bullstrode est le genre d'homme à prendre votre refus pour la coquetterie d'une femme indécise. Je suis sûr que vous connaissez son opinion sur l'incapacité des femmes à reconnaître ce qui est bon pour elles.

— Je la connais, en effet ! Je n'ai rien d'une indécise et je méprise cet homme !

Sa mère n'avait plus rien de fragile en cet instant.

— Je ne serais pas étonné que Bullstrode vous enlève pour vous obliger à l'épouser, reprit Hart, pensif. S'il pensait avoir ma bénédiction, bien sûr.

La duchesse frémit de nouveau, et sa crainte était authentique cette fois.

— Redmond ! Non. Il n'a pas ta bénédiction… n'est-ce pas ?

Hart contempla le contenu de sa tasse comme s'il réfléchissait à la question. Sa mère émietta la tuile aux amandes entre ses doigts.

— Tu ne ferais pas cela, n'est-ce pas ? Mon chéri ?

Le duc leva les yeux.

— Je pourrais le faire... si vous et votre marraine, cette mégère squelettique, ne cessez pas de me harceler.

— Squelettique ? répéta sa mère en étouffant un rire. Lady Salter ? Oh, tu es méchant ! Mais Bullstrode, Redmond. Tu ne ferais jamais...

— Cette discussion est-elle terminée, mère ? J'ai du travail, dit-il en indiquant la pile de papiers sur son bureau.

La duchesse fit la moue.

— Tu n'as jamais de temps à consacrer à tes proches. Ton père laissait ce travail à son secrétaire.

— Je ne suis pas mon père.

Il se leva et sonna le majordome. La duchesse hésita, triturant un mouchoir.

— Iras-tu à l'opéra ce soir, Redmond ?

— Non.

— Oh ! Et jeudi prochain ?

— Non plus. Est-ce une nouvelle tentative pour me refiler une jeune fille à marier ?

La duchesse laissa échapper un petit reniflement indigné.

— Bien sûr que non. Tu as été très clair sur ce point. Admets cependant que la jeune fille que nous t'avions trouvée, lady Rose, était parfaite...

— Et voyez comment cela s'est terminé.

— Comment aurions-nous pu deviner que cette petite sotte avait contracté un mariage secret ?

— Au revoir, mère. Et pensez à ce que je vous ai dit. Un seul mot de moi, et Bullstrode sera à vous.

La duchesse se tamponna les yeux avec son mouchoir de dentelle.

— Que tu es cruel de traiter ainsi ta pauvre mère. Je ne sais pas de qui tu tiens cela. Ton père était toujours si gentil avec moi.

Le père de Hart avait eu une vie de chien, sa femme le menant par le bout du nez et le rendant fou avec ses maladies imaginaires. Hart n'avait pas l'intention de suivre le même chemin.

La porte s'ouvrit et le majordome apparut.

— Raccompagnez Sa Grâce, Fleming. Et faites poster ce courrier, je vous prie, dit-il en lui tendant la lettre destinée à lady Georgiana. Au revoir, mère.

— Mon fils est indifférent, soupira la duchesse. Je ne suis pas étonnée qu'on t'ait surnommé le Sans-Cœur, en ville.

Sur ces mots, elle sortit en affichant une expression de martyr.

Hart demeura de marbre. Il n'avait pas l'intention d'encourager Bullstrode, bien sûr. L'homme était une brute et un fanfaron, et il aurait préféré le tuer plutôt que de le voir épouser sa mère. Toutefois, si cette menace empêchait celle-ci de se mêler de ses affaires, il la laisserait planer.

Il retourna à sa correspondance. Il avait un homme d'affaires, mais pas de secrétaire. Et il aimait s'occuper lui-même de certaines choses. Il gérait plusieurs domaines lui appartenant, ainsi que trois dont l'administration lui avait été confiée récemment. Ces derniers, qui avaient appartenu à un cousin aujourd'hui décédé, occupaient la plus grande partie de son temps. Arthur Wooldridge l'avait non seulement nommé tuteur de son jeune fils et héritier, mais il avait aussi laissé ses affaires dans le plus grand désordre, et ses domaines étaient endettés.

Par chance, Hart ne rechignait jamais à relever un défi.

Deux heures plus tard, il reçut une réponse à sa lettre.

Mon cheval n'est pas à vendre.
G. Rutherford

4

Je n'ai pas le plaisir de vous comprendre.

Jane AUSTEN,
Orgueil et Préjugés

Quand, du jour au lendemain, George s'était retrouvée dans la haute société, elle ne s'attendait pas du tout à apprécier l'opéra. Or, à la surprise générale, cela lui avait plu. La première fois, elle s'y était rendue à contrecœur avec Rose et tante Agatha, consciente que cette dernière voulait en profiter pour présenter Rose au duc.

Sauf que ledit duc ne s'était pas montré.

Si la soirée avait été une perte de temps pour tante Agatha, elle avait été une révélation pour George. La musique, l'histoire, les costumes... Tout l'avait enthousiasmée.

Elle avait toujours aimé la musique et les chansons, même si elle n'avait pas d'éducation musicale. À en croire Martha, sa mère – qui était morte alors que George n'était encore qu'un bébé – avait une jolie voix, jouait du piano et chantait. George aimait les chants, le dimanche à l'église. Elle aimait aussi écouter les villageois jouer du violon, ou d'autres instruments, quand il y avait un mariage ou une fête quelconque.

Il lui était même arrivé de se faufiler dans les jardins des grandes maisons qui donnaient des bals.

L'opéra était toutefois quelque chose d'entièrement nouveau pour elle. Comme elle ne comprenait pas les paroles, car elle ne parlait pas l'italien ni l'allemand, Emmaline lui racontait l'histoire à l'avance pour lui permettre de suivre. Parfois, les personnages étaient un peu ridicules. Puis une voix s'élevait, et elle était transportée hors du théâtre, loin de Londres, dans un royaume jusque-là inconnu.

Cela n'arrivait pas toujours. Avec certains chanteurs cependant, les premières notes lui arrachaient des frissons, elle se penchait vers la scène et laissait la musique la pénétrer et la transporter.

Tante Dottie partageait sa passion pour la musique. Elle ne venait pas souvent à Londres, car elle préférait sa maison à Bath, mais elle était venue pour le mariage de Rose et avait décidé de rester pour le prochain bal. Elle avait donc accompagné George et tante Agatha à l'opéra.

Des éclats de rire masculins lui parvinrent de la loge voisine – rien à voir avec ce qui se passait sur scène. La loge était restée vide pendant presque tout le spectacle, et voilà qu'elle avait été envahie par un groupe de jeunes hommes qui parlaient et riaient bruyamment, sans se soucier de la musique ou du public qu'ils dérangeaient.

Beaucoup de gens discutaient durant les spectacles, et cela mettait George hors d'elle. Pourquoi venaient-ils s'ils n'avaient pas envie d'écouter la musique ? Elle connaissait la réponse, bien sûr. Ils venaient pour voir et être vus, pour exhiber leurs vêtements et leurs bijoux. Rencontrer leurs amis, échanger des potins.

La plupart d'entre eux s'intéressaient peu à la musique. Elle avait même vu des gens jouer aux cartes pendant le spectacle, le dos tourné à la scène.

Cela étant, les joueurs de cartes étaient relativement silencieux, contrairement à ces jeunes gens.

Deux d'entre eux se penchèrent par-dessus la rambarde.

— Elle est là. La troisième à partir de la gauche, dit l'un des jeunes gens en montrant la scène du doigt.

Il parlait fort et ne faisait aucun effort pour être discret.

— Celle en rose ? Avec des cheveux jaunes ?

— Oui, c'est elle.

— Elle est jolie. Oh, regarde, elle nous a vus !

Ils firent de grands gestes de la main.

George s'efforça de ne pas regarder. Elle savait de quoi parlaient ces hommes. Ils choisissaient des danseuses d'opéra, qui avaient la réputation d'avoir des mœurs légères, comme s'ils allaient faire des emplettes. Elle s'en moquait, mais elle aurait préféré qu'ils le fassent en silence. Et ailleurs, si possible.

Tante Dottie poussa un soupir excédé. La conversation de ces hommes la gênait également.

George essaya de garder les yeux et les oreilles rivés sur la scène et la musique. Les jeunes gens poursuivirent toutefois leur échange jusqu'à ce qu'elle n'en puisse plus. Elle se tourna alors vers la loge voisine.

— Chut ! lança-t-elle à mi-voix. Certains aimeraient écouter la musique !

— Qui vous en empêche ? rétorqua l'un des hommes, visiblement éméché. Cette grosse femme a une voix à réveiller les morts. Je ne m'entends plus penser.

— Vous nous gâchez la soirée avec votre conversation inepte, siffla-t-elle. Taisez-vous, ou partez.

— Inepte ? Par exemple. Sachez que…

— Partir ? Cette loge appartient à ma mère.

— Georgiana, lança tante Agatha d'un ton réprobateur.

George ne prit pas la peine de répondre. Elle se tourna vers la scène. La chanteuse entama un nouvel air, et ce fut splendide. Pendant au moins trente secondes.

— Oh, mais c'est lady George ! s'exclama un des hommes. Bonsoir, lady George.

Celle-ci refusa de le regarder.

— Lady George, poursuivit la voix. Vous ne vous souvenez pas de moi ?

Encore un qui avait trop bu.

— Chut !

— Nous avons dansé ensemble la semaine dernière à… Bon sang… j'ai oublié quel bal c'était…

George crispa les doigts sur son éventail, regrettant que ce ne soit pas un pistolet, ou un club de golf.

— Sinc, tu te rappelles à quel bal on était la semaine dernière ? C'était le… Aïe !

Choqué, il cligna des paupières en regardant George et se frotta l'épaule.

— Vous m'avez frappé ! Avec votre éventail ! Et vous l'avez cassé, ajouta-t-il en regardant l'objet tombé sur le sol de la loge. Dommage, il avait l'air joli.

— Je casserai autre chose si vos amis et vous ne vous taisez pas !

— Georgiana ! aboya tante Agatha.

George se rassit sans répondre, mais la vieille dame insista.

— Georgiana, je te parle !

Les mâchoires serrées, George attendit que la soprano ait fini, avant de se tourner vers sa grand-tante.

— Oui, grand-tante Agatha ?

Agatha détestait qu'on l'appelle « grand-tante », cela la vieillissait. Les lèvres pincées, elle considéra la jeune fille à travers son face-à-main, puis indiqua quelque chose d'un discret signe de tête. George fronça les sourcils, ne sachant trop ce qu'elle voulait lui signaler. Tante Agatha leva alors les yeux au ciel, puis au prix d'un effort visible, se tourna vers l'autre loge en souriant.

— Bonsoir, Votre Grâce.

George suivit son regard. Une silhouette sombre se pencha, ramassa son éventail et s'avança dans la lumière.

La jeune femme se raidit et jura entre ses dents. Le satané duc d'Everingham. Elle ne l'avait pas remarqué, car il se tenait en retrait. Il portait, comme toujours, un sobre costume de soirée noir, relevé uniquement par une épingle à cravate ornée d'une émeraude. La lueur des bougies laissait une partie de son visage dans l'ombre tout en soulignant son nez droit, ses lèvres ciselées, son menton volontaire. Il la toisait de son air supérieur d'homme né pour commander.

Son regard sombre était indéchiffrable, toutefois, l'ayant rencontré lorsqu'il était fiancé à Rose, elle savait que c'était le regard le plus froid qu'elle ait jamais vu.

— Georgiana, répéta tante Agatha.

George savait qu'elle ne lâcherait pas prise, aussi salua-t-elle le duc d'un hochement de tête réticent. Il inclina la tête, et eut une drôle de moue, comme s'il la trouvait amusante.

Et sans doute était-il amusé par cette petite provinciale qui insistait pour écouter l'opéra. Sans parler de son comportement déplacé : elle avait osé s'adresser directement aux *messieurs* qui occupaient la loge voisine.

À moins qu'il ne trouve amusant que tante Agatha lui ait suggéré de la prendre pour épouse. *Un garçon manqué sans éducation, une jeune fille effrontée.*

George leva crânement le menton. Elle se moquait de ce qu'il pensait.

En fait, non. Elle voulait qu'il sache qu'il ne l'intéressait pas le moins du monde, que cette ridicule idée de mariage venait de sa tante, qu'elle-même n'en avait rien su et ne l'avait donc pas approuvée.

Elle ne pouvait malheureusement pas lui expliquer cela ici et maintenant, d'autant qu'il était en compagnie de ces gens. Croisant les bras, elle lui lança un regard froid, furieuse à l'idée qu'il puisse croire qu'elle lui en voulait parce qu'il l'avait rejetée. C'était elle qui le méprisait, sauf qu'il l'ignorait.

C'était exaspérant.

— Bonsoir, lady Salter. Lady Dorothea, lady Georgiana, salua Hart. J'espère que vous passez une bonne soirée ?

Il avait décidé d'accompagner Sinc et ses amis à la dernière minute. Les allusions peu subtiles de sa mère, la veille, l'avaient convaincu que lady Georgiana assisterait à la représentation de ce soir. L'opéra ne l'intéressait pas, et il ne comptait pas la courtiser, en revanche, il aimerait beaucoup lui acheter son cheval.

Si son bref message de refus l'avait agacé, il y avait vu une tentative de négociation. Ou une sorte de marivaudage pour retenir son attention.

Seigneur, les femmes et leurs ruses étaient horripilantes. Toutes l'avaient déçu, à commencer par sa mère, et par la suite ses maîtresses, y compris la seule qu'il avait cru aimer. Avec elles, tout n'était que tromperies, mensonges et stratagèmes sournois.

Il avait prévu d'entrer dans la loge de ces dames avec du champagne lors de l'entracte, et d'en profiter pour négocier l'achat du cheval. Monty et ses amis avaient sans doute gâché toute chance d'avoir une conversation polie avec elles, mais peut-être parviendrait-il à sauver quelque chose de la soirée.

Hart avait observé lady Georgiana, et il avait été intrigué par son expression fascinée tandis qu'elle contemplait la scène. Feignait-elle un intérêt pour le spectacle dans l'espoir d'attirer l'attention d'un gentleman mélomane ?

Les femmes faisaient ce genre de choses. Il avait perdu le compte de celles qui s'étaient inventé des centres d'intérêt qui s'étaient invariablement révélés faux. L'une d'elles lui avait un jour déclaré avoir une passion pour la chasse à courre, car il était connu pour son talent à mener la meute. Il avait vite découvert qu'elle ne savait même pas monter à cheval. Du moins, elle se tenait sur sa monture avec à peu près autant d'élégance qu'un sac de pommes de terre.

Ce soir, toutefois, il n'avait pas réussi à repérer qui lady Georgiana essayait d'impressionner. Il avait observé, non sans fascination, les expressions qui se succédaient sur son visage tandis qu'elle suivait l'histoire avec autant de spontanéité qu'un enfant. Elle semblait authentiquement captivée par le spectacle.

Son profil était éclairé par la lampe accrochée derrière elle. Le halo de lumière dorée mettait en valeur son petit nez, son menton ferme, le doux arrondi de sa joue. Elle portait une robe couleur d'ambre, dont le décolleté soulignait subtilement la rondeur de ses seins.

Plus il la regardait, moins il comprenait. C'était là le *garçon* qui l'avait entraîné dans cette course affolante ? Qui montait aussi bien qu'un jockey ? Cette jeune femme à l'allure sage, qui venait à l'opéra avec ses deux vieilles tantes ?

Et puis elle s'était tournée vers Monty et ses amis et les avait réprimandés comme une petite gouvernante en colère, se moquant complètement de ce que les autres pensaient. Une ravissante petite provocatrice.

Elle darda sur lui un regard noir et pinça les lèvres. Sa peau lisse apparaissait crémeuse. Elle n'était pas pâle comme celle des autres femmes, non, son teint était animé, légèrement coloré par le grand air.

Où étaient les lumières du théâtre qui donnaient cette impression ?

Son visage évoquait celui d'un elfe, avec ses pommettes hautes, et son menton un peu pointu. Son nez droit avait quelque chose d'impérieux. Et sa bouche… Oh, Seigneur, cette bouche ! Des lèvres pleines, sensuelles, attirantes. Le regard de Hart s'attarda sur cette bouche ensorcelante, et il avala sa salive.

Ses lèvres douces et satinées se détachaient sur sa peau. Elles ne semblaient pas assorties au reste de sa personne, à ce long corps élancé et… Non, il ne pouvait dire qu'elle n'était pas féminine, dans cette robe qui moulait sa silhouette fine et soulignait ses formes délicates.

De courtes boucles brunes encadraient son visage. Dans cette semi-pénombre, il ne distinguait pas la couleur de ses yeux – ils étaient clairs, à coup sûr, bleus ou gris. Il faudrait qu'il la voie à la lumière du jour pour s'en assurer. Mais avec ces longs cils noirs, ils étaient superbes, même lorsqu'ils le fixaient durement comme en ce moment.

Il tenta de réconcilier cette lady Georgiana avec l'autre, celle qu'il avait vue couverte de boue et habillée comme un garçon – avec un pantalon et des bottes, rien de moins ! Montant au milieu de nulle part un splendide étalon, qui était – aurait dû être – trop puissant pour une dame.

Elle le foudroya du regard et croisa les bras sous sa poitrine. Hart essaya de ne pas laisser son regard s'attarder sur les douces rondeurs, sans succès.

Comment avait-il pu croire que le cavalier qu'il pourchassait était un garçon ? Elle n'avait rien de masculin. C'était plus que troublant. Pourquoi diable ne l'avait-il pas remarquée plus tôt ?

Il l'avait rencontrée… une demi-douzaine de fois ? Ils n'avaient échangé que quelques mots de politesse. Certaines paroles qu'elle avait prononcées lui revinrent en mémoire, assez effrontées, pour autant qu'il s'en souvienne. Mais ils n'avaient pas eu de vraies conversations.

Cela dit, il ne l'avait jamais vraiment regardée. Son attention était toujours fixée ailleurs, sur les autres personnes présentes. Ou l'église. De toute façon, quel homme regardait les autres femmes quand il était sur le point de se marier et était brusquement éconduit au pied de l'autel ? Cependant…

Il avait été complètement aveugle. À présent, en revanche, il la *voyait*.

— Une bonne soirée ? répéta-t-elle, reprenant ses paroles. J'essaie, répondit-elle en posant un regard appuyé sur ses compagnons, mais je n'y parviens pas.

— Ah. Vous ne vous intéressez donc pas aux grosses dames qui poussent d'affreux miaulements sur la scène ? ajouta-t-il, la provoquant délibérément.

Elle étouffa une exclamation indignée.

— Comment osez-vous ?

Hart fit tourner entre ses doigts l'éventail en ivoire dont deux branches étaient cassées. Elle n'y était pas allée de main morte lorsqu'elle avait frappé l'ami de Monty.

— Comment j'ose ? dit-il en arquant le sourcil.

Ses yeux lancèrent des éclairs. Elle rougit, mais tendit la main d'un air impérieux. Sans la quitter du regard, Hart glissa l'éventail dans sa poche.

— Vous êtes aussi voleur ?

— Enfin, mademoiselle ! intervint un des amis de Monty. Vous ne savez pas à qui vous parlez ?

— Bien sûr qu'elle le sait, crétin, répliqua Sinc à voix basse. Lady George était demoiselle d'honneur au mar… euh… à ce malheureux événement…

Son ami renifla d'un air hautain.

— Elle manque de respect.

— Du respect ? s'exclama-t-elle. Qu'avez-vous fait, tous autant que vous êtes, pour mériter le respect ?

Rien, à part être nés avec une cuillère d'argent dans la bouche et avoir été tellement choyés et gâtés que vous vous prenez pour des gens terriblement importants.

Hart était sans illusion, il savait à qui s'adressait ce petit discours. Elle les méprisait peut-être tous, mais elle ne l'avait pas lâché des yeux.

Sinc, Monty et ses amis gardèrent le silence, sous le choc.

— Georgiana ! siffla lady Salter.

— Et je ne suis pas important ? s'enquit Hart, aussi suave que glacial.

Il était rare que les femmes le provoquent aussi directement. Il n'aurait su dire s'il trouvait cela excitant ou agaçant. Sans doute les deux à la fois.

— Non. Vous êtes un rustre ignorant et arrogant, comme vos amis.

Ignorant les exclamations de stupeur autour d'elle, elle indiqua la scène.

— Ces gens ont du talent. Leur talent est un don de Dieu et ils ont passé toute leur vie à l'affiner. Quand ils chantent, nous devrions les écouter et être reconnaissants d'avoir ce privilège. Et non faire du tapage avec des amis ivres, qui répondent à... à ce talent avec des plaisanteries grossières et des mimiques suggestives.

— Georgiana ! s'écria sa tante.

Lady Georgiana leva le menton, et ne lui prêta aucune attention. Hart haussa le sourcil. Elle était sérieuse ? Elle le traitait de rustre et d'ignorant en public ? Il commençait à être sérieusement agacé.

— Je vois, dit-il.

— Cela m'étonnerait, ricana-t-elle. Je ne crois pas que vous...

— Georgiana, en voilà assez ! la coupa lady Salter. Dorothea, nous partons.

Elle se leva, agrippa la jeune fille par le bras, et se tourna vers Hart.

— Je vous demande pardon pour la conduite inqualifiable de ma nièce, Votre Grâce…

— Pas moi ! ajouta la nièce en question. Je pensais ce que j'ai dit.

— Tais-toi, petite sotte !

Sa tante la poussa à l'extérieur de la loge. La douce petite lady Dorothea ramassa les châles et les affaires éparpillées autour des fauteuils, puis lança à Hart un regard espiègle par-dessus la rampe qui séparait les deux loges.

— Viendrez-vous au bal, Votre Grâce ? Mercredi prochain, à Berkeley Square ?

L'effronterie devait être un trait familial. La dame était assez âgée pour être sa grand-mère. Comme s'il allait faire l'honneur à ces maudits Rutherford d'assister à leur maudit bal !

— Dorothea ! appela sèchement lady Salter depuis le seuil.

La petite tante adressa un clin d'œil à Hart et sortit rapidement. La porte se referma sur elle. La loge était vide.

Monty et ses amis coulèrent des regards furtifs à Hart tandis qu'il retournait s'asseoir sans mot dire. Atterrés, outrés, et secrètement ravis par l'échange qui venait d'avoir lieu, ils ne cessèrent d'en discuter à mi-voix jusqu'à la fin du dernier acte. C'est alors que Monty se rappela la raison de cette soirée à l'opéra. Sa danseuse.

Hart ruminait. Il ne regarda pas la scène ni ne prit part à la discussion. La musique et les conversations glissaient sur lui sans qu'il les entende. Et quand Sinc et ses amis se rendirent dans les coulisses pour voir la danseuse de Monty, Hart s'excusa et rentra chez lui.

La soirée était douce, et il décida de rentrer à pied. Il avait sa canne-épée sur lui, et à dire vrai, s'il croisait des voleurs, il serait ravi de faire un peu d'exercice.

Mais aucun brigand ne lui fit ce plaisir.

Personne ne lui avait jamais parlé ainsi.

Et certainement pas une femme. Espérait-elle piquer sa curiosité en adoptant un comportement à l'opposé de celui de toutes les autres femmes ? En lançant des insultes plutôt que des compliments ? Si c'était le cas, sa tactique était risquée.

Pourtant, elle avait fonctionné, bon sang ! Dans une certaine mesure.

Arrogant ? Il en avait bien conscience. Il n'y avait rien de mal à cela tant que c'était justifié – et dans son cas, ça l'était. Devait-il se mettre à ramper en feignant l'humilité ? Une telle mauvaise foi ne serait pas digne de lui.

Ignorant ? En matière d'opéra, peut-être. Il n'avait jamais beaucoup aimé la musique. Quand il était enfant, sa mère le traînait à l'opéra parce que cela faisait partie de son éducation, prétendait-elle. Il ne lui avait pas fallu longtemps pour comprendre que la raison était tout autre. La présence de son jeune fils était destinée à tenir à distance ses divers chevaliers servants. Elle appréciait l'admiration des hommes, mais n'avait guère envie de répondre aux attentes qu'elle suscitait chez eux. Elle aimait traiter les hommes comme des marionnettes.

Elle ne se conduisait pas différemment avec son fils. La tendresse maternelle qu'elle lui témoignait en public disparaissait quand ils étaient en privé. À moins qu'elle ne décide de jouer un rôle pour une de ses manigances. Si cela fonctionnait avec son père, Hart avait su à quoi s'en tenir dès l'âge de quatorze ans.

Pour en revenir à lady Georgiana… Il l'avait observée en restant dans l'ombre, alors que le visage de la jeune femme était éclairé par les lustres du théâtre. Elle n'avait manifesté aucun intérêt pour les jeunes gens de la loge voisine, ni pour le public élégant. Son attention était entièrement absorbée par la musique.

Jusqu'à ce que Sinc la dérange avec ses remarques d'ivrogne.

Sa colère avait paru authentique.

Elle n'en demeurait pas moins une femme, et s'il se fiait à son expérience, les femmes avaient tendance à feindre et à jouer la comédie.

Sa tante lui avait suggéré de la prendre pour épouse. Toutefois, si cette petite scène était destinée à provoquer son intérêt... Hart réfléchit. Non, ce n'était pas une tentative de marivaudage, elle pensait ce qu'elle disait.

Qui était-elle en réalité ? Une écuyère déguisée en garçon ? Une passionnée d'opéra sincère ? Une mégère effrontée ?

Et pourquoi ne l'avait-il encore jamais remarquée ?

Son éventail se trouvait dans sa poche. Il n'aurait su dire pourquoi il l'avait ramassé, et gardé. C'était un objet absolument inutile.

Il atteignit Mayfair et tourna dans Brook Street.

Un rustre, vraiment ? Des pâquerettes avaient poussé sur le trottoir, entre les pavés, et scintillaient à la lumière des réverbères. Il les étêta d'un coup de canne et continua d'avancer à grands pas.

Bon sang, il ne laisserait jamais une femme avoir le dernier mot.

Il n'avait même pas eu l'occasion de lui proposer d'acheter son maudit cheval.

Et par-dessus le marché, elle avait éveillé son désir.

— Jamais, de toute ma vie, je n'avais été aussi humiliée par le comportement d'une jeune fille, Georgiana. Une jeune fille sous ma responsabilité ! Dans un lieu public qui plus est !

Assise dans la voiture, George ignora la tirade de tante Agatha. Elle n'avait pas de regrets... ou juste quelques-uns. Elle n'avait pas eu l'intention de sermonner le duc comme elle l'avait fait. Tout ce qu'elle voulait, c'était écouter la musique.

Mais cette façon qu'il avait eue d'émerger d'un coin sombre, avec ce regard dégoulinant de supériorité. Et il était resté là à la toiser en arborant cette expression arrogante comme s'il dominait le monde. Elle l'avait trouvé agaçant dès leur première rencontre, quand il s'était fiancé à Rose.

Grâce au ciel, le mariage n'avait pas eu lieu. Dans le cas contraire, elle aurait fait partie de la famille d'Everingham.

Dès qu'il s'était avancé, elle avait compris qu'il la regardait depuis un moment. Elle avait éprouvé un léger frisson à cette idée, puis elle s'était dit que c'était normal : à l'opéra tout le monde regardait tout le monde. Cependant, cet étrange frisson ne s'était pas dissipé.

Elle était un peu gênée d'avoir brisé son éventail en frappant ce jeune homme. Il faut dire que celui-ci n'avait cessé de parler fort, même après qu'elle l'eut prié plusieurs fois de se taire. Cet éventail était fragile, donc elle ne lui avait pas fait mal. Elle voulait juste qu'il comprenne qu'elle ne plaisantait pas.

Mais le duc l'avait ramassé, et l'avait fait tourner entre ses longs doigts tout en la dévisageant de cet air entendu… Puis il avait refusé de le lui rendre et l'avait glissé dans sa poche comme s'il avait le droit de le garder. Qu'allait-il faire d'un éventail ? Cassé, de surcroît ? C'était un geste destiné à provoquer sa colère.

Et quand elle était en colère, sa langue se déliait. Peut-être était-elle allée un peu loin en s'adressant ainsi à un homme qu'elle connaissait à peine, et en public. Il est vrai que les hommes comme le duc croyaient régner sur le monde, et que les autres ne comptaient pas. Sauf que les autres comptaient bel et bien.

Ce demi-sourire moqueur, cette lueur dans les yeux, cette façon de hausser un sourcil d'un air ironique – un seul sourcil. Elle n'aurait su dire pourquoi tout cela était aussi agaçant, mais c'était un fait. Et comparer ces chants merveilleux à des miaulements…

Il n'avait eu que ce qu'il méritait.

— Oh, Aggie, cesse de t'en prendre à cette petite ! intervint tante Dottie. Ce qui est fait est fait, et si tu veux mon avis, cela ne fera pas de mal à ces garçons de s'entendre dire leurs quatre vérités.

— Ces garçons ? Nous parlons du duc, pas des autres. Quand bien même, elle ne devrait s'adresser ainsi à aucun gentleman. De plus, elle l'a mortellement insulté. Tu n'as pas entendu ?

— J'ai entendu chaque mot. Mais ce duc… quel diable d'homme, beau et ténébreux. Un brin d'arrogance ne me déplaît pas quand elle est justifiée, et je suppose que dans son cas elle l'est. S'il a du potentiel, qu'on lui rabatte son caquet ne lui fera pas de mal.

— Du potentiel ? Il est *duc* !

— Oui, ma chère, je sais. Mais ce n'est qu'un homme. Un homme qui, comme l'a souligné notre chère George, a sans doute été choyé et gâté toute sa vie. Je n'ai jamais eu envie de fréquenter son idiote de mère.

— La duchesse est une amie, déclara tante Agatha avec raideur.

— Oui, je sais, et je trouve cela curieux. Je ne comprends pas ce que tu lui trouves, Aggie. Je sais que c'est ta filleule, mais rien ne t'oblige à être l'amie de ta filleule. Certes, elle est duchesse, et donc, c'est ton amie.

Tante Agatha laissa échapper un petit bruit offensé et se tourna vers la fenêtre. Tante Dottie adressa un clin d'œil à George, qui lui sourit.

— Cela me fait penser, Dorothea, reprit Agatha. Qu'as-tu dit au duc avant de partir ?

— Je lui ai parlé du bal, bien entendu. Rose lui a donné une invitation, n'est-ce pas, George ?

— Oui, elle la lui a remise en main propre.

Il ne l'avait pas vraiment accueillie avec plaisir. Sa réponse avait été cinglante. George avait ajouté son grain de sel. « Si vous veniez, vous donneriez la preuve de votre suprême indifférence. Cela vous plairait, n'est-ce pas ? » avait-elle dit. Le duc l'avait ignorée.

— Quelle initiative stupide ! déclara tante Agatha. Il ne viendra pas, bien sûr. Pourquoi s'infligerait-il une telle humiliation ? Assister à un bal qui aurait dû être donné pour son mariage, et qui célèbre à présent l'union clandestine de Rose avec un inconnu ? C'est ridicule !

— Ce garçon te surprendra, rétorqua tranquillement tante Dottie.

— Lequel ? s'enquit George.

— Les deux, j'espère. Le mari de Rose est très secret, et le duc également. Quand je pense à tous ces beaux jeunes gens, ajouta Dorothea en soupirant. Il me tarde que le bal arrive.

Tante Agatha se contenta de ricaner.

5

> *Il est stupide de vouloir faire des surprises. Le plaisir n'est pas augmenté, et ces cachotteries ont de nombreux inconvénients.*
>
> Jane AUSTEN, *Emma*

Quelques jours plus tard, Sinc passa prendre Hart à Everingham House. Ils avaient prévu d'aller jouer aux cartes chez des amis.

— J'en ai pour une minute, lui dit Hart en vérifiant une pile de cartons d'invitation. Sers-toi un verre si tu en as envie.

Sinc se dirigea vers le guéridon sur lequel étaient alignées les bouteilles et les carafes, et fit comme chez lui.

— Que fais-tu ?

— Je dois répondre à une invitation.

— Répondre ? Mais tu ne réponds jamais. Tu es même connu pour cela.

— C'est ridicule.

— C'est pourtant vrai. Que se passe-t-il d'extraordinaire pour que tu prennes cette peine ?

Sinc fit tourner le vin dans son verre, le huma, et but.

— Un bal.

Sinc s'étrangla.

— Quel bal ?

Hart ne répondit pas. Il venait de trouver le carton qu'il cherchait et griffonnait quelques mots.

Sinc vida son verre, le remplit, et redemanda d'un ton détaché :

— Donc, il s'agit de quel bal ?

Hart le regarda en fronçant les sourcils.

— Qu'est-ce que cela peut te faire ?

— J'irai peut-être aussi. Nous pourrions y aller ensemble, suggéra Sinc avec un geste de la main. Tout dépend du bal, bien sûr. Ce ne serait pas celui des Rutherford, par hasard ?

Hart ricana.

— Le bal des Peplowe. Pourquoi cela t'intéresse, je me le demande.

— Cela ne m'intéresse pas, mon vieux. Pas le moins du monde. Je voulais juste faire la conversation. Nous sommes entre amis, tu sais.

Hart le dévisagea d'un air songeur.

— Tu parles trop, Sinc. Quelle est la raison de ce bavardage ?

— Moi ? Je bavarde ? Pas du tout. Dans quel monde vit-on, si un gars ne peut pas se renseigner sur les projets de son ami ?

Évitant le regard de Hart, il retourna remplir son verre.

— Tu as misé sur moi, c'est cela ?

— Moi ? Parier ? s'exclama Sinc, s'efforçant sans succès d'avoir l'air indigné.

— Tu as parié sur ma présence au bal des Rutherford.

— Pfff ! Parier sur toi ? Mon plus vieil ami ? Comme si j'étais capable de faire cela. Ce serait une drôle d'impertinence. Tu n'iras pas, n'est-ce pas ? ajouta-t-il en lançant un regard en coin à Hart.

— Bien sûr que non.

— Bigre.

— Un problème ? s'enquit Hart, flegmatique.

Sinc avait misé, bien entendu. Sinc pariait à tout bout de champ.

— J'ai renversé du vin sur mon pantalon, dit Sinc en frottant énergiquement une tache imaginaire.

Hart reporta son attention sur le carton.

— Donc... le bal des Peplowe demain soir, reprit Sinc. Qu'est-ce qui te prend ? Je croyais que tu détestais les bals.

Hart haussa les épaules.

— Tu n'assistes jamais aux bals. Tu ne l'as fait que pendant tes courtes fiançailles avec Rose Rutherford. Et il n'est pas possible que tu dépérisses à cause de lady Rose, car ce mariage était l'arrangement le plus dépourvu de sentiments que j'aie jamais...

Une étincelle s'alluma soudain dans son regard.

— Oh, oh ! C'est donc cela.

— Quoi donc ? demanda distraitement Hart en signant sa lettre.

— Tout le monde sait que les Rutherford et les Peplowe sont très proches. Tu espères rencontrer lady George, n'est-ce pas ? Je t'avais dit que c'était une gamine charmante... Oh !

Il étrécit les yeux.

— Tu n'as pas l'intention de la punir pour ce petit incident l'autre soir, à l'opéra, n'est-ce pas, Hart ? Ce ne serait pas digne d'un gentleman.

Hart arqua les sourcils.

— Un incident ? Je ne vois pas à quoi tu fais allusion. Je souhaite simplement lui acheter son cheval.

— Son cheval ?

Sinc éclata de rire.

— Mais naturellement ! Tu vas au bal pour acheter un cheval !

— Il me semble que tu as assez bu, Sinc.

— Non, j'en suis loin. Tu vas au bal pour parler à une jeune fille de son cheval. Son cheval ! Bien sûr.

Cela n'a rien à voir avec le charme de ladite jeune fille qui t'a ensorcelé l'autre soir.

— Elle ne m'a pas ensorcelé.

C'était un mensonge. Hart ne pensait qu'à elle depuis cette soirée à l'opéra.

— Non ? J'ai trouvé que quelque chose se passait entre vous. Cela faisait même des étincelles.

— Tu te fais des idées. Tout ce qui m'intéresse, c'est son cheval.

Il plia la lettre, inscrivit l'adresse et la cacheta.

— Oui, oui, dit Sinc d'un ton apaisant. Bien sûr, ce qui t'attire c'est son cheval. Dans ce cas, pourquoi ne pas simplement lui faire une offre ? Je veux dire, pour acheter l'animal. Pas un autre genre d'offre.

Sinc avait décidément trop bu, décida Hart.

— Je lui ai fait une offre pour l'animal. Elle a refusé.

— Je te l'avais dit.

— C'était une entrée en matière. Elle vendra. Cet étalon est beaucoup trop fougueux pour une dame.

Sinc afficha une expression dubitative.

— Tu ne le trouvais pas trop fougueux pour elle l'autre jour, quand tu l'as prise pour un garçon.

Hart se leva abruptement.

— Il est temps d'y aller.

Sinc vida son verre d'un trait et le posa sur le guéridon.

— J'ai toujours su qu'il fallait atteler un char pour t'entraîner dans un bal, mais cela, c'est nouveau. Aller au bal pour acheter un cheval, franchement. Les autres se contentent d'aller tranquillement à Tattersalls et de faire une offre...

George sortit dans le jardin pour prendre l'air. La nuit était douce et « il y avait foule » au bal de lady Peplowe, ce qui signifiait que c'était un énorme succès.

Elle n'était cependant pas sortie uniquement pour respirer un peu d'air frais. Elle avait repéré lord Towsett, qui se frayait un chemin pour la rejoindre en arborant cette expression qu'elle ne connaissait que trop bien... Cet homme ne voulait donc pas comprendre ?

George s'était aussitôt dirigée vers le jardin d'hiver – il était fermé, mais elle savait où était cachée la clé. Il fallait qu'elle ait une discussion avec lui une fois pour toutes, et elle avait un plan.

Elle lui avait déjà opposé trois refus, et à en juger par son expression déterminée, un quatrième était à l'ordre du jour. Sa déclaration ne variait pas beaucoup d'une fois sur l'autre, et elle la connaissait par cœur. De toutes les jeunes filles à marier cette saison, disait lord Towsett, elle était la seule, l'heureuse élue, réunissant toutes les conditions pour devenir sa femme.

Toutes les conditions, vraiment ?

Prétentieux, grassouillet, et extrêmement content de lui, lord Towsett s'attendait qu'elle soit infiniment flattée. La première fois qu'elle l'avait repoussé – plutôt aimablement et poliment –, il avait cligné des paupières, puis il avait ri et déclaré qu'il comprenait ce qu'elle voulait dire en réalité. La vilaine fille s'amusait à le faire languir ! Il connaissait bien les femmes. Elles disaient une chose, et en pensaient une autre.

— Non, je pense vraiment ce que je dis, avait précisé George. Je vous remercie de votre proposition, lord Towsett, mais la réponse est non.

La deuxième fois, elle s'était montrée plus ferme et un peu moins aimable.

— Je ne vous épouserai pas, lord Towsett. Ni maintenant ni jamais. Je vous ai déjà dit non, et je le pensais.

En réponse, il l'avait de nouveau traitée de vilaine fille en riant d'un air entendu. C'était exaspérant.

La troisième fois, elle s'était montrée brusque.

— Lord Towsett, cessez de me harceler ! Je n'ai pas envie de vous épouser, et je ne le ferai jamais. Laissez-moi tranquille.

Hélas, l'homme était aussi têtu qu'une mule. Une fois encore, il avait hoché la tête de cet air entendu et prodigieusement agaçant, et avait dit qu'il ne perdrait jamais l'espoir de la voir changer d'avis.

— N'y pensez plus, avait-elle répondu. Il n'y a pas d'espoir. Je ne changerai pas d'avis. Trouvez une autre fille sur laquelle jeter votre dévolu.

Et voilà qu'il revenait à la charge. George se glissa dans la serre, se faufilant entre les fougères et les palmiers.

C'était la faute d'Emmaline, bien sûr. La dernière fois que lord Towsett lui avait demandé sa main, elle avait dit à Emmaline, dans un moment de colère, que s'il avait le toupet de la demander de nouveau en mariage, elle n'aurait d'autre choix que de lui donner un bon coup de poing sur le nez. Nez qu'il avait assez proéminent.

Naturellement, Emmaline avait été horrifiée. Avant de partir pour le bal ce soir, George avait dû promettre qu'elle ne frapperait pas lord Towsett, ne lui donnerait pas de coup de pied, ne renverserait pas de vin, ni de ratafia, ni de gâteau à la crème sur lui. Et ne ferait pas de scène en public.

Ce n'était pas juste. Emmaline savait que George tenait toujours parole.

— Évite-le, avait conseillé Emmaline avec désinvolture.

Elle n'avait certes jamais été confrontée à cet homme et à son insurmontable suffisance.

Le bal était donné pour l'anniversaire de Penny Peplowe. Penny et sa mère étaient des amies très proches des Rutherford. Lady Peplowe s'était mise en quatre pour accueillir Emmaline et les filles quand celles-ci étaient arrivées à Londres où elles ne connaissaient personne. Penny était une jeune fille adorable, et pour rien au monde George n'aurait voulu lui faire de la peine.

D'autre part, elle attendait ce bal avec impatience.

À cause de sa grossesse avancée, Emmaline n'assistait plus à aucun bal. Et vu l'état de ses relations avec tante Agatha, George avait demandé à tante Dottie de lui servir de chaperon. Vivant à Bath, Dottie avait rarement l'occasion d'assister à un grand bal londonien. Elle s'était réjouie toute la semaine à l'idée de revêtir une robe neuve et de revoir ses vieilles amies. La joie d'avoir été choisie comme chaperon, de préférence à sa sœur, était visible.

George n'avait pas l'intention de rompre la promesse faite à Emmaline, du moins pas techniquement, ni de gâcher la soirée de tante Dottie. Non plus que l'anniversaire de Penny, ou le bal de lady Peplowe. En revanche, elle était bien décidée à gâcher la soirée de lord Towsett.

Et pour cela, elle avait échafaudé un plan.

L'homme allait comprendre que quand elle disait non, elle le pensait. Il n'était pas question de le frapper, et bien qu'une scène fût inévitable, celle-ci aurait lieu dans le jardin d'hiver et en privé.

George jeta un coup d'œil à l'engrais liquide, visqueux et nauséabond, que lord Peplowe utilisait. Dans la promesse qu'elle avait faite à sa belle-sœur, il n'était pas question de seaux contenant de l'engrais à l'infecte odeur de poisson pourri.

Si lord Towsett osait la traiter encore une fois de « vilaine fille », et il allait sûrement le faire...

George sourit. Elle avait préparé un petit discours de son cru, qu'elle comptait lui servir avec le contenu du seau. Après cela, elle le raccompagnerait jusqu'au portail de derrière, par où il pourrait s'échapper discrètement avec son costume taché et malodorant.

Il ne viendrait plus jamais l'ennuyer.

George attendit en s'éventant avec une fronde de fougère. La nuit était chaude, l'air lourd et humide dans la serre, et ce seau d'engrais empestait... Elle fronça le nez, le coiffa d'un couvercle et le déposa sur une étagère près de la porte. C'était mieux ainsi, il serait à portée de main.

Puis elle retourna se poster un peu plus loin, là où l'odeur était moins gênante. Et elle attendit. Qu'est-ce qui le retenait ? Elle était pourtant sûre qu'il l'avait vue se diriger par ici.

La porte de la serre s'ouvrit. Ah, ah ! George jeta un coup d'œil entre les branchages. Une silhouette sombre se détacha dans la lumière provenant du jardin, où des douzaines de ravissantes lanternes en papier coloré, de style japonais, étaient suspendues.

La silhouette avança, et elle retint un juron. Ce n'était pas lord Towsett. Cet homme était plus grand, plus mince, plus large d'épaules.

Elle recula dans l'ombre. Elle ne souhaitait pas qu'un inconnu la découvre dans la serre.

Des pas lents et lourds se dirigèrent vers elle, faisant crisser les graviers sur le sol.

George retint son souffle.

Elle sursauta lorsque la porte s'ouvrit brusquement. Trois dames déboulèrent en riant dans le jardin d'hiver.

— Vous êtes délicieusement taquin, Hart ! s'exclama l'une d'elles.

Hart ? George se crispa. Elle ne connaissait qu'une seule personne qui s'appelait ainsi. Ce maudit duc d'Everingham. Que diable venait-il faire ici ? Il n'assistait jamais aux bals de la bonne société. Et pourquoi s'était-il aventuré dans la serre ? Contrariée, elle jura tout bas.

L'une des dames était Mme Threadgood, une femme mariée qui avait une certaine réputation. Son mari, d'une patience à toute épreuve, se trouvait sans doute dans la salle de jeu. Elle était en compagnie d'une femme de son âge, et d'une autre beaucoup plus jeune. Sans doute la fille de cette autre dame. Mme Threadgood rit avec coquetterie.

— Vilain garçon, vous vouliez que nous vous suivions, n'est-ce pas ?

Un bruissement s'échappa du bouquet de fougères, à côté d'elle. George se raidit. Le duc s'était réfugié dans le même coin qu'elle. Dominant les riches senteurs de la serre et l'odeur âcre qui s'échappait du seau, un délicieux parfum d'eau de Cologne lui effleura les narines. Il était si près qu'elle aurait pu le toucher. Elle était prise au piège.

Savait-il qu'elle était là ? Elle se tint immobile, osant à peine respirer. Maudit, maudit, maudit soit-il !

Deux des dames avaient pris des lanternes dans le jardin, et avançaient dans deux allées différentes en chantonnant :

— Montrez-vous, montrez-vous, où que vous soyez.

Les lanternes se balançaient, projetant des ombres. D'un moment à l'autre, George allait être découverte, cachée dans l'obscurité, avec le duc.

— Débarrassez-vous d'elles, murmura ce dernier.

George tressaillit. Il avait donc bien conscience de sa présence !

— Ce sont vos amies, à vous de vous en débarrasser, chuchota-t-elle.

— Vous voulez qu'elles nous trouvent seuls ici, ensemble dans la pénombre ? riposta-t-il.

Cette idée semblait l'amuser. Bien entendu, personne ne songerait à le blâmer. Les femmes étaient toujours fautives dans ce genre d'histoires.

Les dames approchaient, brandissant leurs lanternes. Maudites soient-elles, et lui aussi.

George inspira profondément, puis fit un pas dans la lumière.

— Vous me cherchiez, madame Threadgood ? s'enquit-elle d'un ton détaché.

Les dames se pétrifièrent. Puis l'une d'elles leva sa lanterne plus haut.

— Bonté divine, lady George, c'est vous ?

George hocha la tête.

— Oui, je me reposais un peu. Il faisait si chaud à l'intérieur. Je commençais à avoir la migraine, et je ne voulais pas gâcher la soirée de ma tante. Il fait bien meilleur ici. Vous cherchiez quelqu'un ? ajouta-t-elle.

— Oh, non, non, non ! répondit vivement Mme Threadgood. Nous jouions juste à un petit jeu. Et nous prenions l'air, comme vous. Euh... vous n'avez pas vu entrer un gentleman, par hasard ?

— Si, mais je n'ai pas vu son visage. Il était grand, et il n'est resté que quelques secondes. Il est sorti par là, précisa-t-elle en indiquant vaguement une porte latérale.

Elle baissa les yeux, scrutant le sol entre les nouvelles venues. Une des trois femmes alla actionner la poignée.

— C'est fermé à clé, annonça-t-elle en lançant un regard soupçonneux à George.

Celle-ci haussa les épaules avec indifférence.

— Ah oui ? Il a dû refermer derrière lui.

Elle fixait toujours le sol entre les jupes des trois femmes.

— Que regardez-vous ?

— Oh, rien ! J'ai simplement cru... Ah, il est là ! Ne bougez pas, vous allez lui faire peur.

— Faire peur à qui ? demanda Mme Threadgood, en jetant des regards nerveux autour d'elle.

— Au rat. J'essayais de l'attraper...

La suite de ses paroles fut avalée par un concert de cris aigus. Dans leur hâte à s'échapper, les dames se bousculèrent.

— C'est pour mon chien ! expliqua-t-elle dans leur dos. Il adore les rats.

La porte claqua derrière elles.

— Quelle drôle de fille ! s'exclama l'une d'elles. Attraper des rats ! Pendant un bal !

George s'esclaffa. Un rire masculin résonna dans son dos.

— Vous êtes consciente que dès demain, toute la bonne société saura que vous chassez les rats en robe de bal. Vous serez « la dame aux rats ».

George haussa les épaules.

— Vous vous moquez de ce que les gens pensent de vous ?

— Un peu. Surtout les gens comme elles.

Ou les gens comme lui, d'ailleurs. Il y eut un court silence, puis :

— Bien, donc vous m'avez débarrassé de ma migraine. Qui était la vôtre ?

George n'avait aucune intention de le lui dire.

— Ma migraine a disparu, répondit-elle simplement.

Sa réponse fit ricaner le duc.

— Aucune personne de bon sens ne viendrait soigner sa migraine dans un lieu aussi humide. Sans parler de la puanteur qui s'échappe de ce seau. Vous vous cachiez entre les fougères et les palmiers...

— Je ne me cache pas !

— Ah, j'ai donc interrompu une rencontre romantique !

— Pas du tout. Je suis venue ici...

Elle s'interrompit en entendant la porte de la serre s'ouvrir.

— Lady Georgiana ? Lady Georgiana Rutherford, vous êtes là ?

C'était la voix de lord Towsett. George recula dans l'ombre. Tout allait de travers. Elle ne voulait pas que quelqu'un soit témoin de sa rencontre avec lord Towsett.

— Voilà votre noble soupirant, murmura le duc.

— Ce n'est pas mon soupirant !

— On m'a dit qu'il y avait un rat dans cette serre, continua lord Towsett. Vous êtes là, lady Georgiana ? Ne vous inquiétez pas, je vais vous sauver.

George retint un grommellement.

— Il n'y a pas de femme ici, Towsett, dit le duc en faisant un pas en avant. Pas de rat non plus.

— Question de point de vue, murmura George, à voix si basse que seul le duc put l'entendre.

— Quoi ? Qui est là ? lança Towsett en scrutant l'obscurité.

Le duc se montra en pleine lumière.

— Everingham. Comme je vous le disais, il n'y a pas de femme ici, Dieu merci. À présent, sortez avant d'attirer l'attention de ces dames. J'essayais de prendre un moment pour moi, loin du brouhaha.

Lord Towsett souleva sa lanterne.

— Vous êtes sûr qu'il n'y a personne d'autre que vous ici, Everingham ? Mme Threadgood m'a dit que lady Georgiana était là, avec un rat.

— Lady Georgiana *avec un rat* ? répéta le duc, incrédule. De toute évidence, Mme Threadgood a bu trop de champagne. Je suis seul ici. Avec vous, maintenant.

Il y eut un court silence.

— Vous n'avez pas vu lady Georgiana ? J'ai essayé toute la soirée de lui dire un mot.

Le duc eut un rire narquois.

— Bon sang, Towsett, vous imaginez que j'ai envie de suivre à la trace une des dames Rutherford ? Moi ?

— Non, bien sûr que non. Quoique lady Georgiana ne soit pas comme… Eh bien, je vous laisse. Bonne soirée, Everingham.

Towsett sortit en refermant soigneusement la porte derrière lui. Le duc se tourna vers George.

— Votre soupirant, je présume. J'ai entendu dire que vous l'aviez rejeté plusieurs fois.

George ne répondit pas. Cela ne le regardait pas.

— Je suis étonné que vous vous cachiez. Je pensais que vous aviez plus de cran que cela. Il n'a rien d'effrayant, ce pauvre Towsett. Il est obstiné, mais ce n'est pas une brute.

— Je ne me cachais pas ! Lord Towsett ne me fait pas peur. Je suis venue ici car...

Elle s'interrompit.

— Car ? répéta-t-il. Ne soyez pas gênée, lady Georgiana, ajouta-t-il d'une voix mielleuse. Je suis tout ouïe.

George serra les dents, furieuse.

— Si vous voulez tout savoir, j'ai promis à ma tante que je ne ferais pas de scène. Et il me semble que je n'étais pas la seule à me cacher.

— Vous auriez préféré qu'ils nous trouvent ensemble ?

Malgré la pénombre, elle devina qu'il avait haussé le sourcil de cette façon qu'elle trouvait si agaçante.

— Nous n'étions pas ensemble ! protesta-t-elle.

C'était la faute du duc si ces femmes étaient entrées.

— La vérité n'a pas d'importance pour les commères comme la Threadgood. Tout ce qui compte pour elle, ce sont les apparences, déclara-t-il en haussant les épaules.

— C'était vous qu'elles cherchaient, pas moi.

— Est-ce ma faute si les femmes me courent après ? rétorqua-t-il avec suffisance. Où que j'aille, elles apparaissent, comme les puces sur un chien. J'ai toujours trouvé cela agaçant. Cependant, depuis que votre sœur m'a éconduit...

— Rose ne vous a pas éconduit ! Elle se trouvait dans une... situation qu'elle ne maîtrisait pas. Et Rose est ma tante, pas ma sœur.

Il balaya la remarque d'un geste de la main.

— Vous avez trop de tantes pour que je me souvienne de leurs noms. Donc, depuis mon mariage raté, je suis poursuivi. Elles frappent à ma porte, écrivent, tentent de soudoyer mes domestiques. L'une d'elles a même essayé de grimper jusqu'à ma fenêtre une nuit. Celles qui sont mariées sont assez irritantes, mais les autres… Que croyez-vous que ces trois femmes voulaient, à l'instant ?

— Aucune idée.

— Être compromises. Une jeune fille cherchant à faire croire qu'elle a été séduite, ou au moins compromise, et deux femmes mariées pour lui servir de témoins. Si toutes avaient été mariées, ç'aurait été différent, ajouta-t-il pensivement.

George était écœurée.

— Eh bien, je ne veux pas être compromise, et je n'ai aucune envie de vous épouser. Aussi, je vous demande de sortir *discrètement* avant que quelqu'un d'autre entre ici.

— Je n'en ai pas fini avec vous, répondit-il sans bouger.

— Comment cela ? C'est à propos de ce que je vous ai dit l'autre soir à l'opéra ?

— Pas du tout. Si je suis venu ce soir, c'est pour vous parler. Et donc, quand je vous ai vue entrer dans le jardin d'hiver, je vous ai suivie.

— Pourquoi ? s'exclama-t-elle en reculant. Je ne veux pas parler avec vous.

— C'est au sujet de votre cheval.

— Mon cheval ? répéta-t-elle, interloquée.

— L'étalon noir. Quel est votre prix ?

Elle le dévisagea, interdite.

— Il n'a pas de prix.

— Eh bien, essayez de l'évaluer, répliqua-t-il avec impatience. Je souhaite l'acheter.

— C'est impossible. Vous n'avez pas reçu mon mot ? Il n'est pas à vendre.

— C'est ridicule.

Il suggéra un prix qui la fit ciller. Quelle arrogance ! Il croyait vraiment que pour obtenir son cheval, il lui suffisait de proposer une somme exorbitante ?

— Vous êtes aussi lamentable que lord Towsett, lâcha-t-elle, furieuse.

— Je n'ai rien de commun avec lord Towsett, répliqua-t-il, avec une indignation qui la ravit.

— Vous êtes exactement pareils tous les deux. Si gonflés de votre propre importance que vous ne supportez pas que l'on vous refuse quoi que ce soit. J'en ai par-dessus la tête de ces hommes qui n'admettent pas qu'on leur dise non ! Écoutez-moi bien, duc, vous pourriez m'offrir des millions de livres que Sultan ne serait toujours pas à vendre. Il est à moi et il le restera. Et maintenant, sortez.

Silence.

— Je vous ai dit de sortir.

— Je vais sortir, finit-il par dire. Mais cette conversation n'est pas terminée.

— Oh, que si !

George entendit le gravier crisser sous ses pieds tandis qu'il gagnait la porte. Il l'ouvrit, fit une pause, sa silhouette se détachant sur la lumière de l'extérieur.

— Je finis toujours par obtenir ce que je veux.

— Vous êtes encore pire que lord Towsett, lança George.

Mais la porte s'était déjà refermée.

6

Elle l'attirait plus qu'il ne l'aurait voulu.

Jane AUSTEN,
Orgueil et Préjugés

Hart claqua la porte de la serre. Pire que lord Towsett, vraiment !

Il n'avait assisté à ce bal que pour discuter poliment avec elle de la vente de son cheval. Or, il avait dû supporter une infinité de questions impertinentes, d'invitations cousues de fil blanc et de remarques suggestives avant même de pouvoir parler à lady Georgiana.

Il l'avait vue se faufiler subrepticement dans le jardin d'hiver, et cela l'avait à la fois agacé et intrigué. Si ce qu'elle faisait ne le regardait pas, il n'empêche qu'il était irrité de découvrir qu'elle aussi était, comme tant d'autres, de mœurs légères. Cela n'aurait pourtant pas dû le surprendre.

Il avait attendu quelques minutes et, voyant que personne ne la suivait, il était entré à son tour. Si son amant était déjà à l'intérieur, ils n'auraient que ce qu'ils méritaient.

Contre toute attente elle était seule, cachée dans un coin obscur du jardin d'hiver. Cela l'avait étonné. Lady Georgiana ne lui avait jamais paru timide.

Puis il avait compris qu'elle s'efforçait d'échapper à lord Towsett, et à une nouvelle demande en mariage de ce petit prétentieux, car elle avait promis à sa tante de ne pas faire de scène.

Après avoir inspiré longuement l'air frais de la nuit, Hart leva les yeux et découvrit Towsett accoudé à la rambarde de la terrasse, entre la salle de bal et le jardin. Il sirotait son champagne en surveillant les allées et venues des invités. Remarquant la présence de Hart, il souleva sa coupe en guise de salut, puis reprit sa surveillance.

Vous êtes exactement pareils tous les deux. Si gonflés de votre propre importance que vous ne supportez pas que l'on vous refuse quoi que ce soit. J'en ai par-dessus la tête de ces hommes qui n'admettent pas qu'on leur dise non !

Voir lord Towsett boire tranquillement son champagne, l'air si suffisant et sûr de lui, pendant que lady Georgiana se cachait au fond d'une serre au lieu de danser avec ses amis, fit passer Hart de l'irritation à la colère. Il traversa le jardin au pas de charge, et gravit les marches menant à la terrasse.

Towsett l'accueillit avec un grand sourire.

— Ah, Everingham, mon vieux ! Je suppose que vous n'avez pas vu ma petite pouliche ? Elle est bigrement insaisissable ce soir.

Cette façon de l'aborder, en affichant une fausse complicité masculine, accrut la mauvaise humeur de Hart.

— J'ai un mot à vous dire, Towsett.

Sans attendre de réponse, il agrippa le bras de Towsett et l'entraîna à travers la salle, ignorant les salutations de ses connaissances.

Towsett trottinait à côté de lui, essayant en vain de se libérer.

— Bon sang, Everingham... que diable... Aïe ! Vous me faites mal. Quelle mouche vous... Où m'emmenez-vous ? Ouille !

Hart ne lui prêta aucune attention. Il ne savait trop ce qu'il allait faire ; tout ce qu'il savait, c'est qu'il était furieux. Il fit traverser à Towsett toute une série de couloirs et d'antichambres, avant de dénicher une pièce vide. Il le repoussa alors sans ménagement.

Towsett recula en trébuchant et lissa sa redingote froissée.

— Vous êtes très mystérieux, Everingham, lança-t-il sur le ton de la plaisanterie pour dissimuler sa nervosité. Vous n'avez pas l'intention de m'assassiner, n'est-ce pas ? Ah ! Ah !

— Pas ce soir.

Towsett recula.

— Écoutez, mon vieux…

— Vous allez quitter ce bal. Sur-le-champ.

— Mais je n'ai pas…

— Vous allez prendre congé de notre hôtesse en lui expliquant que vous avez mal à la tête.

— Mais ce n'est pas…

Hart fit un pas vers lui.

— Vous n'adresserez la parole à personne d'autre. Vous rentrerez directement chez vous.

— Écoutez, Everingham, je ne sais pas à quoi vous jouez, mais je n'ai pas l'intention de… Ouf !

Hart venait de le projeter contre le mur.

— Je n'ai pas fini. Vous allez rentrer directement chez vous, et écrire une lettre.

— Une lettre ?

— À lady Georgiana Rutherford. Vous lui demanderez pardon de l'avoir harcelée…

— Harcelée ? Je ne l'ai jamais…

Hart l'attrapa par le col de sa chemise et le plaqua contre le mur en le soulevant. Les pieds de Towsett ne touchaient plus le sol.

— Dans cette lettre, articula-t-il d'une voix sifflante, vous vous excuserez de l'avoir ennuyée. Vous retirerez votre demande en mariage. Définitivement. C'est compris ?

Towsett se mit à gigoter.

— Mais lady George...

— Ne veut pas de vous.

— Je l'aime.

Hart le projeta de nouveau contre la cloison.

— Pour l'amour du ciel, Towsett, combien de fois lui avez-vous demandé sa main ?

— Trois fois.

— Et combien de fois a-t-elle refusé ?

Il était sûr qu'elle avait été parfaitement claire. Il avait beau la connaître à peine, elle semblait du genre à dire ce qu'elle pensait. Towsett détourna les yeux, l'air renfrogné.

— Les femmes disent non alors qu'elles pensent oui, tout le monde sait cela.

— Pas tout le monde ! Assurément, trois refus signifient non ! riposta Hart en le secouant. Avez-vous compris ?

— D'accord, d'accord, inutile d'être brutal, marmonna Towsett en tentant de se dégager.

Que la jeune fille ait dû se cacher dans le jardin d'hiver juste pour échapper aux attentions de ce gringalet présomptueux donnait à Hart envie de l'étrangler.

— Rentrez chez vous et écrivez cette lettre. Et si vous ennuyez encore lady Georgiana, vous aurez affaire à moi. C'est clair ?

Après avoir secoué encore une fois Towsett, il le relâcha. Ce dernier rajusta son habit et lui lança un regard contrarié.

— Vous voulez la garder pour vous, je suppose.

— Ne soyez pas ridicule. Je la connais à peine.

— Dans ce cas, je ne comprends pas pourquoi vous...

Hart fit un pas vers Towsett, l'air menaçant.

— Rentrez chez vous, Towsett. Tout de suite.

L'autre détala sans demander son reste.

— Comment s'est passée la soirée d'hier ?

Rose avait amené son cheval à la hauteur de celui de George. Le jour se levait à peine et Hyde Park était encore désert. Seuls s'y promenaient Lily, Rose et leurs maris, ainsi que Kirk, le valet qui les accompagnait tous les matins. C'était une tradition chez les Rutherford. La journée commençait par une promenade à cheval, et se poursuivait par un petit déjeuner en famille à Ashendon House.

Ce matin, les hommes montaient en groupe, tandis que Lily et Rose encadraient George et échangeaient des potins.

— Tu as finalement réussi à te débarrasser de cet affreux petit bonhomme ?

— Je l'ai vu arriver ! s'exclama Lily. Il a tout de suite repéré George, qui a dû se réfugier dans le salon de repos des dames.

— Oh, mon Dieu ! dit Rose en retenant un rire. Tu es restée coincée longtemps dans ce salon ?

George fit la grimace.

— Assez longtemps pour réparer plusieurs ourlets.

— Et lord Towsett ? Je croyais que tu avais prévu de le voir en tête à tête et de mettre les choses au clair une bonne fois pour toutes.

— C'est ce que j'avais prévu, oui. Je me suis donc faufilée dans le jardin d'hiver, où j'ai mis de côté sur une étagère un seau d'engrais que je comptais renverser « accidentellement » sur lord Towsett.

Les deux autres femmes rirent de bon cœur.

— Je sens qu'il y a un « mais », dit Lily.

— En effet. Je sais qu'il m'a vue, car il était sur la terrasse et me guettait. Dès que je suis apparue, il a sursauté et s'est dirigé vers les marches.

— Et pourtant il n'est pas venu ?

— Oh si, il est venu ! Sauf qu'il n'était pas seul. Le duc l'a précédé, expliqua George en coulant un regard en coin à Rose.

— Quel duc ? s'enquit celle-ci. Non ! Tu veux parler d'Everingham ?

— Lui-même.

— Bonté divine ! Il n'assiste pratiquement jamais à aucun bal. Et il t'a suivie dans le jardin d'hiver ? Que diable voulait-il ?

— Acheter Sultan.

Lily retint un cri.

— Tu vas vendre Sultan ?

— Bien sûr que non. Je le lui ai déjà dit, mais Sa Grâce le duc d'Arrogance croit qu'il peut obtenir tout ce qu'il veut. Je lui ai répété que je ne vendais pas, et que même s'il m'offrait des millions, je ne changerais pas d'avis.

— Cela n'a pas dû lui plaire, devina Ros.

— En effet. Il est parti en colère.

— Tu ne nous as toujours pas dit ce qui s'était passé avec lord Towsett ? intervint Lily.

George avait tellement regretté de ne pas avoir pu renverser ce seau d'engrais sur lui.

— Le duc l'a renvoyé. Towsett ne s'est même pas rendu compte que j'étais là.

— Tu vas donc devoir endurer une nouvelle demande en mariage ? Bonté divine… je crains qu'il n'en profite demain soir, lors de mon bal ! s'écria Rose. Mon Dieu, j'espérais tellement que tout se passerait bien. Nous n'avons même pas de jardin d'hiver. Oh, je pourrais tuer lord Towsett !

— Le plus étrange, murmura George, c'est que tu n'y seras pas obligée. J'ai reçu une lettre de lui ce matin. Elle est arrivée pendant la nuit, par messager spécial. Tiens, lis-la, dit-elle en sortant la lettre de sa poche.

Rose s'empara de la missive, la lut à voix haute, et dévisagea George avec stupéfaction.

— Il te présente ses excuses ? Et promet de ne plus jamais t'importuner ? C'est merveilleux.

— Alors que tu ne lui as même pas parlé hier soir ? s'étonna Lily.

— Exactement.

— Et Cal n'assistait pas au bal, il n'a donc pas pu le décourager, observa Rose, pensive.

— Cal ne sait même pas que lord Towsett me poursuit de ses assiduités. J'ai fait promettre à Emmaline de garder le secret. Je voulais régler cette affaire en personne.

— Dans ce cas, que s'est-il passé ?

— Je l'ignore, avoua George. C'est un mystère.

Il y avait un autre petit mystère, dont elle ne fit pas mention. Un valet était venu dans le jardin d'hiver avec un message l'avertissant que lord Towsett avait quitté le bal. Il avait refusé de lui dire de qui provenait cette information, ce qui laissait penser qu'il avait été soudoyé.

Une seule personne pouvait avoir fait une chose pareille. La seule qui savait qu'elle se cachait dans le jardin d'hiver… Mais pourquoi le duc lui aurait-il envoyé ce message ? Non, cela ne pouvait pas être lui. Elle l'avait aperçu en regagnant la salle de bal, et il lui avait adressé un regard glacial. Il était parti presque aussitôt après.

Elle ne parlerait donc pas de ce petit incident. Elle préférait oublier toute cette affaire.

Quoi qu'il en soit, enfin délivrée de la présence de lord Towsett et de celle du duc, elle s'était bien amusée et avait dansé jusqu'à l'aube.

Elles poursuivirent leur promenade et discutèrent du bal du lendemain soir à l'occasion duquel Thomas, le mari de Rose, serait présenté pour la première fois à la haute société.

Hart se rembrunit. Que diable était-il en train de faire ? Il n'avait jamais eu l'intention d'assister à ce fichu bal. Cela déclencherait le genre de ragots qu'il avait en horreur.

Malgré tout il continuait d'avancer.

Il tourna dans Berkeley Square, découvrit la foule massée devant Ashendon House et la longue file de voitures qui déversaient des invités. Cette vision seule aurait dû l'inciter à réfléchir – il détestait la foule –, pourtant il ne rebroussa pas chemin.

— Hart ! Mon vieux, ne me dis pas que tu... Mais c'est pourtant vrai !

Sinc lui tomba pratiquement dans les bras.

— Tu as décidé d'aller au bal des Rutherford finalement !

— Qu'est-ce qui te fait croire cela ? rétorqua Hart, pince-sans-rire.

Ils étaient devant l'allée qui menait à Ashendon House. La mine de Sinc s'allongea.

— Tu portes un costume de soirée, aussi noir que si tu te rendais à un enterrement sauf qu'il fait nuit, et donc... Ha, ha ! Tu me fais marcher, vieille branche ! enchaîna Sinc en lui tapant sur l'épaule. Je suis content de te voir, mon vieux ! Vraiment !

Hart dévisagea son ami d'un air songeur.

— Ta joie à l'idée de passer une soirée en ma compagnie est très inhabituelle, Sinclair. Un autre pari, je suppose ?

— Moi ? Parier sur toi ? Sur mon cher vieil ami ?

Sinc s'efforça d'afficher une expression blessée. Sans succès. Incapable de réprimer un sourire, il essaya une humble sincérité.

— La perspective de passer la soirée avec toi me fait plaisir, je t'assure.

Hart ne fut pas dupe une seconde.

— Tu as parié que je viendrais.

Ils étaient à l'intérieur à présent, parmi les invités élégants qui gravissaient lentement l'escalier menant à la salle de bal. Sinc eut beau essayer désespérément d'apparaître penaud, la joie prit le dessus.

— L'occasion était irrésistible.

— Tu es lamentable, répliqua Hart en riant.

— Je sais. Mais je suis aussi beaucoup plus riche qu'il y a un quart d'heure. Du moins, je le serai dès que tu auras posé le pied dans la salle de bal.

Il incita Hart à avancer, puis se retourna et fit signe à ses amis qui se tenaient un peu plus bas et les regardaient, bouche bée.

— Ils ont perdu, expliqua-t-il à Hart. Ils ont parié que tu ne viendrais pas. Sauf que je te connais mieux qu'eux, ajouta-t-il en se frottant les mains.

Hart fronça les sourcils.

— Comment est-ce possible ? Je n'avais pas l'intention de venir.

Il s'était décidé une demi-heure plus tôt, après avoir passé un temps fou à arpenter sa bibliothèque en fulminant contre sa propre indécision.

— Je te connais depuis une éternité, mon vieux. Nous avions sept ans et nous tremblions comme des feuilles devant le bureau du directeur, abandonnés par nos proches et terrifiés à la perspective de vivre parmi des centaines de jeunes sauvages déguisés en moutons civilisés. Ils étaient tous plus grands que nous. C'était horrible. Tu te rappelles ?

— Oui. Mais je ne vois pas le rapport entre ce premier jour d'école et le fait que tu aies deviné que j'assisterais à ce fichu bal.

Ils montèrent encore quelques marches et Sinc sourit.

— Il n'y en a pas. Il n'empêche que je te connais. À l'instant où cette fille a refusé de vendre... non, avant cela... au moment où elle t'a tenu tête à l'opéra, j'ai su.

— Tu as su quoi ?

Sinc semblait en savoir plus que lui. C'était agaçant.

— Jamais personne ne te refuse quoi que ce soit. Je savais que tu n'en resterais pas là. Et ensuite, quand j'ai entendu dire que Towsett avait présenté des excuses à lady George *et* qu'il cessait de la poursuivre de ses assiduités… eh bien, l'argent était pratiquement dans ma poche. Et maintenant que tu es là, c'est fait ! Ma poche est pleine !

— Comment as-tu fait le rapprochement entre moi et…

— Et la rétractation de Towsett ? Ce n'est pas toi qui lui as fait traverser la salle de bal comme si tu l'emmenais devant la cour martiale ?

— Ah…

Hart était si furieux qu'il n'avait même pas songé qu'il y avait des témoins.

— Mais qui se soucie de Towsett ? enchaîna Sinc. À la minute où tu franchiras la porte de cette salle je serai tellement riche que je ne saurai plus quoi faire de mon argent. Les chances que tu viennes ce soir étaient si minimes que les mises ont atteint des montants astronomiques !

Sinc monta les deux dernières marches d'un pas dansant, et poussa Hart à l'intérieur de la salle.

Le bal avait commencé, et des couples tournoyaient sur la piste. Le majordome des Rutherford les annonça d'une voix de stentor.

— Le duc d'Everingham ! L'Honorable John Sinclair !

Des murmures accueillirent cette annonce et des têtes se tournèrent dans leur direction. Hart les ignora. Puis la comtesse d'Ashendon, drapée dans une robe verte qui soulignait son ample tour de taille plus qu'elle ne le dissimulait, traversa sereinement la salle pour venir les saluer. Au même moment, lady Salter, mince et élégante dans sa tenue gris argent, s'avança vers eux, un sourire de triomphe aux lèvres.

Le bourdonnement des conversations reprit, un peu plus fort qu'auparavant.

Lady Georgiana dansait avec un jeune dandy et riait avec insouciance. Hart savait qu'elle avait entendu l'annonce du majordome, car elle avait tourné la tête, surprise. Leurs regards s'étaient croisés, et son sourire avait disparu. Elle avait paru contrariée.

« Tant pis pour elle », songea Hart en s'inclinant sur la main de lady Ashendon.

— Que fait-il là ? murmura George à Lily en lui indiquant le duc.

Ce dernier balayait la salle du regard comme si elle lui appartenait. Très élégant dans son costume noir, il avait les yeux mi-clos comme s'il s'ennuyait déjà à mourir.

— C'est une bonne chose qu'il soit venu, répondit Lily. Rose ne l'avait-elle pas invité pour montrer qu'il n'y avait pas de rancœur entre eux ?

— Si.

Sauf que la rancœur existait bel et bien, George le savait. Le duc se contentait de la dissimuler sous ses airs ennuyés et supérieurs.

Maudit soit-il ! Elle qui prévoyait une soirée de pur plaisir, d'autant plus agréable que lord Towsett avait annulé au dernier moment sa venue et avait présenté ses excuses à Emmaline. Une joie inattendue et un soulagement !

Hélas, le duc était là. Et elle savait qu'il allait tout gâcher.

Il y avait eu cette lueur dans ses yeux quand leurs regards s'étaient croisés… Cela ne lui disait rien qui vaille.

Son cavalier pour la danse suivante se présenta, et George s'efforça d'oublier le duc et de profiter du bal. Toutes ses amies étaient là, et maintenant qu'aucun prétendant indésirable ne la harcelait plus, elle pouvait se détendre et s'amuser.

Si ce n'est qu'elle sentait le regard du duc sur sa nuque, la suivant à travers la salle.

Il avait un compte à régler avec elle. Quoi qu'il en dise, ses paroles à l'opéra avaient dû le blesser. Quant à ce qu'elle lui avait dit dans le jardin d'hiver... cela ne lui avait pas plu du tout.

Dommage. Car elle pensait chacun des mots qu'elle avait prononcés. Toutefois, s'il tentait de gâcher le bal de Rose et de Thomas – ce bal qu'Emmaline avait pris la peine d'organiser alors qu'elle n'aurait dû penser qu'à son bébé –, elle lui ferait regretter d'avoir croisé son chemin.

Elle avait beau ne pas faire partie de la famille depuis longtemps, elle aimait les Rutherford de tout son cœur, et les protégerait, au prix de sa vie s'il le fallait.

« Oh, ne sois pas aussi mélodramatique ! » se tança-t-elle. Pour une raison mystérieuse, le duc concentrait son attention sur elle – chaque fois qu'elle se tournait dans sa direction, il la regardait –, mais il s'apprêtait sans doute à la harceler pour qu'elle lui vende Sultan. Il était de ces hommes qui croient qu'il leur suffit de claquer des doigts pour que tout le monde fasse leurs quatre volontés.

Quand elle lança de nouveau un regard au duc – Dieu sait pourquoi, elle ne pouvait s'empêcher de le garder à l'œil –, Emmaline s'approchait de lui pour l'accueillir. Un instant plus tard, Rose les rejoignit. George se tendit, prête à intervenir si nécessaire. Pour faire quoi exactement, elle n'en savait fichtre rien.

Elle les observa avec anxiété. Bien qu'un peu guindés, ils conversèrent aimablement. À la fin de ce bref échange, le duc s'inclina et se dirigea vers la salle de jeu avec son ami.

George respira plus librement. Tout irait bien. Le duc ne cherchait peut-être pas à se venger de Rose et de Thomas.

Son cavalier arriva, et ils rejoignirent un groupe de jeunes danseurs. L'un d'eux fit l'idiot, feignant d'avoir oublié les pas. Il y eut beaucoup de rires, alors qu'ils se le renvoyaient l'un l'autre.

Quand George était arrivée à Londres, elle ne s'attendait pas à apprécier la vie en société, qui était ordonnée par une infinité de règles, officielles ou pas. La liberté était restreinte, les interdictions nombreuses. Elle détestait les interdictions.

Elle n'avait jamais dansé de sa vie et redoutait de le faire en public de crainte de se ridiculiser. Rose, Lily, Emmaline et Cal lui avaient donné des leçons, ainsi qu'un petit Français qui gagnait sa vie en enseignant les danses à la mode aux gens de qualité.

À sa grande surprise, George avait fini par adorer danser. Et à en croire ses cavaliers, elle était douée.

Après la danse, elle s'assit, le sourire aux lèvres, pour siroter une limonade que son cavalier était allé lui chercher. La prochaine danse était celle qui précédait le souper. Elle avait hâte d'y être, car elle mourait de faim, et des odeurs délicieuses s'échappaient des cuisines depuis le matin. Alors qu'elle cherchait son cavalier des yeux, elle vit tante Agatha se diriger vers elle, toutes voiles dehors, l'air sombre et déterminé.

— Georgiana, suis-moi.

Tante Agatha ne demandait jamais, elle ordonnait.

— Mais la danse d'avant le souper va commencer, et sir Matthew Carmichael a…

— Sir Matthew a trouvé une autre cavalière. Viens, dit-elle en attrapant George par le poignet.

De l'autre côté de la salle, George repéra sir Matthew, qui s'inclinait devant une autre jeune fille. Il croisa son regard, esquissa une petite grimace d'excuse, et entraîna sa nouvelle cavalière sur la piste.

C'était étrange. Sir Matthew désirait tellement danser avec elle qu'il lui avait retenu cette danse plusieurs jours auparavant. Pourquoi avait-il changé d'avis ?

Perplexe, George se laissa entraîner par sa grand-tante. Jusqu'à ce qu'elle comprenne ce que cette dernière avait en tête.

— Oh, non ! Pas lui.

Elle essaya de se dégager, mais les doigts osseux de la vieille dame se resserrèrent comme un étau autour de son poignet.

— Ne fais pas d'histoires, c'est un invité d'honneur.

À moins de se battre en public avec sa tante, George n'avait pas le choix. Elle se laissa donc conduire auprès du duc d'Everingham. Les yeux froids de ce dernier la transpercèrent tandis qu'elle approchait. Ses iris avaient la couleur du lichen sur la pierre. Ou de la glace à la surface d'un lac.

Ne savait-il donc pas sourire ?

— Votre Grâce, permettez-moi de vous présenter ma nièce, lady Georgiana. Ce sera une cavalière parfaite pour cette danse, déclara tante Agatha d'une voix dégoulinante de satisfaction.

Le visage du duc n'exprima rien. Ni plaisir ni colère. Aucun sentiment humain. À part l'ennui. Comme ce devait être drôle d'être lui !

Il y avait dans la salle un nombre incalculable de dames qui se seraient pâmées de bonheur à l'idée d'être présentées au duc. Pourquoi fallait-il que ce soit elle ? Elle était l'agneau sacrifié sur l'autel de la politesse et de la réconciliation.

Il s'inclina légèrement et lui offrit son bras.

— Lady Georgiana, me ferez-vous le plaisir de m'accorder cette danse ? dit-il sans manifester le moindre signe d'enthousiasme, ni même d'intérêt.

George aurait aimé refuser, mais elle voulait absolument que ce bal soit un succès. La plus élémentaire politesse l'obligea donc à suivre le duc sur la piste de danse en feignant d'être ravie.

Elle s'abstint toutefois de lui sourire. Puisqu'il se comportait comme s'il était obligé d'accomplir un devoir fastidieux, elle ne prendrait pas la peine de faire croire que Sa Grâce des Glaces était un cavalier attirant.

— Envoyez-vous toujours des vieilles dames enlever vos cavalières, duc ? s'enquit-elle en rejoignant les autres danseurs.

— Lady Salter m'a prié de danser avec vous. Elle devait penser que vous aviez besoin d'aide pour trouver un cavalier.

— J'en avais déjà un. Il avait retenu cette danse depuis longtemps.

Comment avait-il persuadé sir Matthew de renoncer à cette danse ? L'avait-il soudoyé ? Intimidé ? Ou était-ce tante Agatha qui avait tout manigancé ?

La musique commença, ils s'inclinèrent, et se mirent à danser.

— La plupart des hommes de ma connaissance choisissent leur cavalière, observa-t-elle.

Ils se séparèrent brièvement pour tournoyer avec un autre partenaire. Quand ils se retrouvèrent face à face, George reprit :

— Les ducs sont différents, j'imagine. La fameuse cuillère en argent, etc. Je suppose que ce sont les autres qui pourvoient à vos besoins.

Les yeux gris étincelèrent lorsqu'il lui prit la main, et l'enlaça.

— Pas à tous mes besoins.

Lors de son tout premier bal, quand elle hésitait encore à danser en public de crainte de se tromper dans les pas, George avait découvert que le cavalier faisait toute la différence. Cette révélation lui était apparue au cours d'une danse pendant laquelle le couple effectuait un certain nombre de pas compliqués, avant que la dame passe à un autre partenaire. Au début, elle avait dû se concentrer beaucoup, puis elle avait fini par danser gracieusement sans le moindre effort. Elle avait alors cru maîtriser ce genre de danse... jusqu'à ce qu'elle passe au partenaire voisin, un gentil jeune homme lourdaud et maladroit qui les avait ramenés au statut de débutants.

Le duc, il fallait l'admettre, était un excellent danseur. Comment avait-il acquis un tel niveau en assistant à si peu de bals ? Mystère. La façon dont il la guidait, avec adresse et autorité, était un peu troublante.

Non qu'il se comportât de manière déplacée ; il restait parfaitement froid, distant et convenable. Pourtant, chaque fois que ses mains la touchaient, ce qui n'arrivait que lorsque les mouvements de la danse l'exigeaient, elle les... sentait. Malgré les gants, elle en percevait la chaleur et la force.

Des frissons la parcouraient, alors qu'elle n'avait pas froid du tout.

Il la faisait virevolter et elle avait l'impression d'être une feuille emportée par une irrésistible marée. Ce sentiment d'impuissance lui déplaisait. Mais ce n'était qu'une danse, se rappela-t-elle. Une danse tout à fait ordinaire. Elle pouvait arrêter quand elle le voulait. Et le duc n'était qu'un homme, qu'elle n'aimait pas beaucoup.

Son parfum la perturbait. Il sentait le linge propre, le savon, avec une pointe d'eau de Cologne citronnée et épicée. Une senteur fraîche et masculine qui la ramena aussitôt à ces moments qu'ils avaient passés dans la pénombre de la serre. C'était un peu trop... intime.

Elle avait l'impression que tous les regards étaient braqués sur eux et avait hâte que cette danse se termine.

— Je suppose que vous êtes habitué à toute cette attention, dit-elle alors que la danse les rapprochait.

Après tout, faire la conversation était une forme de politesse. Il leva une épaule pour manifester son indifférence.

— C'est démoralisant, commenta-t-elle, de s'apercevoir qu'en dépit de toutes ces années de civilisation et de prétendu raffinement, la plupart des gens ne valent pas mieux que les Romains de l'Antiquité. Ils regardent un spectacle en espérant qu'il y aura du sang… ou un scandale.

— Les chrétiens jetés aux lions ?

— Oui.

— Et dans quelle catégorie me classez-vous ? s'enquit-il avec une lueur malicieuse dans le regard. Lion, ou chrétien ?

— Ni l'un ni l'autre. Vous êtes l'empereur contemplant les simples mortels depuis votre trône. Leur sort ne vous atteint pas, vous êtes indifférent.

Il étrécit les yeux, mais ne dit rien. Seigneur, jamais danse n'avait paru aussi interminable à George.

Enfin, ce fut l'heure du souper. Et George ne put échapper à un souper avec le duc. Elle essaya pourtant, prétendant qu'elle avait mal à la tête et devait aller s'allonger.

— Balivernes, répliqua-t-il, impitoyable. Vous vous sentirez mieux quand vous aurez mangé. Et si votre mal de tête persiste, nous vous trouverons un jardin d'hiver bien humide où vous rafraîchir.

Il l'escorta dans la salle à manger, et à sa grande surprise, l'éloigna de la table principale pour la guider vers une autre, plus petite. Tante Agatha hésita, puis gagna la grande table à laquelle Emmaline, Cal, Rose et Thomas avaient déjà pris place.

Le duc s'assit à côté de George. Il y eut une brève bousculade, lorsque deux dames tentèrent de s'approprier le siège à sa gauche. Le duc ne sembla pas les remarquer, toute son attention était fixée sur George.

Alors que celle-ci ôtait ses gants et les rangeait dans son réticule, tante Agatha se pencha en avant et, depuis l'autre extrémité de la salle, lui fit un signe, comme pour lui intimer d'être aimable avec le duc. George la gratifia d'un sourire crispé.

Le duc fit preuve d'une grande sollicitude, présentant à George toutes sortes de plats qu'elle aimait. Elle avait faim, et le menu était magnifique. Le souvenir d'avoir eu faim, après avoir été privée de nourriture pendant des jours, n'était pas si lointain. Elle ne pouvait tout simplement pas refuser de la nourriture lorsqu'on lui en proposait.

Ni jouer distraitement avec du bout de sa fourchette, comme les autres dames, et laisser son assiette presque intacte. Ignorant les regards en coin de ses voisines de table, elle mangea avec appétit.

La dame assise de l'autre côté du duc s'efforça d'engager la conversation. Le duc lui répondit par monosyllabes avant de se concentrer de nouveau sur George. C'était très ennuyeux. Il aurait dû surveiller ses manières.

À quoi jouait-il ? Si son but en venant ici ce soir était de montrer à la bonne société qu'il ne subsistait pas de rancune entre les Rutherford et lui, il aurait pu partir après avoir dansé avec Rose.

Son intérêt inattendu à l'endroit de George attirait sur celle-ci l'attention des dames. Une attention qui n'avait rien d'amical.

George tenta de discuter avec son autre voisin de table, le vieux général Fairfax, mais celui-ci était sourd et plus intéressé par son assiette. Il lui souriait en hochant la tête, et continuait d'engloutir la nourriture comme s'il craignait que quelqu'un ne vienne lui voler son repas.

George décida de suivre son exemple, et de se concentrer sur son assiette.

Elle avait toutefois l'impression d'être une souris grignotant son fromage sous le regard d'un chat. Ou d'un vautour. Une souris avec un appétit anormal pour une dame. Elle s'efforça d'ignorer sa propre gêne. S'il n'aimait pas qu'elle mange autant, il n'aurait pas dû remplir son assiette.

D'autre part, manger l'empêchait de faire la conversation, et cela lui convenait très bien. Chaque fois qu'elle parlait à ce duc, elle se débrouillait pour l'offenser.

— Ces tourtes au crabe sont délicieuses, vous ne trouvez pas ? murmura-t-il en faisant signe au valet de remplir la coupe de George.

La jeune femme faillit s'étrangler. Avait-il tenu le compte des tourtes qu'elle avait avalées ? Sa remarque était-elle sarcastique ? L'accusait-il de gloutonnerie ?

— La cuisinière s'est surpassée, marmonna-t-elle avant d'avaler une gorgée de champagne.

Autour de la table, les conversations allaient bon train. Il était question du mari de Rose et d'un comte. Elle ne comprenait pas très bien. Elle jeta un coup d'œil à la table où sa famille était réunie. Ils avaient l'air plutôt contents. Le duc suivit son regard.

— L'époux de lady Rose semble en bien meilleure forme que la dernière fois que je l'ai vu.

— C'est normal. Il sortait d'une période difficile. Nous aimons tous beaucoup Thomas, ajouta-t-elle avant qu'il puisse critiquer l'homme qui l'avait supplanté.

— Lady Salter m'a parlé de lui. Elle ne semble pas l'aimer beaucoup.

— Tante Agatha n'aime pas grand monde.

— Elle m'aime, moi.

— Exactement, confirma-t-elle en lui coulant un regard oblique.

Les yeux froids étincelèrent, mais elle n'aurait su dire si c'était d'irritation ou d'amusement.

— Qu'aimeriez-vous manger à présent ? s'enquit le duc en constatant que son assiette était vide. Des tartelettes aux fruits ? Un gâteau au citron ? De la crème parfumée au cognac ? Des fruits glacés ?

— De la crème glacée et du raisin, merci.

Elle ne résistait pas à la crème glacée. Elle avait regardé la cuisinière plonger les grains de raisins dans les œufs battus en neige, avant de les saupoudrer de sucre, et cela lui avait paru délicieux.

Le duc lui remplit un bol, puis se servit, sous le regard amusé de George. Il avait peu mangé, ce qui ne la surprenait pas, car il était très mince et paraissait musclé. Mais, apparemment, il aimait les douceurs. Cela le faisait paraître presque humain.

Presque.

— J'ai remarqué l'autre jour à Hampstead Heath que vous étiez une excellente cavalière, lady Georgiana.

George se raidit. C'était donc cela, le but de toutes ces attentions ? Il allait de nouveau lui proposer d'acheter Sultan. Cet homme ne renonçait-il jamais ? Elle attendit la suite, les mâchoires crispées.

— Je suppose que vous aimez chasser ?

— Vous supposez mal, rétorqua-t-elle sèchement en plongeant sa cuillère dans sa crème glacée.

— Vous ne pratiquez pas la chasse à courre ? Vous ne savez pas ce que vous manquez…

— La chasse au renard est une activité cruelle et méprisable. Je…

— Fadaises ! C'est un sport.

— Un sport ? s'exclama-t-elle en reposant bruyamment sa cuillère. Vous trouvez que c'est un sport ? Des douzaines d'hommes à cheval, accompagnés de leur meute, pourchassant un seul petit renard ? Et quand le pauvre animal épuisé et acculé abandonne la lutte, vous regardez les chiens le mettre en pièces ! C'est de la barbarie !

— Les renards sont des nuisibles qu'il faut empêcher de se multiplier, répliqua-t-il froidement.

— Ce sont des créatures de Dieu, qui ont autant que nous le droit de vivre. Quand un enfant participe à la chasse pour la première fois de sa vie, vous coupez la fourrure du renard et vous essuyez le sang sur la joue du garçon en appelant cela un honneur ! Si ce n'est pas un geste barbare, je ne sais pas ce que c'est.

Il y eut un court silence. George croqua un grain de raisin, et ajouta, au cas où il n'aurait pas compris :

— Je déteste la chasse au renard et ceux qui la pratiquent.

Le visage du duc était sculpté dans la pierre, son expression, impénétrable, ses yeux, aussi durs et froids que le silex. George se détourna et s'aperçut que les convives quittaient la salle à manger. Dieu merci, cette épreuve était terminée. Elle posa sa serviette.

Aussitôt, le duc se leva et tira poliment sa chaise.

— Puis-je vous demander de m'accorder encore un moment, lady Georgiana ?

Elle lui avait assez accordé de temps pour la soirée.

— Je suis désolée, la prochaine danse est déjà réservée.

— Votre cavalier ne vous en tiendra pas rigueur. Ce sera l'affaire de quelques minutes.

— Quoi ? Vous êtes-vous arrangé pour qu'il renonce à cette danse ? Combien de mes cavaliers avez-vous soudoyés ?

— Ne soyez pas mélodramatique. Je n'ai eu qu'à lui glisser un mot à l'oreille. Il n'a pas insisté. Le vainqueur rafle le butin, ajouta-t-il avec un imperceptible haussement d'épaules.

— Je ne suis le *butin* de personne.

— Non, vous ne l'êtes pas, dit-il en la balayant d'un lent regard.

Qu'insinuait-il ? Elle n'aimait pas son ton, ni sa façon de la regarder, tel un chat s'apprêtant à déguster un bol de crème.

— Quelle chance vous avez d'être vous et de voir tout le monde se conformer à vos désirs, lâcha-t-elle, sarcastique.

— Oui, je l'avoue. À présent guidez-moi jusqu'à la bibliothèque.

La bibliothèque ? Que comptait-il trouver là-bas ? Mais si cela lui permettait de se débarrasser de lui...

— C'est par là, dit-elle en indiquant le couloir.

Il lui prit le coude.

— Je vous suis.

George jeta un coup d'œil à la famille. Cal aidait Emmaline à se lever. Il se montrait si tendre et plein de sollicitude qu'elle sentit sa gorge se nouer. Rose souriait à Thomas, qui semblait un peu préoccupé. Lily quittait la salle au bras de son mari, contrairement à l'usage qui voulait que mari et femme ne soient pas sans cesse ensemble. Tante Dottie continuait de manger tout en parlant avec animation à son cavalier, un bel homme d'âge mûr.

Tante Agatha surveillait George à travers son lorgnon. Elle lui adressa un bref signe de tête, l'incitant à suivre le duc. Tante Agatha était toujours du côté du duc.

L'espace d'une seconde, elle songea que sa grand-tante avait peut-être menti en prétendant que le duc n'avait pas voulu d'elle comme fiancée. Toutefois, il ne se comportait pas du tout comme un soupirant. Et il devait savoir, par ses amis, qu'elle ne voulait pas se marier. Non, il comptait probablement lui faire une nouvelle offre pour Sultan.

— Lady Georgiana ? La bibliothèque.

George le dévisagea froidement, puis :

— Très bien.

Elle allait montrer au duc où se trouvait la bibliothèque et elle pourrait enfin s'échapper.

7

Le ciel m'en préserve ! Ce serait la plus grande des calamités ! Trouver aimable un homme qu'on est résolu à détester ! Ne me souhaitez pas un tel tourment !

Jane AUSTEN,
Orgueil et Préjugés

Hart ouvrit la porte de la bibliothèque.

— Je veux juste vous dire un mot.

George lui coula un regard soupçonneux, puis entra. Il la suivit, et referma derrière eux.

Sa peau délicate était un peu empourprée – la colère, sans doute, de n'avoir eu d'autre choix que de l'accompagner.

Hart ne pensait pas qu'elle jouait la comédie. À l'opéra, il s'était demandé si ses propos excessifs avaient eu pour but d'attirer son attention. Les femmes auraient fait n'importe quoi pour qu'il les remarque, il y était habitué. Elle ne semblait toutefois pas suivre ce chemin.

D'après ses amis, c'était tout à fait le style de lady George : elle était franche et se moquait des conventions. Mais ils l'aimaient tout de même. Probablement parce qu'ils la croyaient quand elle prétendait ne pas vouloir se marier et se sentaient donc en sécurité avec elle.

Hart n'était pas convaincu. Naturellement, il se pouvait qu'elle éprouve de l'aversion pour les hommes, auquel cas, elle ne l'intéressait pas. Il ne pensait cependant pas que ce fût le cas.

À l'opéra, comme dans la serre, il avait ressenti une attirance sensuelle entre eux. Et il était sûr qu'il n'était pas le seul à l'éprouver.

Chaque fois qu'il la voyait traverser la salle de sa démarche souple et gracieuse, il avait la bouche sèche. Sa gaieté, quand elle dansait avec ses amis, son rire spontané, ses mouvements désinvoltes étaient... séduisants.

Une seule question demeurait.

— Alors, que voulez-vous ? demanda-t-elle.

Hart ne pouvait détacher les yeux des quelques grains de sucre qui scintillaient au coin de ses lèvres.

— Si c'est au sujet de ce que je vous ai dit à l'opéra, sachez que...

— Cela n'a rien à voir avec l'opéra.

Elle croisa les bras sous sa poitrine.

— Donc, il s'agit de mon cheval, n'est-ce pas ? Je vous ai dit que Sultan...

— N'est pas à vendre, je sais.

— Alors, que voulez-vous ?

— Ceci.

Il l'attira à lui. Elle s'écarta, le repoussa, quoique pas assez fort pour qu'il la lâche.

Il lui prit le menton.

— Vous avez du sucre sur la bouche, là.

Elle battit des paupières. Avant qu'elle ait pu réagir, il se pencha, lécha les grains de sucre du bout de la langue, et en profita pour inhaler son parfum. La flèche brûlante qui le traversa le surprit par sa force.

Il se redressa et la dévisagea, déconcerté. Il ne s'attendait pas à cela. La douceur, la chaleur, le désir. Elle le fixa, les yeux écarquillés. Elle semblait déboussolée, troublée, surprise. Et méfiante, tel un renard flairant un piège.

Elle avait éprouvé cette chaleur elle aussi, il en était certain, et ne savait qu'en penser. Ses lèvres étaient entrouvertes, sa respiration saccadée. Il savait pourquoi, car son propre pouls s'était emballé.

Elle posa les mains à plat sur son torse, le tenant à distance, sans vraiment le repousser.

— Que voulez...

Hart l'embrassa de nouveau, et le reste de sa phrase se perdit dans un soupir. Sa bouche était douce et pulpeuse. Il s'insinua entre ses lèvres et approfondit son baiser. Il eut l'impression qu'une flamme se répandait en lui, encore plus brûlante que la première.

Elle leva les poings, et il crut qu'elle allait le frapper. À tort. Son geste demeura en suspens. Après une brève hésitation, elle agrippa les revers de sa veste et se cramponna à lui en penchant la tête pour mieux lui offrir ses lèvres, son corps pressé contre le sien.

Sa bouche avait un goût de miel. Il y avait chez elle de la colère, de la surprise, et du désir, un profond désir.

Quand il la relâcha, il était haletant. Abasourdi, il la regarda fixement. Bien sûr, il l'avait trouvée attirante, pour autant, il ne s'attendait pas à cela... La tête lui tournait, son corps était en feu, dur et douloureux.

Elle battit des paupières et parvint, au bout de quelques secondes, à darder sur lui un regard noir.

— C... comment osez-vous ?

Sa protestation était faible, de toute évidence le cœur n'y était pas.

— Que croyiez-vous... ? reprit-elle.

Elle n'acheva pas sa phrase quand elle se rendit compte où cela risquait de la mener. Sa petite mégère était troublée. Lui-même était diablement secoué, mais il n'était pas question de le lui laisser voir.

Elle se rendit soudain compte qu'elle tenait toujours les revers de sa veste et les lâcha abruptement avant de reculer en chancelant.

Hart l'attrapa par la taille pour l'aider à recouvrer son équilibre.

— Arrêtez ! Laissez-moi !

Elle repoussa ses mains. Il ne résista pas et elle vacilla, heurta le bras d'un fauteuil et se rattrapa au dossier. Ses joues étaient en feu, ses lèvres gonflées et humides. Ses extraordinaires yeux gris scintillaient.

Une femme en proie au désir. Après un seul petit baiser. À peine deux.

— Vous êtes pleine de surprises, murmura-t-il, constatant avec satisfaction qu'il semblait très maître de lui.

Ce qui était loin d'être le cas.

Lady Georgiana s'essuya les lèvres du revers de la main, comme pour chasser le goût de son baiser.

— Je ne sais pas ce que vous entendez par là. Sortez.

Il ne bougea pas.

— J'étais curieux. Je voulais savoir si vous détestiez les hommes, comme le prétend la rumeur.

La rumeur était fausse. Il devait faire appel à toute sa volonté pour ne pas l'attirer à nouveau dans ses bras et reprendre là où il s'était arrêté. Ce n'était toutefois ni le lieu ni le moment. Il lui fallait s'éloigner pour réfléchir. Faire des plans.

— J'éprouve de l'antipathie pour les hommes – pour vous en particulier !

— Sûrement pas, riposta-t-il avec un lent sourire.

— Je ne vous supporte pas ! Je vous méprise et…

Il la fit taire d'un baiser.

Cette fois, quand il la relâcha, ses jambes se dérobèrent sous elle. Elle se laissa tomber dans le fauteuil. L'espace d'une minute, elle garda les yeux fermés, étourdie, cherchant des paroles cinglantes à lui assener. Mais son cœur battait la chamade, elle était plongée dans une extrême confusion, et rien, absolument rien, ne lui vint à l'esprit.

Quand elle rouvrit les yeux, il avait disparu.

Fixant la porte ouverte, elle frôla ses lèvres de ses doigts. Sa bouche n'était pas douloureuse, mais elle semblait gonflée. Elle aurait voulu la frotter pour chasser le goût de cet homme. Elle avait l'impression qu'il avait laissé sa marque sur elle.

Un plateau était posé sur la desserte, avec des verres et plusieurs carafes. Quelqu'un était entré ici pour boire. Elle se leva pour se servir, constata qu'elle tenait à peine sur ses jambes. Que lui avait-il fait, ce maudit duc ?

Elle remplit un verre de brandy, en avala une gorgée, s'étrangla, but de nouveau. C'était affreux, et en même temps, c'était le meilleur des remèdes. L'alcool lui brûla la gorge et la réchauffa.

Il ne chassa toutefois pas le goût des lèvres du duc. Il parut se mélanger à son parfum masculin, si bien que dorénavant, le brandy lui évoquerait le duc d'Everingham.

Tant pis. De toute façon, elle n'avait jamais aimé le brandy. Cependant, l'alcool la rasséréna. Elle allait pouvoir regagner la salle de bal et faire comme si rien ne s'était passé.

Parce que c'était le cas, décida-t-elle. Elle avait déjà oublié le duc, et son baiser.

Hart rentra chez lui à pied en repassant dans son esprit les événements de la soirée. Il n'avait pas prévu de l'embrasser. Oh, qui croyait-il duper ? Bien sûr qu'il y avait pensé. Ne serait-ce que pour tester sa théorie.

Sauf qu'il n'avait pas prévu... cela.

La flamme, l'innocence, la rébellion, et… il ne savait quoi d'autre. Lady Georgiana était un amas de contradictions.

Bonne danseuse, passionnée de musique, elle défendait farouchement les animaux, ne cachait pas sa façon de penser, et était d'une loyauté sans faille envers sa famille. Elle n'avait pas hésité à prendre la défense du mari de lady Rose alors qu'elle le connaissait depuis peu.

Les paroles de lady Salter lui revinrent en mémoire.

« J'avais cru, Votre Grâce, qu'un mariage avec une jeune fille de bonne famille, à l'esprit indépendant, qui ne serait pas sans cesse accrochée à vos basques, et qui serait heureuse de vivre dans un domaine de campagne pour y élever des chiens, des chevaux, et accessoirement des enfants, était exactement ce que vous recherchiez. Une épouse qui vous laisserait en paix et ne vous causerait aucun souci. »

Aucun souci ? Quelle bêtise ! Cela dit, une telle femme ne serait jamais ennuyeuse. Ni son titre ni ses manières ne l'intimidaient, et elle n'avait rien de docile – il faudrait que cela change, naturellement. Cependant, s'il se fiait à ce qu'il avait pu constater, tout le reste était vrai.

Il voulait se marier pour avoir un héritier. Peu lui importait ce que ferait sa femme une fois que cette question serait réglée. Surtout si elle voulait vivre à la campagne pour y élever des chiens, des chevaux et des enfants. Il continuerait de mener sa vie comme il l'entendait. Cela valait mieux que d'avoir une épouse qui le trompait à Londres, comme c'était le cas de beaucoup d'hommes mariés.

Lady Georgiana était une femme énergique attachée à sa liberté. Pourrait-elle être domptée ? Le voulait-il ou était-ce cette liberté qui l'attirait en elle ?

Il se la rappela à cheval. C'était une splendide cavalière, une véritable amazone – née pour la chasse, même si elle s'en défendait. Et pourtant, ce qu'elle avait dit à ce sujet ne ressemblait pas aux inepties sentimentales que débitaient certaines dames. Il y avait de la passion, de la fureur dans ses convictions. Quand bien même elle était dans l'erreur.

Car elle ne savait pas de quoi elle parlait. Il suffirait qu'il l'emmène avec son étalon, par une froide matinée d'hiver, avec les aboiements de la meute et l'excitation de la chasse. Il l'imaginait…

Hart s'immobilisa soudain au milieu de la rue, le regard perdu dans les ombres entre les réverbères.

Bon sang, il l'avait déjà vue. Cela remontait à quelques années, et maintenant tout lui revenait.

Il comprenait mieux pourquoi, en la regardant galoper à travers la lande, il avait eu cette impression bizarre. Cela l'avait intrigué, car il ne connaissait que très peu de jeunes garçons capables de monter ainsi, à part les quelques jockeys qui couraient pour lui. Ce cheval, en revanche…

Le souvenir était clair, à présent. Il avait croisé son chemin, par un matin d'hiver, trois ou quatre ans plus tôt.

Comme d'habitude, il avait évité Noël. Après la mort de son père, c'était devenu plus insupportable que jamais. Non parce que sa mère était en deuil, ce qu'elle s'efforçait de faire savoir à grand renfort de voiles noirs, mais parce que son propre chagrin était profond. Et secret.

Puis, lorsqu'il avait eu vingt et un ans, elle avait commencé à lui présenter des jeunes filles à marier. Elle les invitait à séjourner à Everingham Abbey. Et elle se lamentait lorsqu'il ne manifestait aucun intérêt pour elles.

Il était plus facile pour lui de rester à l'écart, aussi, quand son vieux camarade d'école, Stretton, l'avait invité en lui promettant quelques bonnes parties de chasse, Hart avait-il accepté sans hésiter.

Quel idiot. En fait, les deux sœurs célibataires de Stretton étaient le gibier qu'il était censé chasser. Hart les avait beaucoup déçues.

Une chasse au renard avait toutefois été organisée pour le jour de l'an, et c'était là qu'il avait vu lady Georgiana Rutherford pour la première fois. Il ignorait alors son nom, et même qu'elle était une dame. Il ne s'était pas rendu compte qu'elle appartenait au beau sexe.

La chasse avait bien commencé. La matinée était belle et glaciale, et les chiens n'avaient pas mis longtemps à trouver la piste d'un renard. Ils s'étaient lancés.

Bondir par-dessus les haies et les ruisseaux en projetant des paquets de boue, l'air froid dans les poumons, les aboiements de la meute et le son du cor, il vivait pour cela, c'était pour cette raison qu'il adorait la chasse. Les sabots de son cheval brisaient la fine couche de givre qui s'était formée pendant la nuit, libérant les senteurs de la terre et des herbes mortes.

Une pure exaltation.

Et soudain, sans prévenir… tout cela vola en éclats.

Les chiens s'arrêtèrent, se dispersèrent, le renard apparemment oublié. Le maître d'équipage jura en faisant claquer son fouet.

— Un de ces jours, je tuerai ce maudit gamin ! s'exclama-t-il en brandissant le poing.

Un garçon montant à cru un jeune étalon noir les contemplait depuis le sommet de la colline. Il était détendu, joyeux, toute son attitude exprimant un profond mépris. D'autres chasseurs les rejoignirent.

— Je l'étranglerais bien, celui-là !

— Il mériterait une bonne correction !

Stretton s'arrêta à la hauteur de Hart.

— Oh, pas encore ! Quelle poisse.

— Que se passe-t-il ? s'enquit Hart.

Cet arrêt soudain était frustrant.

— Une plaie, dit Stretton en désignant le garçon sur la colline. Il met un point d'honneur à gâcher la chasse chaque fois qu'il le peut. Il répand de la nourriture pour les chiens, détruit la piste en semant des têtes de harengs fumés sur le sol. Il lui est même arrivé de sonner du cor pour égarer la meute. Bon sang, ce satané renard doit être loin à présent !

— Pourquoi personne ne l'arrête ? Je lui apprendrai, moi, à empêcher les gentlemen de chasser.

— Tu veux essayer ?

— Volontiers !

Sur ce, Hart avait éperonné son cheval à la poursuite d'un gibier différent, un gamin insolent montant à cru un étalon noir. Il se rappelait encore sa fureur et sa détermination à attraper le gamin pour lui flanquer la correction qu'il méritait. Ce dernier était un cavalier remarquable, son cheval était jeune et, comme lui, n'avait pas encore développé toute sa puissance.

La monture de Hart était plus grande et plus forte. Peu à peu, il l'avait rattrapé, la course lui échauffant le sang.

Parvenu à la hauteur du gamin, il avait tendu la main pour le jeter à bas de sa monture. Après une courte lutte, tous deux s'étaient effondrés sur le sol boueux. Le gamin était demeuré immobile et, l'espace d'un instant, Hart avait craint de l'avoir tué.

En fait, il avait juste le souffle coupé. Quand enfin il avait pris une longue inspiration saccadée et ouvert les yeux – de superbes yeux gris frangés de longs cils noirs –, Hart avait réalisé qu'il avait fait tomber une jeune fille de son cheval, la projetant brutalement sur le sol.

Choqué, il n'avait pas su quoi dire. Il était horrifié. Les mots lui manquaient. Il n'avait jamais levé la main sur une femme.

— Je suis désolé, avait-il bredouillé. Je... je ne savais pas. Comment vous sentez-vous ?

Elle l'avait regardé longuement tout en s'efforçant de reprendre son souffle. Accroupi devant elle, il avait attendu qu'elle parle. Puis, au moment où il s'y attendait le moins, elle lui avait décoché un coup de genou dans l'entrejambe, s'était relevée, avait enfourché souplement sa monture avant de disparaître à la vitesse de l'éclair, laissant Hart se tordre de douleur sur le sol.

Lady Georgiana Rutherford. Il ignorait alors que c'était elle. Les autres chasseurs, maudits soient-ils, savaient que c'était une femme ! Ils l'avaient délibérément induit en erreur. Tout ce qu'ils savaient en réalité, c'était qu'elle était la fille illégitime d'un homme fortuné. Ce qui n'était pas une excuse.

Hart avait eu une explication avec Stretton.

— Tu savais que je poursuivais une fille ?

— Bien sûr, avait répondu Stretton en ricanant. Cette petite garce méritait une bonne leçon. J'espère qu'elle s'est fait mal en tombant. Dommage qu'elle ne se soit pas rompu le cou.

Écœuré, Hart lui avait envoyé son poing dans la figure, et avait quitté la région sur-le-champ. Il n'avait plus jamais adressé la parole à Stretton.

Puis cet incident était sorti de sa mémoire. Jusqu'à ce soir.

Hart jeta un coup d'œil autour de lui, un peu surpris. Il était rentré chez lui sans même s'en rendre compte, et était assis dans son fauteuil préféré, dans la bibliothèque. Il ne se souvenait pas du trajet, ni d'avoir ouvert la porte d'entrée. Il s'était même servi un brandy. Il le dégusta, savourant la légère brûlure dans sa gorge.

Lady Georgiana Rutherford. Rebelle, indomptable, insaisissable.

Il avait toujours aimé la chasse.

George avait beau essayer, elle ne pouvait se sortir ce baiser de la tête. Ces baisers, en réalité, puisqu'il y en avait eu au moins deux, qu'il aurait pu y en avoir davantage, et qu'elle ne savait pas très bien quand l'un avait pris fin, et quand l'autre avait commencé. Tout ce qu'elle pouvait dire, c'était que cela était fort... troublant.

Et pas seulement à cause de l'effet que ces baisers avaient eu sur elle. Jamais, de sa vie, elle n'avait senti ses genoux se dérober, et elle ne pouvait accorder sa confiance à un homme qui avait un tel pouvoir sur elle.

Pourquoi l'avait-il embrassée ? Il ne l'aimait pas, et elle le lui rendait bien. Donc, quel était son but ?

Il avait prétendu vouloir découvrir si elle ressentait de l'aversion pour les hommes... et elle lui avait répondu que c'était le cas, en particulier pour lui. C'était clair.

Alors, pourquoi ?

Était-ce une façon de lui faire payer ce qu'elle avait dit à l'opéra ? Ou dans la serre ? Était-il toujours en colère parce qu'elle refusait de lui vendre Sultan ?

Elle avait entendu parler de « baiser vengeur ». Elle ne comprenait pas ce que les gens entendaient par là, mais elle avait trouvé ce baiser plus troublant que vengeur.

Elle décida d'interroger Lily et Rose. Elle aborderait le sujet du baiser en général, d'un air détaché. Personne ne devait savoir que le duc l'avait embrassée. Si quelqu'un l'apprenait, cela ferait toute une histoire, et elle avait horreur des histoires.

Elle souleva la question le lendemain matin après le petit déjeuner, alors qu'elles se trouvaient à l'étage. Rose se préparait pour aller s'installer avec Thomas dans leur nouvelle maison.

— Tu as déjà entendu dire que des gens avaient les jambes qui se dérobaient après un baiser ? s'enquit George, l'air de rien.

Rose, qui était en train de se coiffer devant le miroir, fit volte-face.

— George ! On t'a enfin embrassée !

— Non, c'est juste que… j'ai entendu des filles en parler, et je me demandais…

— Qui était-ce ? la coupa Lily. Ce devait être un baiser agréable si tu avais les jambes flageolantes !

— Était-ce pendant le bal ? enchaîna Rose. J'étais si préoccupée par ce qui se passait avec Thomas que je n'ai pas vu avec qui tu dansais.

— Elle a passé une bonne partie de la soirée avec le duc, intervint Lily. Ils ont dansé deux fois, et ont dîné côte à côte.

— Non ? C'était donc le duc ? Le *duc* t'a embrassée ?

— Bien sûr que non. Je le déteste. Pourquoi le laisserais-je m'embrasser ?

Rose ne tint aucun compte de ses protestations.

— Le duc. Comme c'est étrange. Pendant nos courtes fiançailles, il ne m'a embrassée qu'une seule fois. Jamais il n'y eut de baiser plus chaste. Il n'y avait vraiment pas de quoi défaillir.

— Il a dû l'embrasser très passionnément pour que ses jambes se dérobent, déclara Lily avec un grand sourire.

— Arrête, s'écria George. Personne ne m'a embrassée. C'est juste que… j'ai entendu quelqu'un dire que ses genoux tremblaient, et cela m'a paru invraisemblable, voilà tout.

Rose s'esclaffa.

— George Rutherford, si personne ne t'a embrassée hier soir, explique-nous pourquoi tu as les joues en feu.

George plaqua les mains sur ses joues. Elles étaient très chaudes, en effet.

— Bon, d'accord, quelqu'un m'a embrassée… mais je ne dirai pas qui…

— C'était le duc, s'entêta Lily. J'en suis sûre.

— Ce n'était pas le duc, c'était juste... un homme.
— Quel homme ? Qui ?
— Je n'ai pas compris son nom.
— Un homme sans nom ? C'est incroyable.
— En revanche, il avait une bouche, dit Lily en pouffant. Et sans doute une langue aussi.
— Forcément. Pour que ses jambes se soient dérobées.
— Oh, taisez-vous, vous êtes ridicules toutes les deux ! s'énerva George. Je ne veux plus parler de cela.

Elle avait été idiote de leur raconter. Lily et Rose étaient follement amoureuses de leur mari, et bien entendu elles auraient voulu qu'elle soit amoureuse elle aussi. Ce qui n'arriverait jamais. Donc, elle n'obtiendrait jamais d'elles une réponse raisonnable.

D'autre part, ses joues étant sur le point de prendre feu, elle pivota sur ses talons et sortit, drapée dans sa dignité. Pour autant que ce fût possible en étant poursuivie par leurs rires dans le couloir.

Quoi qu'il en soit, leurs connaissances ne lui étaient d'aucune utilité, décida-t-elle. Lily et Rose étant amoureuses, elles considéraient un baiser comme l'expression de l'amour.

George n'aimait pas le duc. Et même, pour dire la vérité, elle le détestait. Le problème, c'était que ses baisers l'avaient déstabilisée.

Durant les jours qui suivirent le soir du bal – qui pour George était désormais le « soir du baiser » –, elle se prépara mentalement à rencontrer le duc dans d'autres réceptions.

Elle était sûre qu'il viendrait à la soirée de lady Pentwhistle. Tous les gens importants avaient été invités et il y aurait foule. Le duc arriverait, l'air sardonique et intimidant. George l'ignorerait complètement. À moins qu'il ne l'invite pour la première danse, auquel cas elle n'aurait d'autre choix que d'accepter si elle ne voulait pas faire tapisserie toute la soirée. Car si elle lui refusait cette danse, les conventions de la haute société l'obligeraient à refuser l'invitation de tous les autres gentlemen.

Ce qu'il savait, naturellement. Ce qu'il ignorait, en revanche, c'était que George était prête à faire ce sacrifice. Car elle serait largement récompensée par ce qu'elle lirait dans ses yeux lorsqu'il essuierait ce refus. Personne ne refusait jamais une invitation du duc.

Ce dernier ne se montra pas à la réception de lady Pentwhistle.

Il n'assista pas non plus au bal des Heatherton, ni à la réception de fiançailles de Charlotte Sandford, ni au déjeuner vénitien de lady Marclay, ni à aucun des événements auxquels George avait été conviée.

Le duc semblait avoir tout simplement disparu de la surface de la terre. À moins qu'il ne soit retourné à son existence d'ermite.

« Tant mieux », se dit George. Elle aimait autant ne pas le voir surgir à tout moment. Elle aurait cependant aimé le croiser encore une fois, histoire de le gratifier de quelques remarques cinglantes auxquelles elle avait pensé.

Il devint rapidement clair que le duc ne se montrerait pas dans les soirées auxquelles elle assistait. Malgré tout, elle ne pouvait s'empêcher de le chercher des yeux.

Mais elle avait beau chercher, il n'était pas là.

C'était une bonne chose, se répétait-elle. Plus vite elle l'effacerait de sa mémoire, mieux cela vaudrait. Elle cesserait enfin d'être la proie de ces rêves enflammés qui la réveillaient au milieu de la nuit, en nage, sa chemise de nuit entortillée autour de ses hanches. Des rêves qui lui faisaient revivre ces baisers.

S'efforçant de reprendre le cours de sa vie, elle décida que l'exercice l'aiderait à le chasser de son esprit. Elle montait donc à cheval au point du jour, puis dans la journée, et aussi au crépuscule. Sultan, le pauvre Kirk, Finn et elle-même étaient à bout de forces. Mais ces courses folles lui rappelaient cette merveilleuse poursuite à Hampstead Heath. Dans ses rêves, la course se terminait par un baiser. Ce qui était absolument ridicule !

Elle croyait savoir quel était son problème, et elle était sûre que cela lui passerait en quelques semaines. En attendant, elle devait supporter ce désagrément, et cette irritation.

Or, la patience n'avait jamais été l'une de ses qualités.

Le duc continuait de garder ses distances, contrairement à ses rêves. Ce qui était très agaçant.

George retrouva son train-train quotidien. Une promenade à cheval à l'aube, des visites, des emplettes, puis une promenade au parc avec tante Dottie dans l'après-midi. Et le soir, une réception ou une autre.

Rose et Lily étaient parties à la campagne, Emmaline était si près du terme de sa grossesse qu'elle passait toutes ses journées à la maison, et George s'ennuyait à mourir. La vie était devenue sans intérêt.

Qu'y avait-il de plus morne que Hyde Park à l'heure des mondaines ? Tante Dottie raffolait de la promenade et des potins. Et si George adorait sa tante, elle détestait les potins. Pour elle, cette promenade était plus fatigante qu'une course à travers la lande, à Hampstead Heath.

À peine avait-on fait trois pas qu'il fallait s'arrêter pour saluer une connaissance.

— Lady Unetelle, comment allez-vous ?

Cinq minutes de bavardage ennuyeux, puis encore trois pas.

— Lady Machin, quel joli chapeau ! Où l'avez-vous acheté ?

Encore quelques pas.

— Avez-vous su ce qui s'était passé au bal de lady Trucmuche, l'autre soir ? Choquant, n'est-ce pas ? Croyez-vous que...

Parfois, les dames remarquaient Finn, et la conversation devenait un tantinet plus intéressante. Quoique la plupart du temps, George se retrouvait obligée de débiter des banalités.

— Non, il ne mord pas. Oui, il est grand... Il s'appelle Finn. C'est un lévrier irlandais... Oui, il mange beaucoup... Oui, c'est un amour, disait-elle, les dents serrées.

Un amour ! Comme si son noble Finn pouvait être comparé à un chien de manchon !

Parfois, elle avait envie de hurler et de s'enfuir dans la forêt avec son chien. Sauf qu'il n'y avait pas de forêt à Londres. Juste des taudis, des ruelles sombres, des rues froides et interminables qui ne lui donnaient pas du tout envie de courir.

— Tiens, voilà Mme Prescott, lança un jour tante Dottie. La dame dont tu as secouru le chien.

Mme Prescott s'approcha, et après qu'elles eurent échangé les traditionnelles salutations et formules de politesse, George lui demanda où était Fifi.

— Je l'ai envoyée à la campagne. Elle reviendra dès que son... son état aura changé, ajouta-t-elle à voix basse en jetant des regards autour d'elle.

— Vous voulez dire qu'elle attend des petits ?

— Non, non ! Du moins, je l'espère ! Non, je n'ose y penser ! Ma chère petite Fifi !

— Espérons, murmura George.

Elles poursuivirent leur promenade. « Pauvre petite Fifi à la merci de sa nature animale », songea George, qui savait ce qu'elle devait ressentir.

— Je parie que sa chère Fifi attend bel et bien des petits, dit tante Dottie. Et du plus laid de cette troupe de bâtards, ajouta-t-elle en riant. Cela étant, les plus laids sont souvent les plus attirants. Le physique n'est pas tout, tu sais.

Elle s'arrêta, balaya le parc du regard.

— Il faut cependant admettre qu'il n'y a rien de plus séduisant qu'un bel homme à cheval.

George suivit son regard. Et là, juché sur un magnifique hongre bai, elle découvrit le duc. L'incarnation de la perfection masculine. Sa veste à la coupe exquise mettait en valeur son corps mince et puissant, et son pantalon de daim moulait ses longues cuisses musclées. Son cheval et ses bottes étincelaient. Ses yeux durs scintillèrent lorsqu'il croisa son regard et inclina légèrement la tête.

Sans un mot, il continua sa promenade.

C'est à peine s'il les avait remarquées, tante Dottie et elle. Quelle arrogance.

Hart sut précisément à quel moment elle prit conscience de sa présence. Il l'observait depuis quelques minutes tandis qu'elle se promenait avec sa tante en s'efforçant de ne pas montrer qu'elle s'ennuyait mortellement. Malgré son chapeau, il voyait clairement ses réactions – elle avait un visage très expressif. Surprise, soulagement, espoir et agacement se succédaient sur ses traits.

Parfait. Son voyage à la campagne avait eu l'effet escompté, même si les raisons de son déplacement n'avaient rien à voir avec elle. Le domaine de son cousin décédé était en bien plus mauvais état qu'il ne s'y attendait, et une entrevue avec le nouveau régisseur était indispensable. Toutes sortes d'irrégularités de gestion avaient été relevées après le décès d'Arthur Wooldridge.

Certains des amis de Hart méprisaient les devoirs qui incombaient à un propriétaire. Ils considéraient que s'intéresser de trop près aux affaires n'était pas digne d'eux. Hart, lui, aimait ce travail. Étudier un problème, en analyser les causes, envisager des solutions, choisir la meilleure option, mettre en œuvre une action lui apportait beaucoup de satisfaction. Sans parler d'observer les résultats. Pour être franc, il aimait aussi être riche. Et il savait que s'il était malin et faisait preuve de diligence, il le serait encore davantage.

Dans le cas présent, il faisait tous ces efforts pour le bénéfice du fils de son cousin, Phillip, qui, à sept ans, devait déjà faire face au monceau de dettes léguées par son père et son grand-père. Naturellement, le garçon ignorait tout de sa situation. C'était déjà suffisamment triste qu'il se retrouve orphelin.

Hart avait suggéré de l'envoyer à l'école, mais son professeur particulier avait expliqué qu'il était de nature délicate et trop nerveux pour supporter l'ambiance tapageuse de la pension. L'année prochaine, peut-être...

Le domaine avait beau être en mauvais état, Hart était déterminé. Quand le jeune Phillip Wooldridge atteindrait sa majorité, il hériterait d'une propriété prospère et bien gérée.

Hart étant de retour à Londres, la deuxième étape de la chasse pouvait commencer. Il voulait perdre le moins de temps possible à arranger son mariage, et sa stratégie était déjà toute prête.

Pendant son absence, il avait beaucoup réfléchi à son projet concernant lady Georgiana Rutherford. Il y avait consacré autant de temps qu'à n'importe laquelle de ses affaires. S'il lui fallait une épouse pour avoir un héritier, il ne voulait pas d'une femme accrochée à ses basques et exigeante. Ni d'une femme trop sentimentale.

Il avait eu l'exemple de son père sous les yeux.

La tante de lady Georgiana prétendait que celle-ci voulait vivre à la campagne pour s'occuper de chiens, de chevaux – et d'enfants. Cela convenait parfaitement à Hart. Il n'avait pas besoin d'une duchesse pour des raisons mondaines ou politiques. Ni d'une hôtesse parfaite, ou d'une femme capable de s'occuper de ses nombreuses demeures. Après tout, les majordomes, les gouvernantes et les régisseurs étaient là pour ça.

Lady Georgiana semblait aussi indépendante que l'affirmait sa tante. Elle était un peu versatile, mais au moins elle ne serait pas ennuyeuse. Que cette humeur changeante soit en partie la conséquence d'un désir qu'elle ne savait comment maîtriser lui plaisait. Ce qui lui plaisait encore plus, c'était la sensualité qui se dissimulait sous cette allure de garçon manqué.

Hart avait vraiment été pris de court. Seigneur, ce baiser dans la bibliothèque le hantait. Il n'aurait aucun mal à lui faire un enfant.

Mais le désir était éphémère. Une fois la flamme éteinte, chacun s'installerait de son côté. Elle dans une de ses maisons de campagne, et lui à Londres. Où il ferait ce qu'il voudrait, quand il le voudrait, avec qui il voudrait.

En somme, lady Georgiana correspondait parfaitement à ce qu'il recherchait.

Quant à sa décision de ne pas se marier, il n'y croyait pas. Il savait d'expérience que toutes les femmes souhaitaient se marier. Et il avait la solution à ce petit problème.

8

Son ressentiment devant une telle conduite, son indignation d'en avoir été dupe, furent tels que durant un court moment, elle ne put que s'en prendre à elle-même.

Jane AUSTEN,
Le Cœur et la Raison

Tout le monde savait que les soirées musicales de la vieille Mme Gastonbury s'apparentaient davantage à une corvée qu'à un plaisir. Surtout quand sa petite-fille adorée devait chanter, ce qui était invariablement le cas. Si Cicely Gastonbury avait beaucoup d'enthousiasme, elle manquait singulièrement d'oreille.

Cependant, la vieille Mme Gastonbury était apprécié et Cicely était une gentille jeune fille. Il fallait ajouter à cela que la cuisinière de Mme Gastonbury était excellente et que les soupers qui accompagnaient lesdites soirées musicales étaient renommés, si bien que les invités s'y pressaient et s'efforçaient de sourire aimablement tandis que Mozart, Hayden et Beethoven étaient systématiquement massacrés.

Assise entre tante Dottie et tante Agatha, George se demandait comment échapper à ce supplice. On l'avait prévenue que la musique ne serait pas très bonne, mais elle n'imaginait pas que Cicely chanterait aussi mal et aussi longtemps.

— Et maintenant, avant le souper, Cicely va nous interpréter un trio de ballades écossaises.

George ferma les yeux, regrettant de ne pouvoir se boucher les oreilles. Il fallait qu'elle sorte.

Tandis que Cicely et son accompagnatrice se préparaient, un valet vint murmurer à l'oreille de George :

— Lady Georgiana, quelqu'un souhaite vous parler.

Tante Agatha fronça les sourcils.

— Qui est-ce ?

Le valet ne dut pas entendre la question, car il ne répondit pas. Tante Agatha chuchota :

— Tu ne peux pas sortir alors que Cicely s'apprête à chanter. Ce serait très mal élevé. Cette personne attendra pour te parler en présence de Dorothea ou de moi-même.

Cicely n'avait pas encore commencé, et George doutait d'être capable de supporter plus longtemps d'entendre chanter aussi faux.

— J'en ai pour une minute, souffla-t-elle. De toute façon, je dois me rendre dans le salon de repos des dames.

Avant que tante Agatha ait le temps de répondre, George adressa un petit signe de tête à Cicely pour s'excuser et se précipita vers la porte. Elle referma celle-ci alors que les premières notes de la ballade s'élevaient dans le salon.

— Qui était-ce ? demanda-t-elle.

Mais le valet avait disparu. Et le duc d'Everingham était nonchalamment adossé au mur.

— Vous ! Que faites-vous là ?

Il se redressa et s'approcha d'elle d'une démarche souple.

— Vous appréciez la musique ?

George recula.

— Vous savez très bien que non.

— Vraiment ? Je croyais pourtant que vous étiez mélomane.

— Et je crois me rappeler que vous ne l'êtes pas. Quoi qu'il en soit, je n'appelle pas cela de la musique, ajouta-t-elle en indiquant la porte.

Elle se tourna vers lui et s'aperçut qu'il s'était rapproché. Elle tenta de le contourner et se rendit compte qu'elle était coincée entre le mur, la balustrade et le duc.

Il était assez près pour qu'elle distingue le grain de peau de ses joues fraîchement rasées et sente son parfum désormais familier. Il savait qu'il l'avait acculée et paraissait horriblement content de lui.

Agacée, elle se raidit. Pas question de se laisser intimider.

— C'est vous qui avez envoyé ce valet ?

Il ne répondit pas. Son regard glissa lentement sur elle, et elle sentit sa peau la picoter. Elle savait que sa robe était trop décolletée. Les filles comme elle, qui n'étaient pas dotées d'une poitrine avantageuse, avaient tout intérêt à cacher le peu qu'elles avaient. Mlle Chance, sa couturière à la langue bien pendue, n'était pas de cet avis.

« Ne vous inquiétez pas, ce corsage n'en révélera pas trop. Il mettra juste en valeur votre poitrine », avait-elle assuré en prenant les mesures de George.

Et quand la robe avait été finie, George avait été très contente du résultat. À présent, cependant, sous le regard du duc, elle se sentait exposée et mal à l'aise. Posant la main sur son torse, elle voulut le repousser.

— Reculez. Vous êtes trop près et je n'aime pas cela.

Il ne bougea pas d'un pouce.

— Si, vous aimez cela.

— Non.

C'était un mensonge. Elle avait envie de se pencher vers lui pour inhaler son parfum. Comment pouvait-on sentir aussi bon ? Elle résista à la tentation. Elle savait ce qui lui arrivait et elle ne céderait pas.

— Je vous trouve… agaçant.

Il garda le silence. Son regard gris se posa sur sa bouche, réveillant des sensations qu'elle ne voulait pas éprouver. Une onde de chaleur l'envahit alors que le souvenir de leur baiser lui revenait…

Elle s'humecta les lèvres. Les yeux du duc s'assombrirent et elle se frotta la bouche du dos de la main dans l'espoir de chasser ce souvenir. Une lueur amusée apparut dans les prunelles du duc.

— Je vous ai manqué, n'est-ce pas ?

— À moi ? s'exclama-t-elle, s'efforçant de paraître incrédule. Quand m'auriez-vous manqué ?

Ce n'était pas parce qu'elle avait noté son absence qu'il lui avait manqué !

— Quand j'étais absent.

— Vous vous êtes absenté ? Je n'avais pas remarqué.

Si seulement il s'était absenté deux semaines de plus, elle aurait eu le temps de redevenir elle-même. Hélas, il était revenu trop tôt, et la chaleur se répandait en elle. Le seul fait de se trouver si près de lui faisait naître une sorte d'excitation, qui lui coupait presque le souffle. C'était la colère, décida-t-elle. Ce ne pouvait être que cela.

— Vous avez remarqué, répliqua-t-il avec un sourire en coin. Et je pense que je vous ai manqué. C'est en tout cas ce qu'indiquait votre expression quand nous nous sommes rencontrés dans le parc, hier.

— Nous ne nous sommes pas rencontrés, vous êtes passé à côté de moi comme si je n'existais… Oh, vous étiez au parc ?

Il était trop tard pour rattraper son erreur, et il sourit de plus belle.

— Votre regard s'est éclairé quand vous m'avez vu.

— J'admirais votre cheval, rétorqua-t-elle.

— Vous étiez soulagée de me voir, car je vous avais manqué. Et vous étiez agacée que je ne vienne pas vous saluer.

George eut l'impression d'être transparente. C'était exaspérant.

— Vous avez beau être très sûr de vous, Votre Grâce le duc d'Arrogance, vous ignorez ce que je pense.

— Je le sais très bien, au contraire. Vous avez envie de me donner un vigoureux coup de genou dans l'entrejambe.

— Eh bien, si vous ne me laissez pas passer, vous verrez si c'est le cas, n'est-ce pas ?

Il se tourna à demi, levant les mains comme pour la tenir à distance.

— Vous n'allez pas recommencer ?

— Que voulez-vous dire ? Je n'ai jamais...

— Vous l'avez fait, il y a cinq ans.

— C'est absurde. Je ne vous connaissais pas, il y a cinq ans. Ce devait être quelqu'un d'autre – une femme dotée d'un peu de bon sens, à l'évidence.

— C'était vous. Nous étions dans le Gloucestershire. Vous veniez de gâcher une chasse à courre, et je vous ai jetée à bas de votre cheval, croyant que vous étiez un garçon.

— Oh, c'était vous ? Dans ce cas, c'était mérité. Maintenant que j'y pense, j'aurais dû frapper plus fort. À présent laissez-moi passer, j'aimerais retourner dans la salle.

Il eut un sourire amusé.

— Non, c'est faux. Ce concert est abominable. Moi qui pensais que vous ne mentiez jamais, ajouta-t-il d'une voix de velours.

Une fois de plus il avait raison, et George sentit la moutarde lui monter au nez. Elle posa la main sur son épaule et le repoussa.

— Vous êtes agaçant à la fin ! Laissez-moi passer, voulez-vous ?

Il demeura planté là, grand, puissant, suffisant. Il était séduisant et, pire que tout, il le savait.

— Repoussez-moi, dit-il avec un sourire de défi. Puisque vous en avez envie.

Il osait prétendre savoir ce dont elle avait envie ? La colère, le désir et la frustration faisaient rage dans le cœur de George. Elle était tendue comme un ressort. Il était prévenu…

— Dans ce cas…

Elle leva le genou, visant l'entrejambe du duc. Sauf qu'elle était habituée à porter un pantalon, et sa jupe était étroite. Dans le mouvement, le tissu se plaqua contre l'arrière de son autre jambe, faisant plier son genou. Jurant tout bas, elle perdit l'équilibre.

Et tomba dans les bras d'Everingham.

Ce dernier l'attira contre lui et s'empara de ses lèvres. Son baiser ne fut pas aussi délicat que la première fois. Il était possessif, comme s'il avait parfaitement le droit de l'embrasser. Une petite voix dans sa tête suggéra à George qu'il ne l'avait pas, mais son corps s'en moquait.

Le goût de sa bouche pénétra en elle, lui échauffant le sang. Elle plongea les doigts dans les cheveux du duc et pressa ses lèvres contre les siennes. Un frisson la parcourut et une spirale brûlante se déploya dans son ventre.

Il l'embrassa comme s'il voulait la dévorer. Elle lui rendit chaque baiser, chaque caresse, laissant sa passion s'exprimer. Elle se plaqua contre son corps, en proie à un désir irrépressible. Elle savait qu'elle ne se contrôlait plus, et cela lui était égal.

Le duc laissa ses mains glisser sur ses hanches, et elle se rendit compte qu'il remontait ses jupes. L'air frais lui caressa les jambes, puis elle sentit ses mains sous ses fesses. Il la souleva contre lui, la pressa là où il était dur et chaud.

— Enroulez les jambes autour de moi, murmura-t-il.

Sans réfléchir, elle obéit, et trouva que c'était bien mieux ainsi. Elle pouvait contrôler la situation, comme lorsqu'elle montait à cheval. Son dos était plaqué contre le mur, et le duc appuyait sa virilité au creux de ses cuisses. Elle ondula contre lui telle une chatte en chaleur.

Avec un grondement, il se frotta contre elle sans cesser de l'embrasser.

— *Georgiana Rutherford !*

La voix indignée de tante Agatha transperça le brouillard qui enveloppait George. Étourdie, elle recula et s'efforça de reprendre ses esprits.

— Georgiana !

La réalité reprit ses droits. Elle était cramponnée à Everingham, les doigts dans ses cheveux, les jupes relevées et les jambes... Oh, Seigneur, ses jambes étaient enroulées autour de sa taille ! Pire, il avait insinué la main entre elles.

L'espace d'un instant, elle fut incapable de se rappeler si elle portait des dessous et les chercha subrepticement du bout des doigts. Elle constata, soulagée, qu'ils étaient bien là.

Tante Agatha était de la vieille école. Elle prétendait que les caleçons avaient été inventés par les Français pour ridiculiser les Anglaises. Quoi qu'il en soit, George se sentait plus à l'aise quand elle en portait. Ce n'était pas aussi pratique qu'un vrai pantalon, mais au moins elle n'était pas nue sous ses jupes et ne craignait pas les courants d'air.

— Georgiana Rutherford, c'est une honte ! Écarte-toi immédiatement de cet homme !

George dénoua les jambes, reposa les pieds sur le sol, et secoua ses jupes. Ses mains tremblaient, et la tête lui tournait. Que diable s'était-il passé ?

Elle avait perdu toute maîtrise d'elle-même, et avait laissé le duc faire ce qu'il voulait. Pire, elle s'était prêtée à son jeu.

Peu à peu, elle prit conscience de bruits de voix. Et quand elle jeta un coup d'œil par-dessus l'épaule du duc, elle réalisa que tante Agatha n'était pas seule. La moitié des invités étaient là et la regardaient, bouche bée. Ils gagnaient la salle à manger quand ils avaient découvert George et le duc enlacés.

Tous les regards étaient braqués sur elle. Curieux, scandalisés, choqués, dégoûtés, se régalant de son humiliation. Elle aurait voulu disparaître dans un trou de souris.

Les bras du duc l'entouraient encore, la soutenant fermement. Ce qui n'était pas plus mal, songea-t-elle vaguement, car ses jambes ne la portaient plus.

— Redmond Jasper Hartley, qu'est-ce que cela signifie ? glapit tante Agatha, qui s'était dispensée du « Votre Grâce ».

— Je pensais que c'était évident, lady Salter.

La voix du duc, claire et froide, domina le bourdonnement de remarques scandalisées. George cilla, déconcertée. Il semblait parfaitement calme et maître de lui, alors même qu'elle sentait son cœur battre aussi violemment que le sien.

— Lady Georgiana vient d'accepter de devenir ma femme. Nous scellions nos fiançailles d'un baiser.

Ses paroles firent naître une nouvelle vague de commentaires stupéfaits. Tante Agatha fronça les sourcils. *Sa femme ?* George retrouva soudain toute sa tête. *Des fiançailles ?*

— Non, ce n'est pas...

Tante Agatha lui coupa brusquement la parole.

— Vos fiançailles ? Georgiana, reprit-elle avec un sourire épanoui, félicitations, ma chère enfant. Je comprends que tu aies l'air si agitée. La tête doit te tourner.

La salle de concert s'était vidée et tous les invités étaient maintenant regroupés dans le hall. Malgré les délicieux fumets qui s'échappaient de la salle à manger, personne ne bougeait. Un plat beaucoup plus intéressant était servi dans le corridor. Lady Georgiana Rutherford prise en flagrant délit, les jambes nouées autour de la taille du duc d'Everingham – le fiancé que sa tante avait abandonné devant l'autel !

Tante Agatha se tourna vers la foule.

— Mes amis, je suis enchantée que vous soyez là pour assister aux fiançailles si romantiques de ma nièce, lady Georgiana Rutherford…

— Non ! Je ne suis pas fi…, voulut protester George.

En vain. La voix de sa tante s'éleva, assez puissante pour remplir une salle d'opéra.

— Avec Sa Grâce, le duc d'Everingham. Une merveilleuse idylle, je pense que vous serez tous de mon avis.

Le premier choc passé, des applaudissements retentirent, suivis d'un concert de félicitations. Et de quelques remarques sournoises.

— Je ne suis pas fi…, répéta George.

Une fois de plus, tante Agatha l'interrompit.

— C'est moi qui ai arrangé ce mariage, annonça-t-elle en se rengorgeant.

— Nous ne sommes *pas* fiancés !

— Bien sûr que si, répliqua Agatha.

Le duc serra George contre lui.

— Elle est un peu émue, expliqua-t-il aux invités.

George voulut se révolter, mais sa grand-tante et le duc ne lui en laissèrent pas la possibilité.

— Mais si, nous sommes fiancés, ma chère, affirma le duc d'une voix froide et impitoyable.

— L'émotion fait parfois cela aux jeunes filles, ajouta tante Agatha Elle ne sait plus où elle en est.

— Je le sais très bien, rétorqua George. Et je ne suis pas fiancée !

— Je ferai paraître l'annonce officielle demain matin dans la presse, déclara le duc.

George le dévisagea avec stupeur.

— Vous ne ferez rien de tel.

— Pour l'amour du ciel, tais-toi, lui murmura tante Agatha à l'oreille. Plus un mot. Tu parleras avec le duc plus tard, en tête à tête. À moins que tu n'aies d'autres révélations scandaleuses à faire en public ?

George dut reconnaître que sa tante marquait un point. La foule se pressait avidement autour d'eux, à l'affût de détails croustillants, et prête à en inventer le cas échéant.

— Très bien. Vous êtes d'accord pour en discuter demain matin ? chuchota-t-elle au duc.

Cela dit, il n'y avait rien à discuter puisqu'elle ne l'épouserait pas. Cette simple idée était ridicule.

Il voulait simplement faire preuve de galanterie parce qu'ils avaient été surpris en train de s'embrasser. Comment cela avait-il pu arriver, elle n'en avait aucune idée.

Il acquiesça.

Tante Agatha hocha brièvement la tête pour marquer son approbation.

— 11 heures demain matin, à Ashendon House, décréta-t-elle, avant de s'adresser aux autres invités : Ma nièce et moi allons nous retirer. Cicely, ma chère, je suis désolée de manquer le souper et le reste du concert. Votre performance était splendide. Et votre accueil délicieux, comme d'habitude, madame Gastonbury. Je vous remercie. Dorothea ! Va chercher nos manteaux, je te prie. Nous partons.

Saisissant le bras de George d'une main de fer, elle l'entraîna vers la porte.

Les jambes de George étaient encore flageolantes, et quand tante Dottie glissa son bras sous le sien, elle se sentit réconfortée.

— Ne t'en fais pas, ma chérie, lui murmura Dottie. J'ai un bon pressentiment. Tout s'arrangera au mieux.

George parvint à esquisser un sourire. Les pressentiments de tante Dottie étaient légendaires dans la famille. George n'y croyait pas, mais un peu d'encouragement ne pouvait pas faire de mal.

— Je ne l'épouserai pas ! répéta George pour la centième fois.

Elles étaient dans la voiture qui les ramenait à Ashendon House. Tante Agatha n'avait cessé de la sermonner depuis que la portière s'était refermée. S'il n'avait pas plu à torrents, George aurait sauté en marche et fini le chemin à pied.

— Ne sois pas ridicule, mon enfant. Tu n'as pas le choix. La moitié de la ville t'a vue, les jupes retroussées et les jambes nouées autour du duc. Si tu ne voulais pas être compromise, il ne fallait pas quitter le concert.

— Mais...

— Ne discute pas ! Si tu ne t'étais pas comportée comme une gourgandine, lors d'une réception mondaine qui plus est, tu ne serais pas dans cette situation.

George se mordit la lèvre. Ce n'était pas faux. Elle ne comprenait pas elle-même comment cela avait pu se produire. Elle était dans le hall, ordonnant au duc de la laisser passer, et l'instant d'après...

— Il est trop tard pour les regrets. Dieu merci, le duc s'est comporté en vrai gentleman, et t'a présenté sa demande. En public, si bien que ni toi ni lui ne pourrez vous dérober.

L'expression de tante Agatha était triomphante.

— Je me déroberai, assura George. D'autre part, il n'a pas demandé ma main, il a annoncé nos fiançailles. Et sans ma permission.

— Tu lui as donné ta permission quand tu t'es accrochée à lui comme une chatte en chaleur, avec tes jupes retroussées...

— Je refuse d'épouser un homme que je déteste à cause d'un incident stupide.

La description que venait de faire sa grand-tante était fort embarrassante, mais n'altérait en rien la détermination de George.

— Un homme que tu détestes ? répéta tante Agatha d'un ton méprisant. Tu as une curieuse façon de lui montrer ton aversion. Quoi qu'il en soit, aussi regrettable que soit cet incident, nous devrions nous réjouir du résultat.

— Nous réjouir ? Être obligée de...

— Obligée ? Allons donc ! C'est une opportunité, ma fille, et que tu ne mérites pas. Quand je t'ai vue, cramponnée au duc, telle la pire des dévergondées... Je n'ai jamais eu aussi honte de ma vie, ajouta Agatha avec un frisson mélodramatique.

George n'essaya même pas de se défendre. À vrai dire, sa réponse au baiser du duc l'avait elle-même choquée. Elle ne se croyait pas capable d'une chose pareille. Comment était-ce arrivé ? Il avait suffi d'un baiser pour que la situation lui échappe. Cela ne lui ressemblait pas. Elle ne s'était jamais intéressée aux hommes.

Et elle n'aimait même pas le duc.

Néanmoins, les paroles de sa tante confirmaient un soupçon qui flottait à la limite de sa conscience depuis quelque temps. Cela expliquait beaucoup de choses. Notamment pourquoi elle avait agi d'une façon aussi bizarre. Et pourquoi il avait pu... faire ce qu'il avait fait.

— Tu vas l'épouser, bien sûr... et tu pourras le remercier ! S'il accepte d'épouser une jeune fille qui se comporte comme une traînée...

— Sottises ! lança tante Dottie, depuis le coin de la banquette où elle était pelotonnée.

— Je te demande pardon ? répliqua Agatha en dardant sur elle un regard glacial.

— Je te l'accorde, rétorqua Dottie avec hauteur. Mais seulement si tu cesses d'être aussi hypocrite. Nous savons toutes les trois que tu es folle de joie, alors cesse de t'en prendre à cette pauvre George et de lui faire croire que tu es choquée !

George battit des paupières. Tante Dottie, d'ordinaire si douce, s'était exprimée très sèchement.

— Cette *pauvre George* ? Tu n'as donc pas vu comment cette malheureuse s'est conduite ?

— Ils étaient deux, Aggie. À moins que tu ne suggères que le duc est un pauvre innocent qui s'est laissé séduire contre sa volonté ?

— Non, bien sûr que non, mais…

— Le problème avec toi, Aggie, c'est que tu n'as jamais compris le pouvoir de la passion. Et que tu ne comprendras jamais.

Tante Agatha se redressa, indignée.

— C'est la meilleure, venant de la vieille fille de la famille !

Par chance, la voiture ralentit avant que la discussion ait le temps de s'envenimer. Tante Dottie regarda par la fenêtre.

— Nous voilà arrivées ! Burton nous a attendues et… Oh, il nous envoie deux valets avec des parapluies ! Inutile de descendre, Aggie. Rentre chez toi et mets-toi au lit. Nous avons toutes besoin d'une bonne nuit de sommeil. Tout ira mieux demain.

— Cela m'étonnerait, répliqua sa sœur en ricanant.

Hart donna un coup de poing dans son oreiller. L'aube était encore loin, pourtant il était déjà bien réveillé alors qu'il avait à peine dormi la nuit précédente. Impossible de la chasser de ses pensées. Chaque fois qu'il glissait dans le sommeil, il s'éveillait au bout de quelques minutes, agité, les reins en feu.

Georgiana Rutherford… Il avait encore le goût de ses lèvres sur la bouche – mêlé à celui du cognac qu'il avait bu en rentrant chez lui. Elle l'avait consumé. Et le cognac n'avait rien arrangé.

Il brûlait de désir pour elle.

Cette explosion de… passion. Cet embrasement. Spontané. Ses baisers étaient ardents et instinctifs, il y avait en elle un désir farouche qui éveillait en lui quelque chose qu'il n'avait jamais éprouvé auparavant.

Cela le mettait mal à l'aise. La situation avait bien failli lui échapper. L'espace d'un instant, il avait perdu la tête. Ce qui ne lui arrivait jamais. Surtout avec les femmes. Jamais.

Allongé dans son lit, il guetta le chant des oiseaux. En vain.

Bien entendu, tout s'était déroulé comme prévu…

En revanche sa propre réaction, qui elle n'était pas du tout prévue, l'avait choqué. Il songea à ses lèvres, à ses longues jambes nouées autour de sa taille… Son pouls s'accéléra. C'était la frustration.

Un peu d'exercice, voilà ce qu'il lui fallait. De l'air frais pour éclaircir ses pensées. Il devait cesser de repasser inlassablement cette scène dans sa tête, de revivre ce moment extraordinaire. Ces baisers.

D'humeur sombre, il repoussa les draps et se leva. L'aube n'était plus loin. À en croire Sinc, elle allait souvent se promener à cheval au lever du jour.

Hart fit sa toilette, enfila son pantalon de daim et ses bottes. Quelques instants plus tard, il était en route pour Hyde Park, alors que les premiers rayons du soleil se reflétaient sur les clochers des églises. Les rues étaient déjà encombrées par les marchands de quatre-saisons qui installaient leurs étals. Le parc, en revanche, était désert. Il lança son cheval au galop, inspirant avec délices le parfum de la terre humide. Les oiseaux s'étaient enfin réveillés, et leur chant était assourdissant.

Un mouvement attira son attention. Il se retourna, et la vit. Vêtue d'une élégante tenue d'équitation vert amande, elle montait son magnifique étalon noir en amazone. Son grand chien ébouriffé courait à côté d'elle, s'éloignant parfois pour renifler le sol. Le valet qui l'accompagnait d'habitude n'était pas là.

Tant mieux.

Hart s'élança dans sa direction, puis tira sur les rênes en lâchant un juron. Cal Rutherford, son oncle et tuteur, venait d'apparaître sur un bel hongre bai.

Bigre. Hart n'avait pas l'intention de parler à son tuteur. Pas ici, pas maintenant. Son petit poisson avait mordu à l'hameçon, mais il n'était pas encore dans ses filets.

Elle cria quelque chose, éclata de rire, puis lança son cheval au galop, montant avec une grâce qui faisait défaut à la plupart des femmes. Et donnant à Cal Rutherford, qui était pourtant un fameux cavalier, du fil à retordre.

Bon sang, cette fille était une cavalière exceptionnelle.

Hart demeura à bonne distance, l'observant de loin. Sinc lui avait dit qu'elle venait généralement le matin avec toute sa famille. Mais lady Rose avait quitté Londres avec son mari, et lady Lily était également partie à la campagne.

Georgiana était très seule quand il l'avait croisée par hasard dans le Gloucestershire, cinq ans plus tôt. Terriblement seule, avait-il réalisé rétrospectivement, puisqu'elle n'avait personne pour prendre soin d'elle ou la protéger, en dehors du squire local qui avait demandé aux habitants du village de la laisser tranquille.

À en croire la sœur de Sinc, elle ignorait même qu'elle avait une famille.

Elle en avait une, à présent.

Il la regarda faire la course avec son oncle, et gagner. Puis rire en rejetant la tête en arrière. Elle riait facilement, avec ses amis et les membres de sa famille. Mais pas avec lui. Jamais.

Son oncle et elle remirent leur monture au pas et se mirent à discuter, l'air sérieux. Lui racontait-elle ce qui s'était passé la veille ? Que lui disait-elle ? Hart espéra que son oncle était du même avis que lady Salter.

Elle se pencha, arracha les feuilles d'un buisson, les froissa dans ses mains et en huma le parfum, tout en parlant. Était-elle consciente de sa propre sensualité, ou la découvrirait-elle plus tard… avec lui ?

Son appétit de vivre et son amour des choses simples le fascinaient.

Hart était solitaire par nature. Il avait peu d'amis. Il avait appris très jeune que la plupart des gens voulaient être amis avec un duc, ou l'héritier d'un duc. Ce qu'il pensait ou ressentait n'existait pas. Ils voulaient avoir le duc dans leurs relations.

Georgiana ne voulait pas d'un duc. La veille, cependant, elle l'avait embrassé d'une façon qui l'avait ébranlé. C'était Hart qu'elle avait embrassé et non le duc – il faisait la différence.

Il continua de la contempler, avec l'impression d'être un voyeur. Il ne pouvait détacher les yeux d'elle. Il les aurait volontiers rejoints, mais il n'était pas encore prêt à parler à son tuteur.

Il fallait d'abord qu'il mette tout en place.

9

Les hommes sont incapables de comprendre qu'une femme refuse une demande en mariage. Ils s'imaginent toujours qu'elle doit être prête à accepter la main du premier venu.

Jane AUSTEN, *Emma*

Ils attendirent la visite du duc. George était allée chevaucher au parc avec Cal. Si Lily et Rose lui manquaient, elle appréciait la compagnie de son oncle.

Elle lui avait rapporté les événements de la veille. Il avait pincé les lèvres, mais il n'avait pas dit grand-chose. Cela lui ressemblait, Cal était un homme d'action qui parlait peu, si bien qu'elle n'avait aucune idée de ce qu'il pensait de la situation.

Lorsqu'ils étaient rentrés à la maison, tante Agatha les attendait, tel un dragon soufflant le soufre et parlant de fiançailles.

— Au moins, tu ne portes pas tes affreux pantalons, commenta-t-elle à l'instant où George franchit le seuil. Monte te changer. Et choisis quelque chose de joli, digne d'un duc.

George fut tentée d'enfiler son plus vieux pantalon – elle alla même jusqu'à le sortir de l'armoire. Puis elle songea au regard hautain qu'il risquait de lui lancer, et changea d'avis.

Son choix se porta sur la robe la plus simple qu'elle possédât. Pas question de se mettre sur son trente et un pour lui.

Elle arpenta ensuite la maison en se répétant mentalement ce qu'elle avait l'intention de lui dire. Elle ne voyait toutefois pas très bien ce qu'elle pourrait ajouter après : « Je ne vous épouserai pas. »

Si, comme tante Agatha, il lui rappelait qu'elle s'était mal conduite, elle ne pourrait nier. S'il demandait une explication, elle n'en avait pas. Du moins, aucune qu'elle puisse proposer à voix haute.

D'après tante Agatha, il se montrait extrêmement galant en demandant sa main, et George savait que, vu sous un certain angle, c'était sans doute vrai. Sauf qu'elle le soupçonnait d'avoir provoqué la situation. Il avait envoyé ce valet la chercher dans le salon où se déroulait le concert.

Et n'était-ce pas étrange qu'il ait décidé de l'embrasser juste avant l'entracte du souper ? Quelle coïncidence ! Ignorait-il que tout le monde allait sortir à ce moment-là et la verrait cramponnée à lui ?

Le seul défaut dans son raisonnement, c'était qu'il ne pouvait savoir comment elle réagirait. Si elle l'avait repoussé et s'était éloignée, comme elle en avait l'intention, il ne se serait rien passé.

Quel que soit l'angle sous lequel elle examinait la situation, elle en arrivait toujours à la même conclusion : c'était sa faute.

Tante Agatha prétendait que si elle refusait ces fiançailles, le duc serait considéré comme un gredin et un séducteur. Mais tante Agatha aurait dit n'importe quoi pour parvenir à ses fins. Elle voulait absolument qu'une des filles Rutherford épouse le duc. Et George était désormais la seule qui avait cette possibilité, même si ce choix était loin de satisfaire Agatha.

Tante Dottie avait suggéré à voix basse, afin que sa sœur ne l'entende pas, que George pouvait toujours accepter de se fiancer. Et plus tard, lorsque la poussière serait retombée, elle romprait. Les jeunes filles pouvaient rompre des fiançailles, contrairement aux hommes. Ces derniers le pouvaient aussi, bien sûr, mais ils étaient alors considérés comme des vauriens qui n'avaient aucune parole.

La promesse d'un homme était presque sacrée. En revanche, si une femme donnait sa parole, elle n'était pas prise au sérieux. Car seuls les hommes – les gentlemen – avaient le sens de l'honneur. Apparemment.

George détestait cette hypocrisie. Si elle faisait une promesse, elle la tenait. Son sens de l'honneur était aussi digne de confiance que celui d'un homme. Ou d'un duc.

Le duc était censé venir à 11 heures.

À 10 h 30, elle était déjà à cran. Elle aurait pu grimper au mur, ou tuer tante Agatha, qui ne cessait de la sermonner. Ils s'étaient tous réunis dans le salon pour l'attendre.

— Tu vas accepter, naturellement, petite entêtée. Tu n'as pas ton mot à dire dans cette affaire.

— C'est faux, tante Agatha, je suis désolée, déclara sereinement Emmaline. Quand j'ai épousé Cal, j'ai fait le vœu que toutes les filles puissent être libres de choisir leur époux. Je n'ai pas changé d'avis. Certes, George se trouve dans une situation délicate, mais…

— Délicate ? Elle a provoqué un scandale !

Cal se sentit obligé d'ajouter son grain de sel.

— Il me semble que le duc est aussi fautif qu'elle, sinon plus. Je ne vois pas George être l'instigatrice d'une situation pareille.

George fit la moue. Le comportement qu'elle avait eu ne lui ressemblait pas du tout, elle le savait. Et elle commençait à peine à comprendre pourquoi. Personne ne parlait de ces choses-là. Du moins, pas aux jeunes filles. Et c'était vraiment agaçant d'être laissée dans l'ignorance, de ne pas savoir comment fonctionnait son propre corps. Elle avait réussi à additionner deux et deux, car elle avait eu la chance de grandir à la campagne. Comment les jeunes filles de la noblesse, élevées à Londres, parvenaient-elles à comprendre ? Elles attendaient probablement d'être mariées. Et alors, il était trop tard. Elles étaient prises au piège.

11 heures sonnèrent à l'horloge du hall. Cal balaya le salon du regard.

— Si le duc tient tant à ces fiançailles, où est-il ?

Tante Agatha eut un petit reniflement hautain.

— Il est en retard, et alors ? Il est réputé n'être jamais à l'heure.

— Il a peut-être changé d'avis, suggéra George joyeusement.

— Peu importe ce que fait le duc, reprit tante Agatha. Un scandale a eu lieu, et la famille doit résoudre le problème. Si tu n'obliges pas cette petite sotte à se marier, que vas-tu faire ?

Emmaline et Cal échangèrent un regard.

— Je suppose que tu pourrais partir quelque temps à la campagne, George, suggéra Emmaline. Et attendre là-bas que l'agitation retombe. Tu pourrais passer quelques semaines à Ashendon Court, ou bien chez Lily et Edward. Le vieux lord Galbraith t'accueillerait avec plaisir. Et bien sûr, il y a toujours ta propre maison, Willowbank Farm. Martha serait ravie.

George considéra cette possibilité. Elle s'était habituée à Londres, mais la campagne lui manquait. Elle avait souvent songé à retourner à Willowbank Farm, la maison où elle avait grandi. Martha avait d'abord été sa nourrice, puis elle était devenue cuisinière, gouvernante. Et surtout, la seule mère que George ait jamais eue.

Quand l'argent laissé par son père était venu à manquer, Martha était restée. Elle avait travaillé sans être rémunérée, luttant désespérément avec la fillette pour survivre. George aimait tendrement Martha, et elle savait que celle-ci serait enchantée de la revoir.

Quand Cal était venu chercher George à la ferme, Martha avait choisi de rester à la campagne, se jugeant peu adaptée à une vie citadine. Cal, qui avait pour principe de récompenser la loyauté, avait fait en sorte que la plus jeune sœur de Martha, qui était veuve avec cinq enfants, vienne vivre avec elle.

Martha avait renoncé à se marier et à avoir des enfants quand elle avait décidé de se consacrer à George. À présent, elle était heureuse d'avoir une maison pleine d'enfants. Étant assurée qu'elle pourrait rester à Willowbank Farm jusqu'à sa mort, elle avait pris confiance en elle. Martha n'était plus la cuisinière ou la gouvernante. Elle était la maîtresse de maison, avec un revenu confortable, des domestiques et des ouvriers agricoles.

George pourrait lui rendre visite, elle serait accueillie à bras ouverts. Cependant, si elle restait trop longtemps à Willowbank Farm, elle savait ce qui arriverait. Martha redeviendrait sa servante, elle ne pourrait pas s'en empêcher. Or, George ne le souhaitait pas.

Donc, il était hors de question de se rendre à Willowbank Farm. Ou à Ashendon Court, d'ailleurs.

— Je ne m'enfuirai pas, décréta-t-elle. Je n'irai pas me cacher à la campagne comme si j'avais fait quelque chose de mal.

— Bravo, murmura Emmaline.

— Tu as…, commença tante Agatha.

— Oh, tais-toi, Aggie ! s'écria tante Dottie. Nous savons tous ce que tu veux. En l'occurrence, il s'agit de la vie de George, et la décision lui appartient.

— Je reste ici, ajouta George. Si Cal et Emmaline sont d'accord, bien sûr.

— Naturellement, répondit Cal. Les dames de la bonne société cherchent sans cesse de nouveaux sujets de commérages. Les scandales sont toujours désagréables, mais ils sont vite oubliés.

— En outre, renchérit Emmaline, puisque tu vas être la marraine du bébé, j'aurai besoin de toi quand il ou elle sera né.

— La marraine ? Moi ? s'exclama George, la gorge nouée par l'émotion. Tu es sûre ?

— Emmaline ! Comment pouvez-vous dire une chose pareille ? aboya tante Agatha.

Tout le monde la regarda en fronçant les sourcils.

— George sera parfaite, répondit Emmaline.

— Nous avons pris la décision ensemble, précisa Cal.

— Quand cesseras-tu de te mêler de tout, Aggie ? soupira tante Dottie. George sera une marraine merveilleuse.

— Je me moque qu'elle soit marraine, encore que vous auriez pu mieux choisir. Mais comment osez-vous suggérer que cet enfant puisse être une fille ? Vous portez l'héritier des Rutherford, ma petite, ne l'oubliez pas.

Pendant quelques minutes, le but initial de cette réunion passa au second plan tandis que l'arrivée imminente du bébé monopolisait la conversation.

Puis douze coups sonnèrent à l'horloge.

— Il ne viendra pas, n'est-ce pas ? risqua George.

Elle n'aurait su dire si elle était soulagée ou offensée. C'était certes très contrariant de se préparer à une confrontation, et... d'en être privée.

N'aurait-elle jamais l'occasion de dire non au duc ?

— Quel fichu culot ! s'exclama Cal, le lendemain matin, à la table du petit déjeuner.

Il posa son journal en le faisant claquer sur la table.

— Que se passe-t-il ? s'enquit sa femme. Qui a du culot ?

— Everingham. Il a fait publier cette fichue annonce sans même nous demander la permission.

George leva vivement la tête.

— Quelle annonce ?

— Là, répondit Cal en lui tendant le journal.

George lut, et sa bouche s'assécha. Le journal annonçait les fiançailles de lady Georgiana Rutherford avec le duc d'Everingham.

— Il ne peut pas faire cela !

— Il ne s'est pas gêné, rétorqua Cal d'un air sombre. Je n'avais pas d'objection à son mariage avec Rose. Je le trouvais froid, mais je n'avais rien d'autre à lui reprocher. Cela en revanche…

Il tapa de l'index sur l'annonce dans le journal.

— Je le vois sous un tout autre jour, à présent.

Burton, le majordome, entra discrètement et lui présenta une missive sur un plateau d'argent.

— Cette lettre vient d'être apportée, milord, murmura-t-il. Un valet attend la réponse.

Cal jeta un coup d'œil au cachet de cire, le brisa, et parcourut le message.

— Dites-lui que j'attends une explication. À 11 heures précises… Qu'il soit ponctuel.

Il posa la lettre de côté et Burton se retira.

— Le duc ? s'enquit Emmaline.

— Je vais voir ce qu'il a à dire, grommela Cal. Il a intérêt à être convaincant.

Il reprit son journal, l'ouvrit et disparut derrière les feuillets déployés.

— Je ne l'épouserai pas, murmura George.

— C'est bien noté, George, marmonna Cal derrière son journal. Je ne suis pas sourd, et il n'est pas nécessaire de le répéter une trente-huitième fois.

Il y eut un moment de silence, brisé uniquement par le tic-tac de la pendule. Puis Emmaline suggéra, songeuse :

— Si Cal a vu l'annonce, tante Agatha la verra aussi. Dans moins d'un quart d'heure, elle sera là.

— Oh, Seigneur !

George appela Finn et sortit prestement, son chien sur ses talons.

À 11 heures moins une minute très précisément, Hart sonna à la porte des Ashendon. Le majordome s'inclina, dit que Sa Grâce était attendue, et fit entrer Hart dans la bibliothèque. Cal Rutherford, comte d'Ashendon, se tenait devant la cheminée, raide comme la justice et arborant cette expression sévère typique des Ashendon.

Hart le salua d'un bref signe de tête.

— Ashendon.

— Everingham.

Il y eut un silence. Il était évident qu'Ashendon n'allait pas l'inviter à s'asseoir, mais Hart n'était pas disposé à se laisser traiter comme un écolier. Aussi, choisissant un fauteuil de cuir, il s'y laissa tomber avec une nonchalance étudiée.

L'expression d'Ashendon s'assombrit.

— Cessez de me regarder ainsi, déclara Hart. Vous savez aussi bien que moi que c'était la seule chose à faire. Nous avons été surpris en flagrant délit.

— Oui. Et comment diable cela a-t-il pu se produire ? grommela Ashendon. Ma nièce n'est pas ce genre de femme.

Hart, qui n'était pas de cet avis, haussa les épaules.

— Il est inutile de se lamenter une fois que le lait est renversé. Ce qui est fait est fait.

— Ne vous cachez pas derrière des clichés, répliqua sèchement Ashendon.

— Si les clichés existent, c'est pour une bonne raison. Je ne souhaite pas revenir sur le passé. Disons simplement qu'ayant compromis Georgiana, l'honneur m'oblige à l'épouser.

— Et à publier cette fichue annonce dans ce satané journal sans même demander la permission ? Diable ! Comment expliquez-vous cela ?

— C'est un accident, mentit Hart. J'avais griffonné un brouillon, et un secrétaire trop zélé a agi sans m'en avertir. Naturellement, dès que j'ai vu l'annonce dans le journal, je vous ai averti, ajouta-t-il en écartant les mains.

Le silence qui suivit fut assez long. Ashendon le dévisagea avec froideur.

— Vous savez qu'elle ne veut pas de vous.

— Elle ne sait pas ce qu'elle veut. Pas encore.

— Vous ne la connaissez pas, n'est-ce pas ? dit Cal avec un petit ricanement.

Hart haussa de nouveau les épaules.

— La plupart des couples ne font connaissance qu'après le mariage.

— Pourquoi insistez-vous ? demanda Cal en étrécissant les yeux. Vous pourriez avoir n'importe quelle femme de la bonne société. Pourquoi courtiser une jeune fille qui ne veut pas de vous ?

— Parce que je la veux.

Il prenait un risque en étant aussi direct, mais après tout ils étaient entre hommes du monde.

Les prunelles grises d'Ashendon lui évoquaient un lac gelé.

— Ce que vous voulez m'importe peu, Everingham. Une seule question compte à mes yeux : ma nièce veut-elle de vous ? La réponse est non.

— Je suis persuadé du contraire. Je crois qu'elle est juste un peu nerveuse, comme une pouliche qu'on amène pour la première fois à l'étalon.

— Ma nièce n'est pas une pouliche, riposta Ashendon d'un ton glacial.

— Non, concéda Hart, souhaitant calmer le jeu. Je reconnais que la comparaison était maladroite et inappropriée.

Un nouveau silence suivit ces paroles. Un roulement de tonnerre le brisa et, un instant plus tard, la pluie commença de s'abattre contre les vitres.

— Écoutez, reprit Hart, nous pourrions discuter ainsi toute la matinée, mais ne perdons pas notre temps. J'ai compromis votre nièce – et sans verser dans la vulgarité, permettez-moi de vous faire remarquer qu'elle ne m'a pas opposé de refus. Je me conduis donc en gentleman et j'empêche un scandale en demandant sa main. Vous savez que je serai très généreux s'agissant des accords financiers.

Ils avaient négocié un contrat lors de ses fiançailles avec Rose, la sœur du comte. Ce dernier savait donc très bien à qui il avait affaire.

Hart se leva. Il était pressé de régler la question.

— Donc, nous sommes d'accord ?

Ce n'était pas vraiment une question. Après le scandale du concert et l'annonce dans le journal, Ashendon n'avait d'autre choix que d'accepter. Cette visite était une simple formalité.

À sa grande surprise, il vit une lueur amusée vaciller dans les yeux de son interlocuteur.

— Vous avez beaucoup à apprendre au sujet des femmes de la famille Rutherford, Everingham. Je suis l'oncle de George, pas son tuteur. Elle prend ses décisions elle-même. Ce n'est donc pas moi que vous devrez convaincre, c'est elle.

Hart se rembrunit. Ce mariage était nécessaire, cela ne faisait pas l'ombre d'un doute.

— Je présume que vous lui avez expliqué la situation.

— Oh, elle la connaît parfaitement, répondit Ashendon d'un ton presque guilleret. Mais George n'est pas une jeune fille ordinaire.

Bien sûr que non. Hart n'aurait jamais envisagé de l'épouser si elle l'avait été.

— Puis-je lui parler ?

— Je vais voir si elle est là, répondit Ashendon en tirant le cordon de la sonnette.

— Elle savait que j'allais venir. Je vous avais envoyé un mot.

Ashendon eut un sourire énigmatique.

— Certes, mais George n'en fait qu'à sa tête.

Alors que le majordome venait les informer que lady Georgiana était sortie avec son chien, ils entendirent la porte d'entrée s'ouvrir.

Un chien mouillé et crotté pénétra en bondissant dans la bibliothèque. Lady Georgiana apparut derrière lui.

À l'instant où elle entra, Hart sut qu'il allait devoir déployer des trésors de persuasion. Elle était haletante, comme si elle avait couru. Ses boucles courtes et humides encadraient son visage. Ses vêtements mouillés étaient plaqués sur son corps mince. Le volant de sa robe était aussi crotté que le pelage de son chien.

Aucune autre femme de sa connaissance ne serait entrée dans un salon dans cet état, surtout en sachant qu'il s'y trouvait un gentleman. Et encore moins alors qu'elle s'attendait à être demandée en mariage.

Aucune dame de la bonne société n'aurait osé non plus imposer la présence d'un chien mouillé à un visiteur.

Mais sa peau pâle et humide brillait comme de la nacre. Ses boucles mettaient joliment en valeur ses traits délicats. Et sa bouche, aussi sombre qu'une prune, était diablement attirante.

Hart fut tiré de sa rêverie par le grand chien gris. Ce dernier inspecta ses bottes, lui renifla la main, et lui donna un coup de museau.

Les yeux rivés sur lady Georgiana, Hart lui caressa distraitement la tête. Il n'avait même pas besoin de se pencher pour le faire. L'animal lui lécha les doigts en retour.

— Finn, viens ici, ordonna-t-elle.

Le chien obéit et s'allongea aux pieds de sa maîtresse.

Les doigts de Hart étaient gluants, parfumés au chien mouillé. Il sortit un mouchoir de sa poche et s'essuya. Par chance, le chien n'avait pas posé les pattes sur ses vêtements.

Lady Georgiana s'adressa à son oncle comme si Hart n'était pas là :

— Burton m'a dit que tu voulais me voir, Cal.

— J'ai donné au duc d'Everingham la permission de s'entretenir avec toi.

— Oh ? lâcha-t-elle en plissant les yeux.

Cela n'avait pas l'air de la réjouir. Le comte se leva, un sourire aux lèvres.

— Je vous laisse en tête à tête.

Il sortit, refermant soigneusement la porte derrière lui.

— Quelle malchance, que tout le monde soit sorti de la salle de concert à ce moment-là, conclut Hart en espérant paraître sincère. Hélas, c'est ainsi. Nous n'avons pas le choix, et donc, je vous demande votre main.

Il avait prononcé son petit discours, qu'il trouvait assez bien tourné, avouant ses regrets qu'ils aient été surpris dans ce moment d'égarement et sa volonté de gentleman de la protéger du scandale.

— Eh bien, je ne vous l'accorde pas.

Se rappelant après coup les bonnes manières, elle ajouta à contrecœur :

— Je vous remercie de votre offre. Mais apparemment, peu vous importe que je consente ou non à vous épouser. Comment avez-vous osé annoncer nos fiançailles sans m'en parler !

Ses yeux étaient aussi froids que ceux de son oncle. Hart réalisa qu'il l'avait offensée. Les femmes aimaient être flattées et cajolées. D'une voix apaisante, il lui rapporta l'incident du secrétaire zélé qui s'était emparé de son brouillon.

— Cela m'est égal, répliqua-t-elle avec brusquerie. Vous n'auriez même pas dû griffonner ce brouillon avant de m'en avoir parlé.

Hart s'efforça de ne pas montrer son agacement. Pour lui, l'affaire était réglée. Pourquoi réagissait-elle ainsi ? N'importe quelle femme de sa connaissance aurait fondu de plaisir en entendant sa demande.

— Je vous en parle à présent.

Elle haussa les épaules avec un petit soupir excédé.

— Si vous m'en aviez parlé tout de suite, vous ne vous retrouveriez pas le bec dans l'eau.

— Que voulez-vous dire ? demanda-t-il, éberlué.

— Je n'accepterai jamais de me fiancer avec vous.

Hart serra les poings.

— Pourtant il le faut. Vous avez été compromise. Tous ces gens nous ont vus. Naturellement, j'agis en gentleman.

Il avait tout planifié soigneusement.

— Je me moque de votre conduite de gentleman.

— Vous ne vous souciez pas de ce que pensent les gens ? lâcha-t-il, incrédule.

— Pas vraiment. Les gens ont toutes sortes d'idées stupides, qui n'ont rien à voir avec moi.

— Mais...

— Si vous êtes inquiet pour votre réputation de gentleman, tranquillisez-vous. Vous avez demandé ma main, j'ai refusé.

Son indifférence le laissa pantois. S'il se moquait comme d'une guigne de sa propre réputation, les dames de sa connaissance étaient obsédées par la leur. Surtout celles qui n'étaient pas mariées.

— L'annonce a paru dans tous les journaux, lui rappela-t-il.

— Vous l'avez fait paraître, à vous de la retirer.

George se leva et le chien l'imita.

— Nous en avons terminé ? La pluie a cessé et je veux retourner promener mon chien.

— Non, nous n'en avons pas terminé. Vous ne semblez pas vous rendre compte des conséquences de vos actes…

— Mes actes ? Vous étiez là aussi, il me semble.

— Nos actes, concéda-t-il. Vous refusez ma demande, mais je ne crois pas que vous ayez la moindre idée des conséquences. Je vous laisse le temps d'y réfléchir.

Elle le gratifia d'un long regard songeur, puis :

— Vous voyez, j'avais raison. Vous n'admettez pas qu'on vous dise non. Exactement comme lord Towsett.

Hart n'aurait su dire ce dont il avait le plus envie : l'étrangler ou l'embrasser à perdre la tête ? Les deux sans doute.

Sa proie lui ayant échappé le matin, tante Agatha revint à Ashendon House en fin d'après-midi. Apprenant que Georgiana était encore sortie avec son chien, elle informa le majordome qu'elle voulait parler à Ashendon et à son épouse. Les ayant trouvés dans le petit salon, elle leur exposa son avis sans tarder.

— Il faut faire entendre raison à Georgiana. Il n'est pas acceptable qu'elle provoque un tel scandale et souille la réputation de la famille.

— Lily a aussi été mêlée à un scandale..., commença Emmaline.

Tante Agatha balaya cet argument d'un geste de la main.

— Ce n'étaient que de détestables commérages. Rien à voir avec le comportement impudique de Georgiana, qui a été vue par la moitié de la bonne société !

Cal haussa les épaules.

— Les scandales s'oublient vite. Les commères enfonceront bientôt leurs griffes dans une autre proie.

— Les hommes ne comprennent rien. Et Georgiana encore moins. C'est à vous et à moi, Emmaline, qu'il incombe de restaurer la respectabilité de cette famille.

Emmaline secoua la tête.

— Je refuse d'obliger George à épouser un homme qu'elle n'aime pas.

Tante Agatha la considéra avec stupeur.

— Que vient faire l'amour dans le mariage ?

Emmaline jeta un coup d'œil à son mari et sourit.

— Il joue un rôle important si l'on veut que le mariage soit heureux.

Elle tendit la main. Cal s'en empara et la porta à ses lèvres. Agatha afficha une expression consternée.

— J'apprécierais que vous évitiez d'avoir un comportement aussi vulgaire en ma présence.

Cal sourit, et embrassa de nouveau la main de son épouse. Sa tante le fixa avec sévérité.

— Déjà enfant, tu étais irritant, Calbourne. Et même si j'ai parfois nourri l'espoir de te voir t'améliorer, ce n'est pas le cas en ce moment.

Agatha se tourna vers Emmaline et enchaîna :

— Il ne faut pas que les gens apprennent qu'une autre Rutherford a laissé échapper un duc. Le *même* duc ! Ils vont se demander s'il y a une tare dans notre famille, et nous ne voulons pas cela, n'est-ce pas ?

Elle regarda avec insistance le ventre rond de la jeune femme. Celle-ci se contenta de rire.

— Je ne pense pas qu'il faille nous inquiéter pour cela, tante Agatha. Après tout, George n'a jamais caché qu'elle ne souhaitait pas se marier. Ce n'est pas sa faute si le comte a fait publier cette annonce dans les journaux sans la consulter. Je refuse qu'on l'oblige à se marier.

— J'approuve cette position, déclara Cal.

Un long silence suivit.

— Mais qu'arrive-t-il donc à cette nouvelle génération ? s'écria tante Agatha. Je suis inquiète pour l'avenir. Laisser des jeunes filles décider de ce qui est bon pour elles... C'est de la folie.

Tous trois demeurèrent silencieux. Il n'y avait rien à ajouter.

Alors que tante Agatha s'apprêtait à partir, ils entendirent la porte d'entrée s'ouvrir, puis George rire.

Le cliquetis des griffes de Finn sur le sol annonça son arrivée. Il poussa la porte avec sa truffe, et trottina jusqu'au fauteuil de Cal. George passa la tête dans l'embrasure. Apercevant tante Agatha droite comme un piquet au bord de son fauteuil, elle fit la grimace et voulut repartir. Hélas, la vieille dame l'avait repérée.

— Ah, Georgiana ! Justement, c'était toi que je voulais voir.

— Il faut que j'aille me changer, mes vêtements sont trempés.

— J'en ai pour une minute.

— J'ai peur d'attraper froid, répondit George, qui n'avait jamais eu un rhume de sa vie.

— Dans ce cas, je monte avec toi, décréta Agatha en se levant. Nous discuterons pendant que tu te changeras. Une agréable petite causerie entre femmes.

George fit la moue. Ce serait aussi agréable que de discuter avec un python. Mais il était impossible de dire non à tante Agatha. Celle-ci suivit George dans sa chambre et l'observa d'un œil critique tandis que Milly, la femme de chambre, l'aidait à se changer.

Dès que Milly fut sortie, elle aborda le sujet qui lui brûlait les lèvres.

— J'ai cru comprendre que tu étais décidée à refuser la demande du duc.

— Je l'ai déjà fait.

Tante Agatha pinça la bouche.

— Ton oncle et ta tante refusent d'intervenir.

Chers Cal et Emmaline. Cette information lui réchauffa le cœur.

— Donc, une autre Rutherford refuse d'épouser le duc, causant ainsi un immense scandale, pire que le premier. Le moins que tu puisses faire, Georgiana, c'est d'aller expliquer à la mère du duc…

— La mère du duc ?

— La duchesse, qui est d'une santé fragile, est au désespoir de voir son fils traité ainsi par les jeunes filles de notre famille. Il faut que tu ailles la voir en personne pour lui exposer les raisons pathétiques de ton rejet. Cette pauvre femme comprendra peut-être et sera soulagée et apaisée de savoir que son fils n'est pas responsable…

— Mais il est responsable, justement. C'est lui qui…

— Ridicule ! Il s'est conduit honorablement en annonçant vos fiançailles. C'est toi qui t'es comportée comme une gourgandine – pire même ! Je t'ai vue de mes yeux ! Et maintenant, tu suscites encore plus de scandale et de médisances en refusant de l'épouser. N'importe quelle autre jeune fille aurait gracieusement accepté son sort. Que dis-je, son sort ? Épouser un séduisant jeune duc, et l'un des hommes les plus riches du royaume de surcroît, n'est pas un sort, c'est une bénédiction. Une autre jeune fille serait reconnaissante de se retrouver dans une telle situation, mais pas toi ! Oh, j'ai honte, tellement honte, qu'une personne de ma famille puisse avoir une attitude aussi mesquine.

George grinça des dents.

— Tu dois aller voir la duchesse et lui expliquer que son fils a fait ce qu'on attendait de lui et qu'il n'est aucunement en faute.

George serra les poings. Le duc était absolument fautif. Elle lui avait dit que le mariage ne l'intéressait pas, et ce goujat avait pris cela comme un défi pour sa virilité. Lorsqu'il l'avait attrapée et embrassée près d'une salle pleine de monde, à la fin d'un concert, qui avait commis la première faute ? Pas elle. Et lorsque les invités étaient sortis après le récital et l'avaient surprise dans ses bras, qui avait annoncé leurs fiançailles, sans même la consulter ? Pas elle. Et ensuite, il avait fait paraître cette annonce, de nouveau sans lui demander son accord !

Alors, pourquoi tout le monde la blâmait-il ? Elle n'avait rien voulu de tout cela.

Pour être juste, elle était prête à endosser en partie la responsabilité du baiser. Elle ne l'avait pas repoussé. Et peut-être s'était-elle laissée un peu emporter. Et même beaucoup. Elle s'était quand même cramponnée à lui !

Pour autant, elle savait que ce n'était pas sa faute. Personne ne l'avait prévenue que cela pouvait arriver.

— Cette terrible affaire empêche la pauvre duchesse de dormir. Et sa santé est si fragile… Si au moins tu acceptais de lui parler, tu pourrais soulager…

— Très bien, j'irai la voir, la coupa George.

Mieux valait en finir. Tante Agatha était capable de remâcher le sujet encore et encore, jusqu'à la fin de ses jours.

— Parfait, déclara tante Agatha. Je dirai à la duchesse de nous attendre demain à 15 heures.

— Nous ?

— Naturellement. Avec qui veux-tu aller la voir ? Ce maudit chien qui te suit partout ?

Finn dut comprendre qu'elle parlait de lui, car il remua la queue, visiblement peu rancunier.

— Bien sûr que non, mais je pensais, peut-être…

— À qui ? Rose et Lily sont à la campagne, Emmaline n'est pas en état d'aller où que ce soit. Quant à Dorothea…

Agatha émit un petit ricanement de mépris.

— Non, je t'accompagnerai, un point c'est tout. Je passerai te chercher à 14 h 40. Tiens-toi prête.

George s'éveilla au milieu de la nuit. Ses draps étaient froissés, sa chemise remontée jusqu'à la taille. Elle était brûlante, en nage, agitée. Ce rêve… Elle rougit rien que d'y penser. Elle embrassait le duc, les jambes nouées autour de sa taille, sauf que cette fois, elle était nue… et lui aussi. Et ses mains… Non, elle ne voulait pas se rappeler où étaient ses mains et ce qu'elles avaient fait.

Elle sortit du lit, alla à la fenêtre et tira les rideaux. Berkeley Square était désert. La lumière jaunâtre des réverbères peinait à transpercer la bruine.

George pressa sa joue brûlante contre le carreau. Son corps était en feu. Elle se consumait pour le duc.

C'était comme une soif qui ne pouvait être étanchée que par lui, une faim que lui seul pouvait rassasier. En couchant avec lui, serait-elle libérée de ces rêves troublants, de ce désir pour… elle ne savait quoi ?

Ce désir semblait avoir surgi d'une source extérieure, c'était une fièvre, une infection dans son sang. Le duc en était la cause.

Était-il aussi le remède ?

Elle avait toujours cru savoir ce qui se passait entre les hommes et les femmes. Même enfant, elle avait vu comment les animaux s'y prenaient, et elle avait deviné que ce ne devait pas être très différent chez les humains. Cela lui semblait bizarre, assez inconfortable, et elle doutait d'en avoir envie un jour.

Emmaline lui avait expliqué que les humains étaient différents, et que les plaisirs conjugaux pouvaient réellement rapprocher les époux. George était sceptique. Toutefois, cela semblait avoir été le cas pour Emmaline et Cal. Au départ, Cal ne s'était marié que pour ne plus avoir la charge de Rose, de Lily, et d'elle-même.

Son attitude envers sa femme avait vite changé. Était-ce vraiment dû à ce qui se passait dans la chambre à coucher ?

Lily et Rose avaient aussi fait des allusions. Elles prétendaient que les relations conjugales étaient plaisantes. George n'y avait jamais pensé jusqu'ici, mais à présent, elle se demandait ce qu'elles entendaient par là.

Ce qu'elle éprouvait n'avait rien de plaisant. Elle avait chaud, elle était mal à l'aise et désespérée. Pourtant, elle en redemandait, même dans ses rêves. C'était horrible. Elle avait envie de lui, de ce qu'il pouvait lui faire éprouver… mais elle ne voulait pas de lui.

Il avait suffi de quelques baisers étourdissants, enivrants, pour qu'elle fasse des rêves fiévreux. Était-ce une sorte d'intoxication ? Allait-elle ressentir autre chose ?

Pelotonnée sur la banquette de la fenêtre, elle s'appuya contre l'encadrement. La pluie martelait les carreaux, et elle entendait l'eau ruisseler dans les gouttières.

Elle repensa aux airs extasiés de Rose et de Lily quand elles évoquaient ce qu'elles éprouvaient dans les bras de leur mari – sans entrer dans les détails malheureusement. Souhaitait-elle vraiment traverser la vie sans jamais faire cette expérience ?

Non. Elle voulait savoir.

Elle n'ignorait pas que le but de ce désir d'union charnelle était la procréation. Elle ne savait pas grand-chose sur les bébés – elle ne connaissait que les chiots, les poulains, les chatons, les poussins – et elle n'était même pas sûre d'en vouloir.

Pouvait-elle prendre le risque de tomber enceinte sans être mariée ?

C'était tentant, mais… non. Elle avait assez souvent été traitée de bâtarde dans son enfance pour savoir que c'était un terrible destin à infliger à un enfant. Si elle voulait découvrir ce que cela faisait de coucher avec un homme, ce serait dans le cadre du mariage.

De là à épouser le duc… Malgré le désir dévorant, incontrôlable qui l'envahissait lorsqu'il la touchait, il n'en restait pas moins un être froid, autoritaire, cynique et égoïste.

Elle regarda les gouttes de pluie tracer des sillons irréguliers sur la vitre. Son corps et son esprit étaient en feu.

Le mariage ? Cela revenait à renoncer à contrôler sa fortune, à placer son destin entre les mains d'un homme – un homme qu'elle n'aimait pas beaucoup. Non, elle ne pouvait pas faire cela. Pas même pour goûter à la passion.

Ce désir finirait par s'évanouir. Ce n'était qu'une question de temps.

10

Là où tant d'heures ont été consacrées à me convaincre que j'ai raison, n'y a-t-il pas quelque raison de craindre que je ne puisse me tromper ?

Jane AUSTEN,
Orgueil et Préjugés

La voiture de tante Agatha s'arrêta devant la maison de la duchesse à 15 heures pile. George en fut étonnée. Elle pensait se rendre à Everingham House, mais cette maison, bien qu'imposante, était plus petite et plus jolie.

— Le duc a installé sa mère ici quand il a décidé de se marier, expliqua sa grand-tante d'un ton désapprobateur.

Pour sa part, George aurait préféré vivre ici qu'à Everingham House, mais elle n'en dit rien. Elle se sentait nerveuse, ce qui était absurde. Elle ne connaissait pas la duchesse. Elle l'avait certes côtoyée lors de soirées qui avaient précédé le mariage de Rose avec le duc, mais elles n'avaient échangé que des formules de politesse.

L'entrevue risquait d'être un peu gênante. Tante Agatha sonna, et le majordome vint aussitôt ouvrir.

— Sa Grâce vous attend. Elle est en haut, dans sa chambre, précisa-t-il d'un ton solennel.

Dans sa chambre ? George jeta un coup d'œil à tante Agatha qui ne manifesta aucune surprise. Elles suivirent le majordome à l'étage.

Il frappa à la porte, ouvrit, et annonça doucement :

— Lady Salter et lady Georgiana Rutherford, Votre Grâce.

Rassemblant son courage, George entra. La pièce était plongée dans la pénombre. Les rideaux étaient fermés, les bougies allumées, et... quelle était cette odeur ? De l'encens ? Ou des médicaments ? L'atmosphère était suffocante.

La table de chevet était couverte de flacons, de fioles, et d'un étrange attirail médical. Une femme toute vêtue de gris était assise dans un coin, silencieuse et effacée. Probablement une garde-malade. Elle ne leur fut pas présentée.

Et il y avait des fleurs. Des brassées de fleurs, dans des vases disposés un peu partout.

Tante Agatha l'avait prévenue que la duchesse était de santé délicate, or, de toute évidence, elle était bien plus malade qu'elle ne s'y attendait. On l'aurait crue sur son lit de mort.

Mince et frêle, le visage blême, elle était adossée à ses oreillers au milieu d'un imposant lit à baldaquin garni de lourdes tentures de brocart. Elle avait des yeux immenses, cerclés de rouge, et un air égaré. Elle tendit une main menue.

— Lady Georgiana, murmura-t-elle d'une voix éteinte. Je suis si contente...

— Comment allez-vous, Votre Grâce ?

George parla à mi-voix, gênée d'être en aussi bonne santé comparée à cette femme si fragile.

— Oh, la vie est... pleine d'incertitudes, souffla la duchesse.

Elle eut un sourire tremblant, puis fut saisie d'une quinte de toux, comme si le simple fait de prononcer ces mots l'avait épuisée. La garde-malade se précipita et s'agita autour de sa patiente avant d'être congédiée d'un geste. Elle retourna s'asseoir dans son coin.

— Georgiana, dis à la duchesse quel est le but de ta visite, ordonna tante Agatha d'une voix qui parut trop sonore dans la chambre calfeutrée.

— Oh, oui, vous allez… épouser mon fils, n'est-ce pas ?

La duchesse lui adressa un pâle sourire.

— Eh bien…

— J'espérais faire votre connaissance… avant… Au cas où…

Elle indiqua la panoplie de remèdes qui encombrait le chevet.

— Votre Grâce, je…

— J'ai été si heureuse d'apprendre… que mon fils allait se marier, en fin de compte. Après avoir été abandonné devant l'autel… Quelle épreuve, ajouta-t-elle en pressant une main veinée de bleu sur sa poitrine. C'était votre sœur, n'est-ce pas ?

Elle contempla George d'un air tragique.

— Ma tante, rectifia George qui eut l'impression de se ratatiner intérieurement.

— Oui. Une Rutherford, soupira la duchesse. J'étais tellement inquiète à l'idée que… mon garçon se retrouve seul une fois que je… que je serais partie.

Elle soupira de nouveau, pressa un mouchoir de dentelle sur ses paupières. De grosses larmes roulèrent sur ses joues creuses.

George se mordit la lèvre. Elle détestait voir les gens pleurer. Elle-même ne versait jamais de larmes, ou alors uniquement en privé. Les larmes des autres l'inquiétaient et la désarmaient. Elle regarda tante Agatha. Celle-ci haussa les épaules, l'air de dire : « C'est ta responsabilité, pas la mienne. »

— J'étais si bouleversée quand cette chère Agatha m'a annoncé que... vous hésitiez...

La duchesse fut interrompue par une deuxième quinte de toux, et pressa le morceau de dentelle contre ses lèvres.

Hésiter ? George n'avait jamais hésité. Elle n'avait jamais voulu épouser le duc. L'avouer à une personne déjà si affaiblie semblait toutefois trop brutal.

— Pour mon fils, être éconduit deux fois... et par des jeunes filles de la même famille...

Rose n'avait pas éconduit le duc. Elle ignorait que Thomas était toujours en vie, et l'avait découvert juste avant la cérémonie. Personne n'était à blâmer dans cette affaire. Et si le duc n'avait pas annoncé leurs fiançailles sans lui demander son avis... Mais comment discuter avec une mère mourante ?

— Tout le monde croira que mon fils est affublé de quelque épouvantable défaut...

C'était le cas. Everingham était arrogant, froid et autoritaire. Cependant, ses baisers... George s'efforça de ne pas laisser son esprit s'égarer.

— Plus aucune femme convenable ne voudra l'épouser. Et il me reste si peu de temps... pour le voir marié.

George se mordit la langue pour ne pas répondre. La duchesse ne comprenait donc pas ? Même s'il avait louché, s'il avait été bossu et contrefait, une foule de femmes auraient fait la queue devant chez lui pour l'épouser. Tout simplement parce qu'il était riche et qu'il possédait un titre prestigieux. Ce n'était certes pas le genre de choses qu'on pouvait dire à une mère sur le point d'expirer.

Les yeux cerclés de rouge et embués de larmes étaient fixés sur elle, suppliants. George se sentit prise au piège, tel un oiseau hypnotisé par un serpent.

— Et vous voilà, si mince et jolie... si charmante. L'image même de la jeune fille que j'aurais choisie pour mon fils bien-aimé. J'ai failli mourir en le mettant au monde... le saviez-vous ? Après cela, je n'ai plus jamais été la même, mais... la santé ne compte pas. Une mère ne vit que pour ses enfants.

Elle fit un geste et l'infirmière s'approcha avec un verre empli d'un liquide sombre. La duchesse en but une gorgée, toussa, but de nouveau.

Puis elle fit signe à George d'approcher, lui prit la main et la serra avec une force surprenante.

— Dites-moi, ma chère enfant... Vous allez faire mon bonheur, n'est-ce pas ? Vous épouserez mon fils, et... vous deviendrez ma fille ?

George déglutit. Elle avait envie d'ouvrir les rideaux pour laisser entrer la lumière et l'air frais – même si c'était l'air de Londres –, et en même temps, elle était comme paralysée, retenue sur place par cette main osseuse et ce regard à l'expression tragique.

La duchesse reprit d'une voix plaintive :

— Mon plus grand souhait a toujours été... de danser à son mariage. J'ai été cruellement privée de ce plaisir, mais... vous me donnez votre parole, n'est-ce pas ? Promettez-moi que... vous épouserez mon fils. Et je partirai en paix. Je vous en prie.

Elle fixa les yeux sur George, et attendit.

George n'avait pas eu de mère, la sienne étant morte quand elle n'était qu'un bébé. Cependant, elle imaginait ce qu'une mère pouvait ressentir pour son enfant. Emmaline n'avait pas encore donné naissance au sien, et pourtant George était persuadée qu'elle l'aimait déjà.

Cette pauvre duchesse n'avait qu'un fils. Quelle tristesse de mourir en étant la proie d'une telle inquiétude.

George songea à toutes les raisons qu'elle avait de ne pas vouloir épouser le duc. Il était autoritaire, hautain, cynique et distant... sauf quand il l'embrassait.

Il avait aussi envahi ses rêves, et elle avait vraiment envie de savoir ce qui se passait entre un homme et une femme.

Ce mariage serait-il vraiment désagréable ?

D'après tante Agatha, Everingham ne voulait pas d'une femme conventionnelle. Dès lors qu'elle lui donnerait des enfants, il la laisserait mener une vie indépendante à la campagne, comme elle l'avait toujours souhaité.

Si elle l'épousait, elle saurait enfin ce qu'était l'union charnelle, et serait débarrassée de ces sensations qui envahissaient ses rêves et la rendaient folle. Qui lui faisaient perdre la tête et s'accrocher à lui comme une désespérée.

Elle rougit. Ces pensées n'avaient pas leur place dans la chambre d'une mourante.

Les doigts fins de la duchesse agrippèrent les siens. Ses yeux hagards plongèrent dans les siens. George frémit.

Un contrat devait être établi et signé avant un mariage. Elle l'avait appris durant la préparation du mariage de Lily. Tante Agatha avait laissé entendre qu'ils vivraient plus ou moins séparément, sauf quand ils seraient obligés de se rapprocher pour concevoir un héritier. S'il acceptait de mettre ces conditions par écrit...

Les doigts osseux étreignirent les siens, les yeux de la duchesse s'emplirent de larmes.

— Je vous en prie, ma chère enfant... Dites-moi ce que j'ai tellement besoin d'entendre. Permettez-moi de partir enfin en paix.

Toute son enfance, George avait ramené chez elle des créatures blessées. Elle réparait les ailes cassées des oiseaux, nourrissait les renardeaux orphelins, libérait les animaux pris au piège, et récupérait les chatons jetés dans la rivière.

Elle n'avait pas le cœur d'anéantir le dernier espoir de cette pauvre femme. Si elle était prête à résister aux pressions de son entourage, comment ignorer le dernier vœu d'une mère pour son fils bien-aimé ?

— Très bien, dit-elle le cœur lourd. Je l'épouserai.

À peine eut-elle prononcé ces mots qu'elle les regretta. La duchesse se laissa retomber contre les oreillers, les yeux clos, un sourire béat aux lèvres. On aurait pu croire qu'elle était déjà morte.

— Parfait, déclara tante Agatha en se levant promptement. Allons-y, Georgiana. La duchesse est épuisée, il faut la laisser dormir.

Elle poussa George hors de la chambre et, quelques secondes plus tard, les deux femmes étaient dans la rue, devant leur voiture.

— De quoi la duchesse souffre-t-elle ? voulut savoir George. Est-elle vraiment si proche…

Tante Agatha la rabroua.

— Faire des suppositions est vulgaire. L'état de santé de la duchesse ne nous regarde pas. Plus vite nous aurons réglé cette affaire de mariage, plus vite elle aura l'esprit en paix.

À peine arrivée à Ashendon House, tante Agatha alla informer Cal et sa femme que George avait finalement accepté d'épouser le duc.

Cal se rembrunit.

— Est-ce vrai, George ?

— Personne ne t'a obligée, n'est-ce pas ? s'enquit Emmaline, l'air soucieux.

— Si c'est le cas…, commença Cal.

— Non, j'ai… j'ai juste changé d'avis, expliqua George en soupirant.

— Tu es sûre de toi ? Une fois l'accord conclu, tu ne pourras plus changer d'avis.

— Elle pourra toujours changer d'avis, déclara calmement Emmaline. C'est juste que cela ferait mauvaise impression. Réfléchis bien, George. Tu dois être sûre, au fond de toi, que c'est bien ce que tu souhaites.

— J'en suis sûre, répondit George, la gorge nouée.

C'était faux. Elle était en proie aux doutes et aux regrets.

— Eh bien, Ashendon, tu peux commencer à négocier le contrat avec Everingham, intervint tante Agatha.

— Nous le ferons tous les trois, Cal, le duc et moi, rectifia George.

L'idée qu'elle avait donné sa parole la rendait malade. Elle aurait voulu s'enfuir, mais une promesse était une promesse. Et puisqu'elle allait devoir épouser ce maudit duc, autant obtenir un accord qui lui convenait.

Tante Agatha souleva son lorgnon et l'observa, les yeux plissés.

— Quelle sottise ! Les dames ne participent pas à ce genre de négociations. Ce serait très inconvenant.

— Peut-être, reconnut George, doucereuse. Mais combien de fois m'avez-vous dit que je n'étais pas une dame ? Convenable ou pas, c'est mon avenir qui est en jeu, et j'ai mon mot à dire.

George monta dans sa chambre et se jeta sur son lit. Finn s'approcha, lui poussa le bras de sa truffe pour l'inciter à sortir, mais elle n'en avait pas envie. Pas tout de suite. Elle était submergée par le doute. À quoi venait-elle de s'engager ?

Épouser le duc ferait peser sur elle d'intolérables interdits. Toute la société la tiendrait à l'œil, jugerait ses faits et gestes. Elle serait en cage. On s'attendrait qu'elle se comporte comme une duchesse, s'habille comme une duchesse, et accomplisse tous les devoirs d'une duchesse.

Comment se comportait une duchesse ? Elle ne le savait pas vraiment. Elle devrait sans doute devenir une sorte de tante Agatha en pire. Encore plus hautaine, si une telle chose était possible. Prétentieuse et autoritaire. Cela dit, la mère du duc n'était pas comme cela. Et elle était mourante.

Elle entendit Cal sortir et décida d'aller parler à Emmaline. Bien que celle-ci soit sa tante par alliance, elle la considérait davantage comme une grande sœur ou une amie proche. Elle était raisonnable et savait écouter.

George la trouva en train de lire dans le petit salon, les pieds posés sur un pouf. Elle leva les yeux à son entrée.

— C'est une drôle de volte-face que tu as opérée aujourd'hui, dit-elle. Et tu n'as rien d'une future mariée radieuse.

George fit la grimace, et Emmaline posa son livre.

— On ne t'a pas obligée à agir ainsi, n'est-ce pas, ma George chérie ? Je sais que tante Agatha tient absolument à ce que tu fasses un beau mariage, mais si tu n'y tiens pas, c'est le moment de le dire.

— Non, j'irai jusqu'au bout. J'ai donné ma parole, et je ne reviendrai pas en arrière, mais...

— Mais tu as des doutes.

George hocha la tête.

— Oh, Emmaline, je ne me sens pas capable d'être duchesse ! Tu sais à quel point je déteste les conventions. Et je n'ai pas envie d'apprendre.

Sa tante se pencha en avant et lui prit la main.

— Tu seras la duchesse que tu décideras d'être. Il existe toutes sortes de duchesses, et elles ont toutes des apparences et des personnalités différentes.

— Je sais. Comme la duchesse d'York.

Frédérica, la duchesse d'York, avait fait un mariage malheureux avec un prince royal. Elle s'était retirée à Oatlands Park, où elle vivait avec des douzaines de chiens, de singes et de chevaux.

Penser à la duchesse d'York l'aida à se calmer. Le duc l'avait choisi, et si elle n'était pas le genre de duchesse qu'il souhaitait, il devrait l'accepter telle qu'elle était, car elle ne changerait pas. Et elle ne le laisserait pas la faire entrer de force dans un moule.

Si la duchesse d'York pouvait se retirer à la campagne et vivre avec des douzaines de chiens, elle le pouvait aussi.

— Exactement, répondit Emmaline. Quoi qu'il en soit, Everingham ne s'intéresse pas à la politique. Il siège au Parlement, et d'après Cal il ne néglige aucune de ses responsabilités ; pour autant, il ne semble pas avoir d'ambition dans ce domaine. Si tu penses qu'il veut que tu sois une hôtesse très mondaine, il verra vite que ce n'est pas ton genre. Mais je ne crois pas qu'il exigera cela de toi.

— Et s'il l'exige tout de même ? Comment ferai-je ?

— George, cela ne te ressemble pas de t'inquiéter de ce que les gens pensent. Où est passé le feu follet, bien décidée à faire sa place dans le monde ? Celle qui affrontait les problèmes bille en tête ?

George se mordit la lèvre. Emmaline avait raison, elle ne se reconnaissait pas. Toute sa vie, elle avait fait face, jour après jour, sans se décourager. Elle ne s'était jamais inquiétée de ce que les autres pensaient d'elle et avait toujours agi au mieux sans se soucier des conséquences.

— Tu as raison, Emmaline, je m'inquiète pour rien. C'est le duc qui m'a placée dans cette situation, c'est à lui d'en subir les conséquences. S'il n'aime pas ce que je suis, tant pis. Je vais aller me promener avec Finn, ajouta-t-elle en se levant. Veux-tu que je te ramène une glace de chez Gunter ?

Emmaline s'esclaffa.

— Tu me connais trop bien. Oui, volontiers, merci. Je regrette de ne pas pouvoir t'accompagner.

Hart s'habillait pour sortir quand il reçut le message de lord Ashendon. Ainsi donc, lady Georgiana avait décidé d'accepter les fiançailles ? Ashendon le priait de lui rendre visite le lendemain matin, avec ou sans son homme d'affaires, afin de discuter des termes du contrat de mariage.

La bouffée de triomphe qu'il éprouva en lisant le message le prit de court. Naturellement, il avait deviné qu'elle n'émettait des objections que pour la forme. Aucune femme en possession de toutes ses facultés mentales n'aurait refusé la demande d'un duc tel que lui. Il devait toutefois reconnaître qu'il avait eu quelques doutes sur le moment. Elle semblait si catégorique.

Il ajusta sa cravate, inspecta son reflet dans le miroir, et ricana. Exactement comme lord Towsett, vraiment ? Comme toutes les femmes qu'il connaissait, elle soufflait le chaud et le froid au gré de ses caprices. Elle disait une chose et en pensait une autre.

Il ignorait ce qui l'avait finalement poussée à accepter ce mariage, et il n'avait pas l'intention de le lui demander.

Il attrapa son chapeau, ses gants et sa canne, et se rendit à son club dans l'idée de passer une soirée tranquille en bonne compagnie. Au lieu de quoi, il découvrit la moitié des membres du club en effervescence et s'interrogeant sur ses fiançailles. Lady George avait-elle vraiment accepté sa demande ? Le mariage allait-il se faire ? Qui avait fait publier l'annonce dans les journaux ? Sans compter des questions indiscrètes sur les paris qui avaient été lancés.

Hart refusa de répondre à leurs questions, et préféra se rendre dans un cercle de jeux où il était moins connu. Il joua distraitement, sans parvenir à se concentrer sur les cartes. Il rentra chez lui à l'aube, les poches pleines et de fort méchante humeur.

— Heureux au jeu, malheureux en amour ! lui avait lancé un impertinent.

Hart l'avait ignoré. L'amour n'était qu'une illusion dont les femmes se servaient pour contrôler les hommes.

Le lendemain matin, Hart se rendit chez lord Ashendon. On le fit entrer dans la bibliothèque. Lord et lady Ashendon étaient assis côte à côte sur un canapé. Toujours inséparables, ces deux-là ! Hart ne comprenait pas. Ashendon avait pourtant l'air d'être un homme sensé.

Le comte se leva, et après les salutations d'usage, il demanda au majordome d'aller chercher son secrétaire.

— Demandez également à lady George de descendre, Burton, ajouta-t-il.

Hart cilla, déconcerté.

— Je croyais que nous devions discuter du contrat.

— En effet. George tient à prendre part aux négociations.

— La future mariée ? Prendre part aux discussions concernant le contrat ? Je n'ai encore jamais rien entendu de tel.

— George est différente.

Ashendon se tourna vers sa femme et l'aida à se lever. Lady Ashendon gagna la porte. Elle s'arrêta un instant devant Hart et posa la main sur son bras.

— Ne soyez pas offensé, Votre Grâce, dit-elle posément. George n'a jamais pu se fier aux hommes qui l'entouraient avant que mon époux la ramène au sein de la famille.

Hart se raidit, vexé par la critique implicite. Elle le dévisagea, songeuse.

— Vous avez dit à tante Agatha que vous vouliez une épouse indépendante. Vous l'aurez, avec George. Ne vous plaignez pas. Sous ses dehors difficiles, c'est un amour. Découvrir cet aspect de sa personnalité dépend entièrement de vous.

Hart ne répondit pas. Un amour ? Cela lui avait échappé. En revanche, il s'était frotté au chat sauvage qui se cachait sous son minois avenant et, curieusement, cela lui avait plu.

Lady Georgiana entra de cette démarche assurée qui l'impressionnait toujours. Elle portait une robe couleur d'ardoise, ornée d'un galon bordeaux, sous un spencer, bordeaux également. Sa tenue était simple, et cependant élégante. De toute évidence, elle méprisait les volants et les fanfreluches dont les autres jeunes femmes raffolaient.

La couleur de la robe mettait ses yeux en valeur et celle de sa veste courte faisait écho à sa bouche. Ladite veste moulait sa poitrine ronde. Elle était destinée à souligner les charmes d'une femme plus qu'à lui tenir chaud.

Ses reins s'embrasèrent.

Il détourna les yeux. Il fallait qu'il soit en pleine possession de ses moyens. Un contrat de mariage était compliqué à établir, et Ashendon et sa nièce allaient discuter âprement.

George jeta un coup d'œil au secrétaire d'Ashendon, qui avait pris place discrètement à l'écart.

— Vous n'avez pas amené votre secrétaire ? demanda-t-elle à Hart.

— Je n'ai pas...

Il s'interrompit, se rappelant juste à temps qu'il était censé avoir un secrétaire zélé qui envoyait ses brouillons aux journaux.

— Il est occupé dans un de mes domaines.

Elle haussa les épaules, s'assit et sortit une feuille de papier.

— Eh bien, commençons. J'ai dressé une liste.

Cette entrée en matière l'agaça. Il voulait bien admettre qu'il n'était pas déraisonnable pour une femme de s'assurer que le contrat de mariage lui convenait, mais bon sang, pour qui le prenait-elle ? Pour un grippe-sou ? Il s'était montré plus que généreux lors des négociations pour son mariage avec lady Rose.

Et puis, les contrats étaient une affaire d'hommes. Elle allait passer de la protection de son oncle à celle de son époux. Contester cela était une insulte à son honneur.

— Mon héritage doit me revenir à l'âge de vingt-cinq ans, attaqua-t-elle. Je souhaite qu'il demeure en ma possession, même après le mariage.

Elle darda sur lui un regard de défi.

— Je suis d'accord, dit-il.

En quoi son misérable héritage pouvait-il l'intéresser ?

— Nous le ferons administrer en…

— Non, je serai seule à le contrôler. Je ne veux pas que des administrateurs me disent ce que je peux faire ou pas avec mon argent.

Hart jeta un coup d'œil à Ashendon, et haussa les épaules. Si c'était ce qu'elle voulait…

Ashendon prit des notes. Le secrétaire l'imita, transcrivant certainement ce souhait en langage légal.

— Vous me verserez également une pension.

— Naturellement, répondit-il, glacial.

Craignait-elle qu'il ne la laisse dans la misère ?

Elle annonça une somme ridiculement modeste. Les femmes étaient par nature des créatures avides, cherchant à obtenir toujours le plus possible. Qu'avait-elle derrière la tête ?

Il ne fit toutefois aucune remarque, et se contenta d'adresser un signe de tête indifférent à Ashendon. Ce dernier prit note.

— Le duc me donnera une maison à la campagne, et me consultera quant au choix de cette résidence. La maison m'appartiendra en totalité, avec titre et acte de propriété.

Hart étrécit les yeux. Il possédait une douzaine de maisons de campagne. Pourquoi en voulait-elle une à elle ? Pour le tenir à l'écart ? Pour y retrouver d'autres hommes ?

— Tu possèdes déjà une maison, lui rappela Ashendon. Willowbank Farm.

— Je veux que Willowbank soit attribuée à Martha Scarratt et que son nom figure sur l'acte de propriété.

— Elle a déjà obtenu le droit d'y vivre aussi longtemps qu'elle le voudra, fit remarquer Ashendon. En plus d'une pension généreuse.

— Oui, mais ainsi, elle sera propriétaire du bien et pourra le léguer à sa sœur, ou à l'un de ses neveux et nièces. Ce qui changera sa position dans la société. Quant à la pension, elle lui sera versée jusqu'à la fin de ses jours.

Ashendon hésita.

— C'est tout ce que j'ai à lui offrir, insista sa nièce. Et tu sais ce que je lui dois, Cal.

Hart se rembrunit. Qui était cette Martha Scarratt ?

Ashendon le consulta du regard, et il eut un geste pour exprimer sa suprême indifférence. Il se débrouillerait pour découvrir qui était cette femme, et pourquoi sa future épouse se sentait en dette envers elle. Après quoi, il pourrait se faire une opinion.

— Everingham devra donner à George une maison de son choix, et Willowbank Farm sera cédé à Martha Scarratt, conclut Ashendon à l'intention de son secrétaire, qui prit note. Bien. Qu'y a-t-il d'autre sur ta liste, George ?

— Tout enfant issu de notre union vivra avec moi et ne pourra m'être retiré sans mon accord.

Il y eut un court silence, puis Hart déclara, glacial :

— Tant que vous vous comportez correctement, cela ne me pose aucun problème.

Il ne connaissait rien aux enfants et ne s'intéressait pas à leur éducation. Tout ce qui lui importait, c'était d'avoir un héritier.

— Des dispositions seront prises pour assurer l'avenir de chaque enfant qui naîtra.

— Naturellement. Tant qu'il s'agit bien de mes enfants.

Les yeux de George lancèrent des éclairs.

— J'ai, quant à moi, l'intention de respecter mes vœux de mariage.

— Si vous le dites.

Elle étrécit les yeux.

— Au sujet de la fidélité du duc, intervint Ashendon, tu n'as rien à dire à ce sujet ?

L'attirance du duc pour elle finirait par disparaître. Tout comme la sienne, sans doute. Il était hors de question qu'elle s'abaisse à se soucier de ce qu'il ferait à partir de ce moment.

— La plupart des hommes courent la gueuse comme des matous, tout le monde sait cela, dit-elle en haussant les épaules.

Cette fois, ce fut au tour de Hart de se sentir offensé. Il avait prévu de poursuivre son style de vie actuel. C'est-à-dire qu'il s'installerait probablement avec une maîtresse une fois que sa femme serait partie vivre à la campagne avec ses chiens et ses chevaux. S'attendre à autre chose n'aurait pas été raisonnable. Pour autant, son attitude était insultante. Si elle pouvait être fidèle, il le pouvait aussi.

Hart attendit qu'elle énonce la condition suivante. Elle se raidit, et il devina que ce serait la plus importante. Les femmes étaient rusées. Toutes les demandes qu'elle avait émises jusqu'ici étaient négligeables. Elles gardaient toujours le meilleur pour la fin.

— Mon cheval Sultan est ma propriété et le restera.

Hart faillit rire. Il ne s'attendait pas à cela ; il aurait pourtant dû vu sa passion pour cet animal.

— Autoriserez-vous votre étalon à saillir une de mes juments ?

Elle réfléchit, puis :

— Seulement si elle est de qualité égale à Sultan, et si elle lui plaît.

— Marché conclu. Quoi d'autre ?

Il attendit. À en juger par la tension qu'il percevait en elle, la suite n'allait pas lui plaire. Elle s'humecta les lèvres et, pendant quelques secondes, il fut tellement fasciné par sa bouche qu'il n'entendit pas ce qu'elle disait. À peine.

— Qu'avez-vous dit ?

Elle leva crânement le menton et le défia du regard.

— Je veux que vous me promettiez qu'il n'y aura plus de chasse au renard sur vos terres, répéta-t-elle.

Il n'avait jamais entendu de proposition aussi ridicule.

— C'est hors de question. Les renards sont des nuisibles.

— Ils ont autant le droit de vivre que n'importe qui. En outre, vous savez aussi bien que moi que c'est la chasse que vous, les hommes, aimez par-dessus tout, le sang, la cruauté.

— Ridicule !

Il y avait toutefois une part de vérité dans ce qu'elle venait de dire. Il aimait la chasse. Mais c'était une tradition, bon sang ! Un sport extraordinaire.

— Quelles que soient vos raisons, cesserez-vous de chasser le renard dans vos propriétés ?

— Certainement pas. Et ce n'est pas le genre de sujet censé être abordé dans des négociations de mariage.

— Pour moi, si.

Elle croisa les bras et pinça les lèvres. Hart fit de même. Un silence tendu s'abattit dans la bibliothèque.

Il se prolongea si longtemps que Hart dut lutter pour contenir sa colère. Ce mariage allait-il échouer à cause d'une condition aussi grotesque ? Était-ce une tentative de la part de lady Georgiana pour se dérober au dernier moment ? La chasse au renard était un sport fantastique, qui contribuait à débarrasser la campagne de la vermine. Il ne céderait pas au chantage.

Ashendon toussota.

— Nous pourrions peut-être trouver un compromis.

Hart haussa les sourcils.

— Je vous suggère de supprimer la chasse au renard dans le domaine que vous donnerez à George. Et peut-être aussi dans un autre.

La jeune femme demeura silencieuse, les bras croisés, l'air obstiné.

— Allons, George, sois raisonnable, reprit Ashendon d'un ton conciliant. Un homme ne peut renoncer à tous ses plaisirs.

— Ses plaisirs ? répéta-t-elle.

— Ses passe-temps, rectifia Ashendon.

— Je serais prêt à accepter qu'aucune chasse au renard ne soit organisée dans mes propriétés lorsque vous y séjournerez, déclara Hart. Que vous soyez en visite ou que vous y résidiez de façon permanente.

Il possédait un pavillon de chasse dans le Leicestershire, et il était peu probable qu'elle s'y rende un jour. Il ferait tout pour que cela n'arrive pas.

— C'est un compromis généreux, George, dit Ashendon. Qu'en penses-tu ?

Elle réfléchit longuement, puis opina à contrecœur.

— Très bien. Sachez toutefois que je continuerai de m'opposer par tous les moyens à cette détestable pratique.

— C'est compris.

— As-tu autre chose sur ta liste ? demanda Ashendon.

— Non, c'est tout.

Hart arqua les sourcils, perplexe. Ses conditions concernaient principalement des animaux. Était-ce tout ce qu'elle voulait ?

George fit mine de se lever.

— J'ai aussi quelques conditions à soumettre, dit Hart.

Elle se raidit et se rassit.

— Commençons par le montant de votre pension.

Il énonça une somme qui représentait le triple de ce qu'elle avait demandé. Elle en resta bouche bée.

— Je ne vous épouse pas pour votre argent.

Hart ne savait pas pour quelle raison elle avait accepté de l'épouser, mais il n'avait pas envie de lui poser de question.

— Le montant que vous aviez fixé est ridicule, dit-il avec froideur. Je refuse que ma duchesse soit obligée d'économiser.

Alors qu'elle ouvrait la bouche pour protester, il reprit :

— J'insiste pour avoir le droit de vous rendre visite.

— Rendre visite ? releva Ashendon, interloqué. Vous n'avez pas l'intention de vivre ensemble ?

— Naturellement, nous cohabiterons jusqu'à ce que la duchesse porte un héritier. Après quoi, nous nous verrons quand je le déciderai.

— Je me réserve le droit de refuser, répliqua-t-elle aussitôt.

— Tant que ce refus ne se prolonge pas indéfiniment, riposta-t-il en la regardant droit dans les yeux.

George hocha brièvement la tête, et Ashendon transcrivit cette condition.

— Autre chose ?

— Rien de particulier, dit Hart. Pour le reste, fondez-vous sur les accords que nous avions conclus pour lady Rose. Vous me ferez parvenir une copie du document et je demanderai à mon notaire d'en prendre connaissance.

— Dans ce cas...

Lady Georgiana se leva.

— Une dernière chose, dit Hart.

Elle posa sur lui un regard méfiant.

— Vous n'avez pas l'intention de revenir sur votre décision de vous marier, n'est-ce pas, lady Georgiana ?

Le regard de la jeune femme se fit glacial. Elle froissa sa liste dans son poing.

— Je vous ai donné ma parole, il me semble.

Et sans attendre de réponse, elle quitta la pièce au pas de charge. Ashendon posa un buvard sur ses notes.

— Ne la défiez pas s'agissant de sa parole, conseilla-t-il. Comme vous avez pu le constater, elle est un peu susceptible sur ce sujet.

— Je n'ai encore jamais rencontré de femme qui sache ce qu'est l'honneur, répliqua Hart en ricanant. Tout ce qu'elles connaissent, c'est leur intérêt.

— Dans ce cas, votre vie est sur le point de changer, l'avertit Ashendon en s'adossant à son fauteuil. Je vous prédis des jours intéressants, Everingham. Très intéressants.

11

Il y a chez moi une sorte d'entêtement qui ne supporte pas la volonté qu'ont certains de m'effrayer. Chaque fois que l'on essaie de m'intimider, mon courage ne fait que grandir.

Jane AUSTEN,
Orgueil et Préjugés

Après que le contrat fut établi et signé par les deux parties, il fallut se mettre d'accord sur la date du mariage. Si le duc voulait qu'il ait lieu le plus tôt possible, c'était toutefois à George et à sa famille de choisir.

George ne savait pas trop ce qu'elle voulait. D'un côté, elle aurait volontiers attendu un an, d'un autre elle était tarabustée par cette nervosité et ce désir dévorant qui s'emparaient d'elle à son réveil, après avoir rêvé qu'elle était nue dans un lit avec le duc. Une année à supporter cela la rendrait folle.

Elle voulait en terminer, et vite. Une fois qu'elle aurait couché avec le duc, elle était sûre que ces sensations troublantes disparaîtraient et qu'elle retrouverait un sommeil paisible.

Finalement, ils décidèrent que la cérémonie aurait lieu trois semaines plus tard. Ce qui laisserait le temps de publier les bans. Tante Agatha s'était fermement opposée à la suggestion du duc de solliciter une dispense de bans.

— Il est déjà regrettable que ce mariage nous ait été imposé par un scandale. Si vous allez trop vite, vous savez ce que les gens penseront. Vous pouvez être sûr qu'ils compteront combien de mois se seront écoulés entre le mariage et la naissance de votre premier-né.

Son premier-né ? George avait du mal à imaginer cela. Elle jeta un coup d'œil en coin à Emmaline, avec son ventre énorme. Que ressentait-elle ?

— Il nous faut un peu de temps pour commander des vêtements pour la cérémonie, déclara Emmaline. Et la robe de mariée pour George.

— Et tout le reste, ajouta tante Agatha. Il lui faut un trousseau digne d'une duchesse. J'en parlerai à Hortense, ma couturière...

— Non, la coupa George. Mlle Chance me fera tout ce dont j'aurai besoin.

George avait déjà rencontré Hortense, et celle-ci ne lui plaisait pas. Hautaine, encore plus snob que tante Agatha, elle confectionnait des toilettes certes élégantes, mais plutôt destinées aux vieilles dames. Daisy Chance en revanche était gentille, et George se sentait à l'aise avec elle. En outre, elle savait adapter ses modèles à la personnalité des clientes.

Quand George était arrivée à Londres, elle avait dû apprendre à distinguer les robes de bal, les robes de matinée, les robes de promenade, les robes de soirée, ce qui était presque insurmontable pour une fille qui, à peine quelques mois plus tôt, ne possédait pas une seule robe. Mlle Chance avait compris son désarroi, et lui avait fabriqué quelques pantalons qu'elle pouvait porter sous ses robes, afin de se sentir moins nue.

Tante Agatha renifla avec mépris.

— Cette petite cockney ordinaire ne peut habiller une duchesse. Elle ne saurait pas par où commencer.

— Elle pourra s'entraîner avec moi, et...

— Ne sois pas ridic…

— Mlle Chance nous a toutes habillées, et fort bien, rappela Emmaline d'un ton posé. Je ne vois pas pourquoi George ne pourrait pas lui commander sa robe de mariée et son trousseau. La question est donc réglée.

Tante Agatha fit grise mine, mais ne protesta pas. On ne se chamaillait pas avec une femme qui était sur le point de donner naissance à l'héritier des Ashendon. Que Dieu vienne en aide à Emmaline s'il s'agissait d'une fille.

— Je t'accompagnerai chez Mlle Chance, mon petit, suggéra tante Dottie. J'ai envie de lui commander quelques vêtements, moi aussi. Quelque chose de particulier. Nous allons bien nous amuser, n'est-ce pas, George ?

— Sûrement, tante Dottie. Merci.

George voyait bien que tante Agatha luttait contre elle-même. Elle aurait préféré s'asseoir dans une flaque de boue plutôt que d'être vue dans la Maison Chance. En même temps, elle ne voulait pas laisser à sa sœur le soin de Vêtir une Future Duchesse. Cette tâche était très importante, il n'était pas question de « s'amuser ».

Emmaline régla la question.

— Merci, tante Dottie. Ce sera parfait. Quel dommage que Rose et Lily ne soient pas en ville en ce moment ! Elles adoreraient vous accompagner. Moi aussi, mais…

Elle désigna son ventre et soupira.

— J'espère que ce ne sera plus très long. J'ai l'impression d'être un éléphant en cage.

— Emmaline ! la réprimanda tante Agatha. Je vous rappelle que vous avez le privilège de porter l'héritier de la Maison des Ashendon.

Emmaline lui lança un regard agacé. Facile à dire quand on n'avait jamais porté d'enfant.

Une remarque qu'elle se garderait bien de formuler à voix haute. Contrairement à George, qui n'hésiterait pas à remettre sa grand-tante à sa place le cas échéant.

Le lendemain soir, George assista à une réception. La première depuis que ses fiançailles avec le duc avaient été annoncées. Elle était un peu nerveuse. Comment la haute société allait-elle réagir ? Lorsqu'elle entra dans la salle, flanquée de ses deux grands-tantes, le silence soudain, suivi d'un bourdonnement de conversations, confirma ses pires craintes.

— Georgiana, j'attends de toi un comportement exemplaire, déclara tante Agatha. Tu dois faire honneur au nom des Rutherford. Évite les pitreries.

George serra les dents. Les pitreries, vraiment ? Dieu qu'elle regrettait que Rose et Lily ne soient pas là ! Ou Emmaline.

Tante Dottie lui pressa doucement le bras.

— Souris, ma chérie. Et garde la tête haute. Le pire sera bientôt passé.

Leur hôtesse s'avança vers eux, l'air surexcitée.

— Lady Salter, lady Dorothea ! Lady Georgiana, je suis enchantée que vous ayez pu venir ce soir. Félicitations pour vos fiançailles. Quelle habileté d'avoir retenu l'attention de notre cher duc !

George cilla. *Notre* cher duc ? Comme si elle le leur avait volé ? Et son « habileté » sous-entendait-elle qu'elle l'avait piégé ? Elle faillit répliquer que c'était lui qui l'avait attrapée dans ses filets, mais se retint. Après avoir poliment remercié la maîtresse de maison, elle s'esquiva, cherchant quelque chose à boire et un visage aimable.

Un des jeunes gens qui lui avaient fait la cour l'aborda.

— Dire que je vous ai crue quand vous prétendiez ne pas souhaiter vous marier, lâcha-t-il d'un air de reproche. Vous affirmiez si catégoriquement vouloir vivre seule à la campagne, avec vos chiens et vos chevaux. En fait, vous ne vouliez pas de moi, tout simplement, n'est-ce pas ? Vous visiez un plus gros gibier.

— Je suis désolée.

George regrettait de l'avoir blessé, mais comment lui faire comprendre qu'elle était sincère ? Et que rien n'avait changé, excepté sa situation.

Personne ne l'avait poussée dans les bras du duc ce soir-là. Personne ne l'avait obligée à lui rendre ses baisers. C'était sa faute. Ou la faute de son instinct.

— Vous vous êtes bien moquée de nous, lady George, lança un autre homme avec un rire amer. Quel idiot je suis de vous avoir crue.

Il y eut d'autres remarques, plus directes. Une douairière la félicita du bout des lèvres. Avant de murmurer en aparté à ses amies :

— Elle a de la chance que le duc soit un homme d'honneur. De mon temps, les filles qui se comportaient comme des traînées recevaient une bonne correction avant d'être envoyées à la campagne.

Une autre déclara dans son dos :

— Je suppose que son oncle l'a obligée à l'épouser. Ashendon n'est pas le genre d'homme qu'on prend à la légère.

Plusieurs personnes l'interrogèrent sur la date du mariage, en lorgnant son tour de taille. Cependant, les pires étaient celles qui la félicitaient d'avoir été assez rusée pour prendre le duc dans ses filets. George se sentit salie.

— Petite finaude. J'ai passé un temps fou à tenter d'attraper Everingham. C'était très malin de votre part de vous débrouiller pour vous faire surprendre pendant une soirée chez la vieille Mme Gastonbury !

Impossible d'expliquer, de donner la bonne version de l'histoire. Elle avait bel et bien laissé le duc l'embrasser, et devait accepter les conséquences de sa stupidité.

Si les gens étaient déterminés à croire que ces fiançailles étaient le résultat de ses manigances, elle allait devoir endurer leurs remarques avec le sourire.

Les félicitations et les compliments se succédèrent. Elle avait envie de hurler. Mais elle avait accepté d'épouser le duc, et c'était là sa punition. Serrant les dents, elle sourit, sourit, et sourit encore, jusqu'à en avoir mal à la mâchoire. Et même alors, elle continua de sourire.

Lady Peplowe arriva avec sa fille Penny. George laissa échapper un soupir de soulagement en voyant des gens qu'elle connaissait et aimait. Lady Peplowe l'étreignit avec chaleur avant de lui présenter ses vœux de bonheur. Sa sincérité était si évidente que George en eut les larmes aux yeux.

Penny, en revanche, ne cacha pas sa surprise.

— Je pensais que tu ne te marierais jamais, George. Et je croyais que tu détestais le duc.

Très mal à l'aise, George marmonna qu'elle avait changé d'avis. Elle n'était pas prête à reconnaître – même devant une amie aussi proche que Penny – ce qu'il en était réellement, à savoir qu'elle avait été plus ou moins obligée d'accepter. Il n'était pas non plus question de mentir en prétendant que le duc et elle étaient amoureux. Tout cela était terriblement gênant.

Penny et sa mère s'éloignèrent, et George regarda autour d'elle. Ses yeux se posèrent sur une pendule, et son cœur sombra. Elle était là depuis à peine quarante minutes. Elle allait devoir rester encore au moins une heure. À moins qu'elle ne prétextât un mal de tête, ce qui serait pure lâcheté.

Hart jouait au piquet avec Sinc. Il avait décidé de dîner au club et était tombé sur son ami. Après le repas, ils avaient pris un brandy et s'étaient mis aux cartes.

— Des soucis ? s'enquit Sinc, après avoir gagné les trois premières parties.

— Hmm ? Non.

Ce n'était pas vrai. Juste avant de sortir, il avait reçu un message de lady Salter qui lui demandait, lui ordonnait quasiment – quel culot ! – d'accompagner lady Georgiana dans une de ces fichues réceptions. Une soirée à laquelle il n'avait pas du tout l'intention d'assister.

Il avait jeté la lettre au feu et était sorti.

Sinc distribua les cartes. Et gagna les deux parties suivantes.

— Eh bien, quoi qu'il en soit, tu n'as pas l'esprit au jeu.

Hart examina ses cartes tout en sirotant son brandy.

— Je suis étonné que tu ne sois pas allé chez les Renwick, reprit Sinc.

— Tu ne vas pas t'y mettre toi aussi !

— Me mettre à quoi ?

— À me dire que j'aurais dû aller chez les Renwick. Je n'assiste jamais à ces soirées ennuyeuses, tu le sais.

— En effet. Je pensais juste… Oh, n'en parlons plus !

— Ne parlons plus de quoi ? s'enquit Hart au bout d'une minute.

— Tu es au courant, je suppose, que les mégères s'en prennent à lady George.

Hart se rembrunit.

— Que veux-tu dire ? Quelles mégères ?

— Elles sont assez nombreuses, selon ma sœur, à répandre de méchants ragots. Visiblement, elles ne laissent pas à lady George le bénéfice du doute.

— En quel sens ?

Sinc le dévisagea, incrédule.

— Tu crois que les grandes dames de la noblesse vont déverser leurs bénédictions sur la jolie tête de lady George ? Alors qu'après avoir clamé sur tous les toits qu'elle n'avait pas l'intention de se marier, elle remporte le premier prix sur le marché du mariage – toi ? Alors que vous avez été pris sur le fait, ta langue lui chatouillant les amygdales ? Oh, oui, elles l'adorent !

Hart se figea. C'était donc cela, la raison du message de lady Salter ?

— Bon sang ! marmonna-t-il.

Il jeta ses cartes sur la table, se leva et sortit.

George vida sa coupe de champagne et chercha un valet des yeux. Son troisième verre en moins d'une heure. D'ordinaire, elle n'en buvait pas plus d'un. En réalité, elle n'aimait pas le champagne. Ni le ratafia. Que n'aurait-elle donné pour une bonne tasse de thé ! Hélas, il faudrait attendre d'être rentrée.

Une femme se dirigea vers elle, les mains tendues, le sourire aux lèvres. C'était Mme Threadgood, qu'elle avait surprise dans la serre des Peplowe.

— Bonsoir, madame Threadgood, la salua-t-elle, sur ses gardes.

La femme lui prit la main comme pour la féliciter chaleureusement, et lui glissa à l'oreille :

— Vous ne méritez pas un tel homme, espèce de petite catin. N'allez pas imaginer que j'ignorais ce que vous maniganciez dans cette serre.

Avec un sourire faux, elle enfonça les ongles dans les mains de George, si fort que si celle-ci n'avait pas porté de gants elle l'aurait sûrement fait saigner.

George se dégagea. En proie à une vive colère, elle leva la main… et quelqu'un lui saisit le poignet.

— Renoncez à la gifle, lui chuchota une voix grave.

Zut, le duc.

— Je sais ce que je faisais dans cette serre, madame Threadgood, répondit-elle, sans tenter de se libérer. J'avais repéré un rat. Une grosse femelle accompagnée de deux de ses amies. Une rate qui s'étouffe de rage en ce moment.

Elle gratifia Mme Threadgood d'une parodie de sourire. Celle-ci se troubla et ses joues prirent une vilaine couleur violacée. Marmonnant quelques mots, elle pivota sur ses talons et s'enfuit.

George fit face au duc et libéra son poignet.

— J'aurais préféré que vous n'interveniez pas. Si quelqu'un méritait une gifle, c'était bien...

— Je sais. Et je suis sûr que cela vous aurait procuré une grande satisfaction. Mais lady Dorothea semblait si anxieuse que j'ai décidé de m'interposer.

George lissa sa robe du plat de la main. Elle avait une terrible envie de frapper quelqu'un.

— Que faites-vous ici ? Je croyais que vous ne fréquentiez pas ce genre de soirées.

— Je ne le fais pas en temps normal. Il se trouve juste que lady Salter m'a envoyé un mot pour m'avertir que vous seriez présente et que je devais vous soutenir.

George fut étonnée. Tante Agatha avait fait cela ? Vraiment ?

— À en croire le petit échange qui vient d'avoir lieu, elle avait raison. Que vous a donc dit cette dame ? Je n'ai entendu que votre réponse – que j'ai trouvée remarquable, d'ailleurs.

— Peu importe.

Elle était capable de se défendre toute seule. Il l'observa un moment, puis haussa les épaules.

— Puis-je aller vous chercher un rafraîchissement ?

— Oui, s'il vous plaît.

Dès que le duc se fut éloigné, George ôta l'un de ses gants et examina les marques rouges laissées par les ongles de Mme Threadgood. Elle se frotta le dos de la main. Cette harpie avait de véritables griffes.

Le duc revint avec un valet qui lui présenta un plateau.

— Cette femme vous a fait mal ? Montrez-moi.

Il voulut lui prendre la main, mais George se déroba.

— Non, ce n'est rien.

Elle remit son gant de soirée et prit un verre de limonade sur le plateau. Chacun but en observant les invités.

— Vous vous amusez bien ? demanda le duc au bout d'une minute.

Elle lui lança un regard incrédule, et ricana.

— Oh, oui ! Je n'imagine pas meilleure façon de passer la soirée.

— C'est à ce point ? dit-il en grimaçant. Lady Salter ne s'était donc pas trompée.

— Il lui arrive d'avoir raison, concéda George.

— Cette femme... Threadgood... est-elle représentative ?

— À peu près. L'opinion générale est que je vous ai piégé. Certaines m'en veulent, d'autres me félicitent pour mon « habileté ».

Elle darda sur lui un regard accusateur et sembla attendre qu'il dise quelque chose. Hart voyait bien qu'elle était en colère, cependant, quoi qu'il dise, cela n'atténuerait en rien l'effet de ces ragots.

— Je croyais que vous vous moquiez de ce que pense la bonne société.

Ce n'était pas la chose à dire. Elle tourna vivement la tête.

— Qu'est-ce qui vous fait croire cela ?

— C'est ce que vous avez dit l'autre soir dans la serre... avec Mme Threadgood et ses amies.

— Ah, cette fois-là ! Elles m'ont simplement trouvée bizarre. Je ne me soucie pas de ce genre de choses. Beaucoup de gens me trouvent bizarre. Je suppose que je le suis, ajouta-t-elle avec un geste désinvolte.

— Pourquoi est-ce différent aujourd'hui ?

— Parce que cette fois, elles prétendent que je suis malhonnête, fourbe, hypocrite et immorale. C'est insultant.

Comme il gardait le silence, elle ajouta :

— Vous ne comprenez donc pas ? Elles me reprochent de vous avoir pris dans mes filets, d'avoir attrapé un duc fortuné par des moyens sournois. Elles m'accusent, moi !

— Je vois.

Elle leva les yeux au ciel. Hart se rembrunit.

— Mais puisque vous savez que vous n'avez rien fait de tel, quelle importance ?

— Comme ce doit être agréable de vivre au sommet de la montagne, et de regarder le reste du monde depuis votre position supérieure sans être atteint par ce que les gens disent de vous.

— Les gens parlent de moi tout le temps. J'ai appris à les ignorer.

— Pas moi. Je me moque de ce qu'ils disent si c'est la vérité, ce sont les mensonges qui me mettent en colère.

Visiblement. Et il devait admettre qu'elle était dans une position peu enviable par sa faute à lui. C'était donc à lui de faire quelque chose.

— Se défendre contre les commérages ne sert à rien. Plus vous niez, plus les gens sont persuadés d'avoir raison.

— Je sais, reconnut-elle en soupirant. Il ne me reste qu'à m'armer de patience en espérant que les commères trouveront bientôt à un autre os à ronger. Sauf que je déteste attendre. J'ai envie de frapper les gens !

— Je vous le déconseille, dit-il avec une lueur espiègle dans le regard.

— J'ai tout particulièrement envie de frapper les gens qui gardent un calme impérial après m'avoir placée dans cette horrible situation.

Elle plia et déplia ses doigts gantés, avant d'ajouter, pensive :

— Je n'ai encore jamais frappé un duc.

— Vous en aurez peut-être bientôt l'occasion. En attendant, prouvons à ces ignorants que nous faisons front ensemble.

Il lui offrit son bras, et elle le prit. Ils firent quelques pas, puis il s'arrêta et la regarda.

— Et vous n'êtes pas bizarre. Vous êtes une originale.

Ils firent lentement le tour de la salle. Le duc salua des gens, parfois d'un simple hochement de tête. Il s'arrêta pour bavarder avec les membres les plus influents de la bonne société, en profitant chaque fois pour leur présenter sa fiancée.

George ne parla que lorsqu'on lui adressait la parole. Son expression était sereine, alors qu'elle bouillait intérieurement. Naturellement, cette fois, les compliments et les félicitations ne contenaient aucun sous-entendu.

Elle n'aurait su dire si elle était soulagée, ou en colère contre les hypocrites qui félicitaient chaleureusement le duc, pour les raisons mêmes pour lesquelles ils la condamnaient.

En réalité, peu nombreux étaient ceux qui s'adressaient à elle. Elle n'était qu'un accessoire accroché au bras du duc. Était-ce l'avenir qui l'attendait ? Elle ferait tout pour que ce ne soit pas le cas.

Tout le temps qu'ils circulèrent dans la salle, elle fut terriblement consciente de la chaleur du bras d'Everingham, et de sa force. Le parfum discret de son eau de Cologne la troublait et lui donnait envie de se pencher vers lui pour l'inhaler. L'inhaler lui ?

Quand cette fichue attirance disparaîtrait-elle ?

Au bout d'une heure, tante Agatha lui fit signe qu'il était temps de partir. Jamais George n'avait été aussi soulagée. Le duc les escorta jusqu'à leur voiture, puis s'éloigna dans la nuit. George le suivit des yeux. Quelle injustice. Les hommes étaient tellement plus libres que les femmes.

Le lendemain matin, George et tante Dottie s'en allèrent commander une robe de mariée. Tante Dottie était ravie. Elle avait entendu parler de la Maison Chance par ses amies, dont lady Béatrice Davenham, qui était à la tête d'une sorte de société littéraire. Lily assistait régulièrement aux séances lorsqu'elle était à Londres. De même que, étonnamment, Mlle Daisy Chance, la couturière.

Comme prévu, tante Agatha refusa de les accompagner chez la modiste, déclarant avec hauteur qu'elle se lavait les mains de toute l'affaire et ne prendrait aucune responsabilité s'agissant de la toilette de mariage de George.

— Pourquoi le feriez-vous ? s'enquit George. Ce n'est pas vous qui allez vous marier.

Tante Agatha quitta le salon, drapée dans sa dignité. Tante Dottie pouffa.

— Elle ne voudrait pas non plus prendre la responsabilité de ce que je vais acheter.

— Et qu'allez-vous acheter ? s'enquit Emmaline, curieuse.

— Béatrice Davenham m'a montré les adorables chemises de nuit et liseuses que lui a confectionnées Mlle Chance. Savez-vous que Mlle Chance, son mari et leur petite fille vivent chez Béatrice ? Je crois qu'ils sont parents. Donc, je voudrais quelques chemises de nuit et une ou deux liseuses. Elles sont si jolies !

— C'est vrai, confirma Emmaline. J'en ai plusieurs. Une de mes anciennes élèves m'a offert une superbe chemise de nuit de chez Mlle Chance pour mon mariage. En fait, c'est comme cela que j'ai fait sa connaissance. C'était la seule couturière que nous connaissions à Londres.

— À l'exception d'Hortense, qui ne nous plaisait pas du tout, rappela George en faisant la moue.

Mlle Chance fut enthousiaste à l'idée de créer une robe de mariée pour George. Elle sortit aussitôt les esquisses qu'elle avait faites lorsqu'elle avait vu l'annonce des fiançailles dans le journal.

— Un style épuré, comme vous l'aimez, lady George. En revanche, je ne sais pas quel genre de tissu vous préféreriez. L'été approche, et il ne faut pas que vous ayez trop chaud. Cela étant, connaissant le climat londonien, il pourrait faire froid. Quels bijoux pensez-vous choisir ? D'ordinaire, les mariées portent des perles. Que diriez-vous d'un corsage brodé de perles ? À moins que vous n'optiez pour de la dentelle. Auquel cas, il faudra vous décider rapidement pour que les filles se mettent au travail sans attendre. Trois semaines sont vite passées, vous savez.

Tous les tissus étaient blancs ou ivoire, ce qui n'emballait pas George. Et il n'était pas question de porter une dentelle argentée sur du satin blanc, comme la pauvre princesse Charlotte pour son mariage.

Mais tante Agatha, approuvée par Emmaline et tante Dottie, avait décrété qu'elle devait absolument se marier en blanc, ne serait-ce que pour faire taire les rumeurs et les médisances. George se consola en se disant qu'après cela elle ne serait plus jamais obligée de porter du blanc.

Laissant George étudier une pile d'esquisses, Mlle Chance emmena tante Dottie dans une autre pièce, où étaient exposés les vêtements de nuit dont elle rêvait.

George feuilleta les albums, et écarta les modèles trop compliqués. Très vite, son choix s'arrêta sur deux dessins tout simples. Pas de dentelle, pas de fanfreluches, pas de perles. Elle hésitait. La mousseline blanche avec les petites manches ballon ? Ou la soie ivoire ornée d'un galon ?

Elle n'arrivait pas à se décider, ce qui était très agaçant. L'une ou l'autre, quelle importance, au fond ? Elle pouvait se contenter de jouer à pile ou face.

Pour une raison incompréhensible, cependant, elle ne put s'y résoudre.

— Vous devriez les emporter chez vous pour les montrer à lady Ashendon, suggéra Mlle Chance. Puisque vous ne voulez ni broderies ni perles, nous aurons amplement le temps de confectionner la robe quel que soit votre choix.

— Quelle bonne idée ! s'exclama tante Dottie. Cette pauvre Emmaline est si déprimée de devoir rester confinée. Je suis sûre qu'elle sera ravie d'examiner ces modèles.

Il en fut donc décidé ainsi. Mlle Chance glissa les feuillets dans une élégante pochette qu'elle confia à George, tandis que tante Dottie serrait contre sa poitrine un gros paquet souple entouré d'un ruban.

— Elle avait quelque chose qui était déjà à ma taille, avoua-t-elle à George dans un murmure. J'ai passé une petite commande.

— Oh, tante Dottie…

Chez Mlle Chance, la règle voulait qu'on payât les vêtements avant de les emporter. Elle prétendait que les aristos se faisaient tirer l'oreille pour régler leurs factures. Toutefois, avant que George ait pu en dire davantage, Dorothea sortit une liasse de billets de son réticule.

— Ne t'inquiète pas, ma chérie, Béatrice m'avait prévenue. C'est très bien ainsi, car j'ai tendance à oublier de régler mes factures.

Elles quittèrent la boutique en promettant de revenir dans un jour ou deux, une fois que le choix serait fait.

12

Je me suis souvent surprise à commettre des erreurs de ce genre... dans une méconnaissance totale du caractère en ce qui concerne tel ou tel point – en m'imaginant les gens tellement plus gais ou plus graves, ou plus ingénieux, ou plus bêtes qu'ils ne le sont en réalité ; et je ne saurais dire pourquoi ni de quelle façon, l'erreur a pris naissance. Parfois, l'on est guidé par ce que les autres disent d'eux, sans se donner le temps de délibérer et de juger.

Jane AUSTEN,
Raison et Sentiments

Les commentaires désagréables continuèrent. Impossible pour George d'y échapper, sauf à rester nuit et jour chez elle, ou en ayant le duc à ses côtés. Or, elle refusait d'avoir recours à ces stratagèmes.

Chaque jour, sa patience était mise à rude épreuve.

Elle se rendit au Pantheon Bazar avec tante Dottie pour acheter des bas et d'autres babioles. Alors qu'elles attendaient pour payer leurs achats, George entendit une femme derrière elle claironner :

— C'est la fille qui a pris le duc d'Everingham dans ses filets.

— Ne fais pas attention, ma chérie, dit tante Dottie d'une voix crispée, mais audible. Cette femme est ignorante, en plus d'être mal élevée.

Une autre inconnue bouscula George au passage en lui lançant d'une voix sifflante :

— Jézabel !

George serra les dents et réussit à garder son calme. Au parc, les gens qui autrefois lui souriaient la considéraient désormais d'un air perplexe avant de tourner la tête pour éviter de croiser son regard. Si personne ne lui battait froid ouvertement, la situation n'en demeurait pas moins déplaisante.

Où qu'elle aille, des murmures l'accompagnaient. Elle avait piégé le duc. C'était une hypocrite, une menteuse, une gourgandine, qui avait profité de la faiblesse d'un homme honorable. Elle était enceinte de lui.

George était de plus en plus furieuse.

Elle se rendit chez Hatchards afin d'acheter un livre pour Emmaline. Deux dames discutaient de l'autre côté des étagères. George les devinait entre les livres.

— La voilà, celle qui a séduit le duc d'Everingham et l'a forcé à l'épouser.

— Elle n'est pas aussi jolie que sa première fiancée, non ?

— C'est sans doute pour cela qu'elle a été obligée de le séduire.

À leur grand désarroi, George ôta deux livres sur l'étagère et leur sourit.

— C'est choquant, n'est-ce pas, mesdames ? Je suis loin d'être aussi jolie que Rose, il fallait évidemment que je fasse quelque chose !

Elle acheta le livre pour sa tante et sortit, consciente qu'elle n'aurait jamais dû réagir ainsi.

— Je sais que c'est exaspérant, ma chérie, dit Emmaline quand elle lui rapporta ce qui s'était passé.

Les ragots disparaissent toutefois d'eux-mêmes quand les commères n'ont plus rien à se mettre sous la dent. Tu dois les mépriser. Et par pitié, ne frappe personne, même si je sais que c'est tentant.

En réalité, celui que George aurait aimé frapper, c'était le duc.

— Si pénibles que soient ces rumeurs, déclara tante Agatha, sache qu'elles ne sont provoquées que par ton triomphe.

— Mon triomphe ? répéta George, incrédule.

— Elles sont toutes folles de jalousie, expliqua tante Agatha d'un ton hautain. Tu as réussi là où elles ont lamentablement échoué.

« Et j'ai obtenu ce que je n'ai jamais voulu », songea-t-elle.

L'après-midi était ensoleillé, et le duc avait invité George à faire une promenade dans le parc à l'heure où toute la bonne société s'y retrouvait. Elle savait qu'il détestait cela, et comprit que son but était de se montrer avec elle.

Il arriva à l'heure dite, dans un petit cabriolet très élégant, tiré par deux chevaux bais. Un valet en livrée se tenait à l'arrière.

Laissant derrière elle un Finn dépité, elle permit au duc de l'aider à grimper dans la voiture. Elle aurait pu y monter sans problème si elle n'avait pas porté ces horribles jupes.

Ils parlèrent peu, tandis que le cabriolet louvoyait dans les rues encombrées. Chevaux, carrioles, garçons tirant des chariots, marchands ambulants, gamins des rues et chiens couraient dans toutes les directions. Une fois qu'ils eurent franchi les grilles du parc, cependant, tout parut plus calme, même si les allées étaient très fréquentées. Des dames élégantes faisaient tourner leurs ombrelles, des gentlemen s'arrêtaient pour parler avec les passagers de voitures luxueuses.

Il leur fallut près de vingt minutes pour parcourir cent mètres. Tout le monde voulait féliciter George, et taquiner le duc qui était finalement tombé dans le piège du mariage.

— Lady George, que vous êtes maligne. C'est donc vous qui allez conduire notre insaisissable duc devant l'autel.

— Dire que nous vous avons crue quand vous prétendiez ne pas vouloir vous marier.

— Il faut se méfier de l'eau qui dort, n'est-ce pas ?

— Quel effet cela vous fait-il d'être encore une fois pris au piège, Votre Grâce ?

La foule finit par devenir moins dense, mais George avait la nausée. Elle n'en pouvait plus des faux compliments et des accusations à peine voilées. Qu'on la rende seule responsable de tout l'exaspérait.

Elle coula un regard oblique au duc pour voir s'il éprouvait la même chose qu'elle. Comme toujours, ses traits semblaient sculptés dans le marbre. Impossible d'y déceler la moindre émotion.

— Que diriez-vous d'emprunter cette allée ? s'enquit-il.

Sans attendre sa réponse, il bifurqua dans une allée moins fréquentée. Ils roulèrent un moment en silence et, bercée par le balancement du cabriolet, George se calma peu à peu.

— Nous irons en voyage de noces à Venise, annonça-t-il à brûle-pourpoint.

— Quoi ? Non. Je veux dire, c'est une bonne idée, mais je ne peux pas quitter Emmaline tant que le bébé n'est pas né.

— J'ai déjà tout arrangé. Pourquoi tenez-vous à rester ? Vous n'êtes pas sage-femme, que je sache ?

— Non, en effet, mais je ne la quitterai pas.

— Que pouvez-vous faire pour elle ?

— Je ne sais pas. Être là.

— Pour l'amour du ciel, votre oncle est follement épris de sa femme. Elle aura les meilleurs soins possible.

— La princesse Charlotte aussi a bénéficié des « meilleurs soins possible », et regardez ce qui lui est arrivé.

La princesse Charlotte avait perdu la vie en accouchant, entourée par les médecins les plus renommés du pays. George ignorait qui était à blâmer dans cette affaire, pour autant, elle refusait de s'éloigner d'Emmaline tant que celle-ci n'aurait pas mis son bébé au monde.

— Vous pouvez aller à Venise si vous le souhaitez. Je resterai ici.

— Ne soyez pas ridicule.

— Du reste, comment pouvez-vous envisager de voyager à l'étranger ? Pensez à votre mère.

— À ma mère ? Elle se débrouillera très bien sans moi, je vous assure. En fait, moins nous nous voyons ma mère et moi, mieux nous nous portons.

George le dévisagea avec incrédulité. Comment pouvait-il parler ainsi de sa mère mourante ? C'était choquant.

— Vous n'avez vraiment pas de cœur.

Hart haussa les épaules.

— À en juger par le sobriquet dont on m'a affublé, non.

— Je ne comprends pas comment vous pouvez songer à vous éloigner de votre mère dans l'état où elle est.

Il y eut un court silence, puis :

— Et dans quel état est-elle ?

— Vous ne pouvez l'ignorer. Elle est mourante.

— Qu'est-ce qui vous fait croire cela ?

— Je l'ai vue il y a quelques jours. Elle avait une mine affreuse. J'ai eu l'impression qu'il ne lui restait plus longtemps à vivre.

Le duc étrécit les yeux et ses mains se crispèrent sur les rênes.

— Vous avez vu ma mère ? Comment ? Où ?

— Chez elle, bien sûr. Tante Agatha m'a emmenée lui rendre visite. Elle ne pouvait même pas quitter son lit.

Les traits de Hart se durcirent et ses yeux lancèrent des éclairs.

— Vous lui avez donc rendu visite, dit-il d'un ton sec, et vous avez bavardé avec elle. Puis-je supposer que c'est ce jour-là que vous avez changé d'avis, et décidé de m'épouser ? La veille du jour où nous avons établi le contrat ?

— Oui, mais... Que faites-vous... Attention !

Des passants s'éparpillèrent dans l'allée, alors qu'il faisait faire demi-tour à ses chevaux. George s'agrippa au côté du cabriolet tandis qu'ils rebroussaient chemin à toute allure.

— Que diable faites-vous ?

— Je vous emmène voir ma mère.

— Maintenant ? Et pourquoi cela ?

Il ne répondit pas, et s'engagea habilement dans la circulation londonienne. George aurait admiré sa maîtrise si sa réaction en apprenant qu'elle avait rendu visite à sa mère ne l'avait pas stupéfaite.

Quel mal y avait-il à cela ? Il était parfaitement naturel qu'une mère veuille faire la connaissance de celle qui allait épouser son fils.

Ignorait-il que sa mère était gravement malade ? Avait-elle trahi un secret ? Personne ne lui avait dit qu'il ne fallait pas en parler au duc.

— Tenez les chevaux, ordonna-t-il au valet quand ils s'arrêtèrent devant la maison de la duchesse.

Le garçon sauta à terre et s'exécuta. Le duc aida George à descendre de voiture, et la conduisit jusqu'à la porte d'entrée.

— Que faites-vous ?

Elle voulut libérer sa main, sans succès. Il tira violemment le cordon, et le bruit d'une cloche résonna à l'intérieur. Le majordome vint ouvrir.

— Votre Grâce, je...

— Elle est en haut, je suppose ?

— Oui, Votre Grâce, dans son cabinet de toilette...

Le duc passa devant lui et, sans lâcher la main de George, s'engagea dans l'escalier. Elle essaya en vain de se dégager.

— Que faisons-nous ici ? Vous ne pouvez entrer dans son cabinet de toilette sans avoir été annoncé !

Il ne ralentit même pas, et elle n'eut d'autre choix que de le suivre. Il ouvrit une porte à la volée.

— Ah, vous voilà, mère !

D'un geste, il invita George à entrer. Deux jeunes gens élégants bondirent sur leurs pieds. Ils s'inclinèrent, mais George ne leur prêta aucune attention. Le duc les ignora également.

— Vous connaissez déjà lady Georgiana Rutherford, mère, dit-il d'une voix glaciale.

La duchesse se tourna vers eux sans manifester la moindre gêne.

— Oui, bien sûr. Comment allez-vous, lady Georgiana ?

George oublia de répondre. Abasourdie, elle fixa la mère du duc.

Celle-ci était assise devant un miroir, et mettait visiblement la dernière touche à sa toilette. Son teint était animé, ses joues délicatement teintées de rose. Habillée pour sortir, elle portait une robe de soirée rose. Un châle de dentelle était drapé sur ses épaules presque nues, et elle était chaussée de mules de satin rose. Une splendide parure de diamants ornait son cou, ses oreilles et son poignet. Une paire de longs gants de satin blanc et un éventail en ivoire étaient posés sur sa coiffeuse.

Elle respirait la santé.

Les deux messieurs en habits étaient apparemment ses cavaliers pour la soirée. Ils avaient à peu près l'âge du duc.

George ne savait quoi dire.

— Vous semblez si bien, Votre Grâce. Je pensais...

— C'est un miracle, déclara la duchesse avec aplomb. J'avais un pied dans la tombe, et pourtant j'en ai réchappé.

Elle sourit aux deux gentlemen qui hochèrent la tête.

— Vous avez connu beaucoup de miracles dans votre vie, mère, n'est-ce pas ? lança le duc d'une voix dure.

La duchesse ne parut pas troublée par le sarcasme.

— J'ai beaucoup de chance, admit-elle modestement.

— Vous en avez assez vu ? demanda le duc en se tournant vers George. Bien. Au revoir, mère.

Sur ce, il entraîna George hors de la chambre. Elle le suivit, étourdie. Sans un mot, il l'aida à monter dans le cabriolet, reprit les rênes et repartit.

Il lui fallut quelques minutes pour reprendre ses esprits.

— Vous voulez dire que sa maladie était...

— Simulée.

— J'ai cru qu'elle était mourante.

— Oui, mère est très bonne comédienne. Elle a une certaine pratique, il faut dire. Vous a-t-elle joué le grand jeu ? Avec les bougies, l'encens, les fioles de remèdes, l'oignon caché dans le mouchoir ?

— L'oignon...

— Pour pleurer plus facilement.

Il semblait si détaché – furieux, et cependant détaché – que George en était sidérée.

— Elle fait souvent ce genre de choses ? demanda-t-elle.

— De temps en temps. Pour contrôler les gens. J'avais quatorze ou quinze ans quand j'ai compris.

Il se tut, négociant un passage difficile entre deux charrettes.

— Mon père n'y a vu que du feu. Elle l'a mené par le bout du nez toute sa vie, ajouta-t-il avec amertume. Bien sûr, elle ne joue la scène du lit de mort que lorsqu'elle veut vraiment quelque chose. Le reste du temps, c'est une maladie imaginaire, ou simplement « ses nerfs ». Nous sommes tous esclaves des nerfs de ma mère.

Ils atteignirent Berkeley Square et il s'arrêta du côté opposé à la maison des Ashendon. D'un claquement de doigts, il appela le valet qui sauta du cabriolet et alla tenir les chevaux. Hart lâcha alors les rênes et se tourna vers elle.

— C'est donc ainsi qu'elle vous a convaincue de m'épouser ? dit-il sombrement.

George acquiesça.

— C'est ce qui vous a fait changer d'avis ?

— Oui. Tante Agatha devait être de mèche avec elle. Elle connaît votre mère depuis des années, et c'est elle qui m'a emmenée chez elle.

— Probablement.

Ils gardèrent le silence un instant. La brise faisait bruire les branches des platanes, et le soleil commençait à redescendre. George frissonna. Le duc se pencha, prit un plaid dans le compartiment sous son siège, et le lui drapa sur les épaules. Il avait l'air soucieux, et son regard était lointain.

— Je suis désolé que ma mère vous ait menti, finit-il par dire d'une voix crispée. Et puisque c'est pour cette raison que vous avez accepté ma demande, je dois vous libérer de votre promesse, je suppose.

George en demeura interdite. C'était la dernière chose à laquelle elle s'attendait vu le mal qu'il s'était donné pour obtenir sa main. Peut-être n'était-il pas aussi cynique qu'elle le croyait, finalement.

Elle tira doucement sur ses gants pour se donner le temps de réfléchir.

— Vous ressemblez davantage à votre mère que vous ne le pensez, dit-elle enfin.

— Quoi ? Absolument pas !

— Mais si. Elle a monté toute une mise en scène pour m'extorquer une promesse sur son lit de mort, et je lui ai promis de vous épouser. Tandis que vous…

Elle soutint calmement son regard et enchaîna :

— Vous avez organisé une scène de séduction au moment où vous étiez sûr d'avoir des dizaines de témoins, autrement dit juste avant le souper lors de la soirée musicale chez Mme Gastonbury.

Le duc pâlit et pinça les lèvres.

— Après quoi, vous avez fait publier l'annonce de nos fiançailles dans les journaux afin de me forcer la main. Le secrétaire zélé n'existe pas, n'est-ce pas ?

Elle avait lancé cela au hasard, mais il ne nia pas.

— Mais je…

— Vous m'avez piégée de la même manière que votre mère. Vous m'avez placée dans une position qui ne me laissait aucun choix. Oh, votre tactique était différente, l'intention était toutefois la même : m'obliger à faire ce que vous vouliez, sans tenir compte de mes propres désirs.

Il la dévisagea, abasourdi.

— Je n'ai jamais pensé…

— Non, j'en suis sûre. Vous avez simplement vu quelque chose que vous vouliez, et vous avez fait ce qu'il fallait pour l'obtenir.

Hart ouvrit la bouche et la referma sans avoir prononcé un mot. Un nerf tressautait sur sa joue.

— Vous auriez pu me courtiser, comme n'importe quel autre homme l'aurait fait…

— Vous étiez catégorique, vous ne vouliez pas vous marier.

George inclina la tête de côté.

— Et voilà, vous recommencez ? Vous pensiez savoir ce que je voulais, mais ce n'était pas ce que vous vouliez, vous. Donc, vous avez piétiné mes sentiments, mes opinions et mes désirs, pour parvenir à vos fins. Ce que je pensais vous était égal. Exactement comme votre mère.

Il ne la quittait pas des yeux. Ses lèvres étaient blêmes. De toute évidence, il était choqué.

Parfait. Il fallait qu'il le soit.

Elle repoussa le plaid et s'apprêta à descendre du cabriolet.

— Je vais vous conduire...

— Non, je n'ai que le square à traverser.

Elle sauta souplement à terre, et il la suivit.

— Je vais faire passer une annonce dans le journal pour annuler nos fiançailles. Je suis désolé... Je ne m'étais pas rendu compte...

Il s'interrompit et secoua la tête.

— Je n'ai aucune excuse, je suis sincèrement navré.

George leva les yeux vers lui. Il ne lui avait jamais plu autant qu'à cet instant, alors qu'elle était sur le point d'être débarrassée de lui.

— Non, ne faites rien, s'entendit-elle déclarer. Venez me voir demain et je vous ferai part de ma décision.

Le regard cynique réapparut.

— Vous jouez avec moi ? Vous me faites languir ? Eh bien, je suppose que je le mérite.

— Ne m'accusez jamais de faire cela, s'emporta-t-elle. Ce n'est pas moi qui joue la comédie et élabore des stratégies ! Je pense ce que je dis. Faites ce que vous voulez, dans ce cas. Venez me voir demain ou envoyez une lettre aux journaux, cela m'est égal.

Sur ces mots, elle s'engagea d'un pas vif dans le square.

Hart rentra chez lui, assommé. Il était si hébété que lorsque les chevaux s'arrêtèrent devant la maison, il regarda autour de lui en se demandant comment il avait réussi à rentrer. Il tendit les rênes au valet et franchit le seuil, plongé dans ses pensées.

Ces dernières années, quand il s'était rendu compte que les diverses maladies dont sa mère souffrait n'étaient que des mauvais tours dont elle usait pour pousser les gens à agir selon sa volonté, il avait pris ses distances avec elle. Sa malhonnêteté le dégoûtait, et il se targuait de ne pas lui ressembler.

Et maintenant… les mots de Georgiana Rutherford résonnaient dans sa tête. « Vous ressemblez davantage à votre mère… »

Et elle le lui avait prouvé. Il avait fait son possible pour l'obliger à l'épouser. En fait, en y réfléchissant, il avait été très fier de l'avoir prise au piège.

Dès le premier baiser échangé lors de ce bal, il avait décidé qu'elle serait sa femme. Elle était tout ce qu'il désirait : indépendante, séduisante, bien née, elle entendait maîtriser son avenir et n'attendrait pas de lui qu'il comble tous ses désirs. C'était une femme qui ne vivrait pas nuit et jour accrochée à ses basques.

Il l'avait embrassée, juste pour voir si elle lui plaisait, pour savoir si elle détestait les hommes ou pas. Non que ce fût vraiment important. L'attirance sexuelle n'avait pas grand-chose à voir avec le mariage et la procréation.

Mais ce baiser… Il avait déclenché une véritable explosion en lui. Il avait presque perdu la tête. Jamais il n'avait réagi ainsi à un simple baiser.

Depuis, il la désirait comme un fou.

Il avait deviné qu'elle éprouvait la même chose que lui. Et c'est là qu'il avait pris sa décision.

« Vous ressemblez davantage à votre mère que vous ne le pensez. »

Elle avait raison. Connaissant son aversion pour le mariage, il lui avait délibérément tendu un piège. Il ne s'était même pas demandé s'il agissait bien ou mal. Il était un chasseur. L'avait toujours été. Et il s'était même trouvé malin.

Il s'assit à son bureau et prit une feuille de papier.

Lady Georgiana avait résisté à la séduction. Elle avait tenu tête à sa famille et s'était opposée à la pression de la société. Elle avait dit et répété ouvertement qu'elle ne voulait pas se marier, qu'elle préférait vivre tranquillement à la campagne avec ses chiens et ses chevaux.

Elle n'avait cédé que parce que sa mère et lui avaient abusé de sa naïveté.

Et la société le lui avait reproché.

Il allait écrire aux journaux pour faire retirer l'annonce des fiançailles. Il prit sa plume, la trempa dans l'encrier et contempla la page blanche. Cela se retournerait aussi contre elle. Les hommes ne rompaient pas leurs fiançailles – ce n'était pas honorable. La parole d'un homme était sacrée. Seules les femmes pouvaient rompre.

Si les fiançailles étaient annulées, les gens diraient qu'elle l'avait éconduit.

Hart reposa sa plume et écarta la feuille de papier. Bon sang, que devait-il faire ?

Traverser le parc fit du bien à George. L'air et l'exercice l'aidaient à s'éclaircir les idées. Les rayons du soleil de cette fin d'après-midi se glissaient entre les feuilles de platanes, projetant des ombres allongées sur le sol. De minuscules pâquerettes étaient disséminées sur la pelouse, telles des étoiles au firmament.

Le duc lui proposait de la libérer de leurs fiançailles.

C'était la dernière chose à laquelle elle s'attendait de sa part. Elle n'avait pas songé un instant que c'était possible.

Quelle créature détestable devait être sa mère pour être capable de mentir aussi facilement ! Elle n'avait pas rougi, ni même cillé, lorsque son mensonge avait été révélé. Le duc ayant grandi auprès d'elle, cela expliquait beaucoup de choses.

George avait été surprise qu'il accepte ses accusations sans broncher. Il n'avait pas discuté, n'avait pas cherché d'excuses, ne s'était pas réfugié dans la colère. Il avait encaissé le coup comme un homme – et il avait présenté ses excuses.

Un homme prêt à accepter la critique. Un homme capable de s'excuser. C'était rare.

Qu'il offre de la libérer l'avait prise de court. Après tout le mal qu'il s'était donné pour l'attraper dans ses filets. Ses excuses devaient donc être sincères.

Elle lui avait demandé d'attendre jusqu'au lendemain. Pourquoi ? Alors qu'elle voulait désespérément être délivrée de ces fiançailles… n'est-ce pas ?

La brise forcit et agita les feuillages au-dessus de sa tête. Frissonnante, elle hâta le pas et courut presque jusqu'au bout de l'allée. Elle traversa rapidement la rue, souleva le heurtoir d'Ashendon House.

Quelques minutes s'écoulèrent avant que le majordome vienne ouvrir, l'air un peu égaré.

— Que se passe-t-il, Burton ?

— C'est lady Ashendon. Le travail a commencé.

— Commencé ? Que… ? Oh ! Le bébé va arriver ?

Empoignant ses jupes, elle se rua dans l'escalier. Elle découvrit Cal qui arpentait le couloir comme un lion en cage.

— Cal, que se passe-t-il ?

— Elle est dans la chambre, dit-il, la mine défaite. Le médecin est venu et reparti. Il dit de ne pas s'inquiéter. Il a fait appeler une sage-femme. Elle est auprès d'Emmaline, avec la femme de chambre et tante Agatha.

— Je vais la voir.

George voulut ouvrir la porte, sans succès.

— C'est fermé à clé, expliqua-t-il sombrement. Je n'ai pas le droit d'entrer.

George hocha la tête. Si les hommes n'étaient généralement pas autorisés dans la chambre de la parturiente, elle-même devrait pouvoir entrer. Sûrement. Elle frappa. Pas de réponse. Elle frappa plus fort.

La porte s'entrouvrit et la tête de tante Agatha apparut dans l'embrasure. Pâle et visiblement bouleversée, elle affichait cependant une expression déterminée.

— Du balai, leur ordonna-t-elle. Cela va prendre du temps, et il n'y a rien que vous puissiez faire.

— Puis-je entrer ? demanda George. Je peux aider.

— Tu ne ferais que nous gêner, rétorqua tante Agatha. D'autre part, une jeune fille n'a rien à faire dans la chambre d'une accouchée.

— Mais...

Tante Agatha lui ferma la porte au nez et la clé tourna dans la serrure.

George contempla le battant. Si elle n'avait jamais assisté à la naissance d'un être humain, elle avait aidé à mettre au monde des chiots et des poulains. Une fois, elle avait même assisté un fermier pour la naissance d'un veau qui ne se présentait pas dans le bon sens. Elle était sur le point de s'adresser à Cal quand tante Dottie apparut.

— Inutile d'insister, ma chérie, Aggie ne cédera pas. Elle prétend que seules les femmes mariées, et les servantes, peuvent assister notre chère Emmaline. Elle dit qu'il ne serait pas correct qu'une femme non mariée assiste à la naissance. Je ne suis pourtant plus une jeune fille ! ajouta-t-elle en gloussant.

— Elle-même n'a jamais eu d'enfant, n'est-ce pas ?

— Non, mais son alliance lui sert de prétexte. Cal, mon garçon, viens donc, dit-elle en lui prenant le bras. Il ne sert à rien d'attendre ici, tu vas finir par user le tapis. Allons plutôt prendre un verre dans le salon.

Cal refusa de bouger.

— Je ne la quitterai pas. Je n'ai peut-être pas le droit d'entrer, mais du diable si je l'abandonne dans un moment pareil. Je vais rester là, au cas où elle aurait besoin de moi.

Tante Dottie fit donc monter des fauteuils, un guéridon, des cartes et une carafe de vin.

— Non, ne proteste pas, mon garçon. Asseyons-nous. Nous allons jouer aux cartes en attendant.

Cal eut un mal fou à se concentrer. Le moindre bruit émanant de la chambre le faisait sursauter. Tante Dottie se résigna donc à faire des réussites pendant qu'il allait et venait dans le couloir.

George en profita pour écrire à Rose, à Lily et à Edward afin de les avertir que le travail avait commencé. Elle relut ce qu'elle avait écrit et froissa les lettres. Rose et Lily n'arriveraient pas à temps pour la naissance. La nouvelle ne ferait que les inquiéter ; mieux valait attendre pour leur annoncer la naissance. Elle pria pour que les nouvelles soient bonnes.

Au bout d'une heure ou deux, Finn demanda à sortir. George lui fit faire une courte promenade et revint en courant pour apprendre que la situation était inchangée.

La nuit tomba, on alluma les lampes.

Un peu plus tard, un valet monta, répondant à la sonnette de la chambre. Milly, la femme de chambre, ouvrit et lui demanda d'apporter de l'eau chaude et des serviettes. Ils la bombardèrent de questions, et elle fit de son mieux pour les tranquilliser.

— Tout se passe bien. Milady va le mieux possible. Une naissance prend du temps, surtout pour un premier enfant. La sage-femme dit que tout se déroule normalement. Elle enverrait chercher le médecin si elle était inquiète. Il n'y a aucun souci à se faire, monsieur.

Milly était au service d'Emmaline depuis des années et elle était très protectrice envers elle. Son assurance était assez réconfortante.

Le valet revint avec l'eau chaude et une servante portant une pile de serviettes. Milly s'en empara et referma la porte.

Une heure plus tard, Burton leur monta un plateau de sandwichs, mais seuls Finn et tante Dottie avaient assez d'appétit pour manger. Le temps s'écoulait lentement.

Et puis soudain, un cri déchira le silence. Cal bondit sur ses pieds en jurant et tambourina à la porte.

Il y eut un autre cri, chevrotant, puis de plus en plus aigu.

Cal se figea et tourna un visage blême vers George et tante Dottie.

— Est-ce que c'est...

— Le cri d'un bébé, oui.

Il se remit à frapper du poing contre la porte. Tante Agatha ouvrit brusquement.

— L'héritier des Ashendon est né.

— Comment va Emmaline ?

Lorsqu'il voulut entrer, elle lui barra le passage.

— Ta femme est fatiguée, naturellement, mais elle va très bien. Nous allons mettre un peu d'ordre. Tu viendras la voir quand elle sera prête. Ashendon ? ajouta-t-elle en le scrutant. Tu m'as entendue ? Tu as un fils. Un garçon en bonne santé. Un héritier.

Cal hocha distraitement la tête.

— Oui, oui. Quand pourrai-je la voir ?

— Quand le moment sera venu, répliqua sa tante avant de lui fermer la porte au nez.

Cal pivota, fit quelques pas chancelants, et se laissa tomber dans un fauteuil. Il sortit un mouchoir de sa poche et s'essuya le visage.

— Merci mon Dieu, merci… Plus jamais, ajouta-t-il au bout d'un moment.

Tante Dottie se mit à rire.

— Les hommes sont tellement émotifs ! Maintenant, puisque Emmaline va bien et que vous avez un fils en bonne santé, il me semble que nous devrions fêter cela.

Elle sonna Burton et lui demanda de prévoir du champagne.

Peu après, la porte s'ouvrit et Cal fut autorisé à entrer dans la chambre. George et tante Dottie attendirent dans le couloir. Après quelques minutes, la porte s'ouvrit de nouveau.

— Vous pouvez entrer, mais pas plus de cinq minutes. Emmaline est très fatiguée. Elle a mis au monde un beau petit garçon. L'héritier des Ashendon.

Cal était assis sur le lit, le bras entourant les épaules de son épouse. Celle-ci tenait un petit paquet dans ses bras. Elle semblait épuisée, et cependant étrangement sereine.

— Comment te sens-tu ? chuchota George, en jetant un coup d'œil au petit paquet de linges.

Elle ne vit qu'une petite houppe noire.

— Nous allons bien tous les deux, répondit Emmaline en souriant. Nous sommes fatigués, et très heureux, ajouta-t-elle en levant les yeux sur Cal, qui resserra son étreinte.

— Avez-vous choisi un prénom ? s'enquit tante Dottie.

Emm jeta un coup d'œil à Cal, qui hocha la tête.

— Je vous présente Bertrand Calbourne George Rutherford.

Le petit paquet de linge remua, et ils entendirent un vagissement.

— George ? répéta George. Tu veux dire…

— Oui, nous lui avons donné ton nom. Tu es censée être sa marraine, non ?

George ne put prononcer un mot. Une boule s'était logée dans sa gorge, et ses yeux s'embuèrent.

— En voilà assez, décréta tante Agatha. Emmaline et le bébé ont besoin de dormir. Tout le monde dehors.

Elle voulut les chasser comme des poussins, mais Cal refusa de bouger.

— Merci, tante Agatha, dit-il d'un ton ferme. Je vais m'occuper de ma famille à présent.

— Tu ne vas pas...

— Merci pour votre aide, tante Agatha, intervint Emmaline d'une voix douce. À présent, j'aimerais rester seule avec mon mari et notre bébé.

— Viens, Aggie, dit tante Dottie en prenant le bras de sa sœur. Du champagne nous attend en bas. Un nouvel Ashendon est né, et nous devons fêter son arrivée.

Tante Agatha battit des paupières, hésita, puis finit par acquiescer. Toutes sortirent de la chambre.

13

Ce que nous pensons un jour, vous savez, nous pouvons ne plus le penser le lendemain. Les circonstances changent, les opinions varient.

Jane AUSTEN,
L'Abbaye de Northanger

Le lendemain matin, George et Cal allèrent au parc comme d'habitude. Ils ne parlèrent pas beaucoup. Ils n'étaient jamais très bavards, mais ce matin tous deux étaient plongés dans leurs pensées. Cal songeait sans doute au bébé, aussi George ne lui posa-t-elle pas de questions. Ils étaient encore un peu assommés. Surtout Cal.

Ils lancèrent les chevaux au triple galop, ce qui permit à George, et probablement à Cal aussi, d'évacuer la tension qui les tenaillait depuis la veille.

Cal prit son petit déjeuner dans la chambre avec sa femme et son fils, puis sortit vaquer à ses affaires. Tante Dottie n'était toujours pas levée, et George se sentait étrangement agitée. Pour passer le temps, elle écrivit à Rose et à Lily pour leur annoncer la naissance du bébé. Elle se demandait quand elles viendraient à Londres – pour son mariage, à coup sûr, et peut-être avant, pour voir le nouveau-né.

Elles lui manquaient. C'était étrange. Après avoir vécu seule pendant des années, avec Martha et Finn pour toute compagnie, elle ne se sentait désormais bien qu'entourée de sa famille. Elle laissa les lettres sur la table du hall, pour qu'un valet aille les poster.

Après une brève hésitation, elle monta et frappa doucement à la porte de la chambre d'Emmaline. Milly, la femme de chambre, lui ouvrit.

— Chut, elle dort, chuchota-t-elle.

— Je ne la dérangerai pas, je veux juste voir le bébé.

Milly hocha la tête et George entra sur la pointe des pieds. Emmaline dormait paisiblement dans le grand lit. À côté d'elle se trouvait un berceau en merisier sculpté.

George y jeta un coup d'œil. Elle n'avait pas connu beaucoup de bébés, et n'en avait jamais vu d'aussi petit. Bertrand Calbourne George Rutherford, lord Bertrand, héritier du comte d'Ashendon. Un bien grand nom pour une créature aussi petite. Il lui évoquait un oisillon à peine sorti de sa coquille, avec sa houppette noire au sommet du crâne. Son visage était rouge et fripé. Ses yeux d'un bleu très foncé se posèrent sur elle, comme s'il essayait de comprendre ce qu'elle était.

— Coucou, bébé, chuchota-t-elle. Bébé Bertie, je suis ta cousine George.

Un cousin. Elle n'avait encore jamais eu de cousin et cette idée l'émut tellement qu'elle en eut la gorge serrée. Il tenait un de ses prénoms d'elle. Cet étrange petit oiseau nouveau-né faisait partie de sa famille.

Un poing minuscule apparut entre les langes, et s'agita. George l'observa, fascinée. Cinq petits ongles roses et parfaits. L'enfant ouvrit la main et la tendit. On aurait dit une étoile de mer.

— Tu vas prendre froid, chuchota-t-elle en glissant la petite main sous le lange.

Mais les doigts se refermèrent sur l'un des siens et s'y accrochèrent. Immobile, elle contempla ce petit humain, si neuf et si fragile, se cramponnant à son doigt avec tant de force. Une bouffée d'émotion la submergea, et elle crut qu'elle allait pleurer.

Entendant du bruit derrière elle, elle se retourna. Emmaline était en train de se redresser dans le lit, encore ensommeillée.

— Je suis désolée. Je ne voulais pas te réveiller…

— Je ne faisais que somnoler, assura Emmaline.

Elle se pencha sur le berceau et son visage s'adoucit.

— Il s'accroche à mon doigt, dit George. Je voulais remettre sa petite main dans le lange.

Emmaline rit tout bas.

— Il faudra que j'apprenne à mieux l'emmailloter. Il parvient toujours à libérer l'une de ses mains.

Elles contemplèrent un instant le petit être doté d'une si forte volonté.

— Alors, comment trouves-tu mon fils ?

George observa un instant l'affreux petit oiseau au plumet noir.

— Il est très beau, dit-elle, et elle était sincère.

Le petit visage se crispa, rougit, et laissa échapper un cri, puis un autre plus sonore.

— Qu'ai-je fait ? interrogea George, inquiète.

— Rien, dit Emm en riant. Il a faim. Apporte-le-moi, George.

Emm se redressa davantage et Milly vint arranger les oreillers dans son dos.

— Quoi ? Moi ? Et si… si je le laisse tomber ?

Emm se contenta de tendre les bras en souriant. George prit une profonde inspiration et souleva le petit paquet de linge. Il avait beau être léger, ses hurlements étaient puissants.

— Tu vas l'allaiter ?

Emm sourit et approcha le nourrisson de son sein. Le silence s'abattit soudainement, à peine troublé par un bruit de succion.

— Je croyais…

— Tu croyais que j'allais engager une nourrice ?

— Oui. Tante Agatha a dit...

— Je sais que ce n'est pas bien vu dans la haute société d'allaiter son bébé, mais j'en ai parlé à la sage-femme, et elle m'a dit que c'était mieux pour la mère et pour l'enfant. Si je ne veux pas continuer, elle me trouvera une bonne nourrice. Je... je n'aurais jamais cru avoir un bébé un jour. Et maintenant que j'en ai un, je ne veux rien manquer. Je ne confierai pas Bertie à une nourrice. Du moins, pas tout de suite.

Si George avait élevé au biberon des agneaux et une portée de chatons, elle n'avait jamais pensé aux bébés humains.

— Quel effet cela fait-il ?

— La sensation est... indescriptible. C'est un peu étrange, et pas déplaisant du tout.

Au bout d'un moment, elle écarta le bébé, qui se remit aussitôt à hurler. Elle lui donna l'autre sein, et le silence revint.

Elle paraissait si sereine, si heureuse. George décida qu'il était temps de s'éclipser. Plongée dans ses pensées, elle sortit et referma doucement la porte derrière elle. Finn, à qui Milly avait interdit l'entrée de la chambre, vint lui pousser le bras du bout de la truffe.

— D'accord, mon garçon, allons nous promener, dit-elle en se dirigeant vers la porte.

La sonnette de l'entrée résonna alors qu'elle descendait les dernières marches. Burton alla ouvrir, puis se retourna et lui jeta un coup d'œil.

— Oui, Votre Grâce, lady Georgiana est là.

George se figea. Le duc. Elle l'avait complètement oublié.

Hart avait passé une nuit agitée. L'accusation de Georgiana à propos de sa ressemblance avec sa mère l'avait blessé. Il avait d'abord ressenti de la colère, et sa réaction première avait été de rejeter cette critique.

Toute sa vie, il s'était targué de ne pas être comme sa mère. Il se considérait comme un homme honorable, trop honorable pour s'abaisser à user des mêmes stratagèmes qu'elle.

Or, Georgiana Rutherford avait vu clair en lui : il n'était pas aussi différent de sa mère qu'il le croyait. Cette découverte était humiliante.

Une phrase d'un discours qu'il avait autrefois appris par cœur resurgit dans sa mémoire. *Car Brutus est un homme honorable.*

À présent, debout sur son perron, il attendait de voir si elle allait le rejeter ou pas. Il méritait de l'être, il le savait, mais…

Il avait passé la nuit à se tourner et à se retourner, partagé entre le dégoût de lui-même, la honte et l'incertitude. Des sentiments qu'il n'avait jamais éprouvés de sa vie, ce qui était très déstabilisant.

Toutefois, au milieu de toute cette confusion qui l'habitait, une pensée se précisait, de plus en plus forte, de plus en plus évidente : il voulait lady Georgiana.

Oh, il pouvait à coup sûr trouver des femmes plus belles, plus sophistiquées, plus dociles, mieux préparées à être duchesse… et qui lui causeraient moins de soucis.

Mais c'était elle qu'il voulait. Elle seule.

Il n'existait pas une femme sur un million – ni aucun homme, du reste – qui aurait eu le courage de lui reprocher son comportement. Il se racla la gorge.

— Lady Georgiana.

— Votre Grâce.

Elle le regardait comme s'il tombait du ciel. Son chien vint renifler ses bottes tout en remuant doucement la queue. Ne s'attendait-elle donc pas à le revoir ?

— J'avais dit que je passerais ce matin.

Ce n'était pas un rendez-vous formel. Qu'avait-elle dit avant de s'éloigner ? « Venez me voir demain ou envoyez une lettre aux journaux, cela m'est égal. » Croyait-elle qu'il allait simplement rompre leurs fiançailles et en informer les journaux ? Si oui, elle n'avait sûrement pas réfléchi aux conséquences que cela aurait pour elle.

— Désolée, j'avais oublié, dit-elle en haussant les épaules.

— Oublié ?

Comment pouvait-on oublier une chose aussi importante que l'annulation ou non de leurs fiançailles ?

— Emm... Ma tante... a eu son bébé la nuit dernière.

— Oh, je vois ! Félicitations. Est-ce... un garçon ou une fille ?

Il avait dû faire un effort pour se rappeler ce qu'on disait dans ces circonstances.

Lady Georgiana le fixa froidement.

— Ma tante se rétablit très bien, je vous remercie. C'est un garçon, et il est en parfaite santé. J'allais emmener Finn en promenade. Pouvez-vous m'attendre ?

— Je vais vous accompagner. Nous parlerons en chemin.

Elle acquiesça, et ils traversèrent la rue pour gagner le parc.

— Ce sera une promenade très courte. Nous sommes sortis ce matin et Finn a déjà bien couru.

Ils déambulèrent en discutant de choses et d'autres – le temps qu'il faisait, l'approche de l'été, les chiens. Les passants les dévisageaient avec curiosité. Hart lisait les questions dans leurs regards, l'impertinence de leurs suppositions. Il saluait ceux qu'il connaissait, l'air si distant qu'il les décourageait d'engager la conversation.

Lady George gardait les yeux rivés sur son chien. Répugnait-elle à être vue en sa compagnie ? Était-ce ce qu'elle s'apprêtait à lui dire ? Qu'elle souhaitait être libérée de sa promesse ? Ou bien n'était-ce qu'une répugnance bien compréhensible à l'idée d'affronter davantage de commérages ?

Hart brûlait d'impatience. Il voulait en venir au sujet de sa visite, mais il était impossible d'avoir une conversation sérieuse en attendant qu'un chien ait fini de baptiser chaque arbuste du chemin.

Comme enfermée dans un monde bien à elle, lady Georgiana semblait réfléchir intensément. S'efforçait-elle de décider si elle voulait l'épouser ou pas ? Ou ses préoccupations étaient-elles tout autres ? Figurait-il seulement dans ses pensées ? Il n'aurait su le dire.

Toute la nuit, il n'avait pensé à rien d'autre qu'à elle. Et elle avait oublié qu'il devait venir. C'était humiliant.

Ils regagnèrent enfin Ashendon House. Lady Georgiana le précéda dans le salon et demanda du thé au majordome. Le chien les suivit.

Hart contint tant bien que mal son impatience, tandis que le majordome apportait le thé et les gâteaux, avec une assiette de quelque chose qui ressemblait à des biscottes. Lady Georgiana remplit leurs tasses, lui tendit la sienne ainsi qu'une assiette de petits-fours.

— Non, merci, dit-il en posant sa tasse sans y avoir touché.

— Vous préférez des biscuits ? Cook a fait des gâteaux au gingembre hier, et…

— Je ne veux rien manger, merci. Lady Georgiana, avez-vous réfléchi à notre situation ?

Elle donna une biscotte au chien. Hart attendit, de plus en plus irrité.

— J'ai réfléchi, oui, finit-elle par répondre.

— Vous vous rendez compte que si nous rompons nos fiançailles, c'est vous qui serez blâmée ? Vous avez déjà enduré les remarques de quelques harpies, et cette fois ce sera pire. On dira que vous avez été éconduite.

— Non, je n'ai pas pensé à cela, avoua-t-elle en lui adressant un regard songeur.

— Eh bien, c'est un fait, répondit-il, décontenancé. Et avant que vous preniez une décision hâtive...

— J'accepte ces fiançailles.

— ... vous devriez en parler à votre... Pardon ? Qu'avez-vous dit ?

— J'ai dit que j'acceptais ces fiançailles.

— Vraiment ?

L'intensité du soulagement qu'il éprouva le prit de court. Dans l'espoir de dissimuler sa réaction, il s'empara de sa tasse et but une gorgée de thé. Le liquide lui brûla la bouche, mais il ignora la douleur et regarda longuement Georgiana.

— Pourquoi ? demanda-t-il.

À peine eut-il prononcé ce mot qu'il le regretta. Quelle importance de connaître ses raisons ? Il fallait être idiot pour relancer la discussion. Tout ce qui comptait, c'était qu'elle allait l'épouser.

Elle était finalement d'accord. Elle acceptait librement. De son plein gré.

— Pourquoi ? répéta-t-elle.

Elle parut réfléchir, puis haussa les épaules.

— Je suppose que je me suis habituée à cette idée. J'ai toujours su que vous m'aviez délibérément tendu un piège, et maintenant, alors même que je sais que votre mère a obtenu mon consentement par la ruse... Eh bien, puisque j'ai annoncé publiquement que j'allais vous épouser, je ne reviendrai pas sur ma décision. D'autre part...

— D'autre part ? l'encouragea Hart comme elle gardait le silence.

Lady Georgiana leva le menton et déclara, un peu gênée :

— J'ai décidé que je voulais avoir un bébé.

Un peu plus tard dans la journée, George et tante Dottie retournèrent chez Mlle Chance afin de passer la commande pour la robe de mariée. Elles avaient montré les modèles à Emmaline. Et comme tante Agatha hantait désormais Ashendon House, supervisant les soins au bébé, et critiquant la décision d'Emmaline de l'allaiter, elle donna aussi son avis.

George n'était pas fixée sur un modèle en particulier, mais finalement, à son grand étonnement, elles choisirent toutes la robe la plus simple, en soie ivoire ornée de galons. George aimait sa simplicité, Emmaline la trouvait à la fois charmante et élégante, tante Dottie assurait qu'elle lui donnerait l'allure d'une reine, et tante Agatha était d'avis qu'elle convenait à une future duchesse. Le choix fut donc fait.

La voiture s'arrêta devant la Maison Chance. Alors que George aidait sa tante à descendre, deux dames les regardèrent ostensiblement en passant. Si elle ne capta que des bribes de leur conversation, elle n'eut aucun doute quant au sujet qui les occupait.

— Il paraît qu'elle est bâtarde… Je me demande comment il a pu se laisser piéger…

— … choquant… Quel comportement vulgaire…

— Des ignorantes et des mal élevées, déclara tante Dottie à voix haute.

George serra les dents et entra dans la boutique. Deux clientes s'y trouvaient déjà. En la voyant, elles échangèrent un coup d'œil et se levèrent.

— On rencontre n'importe qui ici, marmonna l'une d'elles.

— Une vraie dame n'a rien à faire ici, renchérit l'autre.

Les deux femmes sortirent. George lança un regard consterné à Mlle Chance. Risquait-elle de lui faire perdre ses clientes ? La Maison Chance était un établissement relativement récent.

La modiste s'esclaffa.

— Ne faites pas attention à elles, lady George. Le monde est plein de pestes mesquines – pardonnez mon langage, lady Dorothea –, et j'ai appris très jeune à les ignorer.

— En effet, mon petit, vous avez raison, répondit vivement tante Dottie. J'ai observé de très mauvaises manières chez les dames de la haute société, ces jours-ci. Pas d'éducation du tout. Leurs gouvernantes auraient dû être congédiées sans recommandation. George, ma chérie, montre à Mlle Chance le modèle que nous avons choisi.

Mlle Chance approuva leur choix, prit les mensurations de George, qui n'avaient pas changé depuis plusieurs mois, et les emmena dans l'arrière-boutique, où était entreposé un nouvel arrivage en provenance de Chine. La pièce était une vraie caverne d'Ali Baba. Elle regorgeait de soies chatoyantes, de satins colorés, de tissus brodés, de sequins, et de bijoux aux dessins exquis. Le mari de Mlle Chance dirigeant une compagnie commerciale internationale, elle avait accès à des marchandises de premier choix.

Mlle Chance leur montra la soie qu'elle avait en tête pour la robe de George. C'était une soie crème luxueuse, assez lourde pour obtenir un superbe drapé.

Tante Dottie repéra une nouvelle chemise de nuit dans de délicats tons de rose, garnie de volants et de dentelle, et presque transparente, avec une liseuse assortie. Elle plaqua la chemise contre elle et demanda :

— Cela ne convient pas à une vieille dame, n'est-ce pas, George, ma chérie ?

George ne sut quoi répondre. Tante Agatha en aurait une attaque. Mais tante Dottie éclata de rire.

— Elle est parfaite, mademoiselle Chance. Parfaite. Enveloppez-la, je vais la prendre tout de suite.

Après avoir tout réglé, elles regagnèrent la voiture. Le valet déroulait le marchepied lorsqu'un petit groupe de dames s'approcha. Elles eurent beau baisser la voix, George devina à leurs regards qu'elles parlaient d'elle.

— Quel scandale… Un aussi beau parti que le duc, attrapé par une gourgandine venue de nulle part…

— Sans moralité.

— Les gourgandines n'en ont aucune.

Elles passèrent à côté de George en affichant un air suffisant et des sourires narquois.

George serra les dents. C'était la goutte d'eau qui faisait déborder le vase. Elle en avait par-dessus la tête.

— George, allons, dit tante Dottie d'un ton d'avertissement.

— Tout va bien, tante Dottie, répondit-elle avec un grand sourire. Je viens juste de me rappeler que j'avais oublié quelque chose chez Mlle Chance. Je reviens tout de suite.

Elle s'engouffra dans la boutique.

— Vous avez oublié quelque chose, lady George ? s'enquit la modiste.

— J'ai changé d'avis, annonça-t-elle.

Elle prit la main de la couturière et l'entraîna dans l'arrière-boutique.

— Je veux une robe dans ce tissu, déclara-t-elle en indiquant ledit tissu.

Mlle Chance fronça les sourcils.

— Pour votre mariage ? Vous êtes sûre ? Nous n'avons plus beaucoup de temps, et si vous changez de nouveau d'avis…

— Je ne changerai pas d'avis, assura-t-elle avant de quitter la boutique.

Elle retourna à la voiture.

— Qu'avais-tu oublié ? s'enquit sa tante.

— Trois fois rien. Un détail que je voulais ajouter à ma toilette.

— Quel détail ?

— C'est une surprise.

Quelques jours plus tard, George descendit dans le hall après sa visite quotidienne à Emmaline et au bébé. La mère et l'enfant s'étaient endormis, et elle réfléchissait à ce qu'elle allait faire de sa matinée. Elle était lasse de courir les boutiques – elle ne comprenait pas qu'on ait besoin d'autant de choses lorsqu'on se mariait. Et puis, c'était moins drôle sans Rose et Lily pour la conseiller. Tante Dottie trouvait absolument tout ravissant, et à en croire tante Agatha rien de ce qu'elle aimait n'était digne d'une duchesse.

George se dirigeait vers la bibliothèque pour écrire à Rose et à Lily quand des bruits de voix provenant du hall attirèrent son attention. Il était trop tôt pour une visite de courtoisie, et de toute façon Emmaline ne recevait pas de visites en ce moment.

Les voix gagnèrent en volume. L'une, grave et mesurée, était celle d'un homme. L'autre ressemblait fort à celle de tante Dottie. Une tante Dottie plutôt agitée. George alla voir ce qui se passait.

— Donnez-les-moi, je dois partir sur-le-champ ! Chaque minute compte, expliqua tante Dottie en trépignant d'impatience.

Burton tenait une petite valise et un sac derrière son dos, hors de portée de la vieille dame. Que diable se passait-il ? Des morceaux de vêtements dépassaient du couvercle de la valise. Aucun domestique n'aurait préparé les bagages ainsi. Tante Dottie avait dû s'en charger elle-même, ce qui ne s'était encore jamais vu.

— Vous devriez consulter lord Ashendon avant de… Ah, vous voilà, lady Georgiana ! s'exclama Burton, soulagé. J'étais en train d'expliquer à lady Dorothea…

— George, il refuse de me donner mes affaires ! Et je dois partir, ajouta tante Dottie, au bord des larmes.

— Tante Dottie, que vous arrive-t-il ?

— Je suis attendue chez moi de toute urgence. Il faut que je parte. Est-ce que le valet a retenu la voiture de louage ? demanda-t-elle à Burton.

— Oui, milady, mais…

Il adressa à George un regard suppliant.

— Tante Dottie, je vous en prie, dites-moi ce qui se passe.

— Je te l'ai dit, je dois rentrer chez moi au plus vite. Ou du moins, dès que cette maudite voiture sera arrivée.

— Et pourquoi partez-vous, tante Dottie ? Quelqu'un vous a contrariée ?

— Une lettre est arrivée de Bath ce matin, expliqua le majordome. Son contenu a bouleversé votre tante, et elle a envoyé le nouveau valet chercher une chaise de poste. Ce dernier ne m'en a pas parlé, et je ne me suis pas rendu compte…

— Cet idiot voudrait que j'attende le retour de Cal. Mais je n'ai pas besoin de la permission de Cal pour faire ce que je veux, et je n'ai pas le temps d'attendre ! Il faut que je rentre à Bath, immédiatement !

De toute évidence, George ne parviendrait pas à faire entendre raison à sa tante tant qu'elle serait dans cet état.

— Allons prendre le thé et vous m'expliquerez tout en mangeant un gâteau, suggéra-t-elle d'un ton apaisant.

— Un thé ? Un gâteau ? Je te parle d'une question de vie ou de mort, et tu me proposes de prendre le thé ?

À cet instant, elles entendirent une voiture s'arrêter devant la maison.

— C'est pour moi ? s'écria Dottie en allant ouvrir la porte. Oui, oui, c'est cela. Donnez-moi mes bagages, Burton, ou je pars sans eux.

— Vous ne pouvez laisser cette vieille dame voyager seule jusqu'à Bath, lady George, murmura le majordome. Surtout dans une voiture de louage.

— Qui traitez-vous de vieille dame ? s'exclama tante Dottie, outrée.

Elle arracha son sac des mains de Burton et dévala les marches du perron.

— Lady George, ne la laissez pas partir.

— Je ne peux quand même pas la retenir de force… Oh, mon Dieu ! Tante Dottie, attendez ! Je pars avec vous. Donnez-moi cinq minutes. Envoyez un valet pour retenir le postillon, ajouta-t-elle à l'adresse de Burton.

Le majordome fit signe à un valet, puis :

— Ce n'est pas possible, lady George. Vous allez partir pour Bath sans vos bagages ?

— Je n'ai pas le choix. Cal n'est pas là et je ne veux pas déranger Emmaline en ce moment. Comme vous le disiez, tante Dottie ne peut pas faire un aussi long voyage seule, et nous ne pouvons pas la confier à une servante, car elle n'est pas en état de l'écouter. Donnez-moi vite de quoi écrire. Je vais laisser un message pour Cal, et vous lui expliquerez la situation plus en détail.

— Mais vous n'avez pas de bagages, milady.

George griffonna quelques mots à la hâte.

— Tant pis. Faites-les suivre si vous le souhaitez, sinon j'achèterai ce dont j'aurai besoin. J'ignore ce qui l'a bouleversée à ce point, je ne peux donc dire combien de temps je serai absente. Donnez ce message à mon oncle à son retour et dites-lui ce qui s'est passé.

Finn se pressa contre ses jambes en lui lançant un regard suppliant. Malheureusement, la chaise de poste était trop exiguë pour contenir deux personnes et un grand chien hirsute.

Elle lui caressa la tête en lui murmurant des mots d'excuse, puis lui mit sa laisse et la tendit à Burton.

— Ne le laissez pas suivre la voiture. Il risque d'essayer à la première occasion.

Burton appela un valet, à qui il confia la laisse.

— Donnez un os à cet animal et enfermez-le dans le jardin. Ne le quittez pas des yeux.

Finn suivit le valet à contrecœur comme si on l'emmenait à l'échafaud. George avait le cœur serré à l'idée d'abandonner son chien. Ils n'avaient encore jamais été séparés.

— Vous prendrez soin de lui pendant mon absence, n'est-ce pas, Burton ?

— Bien sûr, milady. Avez-vous de l'argent sur vous ? Je ne crois pas que lady Dorothea y ait songé.

— Oh, mon Dieu, non ! Comment vais-je faire sans…

Burton alla ouvrir un tiroir, et en sortit une petite liasse de billets.

— Cela devrait vous suffire jusqu'à Bath.

— Burton, vous êtes un trésor. Si j'osais, je vous embrasserais !

Elle prit les billets et les fourra dans son corsage, regrettant de ne pas porter ses habituels pantalons, qui eux au moins avaient des poches. Puis elle saisit la valise de tante Dottie et courut jusqu'à la voiture.

— En route, postillon ! cria tante Dottie. Et fouette cocher !

George s'adossa à la banquette tandis que la voiture se frayait un chemin dans les rues encombrées de Londres. Tante Dottie était trop anxieuse pour faire la conversation. Assise au bord de son siège, elle avait posé la main sur la vitre, à l'avant de la voiture, et observait la rue.

— Plus vite, plus vite ! criait-elle au postillon.

Juché sur le dos d'un des chevaux, le pauvre garçon ne risquait pas de l'entendre. Il aurait sans doute mieux valu louer une voiture à quatre chevaux, mais dans son affolement, tante Dottie n'y avait pas pensé, et le jeune valet non plus. Si George n'avait jamais loué de chaise de poste, ni même voyagé dedans, elle avait entendu dire que c'était cher. Une voiture à quatre chevaux aurait coûté encore plus cher. Elle sortit discrètement les billets que Burton lui avait donnés, les compta, et les remit dans son corsage. Elle n'avait même pas eu le temps d'emporter un réticule.

Quand ils eurent dépassé Kensington, le trafic diminua. La route était en bon état et l'équipage avançait à vive allure. George savait qu'ils ne pourraient maintenir longtemps ce train d'enfer, mais cela rassurait sa tante. Celle-ci s'appuya contre le dossier de cuir et laissa échapper un soupir. George lui prit la main.

— À présent, tante Dottie, dites-moi ce qui se passe.

Tante Dottie lui adressa un regard étonné.

— Je ne te l'ai pas dit, ma chère ? Logan est très malade.

— Logan ? Votre majordome ?

Tout cet affolement parce que son majordome était malade ?

— Mon Logan, oui. Cook m'a écrit pour m'avertir qu'il avait une très forte fièvre. Ils ont fait venir le médecin, mais elle a pensé qu'il valait mieux que je rentre.

Ses lèvres se mirent à trembler et ses yeux s'embuèrent.

— Tu sais pourquoi les gens te demandent de revenir quand quelqu'un est très malade, n'est-ce pas ? Parce qu'ils pensent… ils s'attendent à…

Dorothea fondit en larmes. George lui entoura les épaules du bras. Les idées tourbillonnaient dans sa tête. Elle savait que Logan travaillait pour sa tante depuis des années, pour autant, cette réaction semblait excessive.

Cela dit, que ferait-elle si on lui annonçait que Martha était à l'article de la mort ? s'interrogea-t-elle. Martha avait été comme une mère pour elle. Ne se précipiterait-elle pas à son chevet ?

Les sanglots de tante Dottie finirent par se calmer, elle se recroquevilla dans l'angle de la banquette et ferma les yeux. L'inquiétude l'avait épuisée. George prit un plaid et le drapa sur la vieille dame qui finit par s'endormir.

Regrettant de ne pas avoir emporté un livre, George regarda la campagne défiler derrière la vitre. Sa tante ne se réveilla que lorsqu'ils s'arrêtèrent pour changer de chevaux, et elle supplia le cocher de repartir au plus vite. Une fois sur la route, elle s'endormit de nouveau.

George l'aurait volontiers imitée. Hélas, elle ne risquait pas de fermer l'œil dans cette voiture bruyante qui avançait en brinquebalant. À chaque arrêt, elle descendait se dégourdir les jambes, et en profitait pour acheter de quoi boire et manger.

— Où sommes-nous ?

La voix la fit sursauter. Tante Dottie, bien réveillée, se redressa en bâillant. Elle regarda par la fenêtre, et essuya la buée avec son gant.

— Je ne sais pas, je n'ai pas fait attention au trajet.

Dottie hocha la tête. Elle semblait plus calme, à présent. George ouvrit la bouche, puis se ravisa. Pouvait-elle lui parler de Logan ? Elle ne voulait pas la bouleverser de nouveau. Cela dit, discuter ferait passer le temps. Tante Dottie prit la décision à sa place.

— Je suppose que tu te demandes pourquoi je fais autant d'histoires pour un majordome ?

George hocha la tête.

— Tu sais, naturellement, qu'il est pour moi bien plus qu'un majordome, n'est-ce pas ?

George ne sut quoi dire. Pour elle, Logan était le genre de majordome qui faisait quasiment partie de la famille.

— Tout comme Martha était pour moi plus qu'une gouvernante ? hasarda-t-elle.

Tante Dottie eut un sourire tremblant et secoua la tête.

— Ce n'est pas tout à fait la même chose.

Elle se pelotonna de nouveau dans le coin, resserra le plaid autour d'elle et raconta son histoire.

— J'ai connu Logan quand j'étais une très jeune fille. À l'époque, c'était l'un des valets d'écurie de mon père. Je me souviens encore du jour où il a commencé à travailler. J'allais avoir quinze ans. Cela se passait à Ashendon Court, où je vivais alors.

Elle laissa fuser un petit soupir et enchaîna :

— Il était jeune, grand et beau. Il n'avait que trois ans de plus que moi, pourtant cela paraît beaucoup quand on n'a que quinze ans. Naturellement, je suis tombée amoureuse de lui. J'étais bonne cavalière, mais les chevaux n'étaient pas une passion. Toutefois, après l'arrivée de Logan je me suis mise à hanter les écuries. Papa était si content que je m'intéresse enfin à ses chevaux. Mais bien sûr, c'était Logan qui m'intéressait.

Quinze ans ? À cet âge, les jeunes filles étaient encore très vulnérables, songea George. Surtout celles qui avaient reçu l'éducation stricte des filles de la noblesse et qui ignoraient tout de leur propre corps. Et les jeunes héritières représentaient une tentation pour les employés.

Elle savait que dans sa jeunesse, Emmaline avait été compromise par un valet, une séduisante canaille. Elle avait tout perdu... ou du moins l'avait cru pendant des années. Jusqu'à ce que Cal l'épouse.

George elle-même avait éprouvé de l'attachement pour un jeune homme qui avait quelques années de plus qu'elle. C'était un prétendu gentleman, pourtant sa conduite n'avait pas été honorable.

— Quinze ans, c'est très jeune...

— Je sais ! s'exclama tante Dottie. Mais je crois que Rose et moi nous ressemblons beaucoup. Elle dit qu'elle a su que Thomas était l'homme de sa vie alors qu'elle n'avait que seize ans. Et je savais que Logan était celui que j'attendais. Le problème, c'est qu'il n'était pas du tout d'accord. Logan est terriblement guindé, tu sais. Il a fallu des années pour qu'il me laisse l'embrasser, et il n'a jamais voulu aller plus loin. J'avais déjà eu deux saisons à Londres quand nous nous sommes embrassés pour la première fois. Quelle perte de temps... Quoique, j'aimais bien les bals, je m'amusais beaucoup à Londres, et j'ai reçu plusieurs demandes en mariage très flatteuses. Bien entendu, je n'étais pas intéressée. J'avais trouvé mon Logan.

— Pourtant, vous ne l'avez pas épousé.

— Seigneur, non ! Nous ne pouvions laisser voir qu'il y avait quelque chose entre nous. Papa, ton grand-père, mon petit, aurait jeté Logan dehors. Il l'aurait peut-être même fait embarquer de force sur un navire pour l'obliger à émigrer dans les colonies. Ou pire encore. Et il m'aurait mariée à quelque horrible vieux duc... Plusieurs de ces barbons étaient intéressés, ajouta-t-elle avec une grimace.

» Tu n'as pas connu ton grand-père, mais crois-moi, ce n'était pas un gentil. Très fier, autoritaire, affreusement strict – tu n'as pas idée. Il ne s'intéressait pas à ses filles ni à ce qu'elles souhaitaient. Notre seul devoir était de faire un bon mariage et de donner des héritiers à notre époux. Tu vois l'influence que cette éducation a eue sur cette pauvre Aggie. Elle a certes fait un bon mariage, mais elle n'a pas eu d'héritiers. Cependant, je retrouve un peu de notre père chez elle. Elle est aussi orgueilleuse que lui, arrogante et inflexible, et elle pense toujours que les filles doivent faire un bon mariage.

George hocha la tête. Elle n'était pas sûre de pardonner un jour à tante Agatha le rôle qu'elle avait joué dans l'arrangement de son mariage avec le duc. Tante Dottie continua son histoire.

— Mon frère Alfred fut encore pire que lui quand il hérita du titre. À tel point que son propre héritier – ton père – l'évitait le plus possible. Pourtant, Henry était plutôt gâté. Ce qui ne l'empêcha pas d'être paresseux, égoïste et irresponsable.

George tendit l'oreille. Elle en savait si peu sur sa propre famille. Elle n'avait jamais connu son père, Henry, qui les avait abandonnées, sa mère et elle. Elle en savait encore moins sur son grand-père Alfred, le frère de tante Dottie et de tante Agatha, qui était aussi le père de Cal, de Rose et de Lily. Et le peu qu'elle savait n'était pas flatteur.

— Quand Alfred s'est remarié, il a laissé sa seconde femme mettre Cal à l'écart. Celui-ci n'avait pas plus de seize ans, mais il n'était plus le bienvenu à Ashendon. L'armée est alors devenue sa seule famille.

Et à la mort de sa deuxième femme, songea George, il avait fait la même chose avec Rose et Lily. Ses deux filles orphelines de mère avaient été envoyées dans un pensionnat huppé.

Tante Dottie soupira.

— Alfred n'était pas un bon père. Il avait la même attitude vis-à-vis des filles que son père. La façon dont il a traité cette pauvre Lily quand il a découvert son petit problème… Mon frère n'a fait que deux choses de bien dans sa vie. La première a été de m'autoriser à acheter une petite maison à Bath et à y vivre seule quand il a compris que j'avais une aversion pour le mariage.

Elle afficha un sourire espiègle.

— Je n'avais de répugnance que pour ces odieux mariages de convenance. Je n'en avais pas pour les hommes, et surtout pas pour Logan.

Elle regarda longuement par la fenêtre et ses lèvres tremblèrent.

— Oh, Logan, si jamais... Je ne le supporterai pas... Non, je dois être courageuse, ajouta-t-elle en essuyant une larme. Tout ira bien. Il ira bien.

George attendit qu'elle déclare : « J'ai un bon pressentiment. » Or, elle ne dit rien, ce que George trouva inquiétant.

— Quelle était la deuxième chose bien qu'il ait faite ? s'enquit-elle doucement.

— Quoi ? Oh, ç'a été d'envoyer Lily et Rose en pension à Bath. Ses raisons étaient infâmes. Il ne voulait pas s'occuper des filles, et la pauvre Lily lui faisait honte. Mais au moins, j'ai pu voir mes nièces souvent, et elles sont devenues comme des filles pour moi.

Elle coula un regard à George et lui tapota le bras.

— Comme toi, ma chère enfant, bien que nous ayons ignoré ton existence si longtemps. Les hommes de la famille Rutherford sont égoïstes et arrogants. À l'exception de ce cher Cal. C'est un homme protecteur, responsable, aimant. Parfois, je me demande si sa mère n'aurait pas trompé Alfred.

George ouvrit la bouche pour protester, mais sa tante enchaîna :

— Je ne le pense pas. Il n'y a qu'à regarder les portraits de famille pour constater qu'il ressemble terriblement à ses aïeux. Comme toi, ma chérie. Tout le monde peut voir au premier coup d'œil que tu es une Rutherford. Mais Cal est bon et généreux, ce qui n'est pas un trait de famille. C'est intéressant, n'est-ce pas ? Je me demande de qui tiendra le petit Bertie…

George n'eut pas le temps de répondre. La voiture pénétra en cahotant dans la cour pavée d'une auberge. La nuit était tombée. Les palefreniers sortirent de l'écurie, le postillon mit pied à terre et se dirigea vers eux d'une démarche raide. Tante Dottie jeta un coup d'œil dans la cour.

— Que se passe-t-il, cocher ? Pourquoi vous êtes-vous arrêté ?

— Nous allons passer la nuit ici, mesdames.

— Ah, non, pas question ! Il faut continuer.

— Il y a pas de lune ce soir. Et même s'il y en avait, le brouillard est trop épais. Je peux pas conduire dans ces conditions, milady, c'est trop dangereux.

— Prenez des lanternes ! s'exclama tante Dottie, affolée. Nous devons absolument continuer !

Le postillon secoua la tête.

— Désolé, madame, je refuse.

— Je vous paierai davantage.

Elle s'empara de son réticule, et George se demanda si c'était une rodomontade. Tante Dottie n'avait jamais d'argent sur elle. L'homme hésita, se dandinant d'un pied sur l'autre, puis secoua de nouveau la tête.

— Ça vaut pas la peine de risquer ma vie et la vôtre, madame, dit-il en lançant à George un coup d'œil, qui était un appel à l'aide silencieux. Il vaut mieux passer la nuit en sécurité à l'auberge. L'endroit est propre et les aubergistes sont honnêtes. On repartira demain matin à la première heure.

— Il a raison, tante Dottie, intervint George. Vous ne rendriez pas service à Logan si vous aviez un accident sur la route. Nous partirons demain à l'aube.

— À l'aube, répéta Dorothea, les larmes aux yeux. C'est là que les gens… tu sais. Juste avant l'aube…

George lui pressa doucement la main.

— Allons, venez, tante Dottie.

La vieille dame perdit d'un coup sa vitalité. Elle perdit aussi l'espoir. Elle semblait avoir vieilli de dix ans en une journée. Et même en dix minutes.

Si le voyage et les souvenirs avaient maintenu l'angoisse à distance, celle-ci avait de nouveau fondu sur elle. Une bonne nuit de sommeil – si une telle chose était envisageable vu la situation – lui redonnerait du courage et de la force.

En espérant que Logan survive une nuit de plus. L'homme n'était plus de première jeunesse…

— Le soleil se lève vers 5 heures. Nous reprendrons la route à ce moment-là, et nous serons à Bath avant midi.

George jeta un coup d'œil au cocher, qui confirma d'un signe de tête.

— Et en attendant, nous prierons, murmura tante Dottie.

14

Mais il est tel état d'esprit sur lequel le bon sens n'a que très peu de pouvoir...

Jane AUSTEN,
L'Abbaye de Northanger

Hart salua ses hôtes, lord et lady Filmore, superbement indifférent aux murmures qui accueillirent son entrée. Il balaya la salle d'un regard froid. Les têtes se détournèrent, les yeux se baissèrent.

La semaine passée, lady Salter lui avait envoyé une liste des invitations que Georgiana avait acceptées avant leur mariage. Plus vite il serait marié, plus vite il serait débarrassé de la corvée que représentaient ces réceptions. Et les gens pourraient enfin s'intéresser à d'autres ragots.

Il ne resterait même pas à Londres. Dans quelques jours, son épouse et lui seraient en route pour Venise.

Où diable était-elle ? Il repéra lady Salter qui bavardait avec ses amies dans une alcôve. Pas le moindre signe de Georgiana ni de sa petite tante grassouillette. Il pénétra dans la salle voisine et constata qu'elles n'y étaient pas.

La salle de jeu ? Il ne pensait pas que les cartes l'intéressaient, mais il ne la connaissait pas encore très bien. Elle n'y était pas non plus. Hart se rembrunit.

Il n'y avait pas de jardin chez les Filmore, juste une terrasse et une cour. Sauf qu'il bruinait et que personne n'aurait songé à rester dehors. Où était-elle donc ? Dans le salon réservé aux dames ?

Il s'empara d'un verre et avala une gorgée de vin. Ce n'était pas un très bon millésime, et il reposa son verre sur un guéridon. Les dames allaient et venaient, mais toujours pas de Georgiana. Il se décida à aller voir sa tante.

— Lady Salter, ne m'aviez-vous pas dit que lady Georgiana assisterait à ce...

— Oh, oui, duc ! Je suis désolée, j'aurais dû vous prévenir. Ma nièce est... euh... souffrante. Vous m'en voyez navrée.

— Rien de grave, j'espère.

— Non, non, juste... une migraine.

Elle semblait un peu troublée, ce qui ne lui ressemblait pas.

— Je vois.

Après s'être poliment enquis de la santé de lady Ashendon et du bébé, Hart prit congé. « Une soirée de gâchée », songea-t-il. Cela dit, il était content d'échapper à la réception. Conversations ineptes, vin médiocre et personne parmi les invités pour qui il éprouvât le moindre intérêt.

La chaise de poste entra dans Bath juste avant midi, et s'arrêta peu après devant la maison de tante Dottie. Celle-ci était si pressée de descendre de la voiture qu'elle faillit tomber. George la rattrapa de justesse. Toutes deux étaient épuisées. Tante Dottie était si anxieuse qu'elle avait à peine touché à l'excellent dîner que l'aubergiste leur avait servi. Elles étaient allées se coucher tout de suite après, mais la vieille dame n'avait pas fermé l'œil. Elle s'était levée une douzaine de fois au cours de la nuit pour regarder par la fenêtre, se demandant à voix haute quand l'aube allait arriver. Et comme elles partageaient la même chambre, George n'avait pas dormi davantage.

Tante Dottie gravit à la hâte les marches du perron et sonna. La cloche résonna à l'intérieur. Elles attendirent.

— Logan vient toujours m'ouvrir, articula tante Dottie en étouffant un sanglot. Toujours !

Ne sachant quoi dire pour la consoler, George lui caressa le bras. Finalement, des pas précipités retentirent, et la porte s'ouvrit sur Betty, la femme de chambre de tante Dottie. Elle semblait éreintée. Elle n'était pas coiffée et ses joues étaient striées de larmes séchées.

— Oh, milady, je suis...

— Non ! gémit Dorothea en agrippant le chambranle.

— Non, non, il est vivant ! s'écria Betty. La fièvre est tombée ce matin très tôt. M. Logan est hors de danger.

— Il est vivant ?

— Oui, milady. Il est là-haut, dans son lit, et dort aussi paisiblement qu'un bébé. Il...

Tante Dottie se ruait déjà vers l'escalier et le gravissait aussi vite que le lui permettaient ses petites jambes. George lui emboîta le pas. À sa grande surprise, sa tante ne se dirigea pas vers l'étage des domestiques, mais vers sa propre chambre.

George connaissait la maison car elle y avait vécu avec Rose et Lily avant le mariage de Cal avec Emmaline. La vieille dame traversa sa chambre, entra dans le cabinet de toilette et ouvrit une porte que George n'avait jamais remarquée.

Celle-ci menait à une petite chambre occupée par un grand lit, dans lequel Logan dormait. Le visage baigné de larmes, tante Dottie le contempla et repoussa les cheveux argentés qui retombaient sur son front.

— Le médecin a vraiment dit qu'il allait mieux ? chuchota-t-elle.

— Oui, milady, il est venu il y a moins d'une heure, répondit Betty depuis l'autre porte qui donnait dans l'escalier de service. Il dit que M. Logan doit dormir, et qu'à son réveil, il faudra lui donner de la soupe et un peu de pain.

— De la soupe ? Il déteste cela.

Betty sourit.

— Cook est en train de lui préparer du potage au poulet.

Tante Dottie regarda autour d'elle.

— Il n'y a que Cook et vous dans la maison ?

— La nouvelle ne voulait pas rester à cause de la fièvre, expliqua Betty. Elle prétendait que M. Logan avait la scarlatine, mais le docteur a dit que ce n'était pas cela du tout.

— Et qui s'est occupé de M. Logan ?

— Moi, madame. Avec Cook et ma cousine Sue, qui est venue nous donner un coup de main après le départ de cette idiote de servante.

Voilà qui expliquait les traits tirés de Betty. La pauvre était épuisée.

— Merci, ma chère, dit Dottie en prenant les mains de Betty et en l'embrassant sur la joue. Vous n'imaginez pas à quel point je vous suis reconnaissante.

— Oh, ce n'est rien, madame ! M. Logan et vous avez toujours été si bons. Je ferais n'importe quoi pour vous.

— Ce n'est pas rien, et je trouverai une façon de vous remercier, ainsi que Cook et votre cousine. Allez vite vous coucher, vous avez besoin de repos. Non, pas de discussion. Je suis là pour veiller sur M. Logan, à présent.

Betty sortit à regret et la vieille dame poussa un profond soupir.

— J'ai une chance extraordinaire d'avoir de tels domestiques. Aide-moi à défaire ma robe, George, veux-tu ?

— Ici ? répondit George en jetant un coup d'œil à Logan.

— Oui, bien sûr.

Déconcertée, George aida sa grand-tante à se déshabiller. Quand elle ne fut plus vêtue que de sa chemise, Dottie se glissa dans le lit à côté de Logan.

— C'est toi, Dot ? marmonna-t-il dans un demi-sommeil.

— Oui, mon chéri, je suis là.

Il glissa le bras autour d'elle.

— Tu m'as manqué.

— Toi aussi, mon chéri. Quelle frayeur j'ai eue ! Mais le pire est derrière nous, grâce au ciel. Rendors-toi, mon amour.

Elle se blottit contre lui, et ferma les yeux sous le regard fasciné de George.

Elle était un peu choquée, elle devait l'admettre. C'était une chose de savoir que tante Dottie et son valet étaient tombés amoureux autrefois. Cela n'avait rien de très étonnant. En revanche, elle avait toujours cru que cette histoire appartenait à un passé lointain. Elle pensait qu'ils étaient restés ensemble par amitié, par loyauté, et par habitude.

Mais penser qu'ils étaient encore amants… Elle n'y avait pas vraiment songé. N'étaient-ils pas trop vieux pour…

Elle se rappela les jolies chemises de nuit et les liseuses que tante Dottie avait achetées chez Mlle Chance. Ses joues s'empourprèrent. De toute évidence, ils…

Durant les mois passés dans cette maison, George n'avait jamais imaginé qu'il existait plus que de l'amitié entre tante Dottie et Logan. Une amitié liant une maîtresse et son domestique. Maintenant qu'elle y songeait, Logan mettait un point d'honneur à appeler tante Dottie « ma maîtresse », et parfois même « ma chère maîtresse ». Avec un drôle de petit sourire en coin.

George sourit malgré elle. Quels cachottiers !

Elle était certaine que Rose et Lily ne soupçonnaient rien. Dans le cas contraire, elles en auraient parlé. Tante Dottie connaissait Logan depuis l'âge de quinze ans et n'en avait jamais fait mystère. Il était clair qu'elle était attachée à lui. Et de toute évidence, il veillait sur elle avec tendresse.

Pourtant, l'idée qu'il y ait quelque chose de plus entre eux n'avait jamais effleuré George, ni qui que ce soit d'autre, apparemment. Toutes ces années…

Qui lui avait dit que tante Dottie était incapable de garder un secret ? Elle se retourna et découvrit Betty sur le seuil.

— Ne sont-ils pas adorables ? chuchota la femme de chambre. Ils s'aiment tellement. J'espère connaître cela un jour, moi aussi.

Comment était-ce d'être aimée ainsi ? De vivre ensemble pendant cinquante ans, et de s'aimer encore ? George sentit sa gorge se nouer. Elle allait épouser le duc, et donc elle ne le saurait jamais.

Elle sortit de la chambre sur la pointe des pieds et referma doucement la porte derrière elle.

Tante Dottie dormit tout l'après-midi. Elle ne réapparut que dans la soirée pour réclamer une assiette de soupe pour Logan, qui se sentait mieux et avait faim. Après lui avoir monté un plateau, elle alla dîner avec George.

— Comment va-t-il, tante Dottie ?

— Il dort à présent, mais il a ronchonné en déclarant qu'il voulait un vrai repas et pas juste de la soupe. N'est-ce pas merveilleux ? C'est bien un homme. Il n'empêche qu'il a avalé le bol entier. La soupe de poulet de Cook est aussi revigorante que n'importe quelle potion.

Elles allèrent se coucher tôt. Tante Dottie parce qu'elle voulait rester au chevet de Logan, et George parce qu'elle était fatiguée et n'avait rien d'autre à faire. Elle avait lu tous les livres de la bibliothèque l'année passée et n'avait pas de chien à promener.

Elle se demanda s'ils avaient pensé à nourrir Finn. Puis se dit que, connaissant ses talents de comédien, et même de tragédien, il ne risquait pas de mourir de faim.

Durant les jours qui suivirent, Hart assista à tous les événements mondains que lady Salter avait inscrits sur sa liste. Il ne vit toutefois pas lady Georgiana. Ce qui était fort agaçant. Lady Salter s'était donné le mal de tout noter, pourtant sa fiancée ne jugeait pas utile de l'avertir de ses changements de programme. Lady Salter ne se montra pas davantage dans ces réceptions.

La politesse obligeait Hart à rester au moins une demi-heure chaque fois, et à bavarder de choses et d'autres. Il détestait ces soirées insipides, et la troisième fois que cela lui arriva, il fulminait.

Sinc trouvait la situation hilarante.

— Toi qui refusais toutes les invitations, tu n'en manques plus une seule. Quel renversement de situation !

Hart répondait en grommelant, mais il commençait à s'inquiéter. De toute évidence, ce n'était pas une banale migraine qui retenait Georgiana chez elle.

Le lendemain matin, il se rendit à Ashendon House et croisa le comte d'Ashendon en personne, qui descendait les marches du perron.

— Je viens prendre des nouvelles de lady Georgiana.

— Elle n'est pas là, répondit le comte en se dirigeant vers son cabriolet.

— Elle n'est pas malade, j'espère ?

— George ? Elle n'a jamais été malade de sa vie. Non, elle est partie à Bath.

— À Bath ? répéta Hart, abasourdi.

— Avec ma tante. J'ignore pour quelle raison. Je ne sais pas quelle mouche les a piquées, quoi qu'il en soit, elles ont filé sans crier gare. Vous savez comment sont les femmes, conclut-il en grimpant dans le cabriolet.

— Quand seront-elles de retour ?

— Aucune idée. George ne fait que ce qu'elle veut. Mais ne vous inquiétez pas, elle finit toujours par rentrer à la maison. Bonne journée, Everingham.

Il salua brièvement Hart et lança son cheval au trot. Hart le suivit des yeux, éberlué. Que diable voulait-il dire ? Georgiana avait-elle l'habitude de disparaître sans prévenir ? Mais pourquoi avait-elle « filé » ? Et pourquoi à Bath ?

Bon sang, Ashendon devrait surveiller sa nièce de plus près. Il ne savait même pas pourquoi elle était partie – et ne semblait pas s'en soucier.

Hart, lui, s'en souciait. Était-ce à cause de quelque chose qu'il avait dit, ou fait ? Ou n'avait pas dit ? Ou avait oublié de faire ? N'avait-il pas accordé assez d'importance aux remarques malveillantes qu'elle entendait depuis l'annonce de leurs fiançailles ?

Avait-elle décidé de l'abandonner ?

À cette pensée, son estomac se noua. Bon sang, non ! Elle apprendrait qu'il n'était pas aussi insouciant que son oncle. Georgiana lui avait donné sa parole, et il veillerait à ce qu'elle la respecte.

George avait mal dormi. Ses rêves étaient hantés par un visage austère au regard dur et à la bouche dont l'expression sévère était capable de faire naître un tumulte en elle. Cet homme était la contradiction personnifiée. La glace recouvrant le feu.

Elle ne le comprenait pas, et elle était presque sûre de ne pas l'aimer. Quoique… Le jour où il s'était montré à la réception des Renwick et avait fait le tour de la salle avec elle en défiant les commères du regard…

Elle n'avait pas besoin de sa protection. Elle se sentait capable d'affronter les mauvaises langues de la haute société, quand bien même Emmaline lui avait fait promettre de ne frapper personne.

Elle trouvait toutefois gentil de sa part qu'il lui ait apporté son soutien. C'était certes sa faute si elle se trouvait dans cette situation, il était donc logique qu'il prenne sa défense ; il n'y était cependant pas obligé. Il l'avait fait avec beaucoup de tact. À sa façon froide et autoritaire.

Comment était-il possible qu'un homme qui ne lui convenait pas pour tant de raisons puisse néanmoins provoquer chez elle des rêves aussi sensuels ? Des rêves d'amour qui la laissaient fiévreuse et pantelante. Même maintenant, alors qu'il était loin, il parvenait à lui faire de l'effet. Elle ne se maîtrisait pas davantage qu'une… chatte amoureuse.

Quand cette période de désir enivrant cesserait-elle ? Et pourquoi est-ce que personne n'avait pensé à la mettre en garde ? Elle voulait avoir de nouveau les idées claires. Elle voulait que ces rêves se terminent et que la torture s'arrête.

Elle décida d'en parler à tante Dottie, alors que, profitant de ce que Logan dormait, celle-ci était descendue prendre le thé.

— Tante Dottie, attaqua-t-elle, combien de temps dure la saison pour une femme ?

— La saison ? Il n'y a pas de dates fixes. Cela dépend généralement de la période pendant laquelle siège le Parlement…

— Non, non, je veux parler de la saison d'une femme.

Sa tante inclina la tête de côté.

— Je ne suis pas sûre de comprendre ce que tu veux dire, ma chérie. À moins que tu ne craignes de rester vieille fille, expression que j'ai toujours trouvée idiote. Du reste, tu vas épouser ce séduisant duc, et je pense vraiment…

— Non, je veux parler de la saison personnelle d'une femme. Quand elle est en… *en chaleur*, expliqua George en rougissant.

Tante Dottie faillit s'étrangler avec son gâteau. Elle toussa un peu, but une gorgée de thé, et demanda prudemment :

— En chaleur ? Comme les chiens et les chevaux ?

— Oui, exactement. Et les chats. Je suppose qu'il existe un terme différent pour les humains, mais je ne le connais pas. Les gens sont tellement secrets dès qu'il s'agit de la procréation. Les filles sont laissées dans l'ignorance, ce qui est ridicule.

— Pourquoi me poses-tu cette question, ma chérie ?

George rougit de nouveau.

— À cause de… du duc. C'est plus fort que moi. Je ne veux pas le désirer, mais je ne peux pas m'en empêcher. Dès qu'il me touche – et je ne crois même pas éprouver de l'affection pour lui –, j'ai envie de… m'agripper à lui.

Tante Dottie se mit à rire.

— Ne t'inquiète pas, tout cela est parfaitement normal !

— Vraiment ? Mais je ne veux pas éprouver cela. Il faut que je sache quand ça cessera. Quand redeviendrai-je normale ?

— Je ne peux pas te le dire, mon petit. Car ce genre de saison n'existe pas pour les femmes. Je comprends que tu aies pu le penser, bien sûr, mais nous ne sommes pas comme les chiens et les chevaux. En revanche, si elle rencontre l'homme qui lui est destiné, une femme éprouve toujours du désir.

— Toujours ? répéta George, horrifiée.

— Toujours. Il en a toujours été ainsi pour Logan et moi.

— Depuis que vous aviez quinze ans ?

— Eh bien, j'étais prête à quinze ans, avoua tante Dottie en riant, mais Logan a insisté pour que nous restions « purs » jusqu'à mes vingt et un ans.

— Mais vous l'aviez embrassé avant ?

— Oh, Seigneur, oui ! Après mes deux saisons… je veux parler de mes saisons à Londres, bien sûr. Nous nous sommes embrassés comme des fous. Et je me souviens d'avoir eu envie de m'accrocher à lui… Il ne voulait toutefois pas aller plus loin que des baisers. Le cher garçon souhaitait que je sois sûre de moi. C'était très noble de sa part, et terriblement frustrant.

— Et maintenant, vous… hum… encore ?

— Oh, oui ! Pas aussi souvent qu'au temps de notre jeunesse, mais comme le bon vin, cela s'améliore avec l'âge.

George ne voyait pas comment ce désir terrible, effréné, pouvait être comparé à du bon vin. Peut-être était-ce la même ivresse que lorsqu'on buvait trop de brandy ? Elle était ivre du duc. Oui, elle pouvait concevoir cela.

— Vous n'avez jamais regretté de ne pas vous être mariés ?

— Pas un seul instant.

— Vous ne vouliez pas d'enfant ?

— Oh, si, j'en voulais, et Logan aussi. Nous avions passé un accord : si jamais je tombais enceinte, nous nous marierions et nous partirions vivre en Amérique. Malheureusement, ce n'est jamais arrivé.

— Pourquoi en Amérique ?

— Parce que nous n'aurions jamais pu vivre en Angleterre en étant mariés. Ma famille n'aurait pas accepté Logan. Tu imagines ta tante Agatha assise à table en face de lui ?

George essaya de se représenter la scène et fronça le nez.

— Non. Elle l'aurait dévoré tout cru.

Tante Dottie s'esclaffa.

— Je ne sais qui aurait été le plus gêné, d'Aggie, de Logan, ou des autres autour de la table. Et sa famille n'aurait pas été à l'aise avec moi. Logan ne voulait pas que je perde mes amis, et il n'avait de toute façon aucune envie d'entrer dans leur cercle très fermé. Il savait que la vie en Amérique serait difficile, mais possible pour nous. Les règles n'y sont pas aussi rigides, et personne n'aurait su qui nous étions. Je ne suis hélas jamais tombée enceinte, et la question ne s'est donc pas posée. Nous avons été très heureux ensemble, sans les commérages et les jugements de la bonne société.

— Personne ne sait ? Vraiment ?

George avait du mal à le croire.

— Certains ont peut-être des soupçons, admit tante Dottie. Cal m'a quelquefois regardée de travers en m'entendant appeler Logan « mon cher ». Je serais toutefois étonnée qu'il sache le fin mot de l'histoire. Mes domestiques vivent à l'extérieur, et ceux qui habitent sous ce toit ont toujours été merveilleusement loyaux et discrets. Tu vois ma chérie, nous avons un délicieux secret.

— C'est donc pour cela que vous n'êtes pas en colère quand tante Agatha vous traite de vieille fille ?

— Exactement. Chaque fois qu'elle le dit, je ris en secret. Pauvre Aggie, elle a été mariée trois fois, mais n'a jamais connu l'amour. Je comprends qu'elle éprouve un peu d'amertume. Cela dit, elle n'a que de bonnes intentions, et elle ferait n'importe quoi pour le bien de la famille.

— Tant que c'est ce qu'elle veut.

— Aggie finit généralement par arriver à ses fins. Quoique pas toujours, ma chérie, ajouta Dottie. Pas toujours. Je dois remonter à présent. Ai-je répondu à ta question sur la « saison » ?

— Vous êtes sûre que cela ne passera pas ?

— Oh, c'est possible, bien sûr ! Chez certains, le désir disparaît assez rapidement. Ils appellent cela la lune de miel. Mais pour ceux qui ont de la chance, comme Logan et moi, ou comme Cal et Emmaline, le désir ne fait que s'épanouir et dure toute la vie. Je crois que Rose et Lily ont découvert cela avec leur mari, et ce sera aussi le cas pour ton duc et toi. J'ai un bon pressentiment.

George sourit faiblement. Une vie entière de désir pour le duc ? Elle ne le supporterait pas.

L'état de Logan s'améliorant rapidement, George décida de rentrer à Londres le lendemain. Tante Dottie resterait à Bath jusqu'à la complète guérison de Logan, et serait bien sûr de retour dans la capitale pour le mariage.

— Je ne manquerais cela pour rien au monde, dit-elle à George.

George se mit en route et emmena Sue, la nièce de Betty, avec elle. Elle aurait besoin d'une femme de chambre une fois mariée, et elle préférait une jeune fille douce et gentille comme Sue à la femme de chambre froide et intimidante qu'elle avait vue chez tante Agatha.

Quand elle lui proposa de l'accompagner, Sue bondit de joie à l'idée de découvrir Londres. C'était ce qu'elle désirait le plus au monde, confia-t-elle à George. Elle n'avait jamais quitté Bath.

Elles passèrent la première nuit dans une auberge confortable. Sue n'avait jamais dormi dans une auberge, et même le lit de camp que George fit monter pour elle lui parut extraordinaire. Elles repartirent tôt le lendemain, après un copieux petit déjeuner. Il faisait beau, la route était dégagée et la voiture filait à bonne allure. George regardait le paysage défiler en pensant à ce que lui avait dit tante Dottie quand une voiture à quatre chevaux qui arrivait en sens inverse dévia vers le milieu de la route.

George fut alertée par les cris du postillon. Le cocher hurla à ce dernier d'arrêter ses chevaux, Sue poussa un cri de terreur, et George se prépara à l'inévitable collision.

Celle-ci fut évitée de justesse. Au dernier moment, la grande voiture se déporta sur le côté et s'arrêta. Leur postillon dirigea ses chevaux vers le bas-côté et mit pied à terre avant de se diriger vers la voiture en criant et en agitant son fouet de manière menaçante.

George descendit de la chaise de poste, histoire de dire au cocher sa façon de penser, et d'empêcher une éventuelle bagarre. Néanmoins, ledit cocher n'ayant pas quitté son siège haut perché, il y avait peu de chances qu'il se montre violent.

La portière de la voiture s'ouvrit brusquement et un gentleman descendit.

— Lady Georgiana.

— Vous ? s'exclama-t-elle, furieuse, en reconnaissant le duc. Vous avez failli nous renverser ! Votre cocher est-il ivre ?

— Pas le moins du monde.

Le duc alla murmurer des mots d'excuses au postillon qui fulminait, et lui glissa quelque chose au creux de la main. Au grand dam de George, l'homme empocha l'argent.

— Il y a pas de mal, m'sieur, dit-il avant de retourner vers ses chevaux.

Le duc reporta son attention sur George et expliqua posément :

— Dès que j'ai compris que c'était vous, dans cette chaise de poste, j'ai ordonné à mon cocher de vous arrêter. Ce qu'il a fait.

— Vous voulez dire que vous nous avez délibérément obligés à quitter la route ? Nous aurions pu être tués.

— Je ne crois pas. Jeffries connaît son métier, cela fait des années qu'il est à mon service. D'autre part, les deux voitures allaient au trot, il ne pouvait y avoir de collision.

Elle le foudroya du regard.

— Et que faites-vous ici ? questionna-t-elle.

— Je vous cherchais, bien sûr.

— Vous me cherchiez ? Et pourquoi cela ?

Quelques gouttes de pluie s'écrasèrent sur le sol. Le duc jeta un coup d'œil au ciel chargé de nuages.

— Il va pleuvoir. Renvoyez votre servante à Bath. Nous poursuivrons cette conversation dans ma voiture.

— La renvoyer ?

— Nous n'avons pas besoin d'elle.

— Vous voudriez que je voyage avec vous ? Seule ?

— Nous sommes fiancés, n'est-ce pas ? Dans dix jours, nous serons mariés. Montez dans ma voiture. Je vais avertir la servante et payer votre postillon.

— Non. C'est ma servante, et mon postillon. Je m'en occupe.

Furieuse, George retourna vers la chaise de poste, échangea quelques mots avec Sue et avec le postillon, puis revint sur ses pas et monta dans la voiture du duc.

15

Duquel de tous mes riens sans importance dois-je vous parler en premier ?

Jane AUSTEN,
Lettre à Cassandra, 1808

Hart fut agréablement surpris par sa docilité. À vrai dire, il n'aurait pas été surpris de la voir remonter dans la chaise de poste. Il fit un signe au cocher et la voiture fit demi-tour.

Georgiana était assise en face de lui, les bras croisés, le menton levé. Donc, elle lui en voulait. Très bien.

— Alors, duc ? De quoi s'agit-il ?

Elle ne l'appelait jamais par son nom. Cela changerait peut-être après le mariage.

— Vous avez quitté Londres sans prévenir, sans m'en informer, sans raison apparente.

— Je n'en ai pas eu le temps, répondit-elle en haussant les épaules. C'était une urgence. Je n'ai même pas eu le temps d'expliquer ce qu'il en était à mon oncle, j'ai dû lui laisser un message.

Hart fut agacé par son apparente indifférence.

— Vous auriez dû me consulter. Solliciter ma permission. Nous sommes fiancés. À tout le moins, vous auriez dû m'exposer vos projets et les raisons de ce départ précipité.

— Votre *permission* ? répéta-t-elle, ses yeux lançant des éclairs. C'est exactement pour cela que je ne voulais pas me marier ! Les hommes semblent croire qu'ils ont le droit de contrôler la vie des femmes ! Ou de les abandonner avec leurs enfants. Pas de juste milieu.

La patience de Hart était mise à rude épreuve. Que diable venaient faire les enfants dans cette histoire ?

— À quoi, précisément, êtes-vous opposée, madame ? Est-ce…

— Je vous interdis de m'appeler madame !

Il ignora sa remarque.

— N'ai-je pas le droit d'être informé des déplacements de ma future épouse ? Notre mariage sera célébré dans dix jours et vous… vous disparaissez sans explication.

— Et alors ?

— Vous m'appartenez, ne l'oubliez pas.

— Non ! Je n'appartiens à personne d'autre que moi-même. Je ne suis pas une de vos possessions ! Je ne fais pas partie de vos biens. La seule chose qui m'attache à vous, c'est la promesse que je vous ai faite.

Le duc crispa les mâchoires. Elle lui appartiendrait bel et bien une fois qu'ils seraient mariés. Mais ce n'était pas le moment de le lui rappeler.

Elle dut déceler quelque chose dans son expression, car elle tempêta.

— Je pars quelques jours avec ma grand-tante qui devait rentrer chez elle de toute urgence, et vous vous lancez à ma poursuite comme si je m'étais enfuie avec… avec un vaurien !

— Je n'ai rien fait de la sorte, répliqua-t-il avec raideur.

C'était exactement ce qu'il avait fait.

George l'observa, les yeux étrécis.

— Seigneur ! C'est cela, n'est-ce pas ? Vous avez cru que j'envisageais de vous éconduire. Alors que je vous ai promis de vous épouser. Je vous ai donné ma parole, et vous ne m'avez pas fait confiance.

— Fadaises.

C'était exactement ce qu'il avait pensé.

— Alors, pourquoi m'avez-vous poursuivie, crachant le feu et le soufre, et avez-vous renvoyé ma servante ?

— Que vient faire la servante dans cette histoire ?

— Ce n'est pas votre servante.

— Ce n'est pas la vôtre non plus.

— Non, mais ma grand-tante lui a demandé de m'accompagner. Vous n'aviez pas le droit de la renvoyer.

Hart se souciait de la servante comme d'une guigne. Il jeta un coup d'œil par la fenêtre et découvrit que la chaise de poste les suivait, la servante à son bord. Il jura entre ses dents.

— Et donc, elle vient à Londres malgré tout. Vous arrive-t-il de faire ce que l'on vous demande ?

— Non, pas si je ne suis pas d'accord. Sue était enchanté de venir à Londres, elle n'avait jamais quitté Bath, et je ne veux pas la décevoir.

— Vous préférez me décevoir, moi ?

Non qu'il fût déçu. Il était plutôt furieux. Contrarié. Et bizarrement, soulagé qu'elle n'ait pas eu l'intention de le quitter.

— Est-il possible de décevoir quelqu'un de si cynique qu'il pense le pire de tout le monde ? Quoi qu'il en soit, je ne vais pas décevoir Sue juste parce que vous n'avez pas la courtoisie de me demander ce que *je* veux.

Hart ne pensait pas le pire de tout le monde, uniquement de quelques personnes.

— Et vous, lady Indignation, vous n'avez même pas eu la courtoisie de m'avertir que vous quittiez la ville.

— Je vous ai expliqué que je n'en avais pas eu le temps. C'était une urgence. D'autre part, en quoi mes faits et gestes vous concernent-ils ? Nous ne sommes pas encore mariés.

— J'étais inquiet, bon sang !

— Inquiet ? J'étais avec ma grand-tante. Pourquoi diable auriez-vous été inquiet ?

— Parce que votre autre grand-tante esquivait mes questions, voilà pourquoi. Il était évident qu'elle me cachait quelque chose.

— Tante Agatha ?

— Pour commencer, elle a prétendu que vous n'étiez pas à la réception des Filmore parce que vous aviez la migraine. Ensuite, vous avez manqué le bal des Compton parce que vous étiez souffrante. Et pour finir, vous n'étiez pas à l'Almack mercredi, sous prétexte que...

— L'Almack ? le coupa-t-elle, éberluée. Mais vous n'allez jamais à l'Almack !

— Ne changez pas de sujet.

Son apparition dans l'enceinte de l'Almack, avec le costume approprié et à l'heure ridicule qui était imposée, avait provoqué une série de réactions. Sinc en avait fait des gorges chaudes. *Grandeur et décadence...*

Ce souvenir ne fit qu'alimenter son irritation.

— En dépit de ce que prétend votre grand-tante, je parie que vous n'avez pas eu une seule migraine de votre vie ! Sachez que je connais toutes les ruses et les subterfuges dont usent les femmes pour parvenir à leurs fins.

— Les subterfuges ? siffla-t-elle. Je n'use pas de subterfuges. Je ne suis pas votre mère !

Il ne réagit même pas à l'insulte.

— Pourquoi lady Salter aurait-elle trouvé toutes ces excuses, si ce n'était pas pour me cacher quelque chose de fâcheux ?

— Je l'ignore. Je ne lui ai pas demandé de le faire. Je n'ai même pas eu le temps de lui parler avant de partir.

— Et quand je me suis présenté à Ashendon House pour prendre de vos nouvelles, Ashendon m'a simplement dit que vous étiez partie à Bath, sans explication.

— Il savait que j'étais avec tante Dottie.

— Il a également laissé entendre que vous aviez l'habitude de disparaître sans prévenir, mais que vous finissiez toujours par revenir.

George balaya cette remarque d'un geste de la main.

— C'était il y a des années. Enfin, il y a plus d'un an.

— Qu'étais-je censé penser ?

— Toutes sortes de raisons pouvaient expliquer mon départ, pourtant, vous ne m'avez pas accordé le bénéfice du doute. Vous avez préféré penser que j'étais allée retrouver un autre homme.

S'il ne pouvait le nier, il n'était pas question de l'admettre non plus, de crainte de lui donner des munitions contre lui.

— C'est ce que vous avez pensé, n'est-ce pas ? insista-t-elle. Alors même que j'avais accepté de rester fiancée avec vous. Et que je vous avais donné ma parole. Parole en laquelle vous ne croyez visiblement pas.

— Et je le dois, n'est-ce pas ? répondit-il d'un ton conciliant. Puisque vous dites que vous tenez toujours parole.

Apparemment, ce n'était pas assez conciliant pour elle.

— Il y a une première fois pour tout, répliqua-t-elle.

— Et quand vous aurez un enfant ?

D'où sortait cette question ? Il voulait un héritier, bien sûr, mais... Il serait de son devoir de lui donner cet héritier. Sûrement.

— Alors bien sûr, je me consacrerai à lui, répondit-elle comme si sa question était particulièrement stupide.

Hart se détendit un peu. Il ne l'imaginait pas laissant son enfant à la garde des domestiques. Elle serait sans doute aussi protectrice qu'une louve.

Chacun regarda par la fenêtre de son côté. La voiture parcourut plusieurs kilomètres sans qu'ils échangent un mot.

— Comme si j'étais du genre à m'enfuir avec un débauché, lâcha-t-elle soudain, comme pour elle-même.

Quelques minutes plus tard, il l'entendit marmonner :

— Je ne toucherais pas un homme avec des pincettes. C'est déjà bien assez pénible avec vous.

— Que voulez-vous dire ? Qu'est-ce qui est pénible ?

Il y eut un long silence. Ses joues se colorèrent. Et alors qu'il pensait qu'elle ne répondrait pas, elle murmura :

— Ces... ces sensations.

Ses joues avaient pris un ton rose vif. La colère de Hart s'évapora, et il alla s'asseoir à côté d'elle.

— Quel genre de sensations ? s'enquit-il d'une voix de velours.

Elle le foudroya du regard et croisa les bras.

— Vous savez parfaitement de quoi je parle.

— Vous voulez dire... ceci ?

Il fit glisser un doigt le long de son bras, frôlant presque le renflement de ses seins.

— Ou cela ? ajouta-t-il en lui caressant la joue du dos de la main.

— Arrêtez !

Elle s'humecta les lèvres, sans se douter de l'effet que cela avait sur lui.

— Vous aimez mes attentions, n'est-ce pas ?

Les lèvres pincées, elle regarda par la fenêtre. Elle préférait ne pas répondre, car elle serait obligée de lui dire la vérité. Comme elle le faisait toujours.

Hart sentit quelque chose se dénouer en lui. Georgiana était une femme qui refusait de mentir. Une femme en qui il pouvait avoir confiance. Était-ce possible ? Si oui, quel merveilleux cadeau.

— Georgiana…

— Je ne réponds pas à ce prénom.

Il ne l'appellerait pas George. C'était une offense à sa féminité. Elle ne se comportait pas comme une dame, se coupait les cheveux et affichait des manières garçonnières, montait à cheval comme un homme et mieux que la plupart, mais elle avait une façon d'embrasser… Hart inspira longuement. La femme en elle éveillait en lui un désir puissant.

Pour lui, elle ne serait jamais George. George ne pouvait être cette créature à la démarche féline qui lui embrasait les reins. Pourquoi avait-elle adopté des manières de garçon ? Il aurait aimé le savoir.

— Je pourrais vous appeler Georgie ?

— Non.

— Georgette ? Georgia ? Georgiarella ?

Elle eut un ricanement narquois.

— Je vous l'ai dit, ce sera George, ou rien.

— George, donc.

Il s'y habituerait peut-être puisqu'elle ne lui laissait pas le choix.

— Eh bien, George, reprit-il en posant le bras sur le dossier de la banquette.

— Quoi ?

— Nous n'avons pas terminé notre discussion sur ces fameuses sensations.

— Il n'y a rien à disc…

Elle s'interrompit comme il glissait un doigt sous son col pour lui caresser la nuque. Elle frissonna et se pressa contre sa main comme un chat.

— Arrêtez, ordonna-t-elle, sans grande conviction.

— Vous n'aimez pas cela ?

Il la caressa de nouveau.

Elle garda le silence. Car elle ne voulait pas lui mentir. Il laissa ses doigts remonter sous son oreille.

— Vous avez des oreilles ravissantes.

Elle haussa les épaules. Les compliments la mettaient mal à l'aise, il l'avait remarqué. Elle ne s'écarta pas pour autant. Il se pencha, et saisit le lobe de son oreille entre ses lèvres. Elle sursauta.

— Que faites-vous ?

— D'après vous ? murmura-t-il avant de passer le bout de la langue sur son oreille.

Elle frissonna de nouveau et s'écarta un peu.

— C'est très...

— Très quoi ? Agréable ? Délicieux ? Enivrant ?

— Étrange, dit-elle avec un regard menaçant.

Il rit tout bas et poursuivit ses caresses.

— Mais vous aimez cela, n'est-ce pas, George ?

Il y avait un contraste intéressant entre le prénom masculin et sa réaction profondément féminine. Elle le regarda, les yeux écarquillés, les pupilles dilatées. Elle ouvrit la bouche, puis la referma sans avoir prononcé un mot. Son regard glissa sur lui telle une caresse, se posa sur sa bouche, ses yeux, puis de nouveau sa bouche.

C'était une invitation irrésistible. Il s'obligea pourtant à ne pas réagir. Il voulait que ce soit elle qui vienne à lui.

Elle se mordilla la lèvre et il réprima un gémissement. Elle frémit, puis tourna la tête et regarda par la fenêtre.

— Que se passe-t-il ? Vous avez changé d'avis ?

— À quel sujet ?

Si elle voulait lui faire croire qu'elle était indifférente, c'était raté. Son désir était évident. Les pointes de ses seins se dressaient sous sa robe. Il dut se retenir pour ne pas les caresser.

— Vous savez que vous me désirez, dit-il.

— Ah, vraiment ? répondit-elle sans le regarder.

Feignant toujours l'indifférence.

Il fit courir son pouce sur sa lèvre et elle tressaillit comme s'il l'avait brûlée.

— Arrêtez.

— Pourquoi ?

George se demanda comment lui expliquer. Elle voulait et elle ne voulait pas. Elle était déterminée à ne pas lui laisser voir l'effet qu'il produisait sur elle.

— Parce que...

Elle ne put aller plus loin. Il la fit taire d'un baiser. Comme les fois précédentes, elle oublia tout ce qui n'était pas ses lèvres et la sensation grisante qu'elles lui procuraient. Il lui caressa les seins, et des flèches brûlantes lui transpercèrent le corps.

Et soudain... elle fut délivrée ! La voiture s'arrêta pour changer de chevaux.

Tandis que les palefreniers se précipitaient vers la voiture, George en profita pour se ressaisir et le repousser.

— Arrêtez. Ces baisers et le reste sont un problème pour moi.

— Quel genre de problème ? Ne me dites pas que mes attentions vous déplaisent, ce serait mentir.

— Je sais. Mais je me sens... manipulée. Vous savez que vous pouvez faire de moi ce que vous voulez, que je suis incapable de vous résister. Et cela ne me plaît pas.

Hart la dévisagea. Où était la logique dans ces explications ? Était-ce une sorte de ruse pour le faire languir ? Le rendre fou de désir et de frustration ?

— Je ne comprends pas, dit-il d'une voix dure.

— Tout cela... ce ne sont que des sensations physiques.

— Ce qui est naturel entre un homme et une femme. Où voulez-vous en venir ?

— Vous désirez mon corps, dit-elle en rougissant, et je désire le vôtre, mais en réalité nous nous connaissons très peu.

— Et alors ? Nous allons nous marier. Nous aurons des années pour apprendre à nous connaître.

— Oui, mais...

Elle se tut et se mordit la lèvre. Hart ferma brièvement les yeux, s'efforçant de dissimuler son agacement.

— Quand vous me touchez, les sensations sont... Elles me font énormément d'effet, je ne peux toutefois pas m'empêcher de penser que vous vous comporteriez exactement de la même façon avec n'importe quelle femme.

— Pas du tout.

Il l'avait choisie parmi toutes les jeunes filles à marier de Londres. Elle ne le comprenait donc pas ? Elle croyait qu'il l'avait compromise par hasard ?

— Vous savez si peu de choses sur moi. C'est à mon corps que vous voulez faire l'amour, pas à moi. Cela semble peut-être un peu idiot, mais c'est ce que je ressens.

Hart trouvait cela idiot, en effet, cependant, si c'était ce qu'elle ressentait, comment discuter, si peu logiques que fussent ses arguments ?

— Qu'attendez-vous de moi ? demanda-t-il d'une voix neutre.

— Je veux que nous fassions plus ample connaissance.

Hart regarda sans le voir le paysage qui les entourait. Ils s'étaient remis en route et la voiture avançait en cahotant, les sabots des chevaux résonnant sur le sol dur. Faire plus ample connaissance. C'était ridicule. Dans quelques jours, ils seraient mari et femme. Personne ne connaissait son conjoint avant le mariage. Ni même après, pour certains.

Il laissa échapper un soupir et se tourna vers elle.

— Très bien, commençons tout de suite. Avez-vous l'intention d'avoir plusieurs enfants ?

— Si Dieu le veut, répondit-elle en jetant un coup d'œil dehors avant d'ajouter : Un enfant unique se sent seul. Je veux que mes enfants aient des frères et sœurs.

Hart l'observa, et une pensée lui traversa l'esprit. Son indifférence n'était souvent que de façade, elle masquait des sentiments plus profonds.

— Vous étiez enfant unique ?

Elle hocha la tête.

— Vous n'aviez pas d'amis ?

— Mes seuls amis étaient des animaux. Mon chien, mon cheval, les petites créatures de la campagne. Nous vivions à bonne distance du village, et les enfants du coin... Les villageois pensaient que j'étais la fille illégitime d'un noble quelconque, et les enfants élevés par des parents ignorants ne sont pas tendres avec les bâtards.

— Mais vous n'étiez pas bâtarde ?

Elle haussa les épaules.

— Vrai ou pas... Les gens ne demandaient pas à voir le certificat de mariage de ma mère. C'est plus facile, et plus intéressant de croire au pire.

Hart songea aux rumeurs qui avaient couru sur elle après l'annonce de leurs fiançailles. Était-ce pour cela qu'elle avait si bien tenu tête aux mégères ? Elle avait grandi en affrontant les médisances.

— Et l'école ?

— Je n'y suis jamais allée.

— Jamais ?

C'était une surprise. Il pensait qu'elle avait fréquenté la même pension huppée que ses tantes.

Elle secoua la tête.

— Il y avait une petite école au village, mais vous imaginez l'accueil que j'y aurais reçu. De toute façon, le maître était une brute et un ivrogne, et très peu d'enfants y allaient. Et il n'y avait pas d'argent pour m'envoyer dans une meilleure école.

— Vous avez donc eu une gouvernante ?

Il savait qu'elle était cultivée, et la façon dont elle s'exprimait prouvait qu'elle avait reçu une excellente éducation.

— Une gouvernante ? ricana-t-elle. Ces étranges créatures qui réclament un salaire pour leur travail ? Non, nous n'avions pas d'argent pour cela non plus. Martha, ma nourrice, qui devint plus tard ma cuisinière et ma femme de charge, m'a appris les bases d'orthographe et de calcul. Et il me restait la bibliothèque de mon grand-père, qui n'était pas un bien inaliénable, ainsi que quelques recueils de poésie et des romans qui avaient appartenu à ma grand-mère.

— Inaliénables ? Je croyais que votre mère était issue d'une famille de fermiers propriétaires de leurs terres.

— En effet. Mon grand-père ne voulait rien laisser à une fille inutile.

— Une fille inutile ?

George haussa une fois de plus les épaules avec désinvolture.

— Mon grand-père n'a jamais perdu une occasion de me dire que si j'avais eu la bonne idée de naître garçon, non seulement j'aurais hérité de la ferme familiale, mais mon père m'aurait reconnu, et j'aurais donc reçu une éducation digne d'un héritier. Une fille, en revanche ? Une fille ne servait à rien.

Elle eut un petit rire sans joie et enchaîna :

— S'il avait su que mon père était l'héritier d'un comte, et que j'aurais pu être comte à mon tour si j'avais eu la bonne idée d'être un garçon, mon grand-père aurait sans doute explosé de fureur.

— Croyez-moi, en tant que garçon vous n'auriez rien eu d'extraordinaire. En revanche, en tant que fille…

— Je sais, je suis un phénomène, une excentrique.

Elle ignorait vraiment à quel point elle était séduisante ?

— Pas le moins du monde. Vous êtes sans doute un peu originale, mais l'aristocratie adore ses excentriques. Disons plutôt que vous avez de la personnalité.

— Vous essayez de m'amadouer, duc ? s'exclama-t-elle en riant.

— Non. D'autant que je doute d'y parvenir de toute façon. Vous avez du mal à accepter les compliments, n'est-ce pas ?

Et maintenant qu'il connaissait un peu mieux son histoire, il comprenait pourquoi. Grandir en pensant qu'on était inutile ?

— Si je vous disais que je vous trouve séduisante et d'une beauté renversante, vous ne me croiriez pas, n'est-ce pas ?

— Bien sûr que non.

— Alors, je ne vous le dirai pas. Je me contenterai de le penser.

Elle lui coula un regard dubitatif, incapable de décider s'il était sincère ou pas. Elle devait croire qu'il se moquait d'elle. Il n'avait jamais connu de femme aussi sûre d'elle et aussi peu vaniteuse.

— Parlez-moi de Martha.

— Martha ?

— Vous lui avez offert une ferme. J'aimerais savoir pourquoi.

— Ce n'est pas une ferme, juste une maison et les terres qui l'entourent.

Le bras de Hart reposait toujours sur le dossier de la banquette. Sans réfléchir, il lui caressa de nouveau la nuque. Elle tressaillit.

— Arrêtez. C'est... perturbant.

— Perturbant ? Vous détestez que je fasse cela ? demanda-t-il en la caressant.

George frissonna et se pencha pour se dérober à sa main.

— Je vous ai dit que c'était perturbant.

Donc, cela ne lui déplaisait pas, elle trouvait cela perturbant. Hart dissimula un sourire. Son honnêteté, son refus de mentir, en particulier sur ce sujet, le charmaient. Combien de femmes avait-il connues qui prétendaient que le moindre de ses gestes déclenchait une pure extase alors même qu'elles feignaient le plaisir... Et son adorable petite George, qui s'efforçait de prétendre le contraire mais était incapable de mentir...

— Bien. À présent parlez-moi de Martha.

— Pas tant que vous n'aurez pas retiré votre main.

Il la fit descendre sur son bras.

— Assez. Posez les mains sur vos genoux, ordonna-t-elle.

Il obéit.

— Alors, Martha ?

— Martha est un amour. Elle m'a servi de mère. Elle m'a éduquée, m'a appris à lire, et a fait de son mieux pour faire de moi une dame en dépit de ma résistance. Et surtout, malgré tous mes défauts, elle n'a jamais cessé de m'aimer. Même lorsque l'argent a commencé à manquer et que nous n'avions plus de quoi acheter de la nourriture, sans parler de lui payer ses gages, elle ne m'a pas abandonnée.

— Vous n'aviez pas assez d'argent pour manger ?

— J'ignore pourquoi, mais la pension de mon père a cessé de nous parvenir longtemps avant sa mort. Peut-être estimait-il que j'étais assez âgée pour subvenir à mes besoins. J'avais seize ans. Nous n'avions aucun moyen de le retrouver, quoi qu'il en soit, nous avons réussi à survivre. Nous cultivions des légumes dans notre potager, nous avions des œufs, et bien sûr je chassais.

— Je croyais que vous étiez opposée à la chasse ?

— Je suis contre la chasse au renard en tant que distraction. Chasser le lapin pour se nourrir, c'est différent. C'était une nécessité.

Et donc, cette « fille inutile » avait chassé pour ne pas mourir de faim. Son père aurait mérité le fouet. Dommage qu'il soit mort, car Hart se serait fait un plaisir de lui administrer une correction.

— Si vous manquiez d'argent à ce point, comment avez-vous acheté votre étalon ?

— J'avais de riches voisins qui ne surveillaient pas très bien leurs chevaux, répondit-elle d'un air dégagé.

— Vous l'avez volé ?

— Non ! Enfin, pas exactement. Mon grand-père avait laissé une belle jument nommée Junon. Elle avait été achetée pour ma mère, et donc elle me revenait. C'était une adorable créature, et malgré son âge elle pouvait encore procréer. Alors qu'elle était en période de reproduction, l'un des riches invités de mes voisins a laissé son étalon dans l'enclos…

— Vous avez fait entrer votre jument dans l'enclos ?

— Pas vraiment. Je l'ai mise dans l'enclos voisin, et j'ai laissé la nature suivre son cours. Naturellement, l'étalon a franchi la clôture. Je l'ai ensuite ramené de son côté, et personne n'a su ce qui s'était passé. Comme je l'espérais, Junon avait été fécondée. Sultan a été son dernier poulain.

George lui coula un regard à la fois coupable et triomphant.

— Je sais que ce n'était pas très moral, mais vous auriez dû voir comment ce type traitait son cheval. De plus, je n'avais jamais vu un aussi mauvais cavalier. Il ne méritait pas un si bel animal.

Hart haussa les épaules. Si un étalon franchissait une barrière pour rejoindre une femelle, il n'y trouvait rien à redire. Il savait très bien ce que ressentait l'étalon.

— Pourquoi n'avez-vous pas vendu Sultan quand vous vous êtes trouvée en difficulté ? Vous auriez pu en tirer un très bon prix.

— Vendre Sultan ? Impossible. J'ai aidé Junon à le mettre au monde, je l'ai élevé et dressé. Il fait partie de la famille.

Naturellement. Son chien, son étalon, sa vieille servante. Ils formaient la famille de lady Georgiana Rutherford. Jusqu'à l'année dernière, apparemment, quand elle avait découvert sa vraie famille.

— À mon tour, maintenant, dit-elle.

— Votre tour ?

Il se rembrunit, alors qu'il savait très bien ce qu'elle avait en tête.

— De vous interroger sur votre vie.

— Il n'y a rien à raconter. J'ai passé mon enfance à Everingham Abbey, le siège de ma famille, puis je suis allé en pension : Harrow, et ensuite Cambridge. Le reste, vous le connaissez.

Elle fixa sur lui un regard sévère.

— Je ne connais pas le reste. Je vous ai donné des détails sur ma vie, mes histoires, les gens qui m'ont entourée. Dites-moi ce que vous faisiez enfant, qui vous aimiez, ce que vous avez appris.

— Il n'y a rien à raconter. J'ai eu une vie conventionnelle, et ennuyeuse. Ah, voilà Londres ! Nous sommes presque arrivés.

George regarda par la fenêtre. La voiture avait atteint le sommet d'une petite colline d'où l'on voyait la ville se découper au loin. Elle se retourna vers lui.

— Vous avez encore amplement le temps de me raconter votre enfance. Parlez-moi de l'école. Vous l'aimiez ou vous la détestiez ?

— Ni l'un ni l'autre. Je faisais ce que j'avais à faire.

— Vous êtes un extraordinaire conteur ! Et vous trichez.

— C'est vous qui avez voulu jouer à ce jeu, rétorqua-t-il, agacé.

Il détestait remuer le passé. Georgiana se contenta de croiser les bras et de fixer sur lui un regard plein d'espoir.

— Très bien. J'ai rencontré Sinc – Johnny Sinclair – à l'école, le jour de la rentrée. Nous sommes amis depuis.

Elle attendit. Quand il devint évident qu'il n'avait pas l'intention d'en dire davantage, elle soupira et se tourna ostensiblement vers la fenêtre.

Ils gardèrent le silence pendant la dernière partie du voyage. Elle lui en voulait, et il comprenait pourquoi. Mais il n'allait pas pour autant raconter des choses qu'il valait mieux laisser là où elles étaient. Ce petit échange de confidences n'était pas pour lui.

Et il n'était pas indispensable dans un mariage. Les époux se retrouvaient dans la chambre à coucher et cela suffisait – du moins, dans le genre de mariage qu'il envisageait.

— Il est désespérant, Emmaline. Aussi bavard qu'un... qu'un mur. Il m'a fait tellement parler... Je me suis efforcée d'être honnête. Et ce n'était pas facile. Toutefois, quand ç'a été son tour, il ne m'a rien dit. Rien de personnel en tout cas. Si ce n'est qu'il avait connu son ami, M. Sinclair, à l'école. Ce que tout le monde sait de toute façon.

George regrettait de lui avoir révélé toutes ces choses honteuses sur elle-même. Sa solitude, le mépris des villageois, le fait d'avoir été si pauvre qu'elle avait connu la faim, la façon dont elle avait acquis Sultan. Elle aurait voulu revenir en arrière, mais il était trop tard.

Elle était dans la chambre d'Emmaline, qui venait d'allaiter Bertie. Elle le tenait contre son épaule et lui frottait le dos.

— Dois-je comprendre que tu ne détestes plus le duc ?

— J'ai envie de l'étrangler.

— Ce n'est pas la même chose, fit remarquer Emmaline en riant. Il m'arrive de vouloir étrangler Cal, et pourtant, je l'aime profondément.

George réfléchit à la question. Elle s'était radoucie à l'endroit du duc. Un peu. Ses baisers la rendaient folle, mais ce n'était pas cela. Le respect, l'amour, l'affection n'avaient rien à voir avec le désir physique. Cela, elle le savait. Les hommes étaient comme des étalons, capables de bondir par-dessus la clôture pour une jument.

Elle avait été furieuse qu'il la poursuive jusqu'à Bath, mais… bien que la jalousie ne fût pas plaisante, cela montrait au moins qu'il tenait à elle. Même s'il ne lui faisait pas confiance.

En fait, elle avait commencé à se radoucir quand il s'était rendu compte que sa mère avait trompé et manipulé sa fiancée. Il aurait été plus facile pour lui d'ignorer le mensonge, or, il avait choisi de le révéler. Il avait voulu lui montrer ce que sa mère avait fait.

Après quoi, il lui avait proposé de la libérer de sa promesse. Il avait été beau joueur, lui dévoilant un aspect de sa personnalité qu'elle ne soupçonnait pas : le sens de l'honneur.

Quand elle l'avait accusé d'être aussi manipulateur que sa mère, il aurait pu se mettre en colère. Refuser d'accorder le moindre crédit à son opinion. Pourtant, il ne l'avait pas fait. Il l'avait écoutée, avait réfléchi et, plus tard, il lui avait présenté ses excuses.

C'était probablement à ce moment qu'elle l'avait vu tel qu'il était vraiment, sous ses manières hautaines et sa froide arrogance.

Le bébé émit un rot bruyant qui la fit tressaillir. Emmaline l'allongea sur le lit à côté d'elle, en lui murmurant des petits mots affectueux. Calé entre les oreillers, il observa le monde qui l'entourait avec ses grands yeux d'un bleu foncé. Il agita sa petite main, et George lui tendit un doigt, qu'il agrippa aussitôt.

— Ce n'est pas parce que vous faites un mariage de convenance qu'il en sera toujours ainsi.

George ne répondit pas. Elle avait vu beaucoup de mariages dans lesquels mari et femme se comportaient comme des étrangers.

— Quand j'ai épousé ton oncle, il n'était pas question d'amour. Ce n'était qu'un arrangement. Il voulait quelqu'un pour s'occuper de ses sœurs et de sa nièce, et moi, je cherchais la sécurité. Un foyer, et la possibilité d'avoir un enfant.

— Mais tu es amoureuse de Cal, n'est-ce pas ? Et lui de toi ?

— Oh, oui ! Mais c'est venu par la suite. C'est à cela que je voudrais que tu réfléchisses. Ne te braque pas contre le duc. Je sais que tu le trouves froid et arrogant…

— Il l'est.

— Rappelle-toi comment était Cal, quand tu l'as connu. N'était-il pas arrogant, autoritaire, exaspérant ?

— Certainement.

— Qu'est-ce qui a changé ? Est-ce Cal ? Ou toi ?

George réfléchit. Cal était toujours assez arrogant, et parfois autoritaire – quoique pas avec Emmaline. Il s'était montré carrément hostile avec le mari de Rose… avant de décider qu'il n'avait rien à lui reprocher.

Il était très protecteur avec Rose, et elle ne pouvait l'en blâmer.

Quant à George elle-même, ils étaient partis sur de mauvaises bases lorsqu'il l'avait plus ou moins enlevée, toutefois, maintenant qu'elle y songeait, il s'était beaucoup radouci et avait souvent pris sa défense, en particulier face à tante Agatha.

— Tu as commencé à dévoiler ton histoire au duc, et c'est un bon début. S'il rechigne à se livrer, persiste, mais avec douceur. Certains hommes ont du mal à révéler leur côté tendre, ils ont l'impression d'être vulnérables.

— Vulnérables ?

George n'imaginait pas que cet adjectif puisse s'appliquer au duc. C'était elle qu'il voulait rendre vulnérable.

— Vulnérable à l'amour. Cal n'osait pas s'autoriser à aimer. Il n'a pas eu une enfance facile dans la mesure où, après avoir perdu sa mère, il a été rejeté par la deuxième épouse de son père. Et puis, il y a eu ses années dans l'armée, où un homme doit s'endurcir pour survivre. Il ne pensait même pas à l'amour, pour lui cela n'existait pas. Et si tu te souviens bien, il a fallu que quelqu'un me tire dessus pour qu'il se rende compte qu'il m'aimait. Moi, bien sûr, je savais depuis longtemps ce que j'éprouvais. Il n'empêche que ç'a été un bouleversement lorsque j'en ai pris conscience.

— Un bouleversement ?

— Oh, oui ! Après avoir vécu seule des années, je ne m'attendais pas à aimer, à être aimée, à me marier et à avoir un enfant. J'ai dû m'ouvrir à cette possibilité. Et donc à l'effrayante possibilité d'être rejetée et méprisée par mon mari. Il avait fait un mariage de convenance, rappelle-toi.

George garda le silence. Elle n'avait jamais considéré les choses sous cet angle. Pour elle, il avait semblé inévitable que Cal et Emmaline tombent amoureux ; apparemment, ce n'était pas aussi simple.

Sa tante se pencha vers elle et repoussa une boucle sur son front.

— Les hommes ne sont pas les seuls à avoir du mal à s'ouvrir à quelqu'un d'autre.

— Tu veux parler de moi, je suppose ?

— Je parle de nous tous. L'amour est un acte de foi. Il demande du courage.

Ses paroles semblèrent rester en suspens dans le silence qui suivit. Le petit Bertie poussa un vagissement, et sa mère le reprit dans ses bras.

— Tu as beaucoup d'amour à donner, George. Tu le donnes instinctivement à tes proches : Rose, Lily, Cal et moi, Finn, et le petit Bertie. Tu es affectueuse et extrêmement loyale.

George sentit ses joues la brûler. Elle ne savait jamais comment réagir aux compliments.

— Il y a un « mais » ?

— Non. Je veux juste te rappeler que tu es précieuse.

George ne se sentait pas précieuse, mais les mots d'Emmaline la réconfortèrent.

— Et le duc s'est donné beaucoup de mal pour obtenir ta main.

— Il m'a tendu un piège !

— Peut-être que dans sa tête, c'est pareil. Et puis, tu as toujours eu un faible pour les créatures blessées. Pense à cela la prochaine fois que tu verras le duc.

— Le duc ? Une créature blessée ? Ne me fais pas rire !

— Tu as rencontré sa mère, non ?

George se figea.

— Nous sommes tous, d'une façon ou d'une autre, des créatures blessées. Cal, moi, Thomas, Lily, Edward, les tantes, et toi. Oui, toi, ma chère George. Le duc a ses points vulnérables, comme nous tous.

Et étant un homme, il fait son possible pour les dissimuler au monde, et à toi. Réfléchis à cela.

George s'efforça d'imaginer le duc en créature blessée. Sans succès. Cet homme était un prédateur. Quelqu'un qui prenait plus qu'il ne donnait.

N'est-ce pas ?

16

Peu d'entre nous ont assez de cœur pour être vraiment amoureux sans quelque encouragement.

Jane AUSTEN,
Orgueil et Préjugés

George se rendit au dernier essayage de sa robe de mariée. Si celle-ci était spectaculaire, elle dut admettre qu'elle allait avoir quelques scrupules à la porter maintenant que sa colère était retombée.

Mlle Chance mit la dernière touche à son travail, puis recula pour examiner le résultat.

— J'avoue que j'avais des doutes quand vous avez choisi ce tissu, lady George. Mais vous aviez raison. Vous êtes éblouissante.

George contempla son reflet dans le miroir. L'effet était-il choquant ou beau ? Elle avait certes choisi ce tissu pour choquer, elle devait cependant admettre que la couleur lui allait à merveille.

Son but était de défier les harpies qui l'avaient critiquée et avaient répandu des ragots à son sujet.

— J'ai encore quelques points à ajouter, et je la ferai livrer cet après-midi, déclara la couturière. Votre femme de chambre sait ce qu'elle a à faire ?

Sue hocha vigoureusement la tête. Les assistantes de Mlle Chance lui avaient donné des instructions précises pour prendre soin de la délicate robe de soie.

George était contente de n'avoir emmené que Sue avec elle pour le dernier essayage. Personne ne devait voir sa robe avant le mariage.

La journée se termina par une visite de tante Agatha. George faillit refuser de la voir – elle lui en voulait encore d'avoir aidé la mère du duc à la piéger. Elle était toutefois sur le point de se marier, et le moment était venu d'oublier ses rancunes.

— J'ai quelques conseils à te donner pour le mariage, annonça sa grand-tante.

George soupira, s'assit et fit semblant d'écouter.

— Les hommes sont des animaux. Ils coucheraient avec n'importe quelle femme. Jeunes, vieilles, jolies ou laides, aristocrates ou femmes du peuple, cela ne fait aucune différence. Cet acte n'a pas d'importance pour eux, et il ne devrait pas en avoir pour leur épouse. Ce n'est qu'un besoin qu'ils doivent satisfaire.

George conserva une expression polie. La vieille dame poursuivit :

— D'un autre côté, les dames ont tendance à voir dans cet acte une signification et des sentiments qui en fait n'existent pas. Aussi, Georgiana, je te conseille de protéger ton cœur.

Sur ces mots, elle hocha brièvement la tête et sortit, laissant une George ébahie. Était-ce tout ce que tante Agatha avait appris, au cours de ses trois mariages ? La colère de George contre la vieille dame retomba d'un coup. Quelle tristesse. Mais il était évident que ce conseil partait d'un bon sentiment.

Protéger son cœur, vraiment ? George eut un petit reniflement de mépris. Avec le duc, son cœur ne risquait rien.

— Pourquoi ne nous as-tu rien dit ? s'enquit Rose dès que Lily et elle se retrouvèrent seules avec George.

Les deux sœurs étaient arrivées en début d'après-midi. Elles avaient passé une heure avec Emmaline et son fils, puis étaient allées se promener à Hyde Park, s'arrangeant pour ne revenir qu'après le départ de tante Agatha.

Elles avaient aussi entendu tous les ragots qui leur avaient échappé pendant qu'elles étaient à la campagne. Il leur avait suffi d'une courte promenade dans le parc.

— Vous dire quoi ? Vous saviez que j'étais fiancée… Je vous avais envoyé une lettre pour vous en avertir.

— Et quelle lettre ! s'exclama Lily en levant les yeux au ciel. Edward me l'a lue, et elle était si courte que je la connais par cœur.

Chers Lily et Edward,

J'espère que vous allez bien. Ici, tout le monde va bien. Emmaline a eu son bébé, qui est adorable. Tante Dottie est à Bath. Vous avez dû être surpris en lisant l'annonce dans les journaux, mais c'est vrai, je suis fiancée au duc d'Everingham. Ce n'est pas ce que je voulais, mais l'accord est conclu. Tout va bien, il accepte de me donner une maison.

Affectueusement, George, Finn et Sultan

George haussa les épaules d'un air fataliste.

— Vous savez que je n'aime pas écrire.

— Certes, il n'empêche qu'on sentait ta colère et ta contrariété.

— Et ce manque d'information, c'est de la pure provocation ! renchérit Rose.

— Mais je vous ai tout dit… Le bébé, tante Dottie, mes fiançailles. Qu'aurais-je pu ajouter ?

Rose leva les yeux au ciel.

— Des détails ! À présent assieds-toi et raconte-nous tout depuis le début. J'ai demandé du thé, et un valet s'occupe de Finn. Ne crois pas pouvoir t'échapper. *Comment* as-tu pu te fiancer avec le duc ? Je croyais que tu le détestais.

— Je le détestais, en effet.

George se décida à tout leur raconter. À dire vrai, elle n'avait aucune envie de s'échapper. Rose et Lily étaient un auditoire attentif et bienveillant, et elle était soulagée de pouvoir parler à des personnes de son âge. Si Emmaline et tante Dottie étaient certes adorables, Rose et Lily étaient plus directes et la comprenaient.

Burton apporta un plateau avec du thé et d'appétissants gâteaux, et Lily fit le service. Puis George leur expliqua que le duc l'avait remarquée au cours du bal de Rose et de Thomas.

— C'est donc pour cela que tu m'as interrogée sur les baisers, intervint Lily avec un sourire espiègle. J'en étais sûre.

George leur raconta ensuite comment le duc l'avait compromise lors de la soirée musicale, sans s'attarder sur les détails de leur étreinte, et comment, le lendemain, il avait fait publier une annonce dans les journaux sans même l'avertir.

— Quel sournois, commenta Rose en observant George pensivement. Il ne s'est jamais comporté ainsi avec moi. Il était froid et distant. J'ai l'impression que…

Elle ne finit pas sa phrase, et réfléchit en faisant la moue. Quand George leur raconta que tante Agatha avait comploté avec la duchesse pour lui extorquer une promesse, Rose s'écria, indignée :

— Je n'ai jamais aimé cette femme. Lorsque j'étais fiancée avec son fils, elle me faisait des compliments que je ne trouvais pas sincères.

— Je vois ce que tu veux dire. Elle paraît aussi douce que du miel, et pourtant on perçoit chez elle une méchanceté sous-jacente. J'ai mis du temps à m'en rendre compte.

— Ce sera une affreuse belle-mère, déclara Rose.

George n'en était pas aussi sûre. Si le duc avait adoré sa mère, la situation aurait été intolérable, mais ce n'était pas le cas. Il savait qu'elle était égoïste et manipulatrice.

— Et bien sûr, le duc devait savoir ce qu'elle..., commença Lily.

— Non, protesta vivement George. Dès qu'il a compris quel piège sa mère m'avait tendu, il... il m'a proposé de me libérer de ma promesse.

Il y eut un silence.

— Il a proposé de rompre vos fiançailles ? dit Lily, perplexe. Pourtant vous êtes toujours fiancés... n'est-ce pas ?

— George, que s'est-il passé ? s'enquit Rose.

— Oooh ! s'exclama sa sœur. Tu as de l'affection pour le duc, George !

— Pas du tout ! Il est arrogant, autoritaire, intolérant. Il croit savoir ce qui est le mieux pour tout le monde, il fait ce qu'il veut et tout le monde doit lui obéir au doigt et à l'œil.

Lily l'étudia d'un air songeur.

— Qu'en penses-tu, Rose ?

— Je pense que cette jeune dame proteste avec trop de véhémence.

George poursuivit :

— Il est égoïste, renfermé et possessif. Quand il a appris que j'étais partie à Bath avec tante Dottie, il s'est lancé à ma poursuite, m'a interceptée alors que je rentrais à Londres et m'a ordonné de monter dans sa voiture.

— Il a cru que tu t'étais enfuie ?

— Oui, avec un débauché.

— Quel débauché ? s'étonna Rose. Tu n'en connais aucun.

— Tu le trouves possessif ? releva Lily. Ce trait de caractère me plaît assez.

— Pas à moi. J'ai l'impression d'être… prisonnière. J'ai besoin de liberté.

— Pourtant, quand il a proposé de te rendre ta liberté, tu as choisi de rester fiancée, fit remarquer Lily. Pourquoi ?

— Oui, ma George, renchérit Rose. Pourquoi ?

George réfléchit. À vrai dire, elle ne savait pas très bien pourquoi elle avait décidé de maintenir les fiançailles alors qu'elle avait l'occasion d'y mettre fin. Elle haussa les épaules, regrettant de s'être lancée dans cette conversation. Celle-ci l'entraînait dans des chemins tortueux.

— Je suppose que je m'étais habituée à cette idée. Et je ne voulais pas faire d'histoires.

Rose éclata de rire.

— Pas faire d'histoires ? Toi ? Tu vas devoir trouver mieux, George.

— Bon, d'accord, concéda-t-elle en ronchonnant. J'ai décidé que je voulais avoir un bébé.

— Naturellement. Nous le voulons toutes, surtout maintenant que nous avons vu l'adorable petit Bertie.

— Non, ce n'est pas cela, répliqua Rose. S'il s'agissait juste d'avoir un bébé, George aurait pu choisir parmi les soupirants charmants, et faciles à manipuler, qui lui ont fait la cour toute la saison. Cette histoire de bébé n'explique pas pourquoi elle est restée fiancée au duc qu'elle prétend détester.

— C'est à cause de ses baisers, suggéra Lily. Rappelle-toi, quand il l'embrasse ses jambes se dérobent.

— Ce n'est pas vrai ! se défendit George.

— Juste après ton bal, Rose, elle nous a interrogées sur la façon d'embrasser, tu te souviens ?

George sentit ses joues s'embraser. Lily avait peut-être des difficultés pour lire, en revanche, elle avait une excellente mémoire.

— C'est vrai, confirma Rose. Et ensuite, il l'a embrassée à la soirée de Mme Gastonbury, et elle a perdu la tête.

— C'est faux !

Rose haussa un sourcil.

— Tu savais que tous ces gens allaient sortir de la salle pour aller souper. Et tu as continué de l'embrasser ?

— Non. Je ne m'étais pas rendu compte…

— Autrement dit, ce baiser était si extraordinaire que tu as oublié où tu te trouvais, conclut Rose, triomphante. Premièrement, elle veut un bébé, deuxièmement, elle aime l'embrasser, ajouta-t-elle en comptant sur ses doigts. Quoi d'autre ?

— Rien d'autre, marmonna George, écarlate.

— Oh, si ! Troisièmement, tu ne voulais pas faire d'histoires. Toi qui ne t'es jamais soucié de cela. Très intéressant. D'autre part, il s'est visiblement donné beaucoup de mal pour te prendre au piège…

— Contre ma volonté !

— Il t'a offert de reprendre ta liberté, et tu as refusé. Donc, il te veut vraiment, et il embrasse à merveille. Or tu sais, quand il était fiancé avec moi, il m'embrassait comme un… un poisson.

— Quoi ? s'indigna George. Il n'embrasse pas comme un poisson !

— Tu vois ? dit Rose en adressant un clin d'œil à Lily. Elle le défend. Sérieusement, George. Il m'a embrassée une ou deux fois, et… rien. Et cela semblait lui convenir. À moi aussi, du reste, car nous ne voulions pas de sentiments dans le mariage. Apparemment, il a changé d'avis.

— Il y a un autre point positif pour le duc, précisa Lily. Depuis les fiançailles il assiste aux réceptions avec elle, ce qu'il n'avait jamais fait avec toi, Rose. D'après Penny Peplowe, il a même cherché George à l'Almack, et est reparti furieux en ne la trouvant pas.

— À l'Almack ? répéta Rose, impressionnée. Il déteste l'Almack.

— Il est possessif, grommela George.

— Penny dit qu'il a commencé à se rendre dans les soirées parce que les gens disaient du mal de toi, reprit Lily.

George hocha la tête. C'était vrai, et cela l'avait touchée.

— Donc, il est protecteur.

— Oui. Mais le plus important, dit Rose, c'est que George a refusé de reprendre sa liberté quand il le lui a suggéré. Et elle est incapable d'expliquer pourquoi. J'en déduis donc que notre chère George, si loyale, indépendante, irritable, qui n'a besoin de personne en dehors de ses chiens et de ses chevaux, est enfin tombée amoureuse.

— Je ne suis pas amoureuse, répliqua George.

Comment pouvaient-elles penser cela ? Elle ne leur avait rien dit de positif sur le duc.

— Tous les signes sont là, ma chérie, déclara Lily. Je suis tellement heureuse pour toi.

— George est amoureuse, George est amoureuse, chantonna Rose.

— Oh, arrêtez ! Vous dites n'importe quoi toutes les deux. Il faut que j'emmène Finn se promener.

Elle se leva, glissa deux doigts dans sa bouche et siffla.

Finn bondit et dérapa sur le parquet ciré.

— Viens, mon garçon.

George sortit et un instant plus tard, elle claquait la porte d'entrée derrière elle.

Elle avança dans l'allée d'un pas vif, l'esprit en ébullition. Rose et Lily se trompaient. Elle n'était pas amoureuse. C'était impossible.

Elles en étaient certaines parce qu'elles étaient amoureuses de leur mari. Ce n'était pas la même chose pour elle. Edward et Thomas étaient des hommes chaleureux et affectueux. Le duc était… un bloc de glace.

Sauf quand il l'embrassait.

Bonté divine ! Pourquoi ne pouvait-elle remonter le temps ? Avant qu'il la remarque. Avant qu'il l'embrasse. La vie était alors tellement plus simple, tellement plus agréable. Elle savait ce qu'elle voulait, et comment l'obtenir. Tandis que maintenant…

Maintenant, elle ne savait plus rien. Pourquoi diable n'avait-elle pas repris sa liberté quand l'occasion s'était présentée ? Rose avait raison. Ce n'était pas en voyant le bébé d'Emmaline qu'elle avait décidé d'en avoir un aussi. Elle ôta son chapeau et se frotta le front, comme si cela pouvait l'aider à s'éclaircir les idées.

Ce n'était pas de l'amour, n'est-ce pas ? Elle savait qui elle aimait : son chien, son cheval, Martha, sa famille…

Mais ce n'était pas pareil. Le duc était comme une fièvre dans son sang.

À en croire tante Dottie, parfois, cette fièvre disparaissait après la lune de miel. George ne savait pas si cette possibilité la réconfortait… ou l'inquiétait.

Elle la réconfortait, décida-t-elle, parce que si c'était cela l'amour, c'était trop perturbant, et elle n'en voulait pas. Elle ramassa un bâton pour Finn, et le lança aussi loin que possible.

C'était la veille du mariage. Hart s'était laissé à contrecœur entraîner par Sinc pour aller boire un verre avec des amis.

— Ce n'est pas normal de passer la soirée seul la veille de son mariage. Tu as besoin de boire en bonne compagnie pour te calmer les nerfs.

— Je ne suis pas du tout nerveux.

— Tu ne t'inquiètes même pas pour les paris ? demanda Percy.

— Les paris ? répéta Hart d'un ton glacial.

— Non, non, il n'y a pas de paris, dit précipitamment Sinc. Ce vieux Percy perd la boule, il ne sait pas ce qu'il dit.

— Pas du tout ! rétorqua Percy. Au moins douze personnes ont parié que le mariage n'aurait pas lieu.

— Tais-toi, Percy ! ordonna Sinc d'une voix sifflante.

Mais si Percy ne perdait pas la tête, il était en revanche assez ivre pour ne pas obtempérer.

— Sinc, tu sais très bien qu'ils ont tous parié que la deuxième fille Rutherford allait abandonner le pauvre gars avant la cérémonie ! Lady George n'a pas l'étoffe d'une duchesse, elle n'a aucune ambition. Elle a toujours dit qu'elle ne se marierait pas, et moi, je l'ai crue. Du reste, je t'ai vu parier, alors pourquoi toutes ces simagrées ?

Sinc gémit.

— Si c'est ce que tu penses, tu as perdu ton argent, déclara Hart sèchement.

Il se leva et ouvrit la porte-fenêtre donnant sur le balcon, en espérant que l'air frais l'aiderait à se calmer. Au bout d'un moment, Sinc le rejoignit.

— Tu as parié sur mon mariage ?

— Tu me connais, Hart, je ne peux pas résister, répondit Sinc, penaud.

— Et qu'as-tu parié ?

— Qu'elle ne te laisserait pas tomber, bien sûr. Lady George est une fille très droite. Tu n'imaginais tout de même pas que j'allais parier contre toi ?

Hart se détendit. Il espérait que Sinc avait raison, mais les doutes continuaient de le tarauder. Il ne comprenait toujours pas pourquoi elle avait décidé de maintenir le mariage. Elle était tellement contre, au début, pourtant, quand il avait voulu lui rendre sa liberté, elle avait refusé. Pourquoi ?

Toutes les femmes qui s'étaient intéressées à lui ne voyaient que son titre, sa fortune, ses domaines. Qu'avait-elle à gagner dans cette union ? Elle n'était pas ambitieuse, se moquait de son titre et de son argent. Elle ne s'en était pas cachée quand ils avaient établi le contrat de mariage.

Et cependant, en dépit de son désintérêt pour son statut et ses possessions, elle semblait le voir, lui – Hart, et non le duc. Elle ne paraissait toutefois pas beaucoup l'aimer. Ils se querellaient presque chaque fois qu'ils se voyaient. Alors, pourquoi tenait-elle à l'épouser ? Pour avoir un bébé ? Elle aurait pu l'avoir avec n'importe qui.

Il contempla son verre, puis le vida d'un trait. Ce genre de réflexions n'était pas de celles qui risquaient de calmer un futur marié. Il ne voyait pas une seule bonne raison pour qu'elle soit à l'église le lendemain. Elle lui avait donné sa parole, et il se raccrochait à cette idée tel un homme sur le point de se noyer. Elle ne l'avait pas encore laissé tomber.

Il savait, lui, pourquoi il l'avait choisie. Il la désirait, et préférait ne pas trop s'interroger sur ce désir. Tout ce qui comptait, c'était qu'il la voulait, et qu'elle était assez indépendante pour ne pas vivre cramponnée à lui.

Il retourna à l'intérieur. Se poser inlassablement des questions auxquelles il était incapable de répondre était inutile. C'était très simple : soit elle viendrait à l'église demain, soit elle ne viendrait pas.

Il tendit son verre à un serveur pour qu'il le remplisse.

17

Elle est le charme incarné.

Jane AUSTEN, *Emma*

Debout devant son miroir, George contemplait son reflet tandis que Sue s'agitait autour d'elle pour faire quelques retouches de dernière minute.

— Seigneur, milady, j'avais jamais vu une mariée porter une robe d'une couleur aussi éclatante. Ma sœur avait mis sa plus belle robe des dimanches pour son mariage, et elle était d'un joli bleu vif, mais celle-ci…

— C'est la nouvelle mode.

— J'en suis sûre. Je pensais que vous choisiriez peut-être une soie argentée comme notre pauvre princesse, mais j'imagine que les gens trouvent ça un peu triste, à présent.

Sue tira sur la jupe pour arranger les plis.

— À la campagne, si une jeune fille portait du rouge pour son mariage, ça ferait jaser.

Les gens jaseraient à Londres aussi, songea George. C'était le but. Ces mégères l'avaient traitée de gourgandine, de Jézabel, de traînée, et aujourd'hui elle allait leur renvoyer leurs insultes au visage. Elle allait leur montrer qu'elle se moquait complètement de leurs réflexions stupides.

D'autre part, le blanc ne lui allait pas au teint.

— Allez me chercher le domino noir qui se trouve dans l'armoire, s'il vous plaît.

— Le domino, mademoiselle ?

— La cape de soie noire avec un capuchon.

— Vous allez pas porter du noir pour votre mariage, milady ? se récria Sue, horrifiée.

George se mit à rire.

— Non, c'est juste pour aller à l'église. La brise est un peu fraîche. Mais je l'enlèverai avant de descendre de la voiture.

En réalité, le domino était destiné à empêcher toute protestation de sa famille. Au cas où une tante à la silhouette décharnée aurait rôdé dans les couloirs.

On frappa à la porte.

— Le comte vous attend en bas, lady George, l'avertit Burton. La voiture est là.

— J'arrive.

Sue drapa le domino sur ses épaules, et George le serra devant elle de façon à dissimuler complètement sa robe.

Voilà, elle y était. Elle allait épouser le duc. Dans une heure, elle serait duchesse. Ou pas.

Elle descendit l'escalier d'un pas vif. Cal faisait les cent pas dans le hall.

— Juste à l'heure, George. Emmaline et les dames sont parties devant…

Il s'interrompit et écarquilla les yeux.

— Seigneur ! Que diable manigances-tu ? Tu ne vas quand même pas porter du noir pour ton mariage, George ! Même toi, tu ne peux pas…

— Bien sûr que non. Je trouve qu'il fait frais dehors, c'est tout.

— Il y a une quantité de capes dans cette maison qui seraient mieux adaptées aux circonstances.

— Je n'ai pas eu le temps de chercher. De toute façon, je l'enlèverai avant de descendre de la voiture. Allons-y, je ne veux pas être en retard.

Cal jeta un coup d'œil à la pendule.

— Bon sang, non.

Il l'entraîna vers la voiture sans se soucier des domestiques qui s'étaient réunis dans le hall pour lui présenter leurs vœux de bonheur. George leur adressa un petit geste de la main alors que le carrosse s'ébranlait. Cal était assis en face d'elle, les bras croisés, le visage sévère.

— Quel genre de bêtise as-tu en tête, George ? Et ne joue pas les innocentes. Je sais que tu mijotes quelque chose.

— Une bêtise ? répéta-t-elle en souriant.

— Tu ne pourras pas jouer de tours au duc, tu sais. Ce n'est pas un plaisantin.

George fit la moue et haussa les épaules.

— Tous les hommes sont nerveux le jour de leur mariage, poursuivit Cal. Et Everingham le sera d'autant plus qu'il a dû endurer l'épisode avec Rose.

— C'est lui qui m'a imposé ce mariage.

— Il a essayé, convint Cal. En fin de compte, cependant, personne ne t'a forcée. Tu as accepté de ton plein gré.

C'était vrai. Et pour être franche, elle était ridiculement nerveuse. Plus ils approchaient de l'église, plus elle sentait son courage l'abandonner. Mais elle était décidée à aller jusqu'au bout.

L'attelage s'arrêta dans Hanover Square, au pied des marches de l'église St. George. Après avoir pris une profonde inspiration, George se débarrassa du domino, qui tomba à ses pieds dans un froissement soyeux.

Cal, qui était descendu le premier, se retourna pour l'aider et se figea.

— Seigneur, George, qu'est-ce que c'est que cette tenue ?

— C'est la nouvelle mode.

Il eut un ricanement incrédule et secoua la tête.

— Everingham n'a aucune idée de ce qui l'attend, n'est-ce pas ?

Il l'aida à mettre pied à terre. Une petite foule s'était rassemblée sur le parvis. Un mariage de la haute société constituait toujours un spectacle intéressant. Les gens dévisagèrent George et les remarques fusèrent.

— Du rouge pour un mariage ?

— Je n'avais jamais vu cela.

— Elle a vraiment l'allure d'une Jézabel.

Rose et Lily se précipitèrent vers elle, l'air à la fois choquées et consternées.

— George, pour l'amour du ciel !

Il était de toute façon trop tard pour revenir en arrière. George monta prestement les marches.

— Je comprends pourquoi tu n'as pas voulu que nous t'aidions à t'habiller, murmura Rose tandis que Lily arrangeait la jupe. Tu es magnifique, mais tu te doutes bien que cette tenue va faire sensation. Quelle mouche t'a piquée, George ?

Rose songeait sans doute au précédent mariage du duc, qui s'était terminé par un désastre, et se sentait encore coupable. Lily secoua la tête et murmura :

— J'espère que le duc ne sera pas trop contrarié.

— Je suis venue, n'est-ce pas ? Allons, Cal, finissons-en.

— Dit la mariée rougissante, répliqua Cal, sarcastique.

— Oh, elle ne rougit pas ! riposta Rose, pince-sans-rire. C'est le reflet de la robe sur ses joues.

L'église était glaciale. On avait beau être en plein l'été, Hart sentait le froid le pénétrer jusqu'aux os. Sa cravate était trop serrée, et il glissa l'index sous son col. Sans résultat.

Il sentait comme un grand vide au creux de l'estomac. Avait-il mangé ce matin ? Il ne s'en souvenait pas.

L'évêque, vêtu de pourpre et d'or, contourna l'autel. C'était le même qui avait assisté à la débâcle lors de la dernière cérémonie. À en juger par les regards qu'il lançait à Hart, il s'en souvenait.

Hart glissa une fois de plus le doigt sous son col.

— Pour l'amour du ciel, si tu continues tu vas dénouer ta cravate, murmura Sinc. Cesse de t'inquiéter, elle arrivera à l'heure.

— Je le sais. Je ne m'inquiète absolument pas, rétorqua Hart d'un ton guindé. Elle sera à l'heure, affirma-t-il, autant pour se rassurer lui que pour rassurer Sinc.

— Je ne suis pas dupe, l'avertit Sinc avec un petit rire. Tu es aussi nerveux qu'un chat sur un bateau qui coule. C'est compréhensible, vu ce qui s'est passé la dernière…

— Je ne suis pas nerveux, articula Hart.

— Bien sûr que non, répondit son ami d'un ton suave qui lui donna envie de l'étrangler. Si cela peut t'aider, j'ai pris un autre pari sur elle.

— Tu as *quoi* ? siffla Hart en se tournant vers lui.

Sinc leva les mains en signe d'apaisement.

— Ne me regarde pas ainsi ! J'ai juste parié qu'elle arriverait à l'heure. Je pensais que tu aimerais savoir que j'ai confiance en elle.

On ne pouvait étrangler son témoin avant la cérémonie, se rappela Hart. Cela ne se faisait pas. Il inspira profondément pour retrouver son calme avant de déclarer :

— Si jamais – je dis bien, *si jamais* – tu paries encore une fois sur ma femme, Sinc, ami ou pas, je ne réponds pas de mes réactions.

— Non, non, bien sûr. Désolé, Hart, je ne sais pas ce qui m'a pris.

L'orgue retentit dans la nef. Les bavardages cessèrent et Hart se tourna lentement vers l'entrée de l'église.

Elle franchit la porte et s'arrêta. Il y eut une exclamation collective de stupeur, suivie par un flot de murmures et de chuchotements.

La mère de Hart laissa fuser une sorte de plainte, avant de s'évanouir. L'homme le plus proche la rattrapa de justesse, tandis que sa dame de compagnie se précipitait avec un flacon de sels.

Hart ne prêta aucune attention à cette mascarade. Il n'avait d'yeux que pour la mariée. Elle se tenait immobile, pâle et mince comme une liane, enveloppée d'une flamme écarlate. Elle n'avait pas choisi de couleur crème ou pastel. La robe était un défi flamboyant et un avertissement. Elle était absolument scandaleuse.

Elle moulait son buste telle une seconde peau, et chaque courbe était soulignée. Ses seins menus étaient mis en valeur par le décolleté, pareils à un plat délicieux auquel il goûterait bientôt.

Elle se tenait très droite, la tête haute comme pour défier quiconque de la critiquer.

Sans cesser de murmurer, l'assemblée se tourna vers lui pour jauger sa réaction. Il ne bougea pas.

Sinc se pencha vers lui et chuchota :

— Je t'avais prévenu qu'elle te ferait tourner en bourrique.

Peut-être. Mais elle était magnifique. Unique. Et elle était à lui.

Tandis que la musique enflait, George remonta l'allée centrale au bras de son oncle, de cette démarche souple et féline qui le rendait fou. Elle ne le quittait pas des yeux. Me voilà, semblait-elle dire. Je n'appartiens qu'à moi. Épousez-moi, si vous l'osez.

Hart ne demandait pas mieux. Il était impatient.

Quand elle arriva au bout de l'allée, Cal ôta la main de sa nièce de son bras pour la tendre à son futur mari. Tous les yeux étaient rivés sur eux.

Sa peau si pâle semblait nacrée dans la semi-pénombre de l'église, ses lèvres étaient sombres et humides. Elle croisa son regard, entre défiance et hésitation.

Hart lui ôta son gant de soie rouge, et le fourra dans sa poche. Sa main était froide et tremblante. Elle n'était donc pas aussi sûre d'elle qu'elle le paraissait.

Il porta sa petite main à ses lèvres et l'embrassa ostensiblement, déclenchant une série de remarques dans l'assemblée. Puis, sans la quitter des yeux, il lui retourna la main et déposa un baiser au creux de sa paume.

Les murmures se transformèrent en un bourdonnement furieux. L'évêque s'éclaircit la voix. Les mains nouées, ils lui firent face.

Hart entendit à peine ce que disait l'évêque. Maintenant que George était là et que la cérémonie se déroulait, sa tension se dissipait. Il n'y avait plus qu'à attendre le moment crucial. Ah, on y était !

— Si quelqu'un dans cette assemblée a une raison de s'opposer à cette union, je lui demande de parler maintenant ou de se taire à jamais, déclara l'évêque.

Il y eut une pause interminable. L'évêque scruta la foule. Hart était conscient que les gens regardaient autour d'eux, comme s'ils espéraient que quelqu'un allait surgir de l'ombre et empêcher le mariage. Une fois de plus. Il attendit, raide et crispé.

Personne ne parla. La cérémonie se poursuivit. Hart se détendit, tout allait bien.

Sa fiancée, en revanche, semblait de plus en plus tendue. Il lui coula un regard de biais. Blême, rigide, elle regardait droit devant elle. Ses doigts tremblaient.

Il les pressa doucement pour la rassurer, mais elle ne lui prêta aucune attention.

L'évêque énuméra les promesses qu'ils se faisaient l'un à l'autre. Hart prononça ses vœux d'une voix claire. La mariée marmonna. L'évêque se rembrunit et regarda Hart, qui lui fit signe de continuer. Alors, il répéta après lui :

— Moi, Redmond Jasper Hartley, je te prends, Georgiana Mary Rutherford, pour épouse, pour le meilleur et pour le pire, dans la richesse et la pauvreté, dans la maladie et la santé, jusqu'à ce que la mort nous sépare.

Puis ce fut le tour de Georgiana. Elle répéta les vœux d'une voix basse, presque inaudible.

— Moi, Georgiana Mary Rutherford, je te prends Redmond Jasper Hartley pour époux, pour le meilleur et pour le pire, dans la richesse et la pauvreté, dans la maladie et la santé, je promets de te chérir et de *olé,* jusqu'à ce que la mort nous sépare.

Hart fronça les sourcils. Avait-il bien entendu ? Il la regarda. Elle fixait le vitrail coloré au-dessus de l'autel. L'évêque hésita, se renfrogna, et questionna Hart du regard. De toute évidence, il n'était pas sûr d'avoir bien entendu. Il n'était pas jeune, et donc probablement un peu dur d'oreille.

— Continuez, lui dit Hart.

La cérémonie se poursuivit normalement. Ils signèrent le registre, et Hart laissa échapper un long soupir de soulagement. Il y eut encore un sermon, des prières, mais il y fit à peine attention. C'était fait. Elle était à lui.

À la sortie de l'église, le duc plongea la main dans sa poche et en sortit une poignée de piécettes qu'il jeta à la foule. Pendant que les gamins se précipitaient pour les attraper, il aida George à grimper dans le carrosse et ils se mirent en route.

Adossé à la banquette de cuir, il la dévisagea avec perplexité.

— Et donc, chérir et *olé* ? C'est cela ?

George carra les épaules, se préparant à l'affrontement. Contrairement à ce qu'elle redoutait, il n'avait pas réagi à l'église.

— J'ai dit cela parce que...

— Je sais. Parce que vous ne vouliez pas faire une promesse que vous n'étiez pas sûre de pouvoir honorer.

— C'est cela, admit-elle en battant des cils.

Il comprenait. Sans qu'elle ait besoin de lui expliquer ou de se justifier. Elle pouvait promettre de le chérir, mais de l'aimer ? On ne pouvait aimer quelqu'un sur commande.

Quant à promettre de lui obéir, c'était hors de question.

— C'est bien ce que je pensais, dit-il. Juste une question. Que signifie *olé* ?

— Je crois que c'est ce que les toreros espagnols disent dans l'arène quand ils combattent les taureaux.

— Vous me considérez donc comme un taureau ?

— Non, c'est juste un mot qui exprime une forme d'excitation.

— Vous êtes excitée ?

— Non, pas particulièrement.

— Il faudra donc que je me donne un peu de mal, n'est-ce pas ? Pas ici, bien sûr. Plus tard.

— *Olé* ressemble plutôt à une forme de célébration.

Elle préférait ne pas penser à ce qui se passerait plus tard. Cela viendrait bien assez tôt. Elle n'aurait su dire si elle était impatiente de le découvrir... ou si elle le redoutait.

— Je vois. Vous avez donc promis de me chérir et de me célébrer. Cela me semble enchanteur.

Elle le considéra avec circonspection. Était-il possible qu'il prenne aussi calmement le fait qu'elle ait modifié la formule sacrée du mariage ?

Elle s'était préparée à une querelle. Toutefois, s'il ne discutait pas, elle n'avait aucune raison de se plaindre. Au contraire. Elle se sentit un peu découragée.

Le regard du duc glissa sur elle telle une caresse.

— Et cette robe...

Sa bouche s'assécha et elle fut submergée par une onde brûlante.

— Oui ? dit-elle d'une voix étranglée.

— Elle est splendide. Vous êtes superbe.

— La couleur ne vous choque pas ?

— Je prends cela comme une sorte de déclaration.

George hocha la tête, stupéfaite. Elle ne s'attendait pas qu'il prenne les choses ainsi, ni qu'il comprenne ses motivations.

— La couleur vous sied à merveille. C'est bien plus joli que les tons pastel que vous portez d'habitude.

— Je déteste le blanc, mais tante Agatha insistait. « Ne discute pas, Georgiana, dit-elle en imitant le ton pédant de la vieille dame. Toutes les jeunes filles de bonne naissance portent du blanc. »

— Je l'imagine très bien, dit-il en riant.

Elle ne l'avait encore jamais entendu rire. Qui était cet homme, en réalité ? Elle avait failli faire demi-tour à la porte de l'église. Pas parce qu'elle avait des doutes ou des regrets, mais parce qu'elle ne voulait pas qu'il pense qu'elle avait voulu lui faire un affront en portant cette robe.

Sa colère contre lui s'était tarie depuis longtemps. Le duc n'était pas responsable des médisances. Le mépris et les remarques acerbes étaient dirigés contre elle, pourtant il s'était interposé et l'avait soutenue.

George avait commandé cette robe sous le coup de la colère. Elle avait voulu prendre position, montrer ce qu'elle pensait. Et elle s'était préparée à la riposte.

Elle n'oublierait jamais son expression quand elle s'était avancée vers l'autel. La lueur dans ses yeux. Et ce moment où il lui avait embrassé la main sous les regards désapprobateurs des invités. Son cœur avait fait un bond, et elle avait dû lutter pour ne pas pleurer.

Il avait compris ce qu'elle avait essayé de dire. Et il avait transmis un message très clair à la haute société : il la soutiendrait et l'honorerait.

George lui avait laissé la possibilité de la rejeter et il s'en était abstenu. Il s'était efforcé de la comprendre. Combien d'hommes en auraient fait autant ? Le duc avait, semblait-il, vu qui elle était réellement. C'est-à-dire pas seulement la fille d'un comte, petite-nièce à marier de tante Agatha, mais George, telle qu'en elle-même, avec tous ses défauts. Et il l'avait acceptée telle qu'elle était.

Il l'avait épousée.

Le carrosse tourna au coin d'une rue.

— Où allons-nous ? s'enquit-elle, remarquant pour la première fois son environnement.

— Chez moi.

— Et le déjeuner de mariage ?

Il était censé avoir lieu à Ashendon House. Les domestiques avaient travaillé des jours durant pour tout préparer.

— Nous avons le temps.

Le temps pour quoi ? se demanda-t-elle. Elle n'osa toutefois pas poser la question. Elle avait épuisé ses ressources en matière d'audace pour le moment. Et, apparemment, le duc avait pris la relève.

Des papillons s'agitèrent au creux de son estomac. L'emmenait-il chez lui pour consommer leur union ?

Maintenant ? En plein jour ? Avant le repas de mariage ?

Ses mains étaient moites.

Le carrosse s'arrêta devant Everingham House, et la porte d'entrée s'ouvrit. Le duc l'aida à descendre de voiture et l'entraîna à l'intérieur. Le hall était plein de monde : les domestiques s'étaient réunis pour féliciter le jeune couple. Pendant quelques minutes, George fut submergée par les présentations et les félicitations. Impossible de retenir tous les noms, mais l'accueil était chaleureux et réconfortant. C'était tellement inattendu que les larmes lui vinrent aux yeux.

Le duc leva la main et le silence se fit instantanément.

— La duchesse et moi vous remercions pour vos vœux de bonheur. Fleming ? Champagne pour tout le monde.

Aussitôt, les bouchons de champagne sautèrent et les coupes circulèrent. La très jeune fille de cuisine elle-même eut le droit de trinquer, nota George. Le majordome fit un discours bref et proposa de porter un toast au jeune couple. Tout le monde but, puis, comme obéissant à un signal convenu, le personnel se retira et George se retrouva seule avec le duc.

— J'ai donné leur soirée aux domestiques, j'espère que cela ne vous ennuie pas. Nous serons plus tranquilles.

Les papillons resurgirent.

— Pas du tout, parvint-elle à articuler.

Il lui tendit la main.

— Nous montons ?

George déglutit. Il était donc décidé à consommer leur union… maintenant. Ils allaient être en retard pour le déjeuner, et tout le monde devinerait pourquoi. Mais ils étaient mariés, et elle n'avait d'autre choix que de le suivre.

Il la conduisit dans ce qui était de toute évidence sa chambre à coucher. Un léger parfum d'eau de Cologne flottait dans l'air. Le mobilier était imposant et sombre. Au centre de la pièce trônait un énorme lit de bois sculpté garni de tentures de velours rouge.

— Asseyez-vous et attendez ici, lui dit-il. Ne soyez pas inquiète, je n'en ai pas pour longtemps.

Il passa dans une petite pièce contiguë.

S'asseoir ? Il n'y avait pas de siège en dehors de l'énorme lit. Elle attendit. Que faisait-il ?

Au bout de quelques minutes qui lui parurent une éternité, le duc réapparut avec un coffret plat recouvert de velours. Il le lui tendit.

George souleva le couvercle, et demeura interdite.

— Ce sont les rubis de ma grand-mère. La monture est peut-être un peu démodée...

— Non, c'est très beau.

— Je me suis dit qu'ils vous iraient bien. Elle aussi était réputée pour sa sobre élégance.

Sa sobre élégance ? Le compliment lui mit du baume au cœur. Si elle ne se sentait ni sobre ni élégante, peut-être pourrait-elle essayer de le devenir.

Les joyaux scintillaient dans la pénombre. Les pierres étaient de belle taille, mais le collier en lui-même donnait une impression de délicatesse. C'était un très beau bijou, qui avait certainement une grande valeur.

— Je les ai fait nettoyer la semaine dernière. Il y a une bague, un bracelet, une broche, des boucles d'oreilles et un diadème. Vous n'avez pas besoin du diadème pour le moment.

Il souleva le collier, le tint dans la lumière, puis le rapprocha de sa robe.

— Oui, c'est exactement la même nuance. Comme je le pensais. Tournez-vous.

Il la fit pivoter, et leurs silhouettes se reflétèrent dans la psyché. Elle apparaissait pâle et tendue. Lui était ténébreux et séduisant. Il se pencha sur le fermoir en fronçant les sourcils. Son mari…

Le collier était lourd et froid, mais les doigts du duc étaient tièdes quand ils lui effleurèrent le cou. Posant les mains sur ses épaules, il croisa son regard dans le miroir.

— Parfait, murmura-t-il, avant de déposer un baiser sur sa nuque.

Un frisson la parcourut, ses paupières se fermèrent spontanément et elle se laissa aller contre lui. Au bout d'un moment il recula et elle rouvrit les yeux. Le collier était parfaitement assorti à sa robe.

— Les boucles d'oreilles ? suggéra-t-il en lui tendant les bijoux ornés de rubis.

Elle les fixa à ses oreilles et tourna plusieurs fois la tête pour les examiner dans le miroir.

— Elles sont magnifiques.

George portait rarement des boucles d'oreilles, elle ne s'était fait percer les oreilles qu'après son arrivée à Londres.

— Et maintenant ceci, dit-il en fixant le bracelet à son poignet.

Il fit ensuite glisser la bague sur son doigt, à côté de son alliance, et recula d'un pas pour juger de l'effet.

— Qu'en pensez-vous ? Vous ne les trouvez pas trop démodés ?

— Non, ils sont très beaux, je vous remercie, d…

Elle s'interrompit. Elle ne pouvait pas continuer de l'appeler « duc ».

— Comment dois-je vous appeler ? Redmond, comme votre mère, ou Everingham ? Ou Hart, comme votre ami M. Sinclair ?

Il réfléchit un instant.

— Ma mère m'appelle Redmond, mais je n'ai jamais aimé ce nom. Vous pouvez m'appeler comme vous voulez.

— Oooh... voilà une suggestion dangereuse ! Cela me laisse le choix. Comment vous appelait votre grand-mère ?

— Redmond, répondit-il en fronçant le nez.

— Alors, je crois que je vous appellerai Hart, comme vos amis. Merci, Hart. Je suis honorée et ravie de porter les bijoux de votre grand-mère.

Elle fit un pas en avant, se hissa sur la pointe des pieds et l'embrassa sur la joue. Il posa sur elle un regard d'une intensité troublante.

— C'est moi qui devrais vous remercier. De m'avoir épousé, précisa-t-il en lisant la question dans son regard.

Il l'attira doucement à lui. Il prit sa joue en coupe, puis l'embrassa sur les lèvres. Un baiser léger, qui fit pourtant naître en elle une douce chaleur. Elle se pressa contre lui, et lui entoura la taille de ses bras.

Hart fit de même et la plaqua contre lui. Sa bouche était chaude et exigeante, et elle s'ouvrit à lui. Son parfum l'enivra.

Sans cesser de s'embrasser, ils se dirigèrent ensemble vers le lit. Les baisers de Hart l'empêchaient d'aligner deux pensées cohérentes. Ses jambes heurtèrent le bord du matelas et elle s'y laissa tomber.

Il la relâcha et recula. George le regarda, étourdie, en battant des paupières.

— Je sais, dit-il avec un sourire penaud. Mais nous sommes attendus pour le déjeuner.

Sa respiration était aussi saccadée que s'il venait de courir sur une longue distance.

— Oh ! fit-elle, incapable de dissimuler sa déception. J'ai cru...

— Nous aurons toute la nuit pour cela, dit-il d'une voix profonde, chargée de promesses.

George se releva et, d'une main tremblante, arrangea sa coiffure et lissa les plis de sa robe. Quand elle se tourna pour sortir, elle croisa le regard de Hart, sombre, brûlant, et approbateur.

Ses joues devinrent aussi écarlates que sa robe et la parure de rubis.

18

Son cœur lui murmurait qu'il l'avait fait pour elle.

Jane AUSTEN,
Orgueil et Préjugés

Ils arrivèrent bons derniers pour le déjeuner. À la grande surprise de George, nul ne fit de remarque sur leur retard, ni même sur la couleur de sa robe. En revanche, tous s'extasièrent sur la parure de rubis.

— Je ne peux croire que tu te sois donnée en spectacle de cette façon ! s'exclama tante Agatha en s'avançant vers George.

Elle s'interrompit, les yeux écarquillés, et sortit son lorgnon avant de s'exclamer :

— C'est la fameuse parure des Hartley ! Comment l'as-tu obtenue ?

— D'après vous ? rétorqua George, qui trouvait le ton de sa grand-tante insultant. Le duc me l'a offerte.

Tante Agatha jeta un regard en coin au duc, qui discutait avec des invités.

— Quelle honte ! Te faire un tel présent, après ta scandaleuse arrivée à l'église !

— Pourquoi n'offrirait-il pas de bijoux à son épouse ? intervint Emmaline. C'est un joli geste, et les rubis sont parfaitement assortis à la robe de George.

Tante Agatha fit la moue.

— Moins nous parlerons de cette maudite robe, mieux cela vaudra. Vous savez, j'imagine, ce que disent les gens.

— Le duc ne paraît pas s'en soucier, tante Agatha, et n'est-ce pas tout ce qui compte, au fond ? observa Emmaline. La couleur n'est pas conventionnelle, certes, mais elle lui va à ravir.

— Je me moque de ce que disent les gens, tante Agatha, déclara George. Ce sont des envieux, et ils peuvent bien s'étouffer avec leurs ragots, cela m'est égal. D'ailleurs, le duc m'a dit que ma robe lui plaisait.

— Pfff ! Il n'avait pas le choix.

George posa la main sur le collier de rubis.

— Il n'était pas obligé de m'offrir ces bijoux, pourtant il l'a fait.

Elle comprenait mieux pourquoi il avait tenu à lui donner la parure avant le déjeuner – afin que tous les invités sachent qu'elle avait son approbation et son soutien. Elle était touchée par sa loyauté, et par la délicatesse de son geste.

Le duc se révélait très différent de ce qu'elle avait cru. Tante Agatha pinça les lèvres.

— Il n'aurait jamais dû, répliqua-t-elle en réponse à sa nièce. Cette parure aurait dû revenir à sa mère il y a des années – sa valeur est inestimable, c'est un héritage familial précieux –, mais la vieille duchesse a toujours refusé de la lui céder. Elle prétendait que les bijoux ne faisaient pas partie des biens inaliénables du duché et qu'elle pouvait les offrir à qui elle voulait. Pour autant, te les donner à toi, après ton arrivée scandaleuse à l'église, c'est une honte !

Tante Dottie se matérialisa près d'elles et étreignit George.

— Tu es splendide, ma chérie, et… Oh, je vois que tu portes la fameuse parure des Hartley ! La duchesse douairière aurait approuvé, j'en suis certaine.

— Qu'en sais-tu, Dorothea ? rétorqua sa sœur d'un ton acide.

Tante Dottie adressa un clin d'œil malicieux à leur petite-nièce.

— Ma chère Aggie, je sais qu'elle détestait sa belle-fille. Et notre adorable George va rendre son petit-fils très heureux. Elle l'aurait donc sûrement beaucoup aimée, et elle aurait voulu qu'elle porte ses bijoux. D'autant qu'ils lui vont à merveille.

George jeta un coup d'œil au duc, qui parlait avec des hommes qu'elle ne connaissait pas. Parviendrait-elle à le rendre heureux ? Elle n'en avait aucune idée. La rendrait-il heureuse ? Elle le savait encore moins.

Ils arrivèrent à Everingham House à la tombée de la nuit. Hart envisagea de soulever sa jeune épouse dans ses bras pour franchir le seuil, puis décida qu'elle risquait de détester cela. Du reste, il avait donné congé aux domestiques, si bien qu'il n'y avait personne pour leur ouvrir la porte.

Elle n'avait pas prononcé un mot durant tout le trajet.

La maison était plongée dans la pénombre. Seule une faible lumière orangée filtrait par les fenêtres du hall. Il ouvrit avec sa clé. Fleming avait laissé une bougie sur le guéridon de l'entrée.

Hart regretta une fois de plus de ne pas avoir passé outre l'avis de sa mère, qui refusait l'éclairage au gaz. Les rues étaient mieux éclairées que sa maison.

— Quand vous referez la décoration, nous ferons installer l'éclairage au gaz, dit-il à son épouse en allumant un chandelier.

— Quand *je* referai la décoration ? répéta-t-elle en grimaçant. Rose et Lily sont plus douées que moi pour ce genre de choses. J'ai grandi dans une ferme délabrée et cela ne m'a jamais gênée.

— Peu importe, nous engagerons un décorateur, dit-il en lui tendant un chandelier. Ma mère préférait s'éclairer à la bougie, elle ne voulait pas entendre parler de la lumière au gaz.

— C'est plus flatteur au teint, j'imagine. Où allons-nous ?

— À l'étage, bien sûr.

Ils avaient bu et mangé tout leur soûl pendant la réception, et George avait retardé le plus possible le moment du départ. Elle avait même insisté pour se changer et emmener son chien en promenade. Son oncle était intervenu et s'était proposé pour promener le chien, ne lui laissant aucune excuse pour lambiner davantage.

Sa nervosité n'avait cessé d'augmenter au cours de l'après-midi, Hart s'en était rendu compte.

Elle hocha brièvement la tête, souleva d'une main les jupes de sa superbe robe et s'engagea dans l'escalier. La lueur des chandelles se reflétait sur le tissu chatoyant et faisait scintiller les rubis qui ornaient son cou.

Elle fit une pause sur le palier.

— Où est ma chambre ?

Hart désigna la porte ouverte.

— Nous dormons dans ma chambre, naturellement. Dans mon lit.

Elle demeura sur le palier, hésitante.

— Vous m'avez épousée pour mon cheval, dit-elle, feignant la désinvolture. Vous devriez peut-être dormir avec Sultan.

Sa peau était translucide dans la lumière douce. Hart lui prit la main en riant et l'attira lentement à lui.

— Je ne crois pas.

Elle se raidit et s'écarta. Que diable se passait-il ? Elle était pourtant très réceptive avant le déjeuner. Qu'est-ce qui avait changé ? Elle était encore plus nerveuse, devina-t-il.

— Je vais faire de la lumière.

Il entra dans la chambre et alluma la douzaine de bougies que les domestiques avaient disposées çà et là. Des lampes auraient éclairé davantage, mais George serait plus à l'aise si la lumière était tamisée, soupçonnait-il.

Il se retourna, s'attendant qu'elle l'ait suivi dans la chambre. À tort. Lorsqu'il la rejoignit, elle fit un pas en arrière.

— Avant... avant d'entrer dans la chambre, je voudrais vous avertir.

— M'avertir ? À quel sujet ?

George prit une longue inspiration et déclara précipitamment :

— Il se peut que je ne sois plus vierge.

— Quoi ?

— Il se peut que je ne sois plus vierge. Je me souviens de vous avoir entendu dire à Rose que la virginité était une obligation s'agissant de votre future épouse.

Hart la dévisagea, abasourdi. Pourquoi avait-elle attendu d'être mariée pour lui faire cette confidence ? Il était un peu tard pour confesser ses péchés.

— Qu'entendez-vous par « il se peut » ? Soit vous êtes vierge soit vous ne l'êtes pas.

Sa jeune épouse se rembrunit.

— De toute façon, il est ridicule d'exiger qu'une mariée soit vierge. Vous ne l'êtes pas, vous, pourquoi le serais-je ?

— L'êtes-vous, oui ou non ? demanda-t-il d'une voix crispée.

— Les hommes veulent être sûrs que l'enfant issu de leur mariage sera bien le leur, mais il est impossible d'en être certain. Une femme peut être vierge le soir de ses noces, et tromper son mari les jours suivants avec un valet ou un autre homme. Qui peut savoir qui est le père ? Parfois, la femme elle-même ne le sait pas. À moins d'être une personne honorable.

— L'êtes-vous ?

Les yeux de George lancèrent des éclairs.

— Je ne devrais pas avoir à vous le dire ! Si je n'étais pas une femme d'honneur, je ne vous aurais pas épousé.

— Je le sais. Je voulais dire, êtes-vous vierge ?

— Oh ! Je ne sais pas, avoua-t-elle après un court silence.

— Comment est-ce possible ?

— Les gens disent..., bredouilla-t-elle en rougissant, enfin, Martha me disait, et elle n'était pas la seule, que si une fille monte à cheval sans selle, elle ne sera plus... Cela peut... euh... déchirer l'hymen.

Elle détourna les yeux, les joues en feu, les lèvres pincées.

— Je suis toujours montée à cheval à califourchon et à cru. Aussi...

Une vague de soulagement submergea Hart. Elle n'était pas sur le point de lui confesser un passé sordide. À la lueur des bougies, des ombres dansaient sur son visage. Elle paraissait très jeune, fragile, vulnérable. Douce et courageuse aussi, et sincère. Il lui prit la main.

— Cela n'a pas d'importance.

— Vous ne m'en voulez pas ?

— Pas du tout.

— Vous êtes sûr ? Parce que si je ne suis plus vierge, je ne veux pas que vous m'en fassiez le reproche plus tard quand nous nous querellerons.

— Nous nous querellerons ? releva-t-il en arquant un sourcil.

— Cela nous arrivera forcément.

— Je vois. Eh bien, quoi qu'il en soit je vous promets de ne pas vous adresser de reproches à ce sujet. Pouvons-nous aller nous coucher, à présent ?

Elle acquiesça et entra dans la chambre, qu'elle balaya du regard. De toute évidence, les domestiques l'avaient préparée. Tout était rangé et étincelant. Des bouquets de fleurs étaient disposés sur le manteau de cheminée et sur la commode. Les meubles venaient d'être cirés, et le délicat parfum des fleurs se mélangeait à l'odeur de la cire d'abeilles.

Le lit lui parut plus grand que jamais. La lourde courtepointe avait été rabattue, révélant draps et oreillers immaculés.

— Votre personnel a fait un effort particulier, commenta-t-elle, ravie de constater que sa voix était presque normale, malgré les papillons qui s'agitaient dans son estomac.

— Vraiment ? dit-il en regardant vaguement autour de lui. Je n'avais pas remarqué. Ah, oui, les fleurs !

Il ôta sa cravate, la jeta de côté, puis se retourna vers George.

— Voulez-vous que je remplace votre femme de chambre ?

Elle le regarda sans comprendre. Il sourit.

— Avez-vous besoin de mon aide pour dégrafer votre robe ? Il n'y a personne d'autre que nous à la maison.

Incapable de prononcer un mot, elle répondit d'un signe de tête. Prenant cela pour un acquiescement, il la fit pivoter doucement et s'attaqua à sa robe. Il se tenait si près qu'elle sentait chaque effleurement de son corps. Fermant les yeux, elle inspira son parfum. La fragrance de son eau de Cologne se mélangeait à celle des fleurs et de la cire, mais le parfum qui l'enivrait, c'était l'odeur de son corps d'homme. L'arôme du désir.

Elle se tint raide tandis qu'il défaisait sans hâte les crochets de sa robe, son souffle chaud lui frôlant la nuque. Au bout d'un moment, elle n'y tint plus.

— Non, arrêtez !

— Pourquoi ? Que se passe-t-il ?

— Vous devez m'embrasser d'abord, déclara-t-elle d'une voix un peu haut perchée. Je me sens nerveuse, et je ne sais pas pourquoi – ce n'est pas comme si je n'avais pas envie de faire ceci. En tout cas, si vous m'embrassez, je suis sûre que cela ira mieux, parce que lorsque vous m'embrassez…

Elle s'interrompit abruptement.

— Oui ? Lorsque je vous embrasse ?

Elle lui donna un petit coup sur le bras.

— Oh, ne prenez pas cet air suffisant ! Vous savez parfaitement ce que j'essaye de vous dire.

— C'est vrai, reconnut-il, avant de l'embrasser.

Cette fois il n'y eut pas d'hésitation, pas d'effleurement des lèvres. Le baiser n'était ni doux ni timide, mais ardent et possessif. Elle s'offrit sans réserve, et le goût familier de sa bouche envahit ses sens.

Voilà, c'était cela qu'elle voulait. Elle avait l'impression d'être en proie à une faim dévorante que lui seul pouvait satisfaire.

Elle se pressa contre lui, enfouit les doigts dans ses cheveux, l'attira à elle. En réponse, il la plaqua contre son torse, approfondit son baiser, faisant naître en elle un désir invraisemblable.

Elle lui caressa les joues, en savoura la texture un peu rugueuse due à sa barbe naissante, ses lèvres collées aux siennes. Elle était intoxiquée. Ses jambes heurtèrent le bord du lit, et elle s'y laissa tomber, en enroulant une jambe autour de lui.

— Doucement, murmura-t-il. Asseyez-vous un instant.

Elle obéit, et son corsage tomba autour de ses hanches.

— Vous avez continué de dégrafer ma robe alors que vous m'embrassiez ?

Elle ne savait trop qu'en déduire. Alors qu'elle-même avait perdu toute capacité à penser durant ce baiser, lui avait été capable de lui dégrafer sa robe tout en l'embrassant.

— Levez-vous.

Elle obéit, et il fit glisser la robe à ses pieds.

— J'aime beaucoup cette robe, je ne voudrais pas l'abîmer, dit-il en la drapant avec soin sur le montant du lit. Où en étions-nous ? enchaîna-t-il en se tournant vers elle. Je suppose que votre corset est lacé.

Elle hocha la tête, pressée d'être de nouveau dans ses bras. Il la dévora des yeux.

— Un pantalon de soie rose, George ? C'est charmant.

George rougit. Ce pantalon, ainsi que quelques chemises de nuit, était un cadeau de Rose et de Lily.

— Je porte toujours un pantalon sous mes robes. Je n'aime pas les courants d'air.

— J'avais un faible pour la chemise à l'ancienne mode, sous laquelle on ne porte rien, mais je ne me plains pas. J'ai l'impression de déballer un ravissant paquet cadeau.

— Je ne suis pas un paquet.

— Non, vous êtes un merveilleux présent.

Il la fit se tourner et commença à lui délacer son corset, déposant des baisers le long de sa colonne vertébrale à mesure qu'il avançait. Puis elle le sentit tirer sur quelque chose et jurer entre ses dents. Il la fit pivoter face à lui.

— Je ne peux pas le défaire, il y a un nœud. Essayons ceci...

Il ôta le busc sur le devant du corset, le jeta de côté, puis tira sur sa chemise, lui dénudant les seins. Il les prit en coupe et George frissonna. Il en caressa les pointes de ses pouces, et elle ferma les yeux. De la langue, il taquina un mamelon avant de le sucer. Une flèche de plaisir traversa George qui en vacilla.

Sa bouche et ses mains glissaient sur elle, les frissons étaient de plus en plus violents, et elle se rendit vaguement compte qu'elle ne contrôlait plus son propre corps. Une force irrésistible avait pris le dessus. Ses jambes tremblaient.

— Avant tout, nous devons nous débarrasser de…

Il fit glisser le pantalon de soie et le jeta à terre, puis pressa un instant le visage au creux de ses cuisses.

— Désolé, George, je ne peux pas attendre davantage, dit-il en l'allongeant sur le lit.

Il la couvrit de son corps et s'empara de ses lèvres avec fièvre. Elle sentit quelque chose de dur et de chaud à l'orée de sa féminité, puis une douleur aiguë. Elle étouffa un cri.

Hart se retira, mais pas complètement. Glissant la main entre ses cuisses, il la caressa si habilement qu'elle se remit à frissonner.

— C'est mieux ?

Elle hocha la tête et se tortilla.

— Seigneur, George, arrêtez… Je ne peux pas…

Avec une petite grimace désolée, il plongea en elle, encore et encore. Ses mouvements étaient amples et réguliers, et d'instinct, elle se mit en mouvement pour l'accompagner. Il atteignit la jouissance, le corps secoué de spasmes, poussa un grondement sourd et retomba sur elle.

Ils demeurèrent ainsi, le duc allongé sur elle, haletant, durant un long moment. George savourait cette expérience extraordinaire, et la délicieuse sensation de ce corps masculin pesant sur le sien. Il finit par se retirer et se redressa sur un coude.

— Je suis désolé, George, j'aurais dû… J'ai perdu le contrôle.

— Perdu le contrôle ? répéta-t-elle sans comprendre.

Tout s'était déroulé plus ou moins comme elle l'imaginait. Si ce n'est qu'elle ne s'attendait pas à cet instinct presque animal qui avait pris possession de son corps, la faisant réagir sans qu'intervienne sa volonté. Encore que cela lui semblait logique. Les humains étaient aussi des animaux, elle en avait toujours été persuadée.

— J'aurais dû attendre que vous ayez du plaisir. Je n'ai aucune excuse. Vous me rendez fou de désir. J'ai envie de vous depuis notre premier baiser.

Fou de désir ? Pour elle ? Elle n'était donc pas la seule à avoir eu l'impression de perdre toute maîtrise d'elle-même ? Avait-il fait les mêmes rêves sensuels qu'elle ?

— Tout va bien, murmura-t-elle en lui caressant la joue.

— Non, tout ne va pas bien.

Il l'embrassa de nouveau en lui caressant les seins.

— Je ne vous ai même pas laissé le temps de vous déshabiller complètement. Quant à moi…

Il s'était contenté d'enlever sa cravate et de déboutonner son pantalon.

— Nous pouvons certainement arranger cela.

George s'assit et s'attaqua aux boutons de son gilet.

— Je peux le faire moi-même, protesta-t-il.

Elle repoussa sa main d'une tape.

— Vous avez déballé votre paquet, celui-ci est à moi.

Elle lui ôta prestement sa veste et son gilet, fit passer sa chemise par-dessus sa tête, lui enleva ses chaussures et ses chaussettes, et enfin son pantalon et son caleçon. En moins de temps qu'il n'en faut pour le dire, il était entièrement nu.

George le contempla, le souffle court.

Elle avait déjà vu des hommes torse nu, des peintures et des sculptures d'hommes dans le plus simple appareil, mais jamais d'homme en chair et en os. Hart était d'une beauté fascinante, fort et musclé. Quant à sa virilité, étant donné ce qu'elle avait vu sur les tableaux et les sculptures, elle s'attendait que ce soit plus petit.

— Vous êtes toujours trop vêtue, dit-il en se penchant pour lui enlever ses mules et ses bas. Quant à ce maudit corset…

Il se leva, passa dans son cabinet de toilette et en ressortit avec un canif. Un instant plus tard, le corset tombait et il lui ôtait sa chemise. La dévorant du regard, il murmura :

— Vous êtes la plus belle femme…

Il la souleva contre lui et l'embrassa passionnément, avant de rabattre draps et couvertures. Il s'allongea avec elle dans le lit et les recouvrit.

Il n'allait tout de même pas dormir ?

George repoussa le tout.

— Je n'ai pas fini de vous regarder, l'informa-t-elle.

Elle lui caressa le torse, se demandant si ses mamelons plats et durs étaient aussi sensibles que les pointes de ses seins. Elle sourit en le voyant s'arquer légèrement sous sa caresse. Sa main descendit plus bas, décrivant des cercles sur son ventre dur.

— Vous honorez donc enfin vos vœux de mariage ?

— Quoi ? dit-elle, perplexe. Quels vœux ?

— Auriez-vous déjà oublié ? Vous avez promis de me chérir et de me… *olé*, fit-il en s'étirant tel un grand chat paresseux. Continuez, je vous en prie.

19

Si seulement je pouvais connaître son cœur, tout deviendrait facile.

Jane AUSTEN,
Raison et Sentiments

George se réveilla à l'aube. Elle n'avait pas beaucoup dormi, car ils avaient passé la plus grande partie de la nuit à s'explorer mutuellement. Mais elle avait l'habitude de se lever tôt.

Allongée dans le lit, elle réfléchit à ces derniers jours. Elle était mariée. Cela lui paraissait irréel, bien que son corps fût encore un peu endolori par leur union charnelle. Ce qui ne l'empêchait pas de se sentir détendue et satisfaite.

Elle regarda l'aube poindre derrière les rideaux tout en écoutant la respiration régulière du duc. Sa main chaude et lourde reposait sur son ventre. Était-ce ainsi qu'elle s'éveillerait désormais, dans ce lit confortable et imposant, avec son mari nu à côté d'elle ?

Non, bien sûr que non. Elle songea à l'accord qu'ils avaient conclu. Après la lune de miel, elle irait vivre dans sa propre maison et il lui rendrait visite de temps à autre afin qu'elle lui donne un héritier.

George trouva cette pensée étrangement déprimante, alors que c'était exactement ce qu'elle avait demandé. À l'époque, cependant, elle ne le connaissait pas.

Si elle ne le connaissait toujours pas vraiment, ses sentiments à son endroit avaient changé. Et ce n'était pas parce qu'ils avaient consommé leur union, quand bien même cette intimité les avait rapprochés.

Ce qu'elle ressentait n'était toutefois pas uniquement physique.

Dès avant la nuit de noces, il y avait eu sa façon de se comporter avec elle, son soutien silencieux en public, sa réaction à l'église, les rubis qu'il lui avait offerts. Il y avait davantage à découvrir chez cet homme qu'elle ne l'avait imaginé.

Elle se leva pour aller satisfaire un besoin naturel. N'osant revenir nue dans la chambre, elle emprunta une robe de chambre en soie accrochée à une patère. À son retour, il était réveillé.

— Bonjour, murmura-t-il. Tu es très belle dans cette robe. Comment te sens-tu ?

— Détendue.

Elle hésita, enveloppée dans la robe de chambre en soie, ses pieds enfoncés dans la laine épaisse du tapis persan. Hart se leva, nullement embarrassé par sa nudité, et l'embrassa brièvement avant de gagner le cabinet de toilette. Il revint un instant plus tard, nouant autour de sa taille la ceinture d'une autre robe de chambre.

— Tu t'es réveillée très tôt, alors que je ne t'ai pas laissée beaucoup dormir la nuit dernière. Tu ne veux pas rester au lit ?

George secoua la tête. Il tira les rideaux et le soleil matinal entra à flots dans la chambre.

— Je ne m'attarde jamais au lit le matin, expliqua-t-elle. J'ai l'habitude d'aller chevaucher au parc très tôt avec ma famille, surtout en été.

Elle se demanda si les autres étaient sortis ce matin.

— Je te proposerais bien un autre genre de chevauchée, dit-il, une lueur malicieuse dans les yeux, mais je suppose que tu es un peu endolorie.

— Pas vraiment, dit-elle en s'efforçant de ne pas apparaître trop impatiente.

Hart franchit la distance qui les séparait et glissa les mains sous sa robe de chambre. Il lui caressa les hanches et les fesses, avant de remonter vers ses seins.

— Tu es sûre ? Parce que tu étais bel et bien vierge, et...

— Je me sens bien. Donc, si tu veux... cela ne m'ennuie pas.

Elle était même plus que prête. Il prit ses seins au creux de ses mains et en taquina les pointes. Le souffle court, elle se cambra vers lui et voulut l'empoigner. Il recula.

— Non, ne me touche pas. Pas tout de suite. Cette fois, c'est pour toi.

Il la fit reculer vers le lit, la poussa doucement sur le matelas et écarta les pans de sa robe de chambre.

— Tu es tellement belle.

En réponse, elle fit glisser sa propre robe de chambre sur ses magnifiques épaules et les caressa. Lui aussi était beau, elle s'abstint toutefois de le lui dire de crainte qu'il ne prenne cela pour de la flatterie. Il était tellement habitué aux flatteries, cela la paralysait.

Il la dévora de baisers et de caresses, et elle s'embrasa.

Lorsque ses lèvres se refermèrent sur son sein, elle retint un cri tandis que les sensations étourdissantes se répandaient en elle. Elle se rendit vaguement compte qu'une de ses mains s'était insinuée entre ses cuisses. Ses doigts se mirent à dessiner en rythme des petits cercles et elle se pressa instinctivement contre eux, tremblante et frémissante.

Elle avait tellement envie qu'il la pénètre. Son sexe était dur et tendu, mais chaque fois qu'elle tentait de le toucher, il l'arrêtait et murmurait :

— Pas encore.

— Maintenant, Hart, supplia-t-elle, n'y tenant plus.

Il lui écarta les jambes et elle attendit qu'il entre en elle. Au lieu de quoi, elle sentit son souffle chaud, là. Il écarta les pétales de sa féminité et – oh, ciel ! – il la léchait, la mordillait, la suçait...

Elle ne pouvait pas... elle... Elle lui agrippa les cheveux et cria avant que l'extase la submerge, explosive...

Peut-être s'était-elle endormie un instant, elle n'en était pas sûre. En tout cas, quelqu'un avait remonté la courtepointe sur elle. Toutefois, quand elle finit par reprendre ses esprits, deux pensées lui vinrent. La première, c'était qu'elle comprenait mieux pourquoi Rose et Lily arrivaient souvent en retard pour la promenade du matin. Elle s'étira voluptueusement. Si c'était cela, la vie de femme mariée, elle était comblée.

La seconde pensée l'effleura quelques secondes plus tard : il ne l'avait pas pénétrée.

Elle s'assit. Hart était allongé près d'elle, le coude replié, la tête reposant sur sa main. Il la contemplait.

— Cela t'a plu ?

Elle ne put s'empêcher de sourire

— Oui, mais...

— Mais ? Il y a un « mais » ? s'exclama-t-il, feignant l'indignation.

— Tu sais bien que non. Mais tu n'as pas... hum..., bredouilla-t-elle en rougissant.

— Non, car je l'ai fait plusieurs fois la nuit dernière, alors que tu n'avais pas atteint la jouissance. Cela s'arrangera, et nous l'atteindrons ensemble ; je voulais juste que tu découvres ce que c'était.

Il se pencha et l'embrassa sur le bout du nez.

— Maintenant, je vais prendre un bain et me raser. J'ai demandé qu'on te monte de l'eau chaude dans vingt minutes, ma duchesse.

George s'adossa aux oreillers et ferma les yeux.

— Les domestiques sont rentrés ? demanda-t-elle soudain en les rouvrant.

— Bien sûr. Nous sommes censés déjeuner, en plus de nous laver, n'est-ce pas ? Tes bagages et ta femme de chambre ont dû arriver. Je lui avais demandé de ne pas venir avant ce matin.

— Mais si les domestiques étaient là ce matin... ils ont dû *entendre*, dit-elle en pressant les mains sur ses joues brûlantes.

Elle se rappelait que quelqu'un avait crié, et ce n'était pas le duc. Ce dernier avait l'air à la fois amusé et très content de lui.

— Ils vont devoir s'y habituer, déclara-t-il avant de passer, entièrement nu, dans le cabinet de toilette.

Pendant le petit déjeuner, le majordome leur apporta le courrier. Le duc examina les lettres à la hâte, et l'une d'elles retint son attention.

— Bonté divine ! Moi qui espérais que nous pourrions partir en voyage de noces aujourd'hui. Je crains que Venise ne doive attendre.

Cela n'ennuyait pas du tout George. La seule fois où elle avait mis le pied sur un bateau, elle avait souffert d'un horrible mal de mer.

— Que se passe-t-il ?

— C'est le fils de mon cousin décédé, dont je suis le tuteur. Il a disparu.

— Quel âge a-t-il ?

— Sept ans. Il est orphelin depuis l'année dernière, et son père me l'a confié, ainsi que ses biens, que je dois gérer jusqu'à ce qu'il atteigne ses vingt et un ans.

— Quand a-t-il disparu ? Sait-on ce qui s'est passé ?

— On ne l'a pas vu depuis trois jours. On soupçonne un enlèvement, cela dit, aucune demande de rançon n'a été reçue.

— Trois jours ? Et tu n'es averti qu'aujourd'hui ?

Hart leva les yeux au ciel.

— C'est sans doute beaucoup de bruit pour rien, mais je dois me rendre sur place. Ce garçon est sous ma responsabilité.

— Tu n'es donc pas inquiet pour lui ?

— Je pense qu'il a voulu jouer un tour aux domestiques et qu'il se cache quelque part.

— Pendant trois jours ? S'il s'est sauvé, c'est probablement parce qu'il était malheureux.

— Pourquoi se sauverait-il ? Il a tout ce qu'il lui faut. D'autre part, où irait-il ? Lakeside Cottage est à quelques kilomètres de Quainton in Bucks. Il n'y a nulle part où aller. Selon moi, il se cache. J'en ai fait autant à son âge.

— Pendant trois jours ?

— Oui. Tu peux faire ce qui te plaît en mon absence. Rester ici, et demander à Rose et à Lily des conseils pour la nouvelle décoration. Ou retourner chez ton oncle, ou chez l'une de tes tantes. Comme tu voudras.

Attendre à Londres ? Être laissée de côté comme un paquet encombrant ? Elle imaginait déjà les commérages que cela susciterait. Le duc abandonnant son épouse le lendemain du mariage. Quant à redécorer la maison...

— Je pars avec toi.

— Tu es sûre ? Tu risques de t'ennuyer à mourir.

— Cela m'est égal.

— Je vais devoir partir sur-le-champ. C'est à une bonne journée de cheval d'ici.

— Oh, ciel, et moi qui suis une si piètre cavalière ! répliqua-t-elle, pince-sans-rire.

— Je m'inquiétais pour la pluie, dit-il en indiquant la fenêtre, et les gouttes qui crépitaient contre les vitres.

— Ce n'est pas un peu de pluie qui me gênera.

— Je m'en doute. Néanmoins, si tu viens nous prendrons la voiture. Ce ne sera pas beaucoup plus long. Et si nécessaire, nous louerons des chevaux à Quainton. Combien de temps te faut-il pour te préparer ? ajouta-t-il en se levant.

— Une demi-heure.

Il lui adressa un regard sceptique.

— La plupart des femmes exigeraient au moins deux heures.

— Je ne suis pas la plupart des femmes.

— En effet, admit-il avec un lent sourire.

La voiture s'ébranla exactement trente et une minutes plus tard. La minute supplémentaire était due à la présence de Finn. Sue l'avait amené avec elle, et George ne pouvait le laisser dans une maison inconnue.

— Il nous tiendra compagnie, dit-elle à Hart tandis que le chien grimpait dans la voiture et se laissait tomber à leurs pieds.

— Certainement, répondit Hart avec une grande politesse et un évident manque d'enthousiasme. J'espère que tu ne t'es pas gavé de restes du déjeuner de mariage, mon vieux, ajouta-t-il à l'adresse du chien, ou tu risques de voyager sur le toit.

Alors qu'ils quittaient Londres, George lui demanda pourquoi il était devenu le tuteur du garçon et l'administrateur de ses biens.

— Je n'en ai aucune idée. Le père du garçon est un lointain cousin, et je n'ai eu connaissance de ces dispositions qu'après sa mort. Il ne m'avait pas prévenu.

Il a dû penser que c'était mon devoir, en tant que chef de la famille, ajouta-t-il non sans irritation.

— Tu ne voulais pas de cette responsabilité ?

— C'est moins la responsabilité que le désordre dans lequel mon cousin a laissé ses affaires qui me gêne. C'était un joueur invétéré, un cas désespérant. Malgré des pertes considérables, il n'a jamais renoncé à ses habitudes. En dix ans, il a réussi à ruiner un domaine autrefois prospère, ne laissant à son fils qu'un monceau de dettes.

— Tu joues toi aussi ? s'enquit George.

— Rarement. Je mise parfois aux cartes, et sur mes chevaux quand ils participent à une course. En général, quand je joue c'est pour gagner. Tu n'as pas à t'inquiéter, je ne parie jamais plus que je ne peux me le permettre.

— J'ignorais que tes chevaux participaient aux courses.

— La prochaine fois que cela arrivera, je t'emmènerai, promit-il.

Il était remarquablement généreux, et avait l'esprit large, songea George. Était-ce parce qu'ils étaient mariés ? Ou à cause de cette intimité que leurs activités au lit avaient fait naître ?

Depuis leur nuit de noces, elle était encore plus sensible à sa présence. Chaque geste, chaque frôlement la faisait vibrer. Elle était enivrée par son parfum, l'odeur de son savon, de son eau de Cologne, de son linge frais. Et surtout par l'odeur de sa peau.

Il tendit les jambes, croisa les chevilles, et elle regarda, fascinée, les muscles de ses cuisses qui saillaient sous son pantalon de daim. Elle frissonna en songeant à ses mains sur ses seins.

Elle détourna les yeux et s'efforça de se concentrer sur la conversation.

— Qu'est-il arrivé à la mère du garçon ?

— Elle est morte en le mettant au monde.

— Et il n'avait pas d'autre famille ?

— Non.

Pauvre petit. George savait ce que c'était de grandir sans famille. Son père avait gardé son existence secrète, et elle avait dix-huit ans quand elle avait découvert qu'elle avait une famille.

— Ce garçon ne pouvait pas vivre chez toi ?

— Phillip ? Chez moi ? À Londres ? La ville n'est pas le lieu idéal pour un jeune garçon. En outre, je ne connais rien aux enfants. Je l'ai installé dans l'une des propriétés de son père qui avait par miracle échappé au désastre. Je suis en train de restaurer le domaine principal, ainsi qu'un autre qui a été dépouillé de tout son mobilier de valeur et hypothéqué. Si tout se passe comme prévu, il devrait avoir un bel héritage quand il atteindra sa majorité.

George approuva d'un hochement de tête. Réparer les torts du père de Phillip était admirable, bien sûr. En revanche, expédier un petit garçon dans une maison inconnue, alors qu'il venait de perdre son père...

Un silence s'installa. Hart regarda par la fenêtre, tout en pianotant avec impatience sur le siège de cuir. Il aurait sans doute préféré chevaucher à vive allure. George frissonna en regardant ces doigts capables de fait surgir en elle des sensations inattendues.

— Pourquoi as-tu éloigné Phillip de son environnement familier ?

— Ce n'est pas ce que j'avais en tête. En fait, il aurait dû partir en pension, mais à en croire son précepteur c'est un enfant à la santé délicate, qui n'est pas encore prêt pour l'école. Cette situation n'est donc que temporaire.

— Mais c'est un petit garçon qui a du chagrin.

— J'ai fait au mieux, dit Hart, surpris. Je fais mon possible pour que cet enfant n'hérite pas des dettes massives de son père. Je l'ai enlevé de la maison trop grande et délabrée dans laquelle il vivait, et j'y ai installé un nouveau régisseur. J'ai modernisé la demeure afin de la louer à un riche citadin qui souhaitait vivre comme un gentleman campagnard. L'homme voulait acheter la maison, mais je tiens à la garder pour Phillip.

— Et que fais-tu pour Phillip ? Il a tout de même perdu son père.

Hart haussa les épaules.

— Je suppose qu'il ne le connaissait pas plus que moi. Mes parents ne passaient jamais beaucoup de temps à Everingham Abbey, la maison où j'ai grandi. Ma mère déteste la campagne et refusait d'y aller. Naturellement, mon père se pliait à sa volonté.

Donc, ses parents étaient restés des étrangers pour lui, réalisa George.

— Pour autant que je sache, reprit Hart, le père de Phillip passait le plus clair de son temps à Londres, dans des cercles de jeux ou dans des fêtes. À cet âge, les domestiques comptent plus que tout pour les enfants. Phillip était cependant trop grand pour avoir une nourrice, j'ai donc engagé un précepteur afin qu'il le prépare pour l'école.

— Il n'avait donc plus personne de familier auprès de lui ?

— Quelle importance ? Comme je te le disais, il ira bientôt en pension. Moi-même, je ne connaissais personne à l'école quand j'y suis allé.

— Quel âge avais-tu ?

— Sept ans.

— Sept ans ? s'exclama-t-elle, effarée. Mais tu étais encore un bébé !

— Ne dis jamais cela à un garçon de sept ans si tu ne veux pas qu'il te déteste, l'avertit Hart en ricanant. Je me suis débrouillé.

— Tu aimais l'école ?

Il réfléchit un instant.

— J'ai fini par m'y habituer. Je me suis fait quelques amis, et les choses se sont arrangées. Certains sont encore mes amis aujourd'hui, comme Sinc par exemple. Nous nous sommes rencontrés le premier jour, mais il nous a fallu quelque temps pour nous lier. Sinc a le don de se faire des amis partout où il va. Pas moi.

George commençait à comprendre pourquoi il était si froid et réservé. Il avait été élevé par des domestiques. Et pas par quelqu'un comme Martha, mais par des gens qui étaient payés pour s'occuper de lui.

— Tu m'as dit que tu t'étais caché pendant plusieurs jours, toi aussi. Pourquoi as-tu fait cela ?

— À cause d'un chiot. Ce sont ses aboiements qui nous ont fait repérer.

— Un chiot ?

— J'avais chipé un chiot dans une ferme, et je m'étais caché au grenier avec lui.

— Pourquoi te cacher ?

— Mère n'aimait pas les chiens, et je n'avais pas le droit d'en avoir.

Il avait pourtant dit que sa mère lui rendait rarement visite à la campagne. Pourquoi ne pas l'autoriser à avoir un chien ? Il n'y avait pas meilleure compagnon pour un enfant solitaire.

— Qu'est-il arrivé au chiot ?

— Il a été emmené, répondit-il d'un ton morne.

L'animal avait probablement été supprimé. George regarda par la fenêtre, partagée entre sa colère contre la mère du duc et son chagrin pour le petit garçon et le pauvre chiot. Hart n'avait pas vraiment eu l'éducation privilégiée qu'elle avait imaginée.

— Quand as-tu hérité du titre ?

— J'avais dix-neuf ans à la mort de mon père, mais j'avais déjà un titre. J'étais marquis par la naissance.

Ce qui était d'emblée une barrière. Certains garçons devaient être jaloux. D'autres devaient souhaiter devenir son ami parce qu'il avait un titre. Très peu d'entre eux devaient le voir tel qu'il était. Un garçon timide et solitaire.

Adulte, les femmes avaient dû le rechercher pour ce qu'il pouvait leur apporter, et non pour ce qu'il était en réalité. La plupart des gens ne voyaient que sa position, ses titres, ses privilèges. Comme elle, au début. Elle n'avait vu qu'un homme froid et arrogant.

Elle se rappela ce jour où elle avait interrompu la chasse à courre, cinq ans plus tôt, et qu'il l'avait fait tomber de cheval. Elle avait rapporté l'incident à Martha, et celle-ci avait mené sa petite enquête. Il séjournait alors chez Michael Stretton. Naturellement.

Martha avait eu des mots très durs : « Ces Stretton ont invité le duc dans l'espoir qu'une de leurs filles le prenne dans ses filets. Ils sont si contents d'eux, ils pensent qu'ils méritent d'avoir un duc dans la famille. J'ignore ce qui s'est passé, en attendant le duc s'est fâché avec son ami et il est parti en claquant la porte. »

— J'ai entendu dire que tu avais cassé le nez à Michael Stretton ?

— Qu'est-ce qui te fait penser à cela ? C'était il y a des années, dit-il en fronçant les sourcils.

— Tu lui as vraiment cassé le nez ?

Il détourna les yeux.

— Je n'ai pas attendu pour voir le résultat, mais c'était un bon coup de poing, cela ne m'étonnerait donc pas. Il ne l'avait pas volé. Je n'aime pas qu'on me mente.

Michael Stretton l'avait envoyé à la poursuite de George en lui faisant croire qu'elle était un garçon. Elle se rappela son regard horrifié, quand il s'était rendu compte qu'il avait fait tomber une fille de son cheval.

Il avait donc cassé le nez de son ami à cause d'elle. Cette idée lui procura un immense plaisir.

— Merci.

— D'avoir cassé le nez de Michael Stretton ? Tu ne l'aimais pas ? s'enquit-il avec un sourire perplexe.

— Non.

Elle s'en tint là. Inutile de lui raconter qu'elle avait eu le béguin pour Michael Stretton alors qu'elle était à peine sortie de l'enfance. Pour elle, c'était le plus beau garçon du monde, et le meilleur cavalier. Elle le regardait de loin, avec adoration, et n'attendait rien puisqu'elle n'était pas de son rang. Ils ne s'étaient même jamais parlé.

Et puis, pour son vingt et unième anniversaire, la famille de Michael avait donné un bal. Cachée dans un arbre, George l'avait regardé danser avec les plus jolies filles de la région. Elle n'était pas jalouse… juste un peu triste. Et admirative.

Il était sorti avec un ami pour fumer un cigare sous l'arbre dans lequel elle était perchée. La façon dont il avait parlé de ces jeunes filles convenables et vertueuses l'avait choquée. Une branche avait dû craquer sous son poids, car son ami avait levé la tête.

— Il y a quelqu'un dans cet arbre, Stretton.

George s'était figée, mortifiée.

— Je sais. Cette sale petite garce me suit partout. Elle est trop maigrichonne pour baiser, mais son tour viendra.

En un instant, l'attirance et l'admiration qu'elle avait éprouvées pour lui s'étaient évaporées. Un an plus tard, quand il avait commencé à lui tourner autour, décidant sans doute qu'elle n'était plus trop maigrichonne, elle l'avait rejeté sans ménagement. Puis, quand il avait découvert que c'était elle qui perturbait ses chasses, il était devenu plus agressif. Aussi, l'idée que le duc lui ait cassé le nez l'enchantait.

— Ce n'était donc pas la première fois que Stretton croisait ta route ?

— Non. Ses amis et lui m'avaient souvent menacée de me flanquer une raclée. Et pire. Ils ont bien failli m'attraper un jour. Heureusement, le cher vieux squire est arrivé en agitant sa cravache et en les menaçant de les fouetter pour avoir traité une dame de la sorte. Une dame, répéta-t-elle en souriant. J'étais en pantalon et couverte de boue, mais le vieux squire était un vrai gentleman. Stretton et ses amis ont filé comme des lapins.

Hart lui prit la main et la pressa.

— J'ai l'impression que ce squire était quelqu'un de bien.

— Oui. C'était aussi une force de la nature. Les choses n'en sont pas restées là. Il a rendu visite aux parents des garçons, leur a raconté ce qu'il avait vu, et a promis de donner une leçon à ces gredins s'ils recommençaient. Ils ne m'ont plus jamais ennuyée.

Et donc, Stretton avait tenté d'inciter Hart à faire le sale travail à sa place. Hart regrettait de ne pas l'avoir rossé, plutôt que de lui casser simplement le nez.

— Son nez est resté tordu, tu sais, dit-elle avec satisfaction. Ce pauvre Michael qui se trouvait si beau !

Elle se pencha pour l'embrasser. Ses lèvres étaient douces. Il l'attira sur ses genoux et souleva sa jupe.

— Vêtue à l'ancienne mode aujourd'hui ? dit-il en découvrant qu'elle ne portait qu'une chemise sous sa robe. Voilà qui me plaît.

— Dans la voiture ? protesta-t-elle en repoussant ses mains. Nous ne pouvons pas faire cela ici.

— Pourquoi ? Nous sommes mariés, ajouta-t-il en lui prenant le menton. Si tu ne veux pas, George, dis-le.

— Des gens pourraient nous voir.

Il jeta un coup d'œil par la fenêtre.

— Tu as raison. Tous ces moutons, pour commencer. Et les vaches aussi. Il ne faudrait pas les choquer, n'est-ce pas ?

Il tira les rideaux de chaque côté, et à l'arrière aussi.

— C'est mieux ainsi, non ? Je ne connais rien de pire qu'un mouton choqué par ce qu'il voit ou une vache rougissante.

— Les vaches ne rougissent pas, répliqua-t-elle en se retenant de sourire.

— Toi, en revanche, si, murmura-t-il.

— Tu ne peux pas savoir, il fait trop sombre.

Elle avait beau être nerveuse, un peu embarrassée, il savait que si elle n'avait pas voulu aller plus loin, elle n'aurait pas hésité à l'arrêter. Elle était pudique, voilà tout, et cela ne lui déplaisait pas.

Il lui prit le menton et s'empara de sa bouche.

Après, elle s'endormit contre lui. Hart l'entoura de son bras et drapa un châle sur elle. Contemplant son visage paisible, il repoussa une boucle noire sur son front.

Il n'avait pas eu l'intention de lui refaire l'amour si vite après leur nuit de noces. Il s'était toujours flatté de savoir se maîtriser. Mais avec George... Apparemment, il était insatiable.

La voiture ralentit en abordant une colline. Il commençait à faire froid. Hart prit un plaid dans un casier, et l'étala sur eux.

Il n'avait pas prévu d'avoir... des sentiments. Cette union était censée être un mariage de convenance – qui lui convenait parfaitement. Il voulait une femme attirante, qu'il aimerait avoir dans son lit, qui ne vivrait pas accrochée à ses basques et mènerait une vie indépendante. Et surtout, qui lui donnerait un héritier.

Son épouse remplissait toutes ces conditions. Sauf qu'il y avait ces... sentiments. Il avait imaginé ce mariage un peu comme on se ferait un sandwich pour calmer sa faim. Et il se retrouvait avec un délicieux gâteau à la crème. Chaque bouchée lui donnait envie d'en prendre une autre.

Il contempla le croissant de cils noirs se détachant sur sa peau pâle, les boucles sombres, la bouche si douce.

Tout irait bien, se dit-il. Il allait se contrôler. La discipline, il n'y avait que cela de vrai. En attendant, il avait une mission à accomplir, ce jeune garçon à retrouver. Cela devrait le distraire de sa jeune épouse.

Au bout d'une heure, celle-ci s'agita et se redressa.

— J'ai dormi ? s'étonna-t-elle. Je ne dors pourtant jamais en voiture.

— Tu n'as pas beaucoup dormi ces derniers jours, fit remarquer Hart avant de sortir un jeu d'échecs de voyage. Tu sais jouer ? s'enquit-il.

— Non.

— Eh bien, je vais t'apprendre.

Une heure plus tard, ils arrivèrent en riant à la conclusion qu'il y avait deux sortes de joueurs : ceux qui planifiaient leurs coups, et ceux qui réagissaient sur le moment, sans rien prévoir.

— Il y a une troisième sorte de joueurs, remarqua-t-elle. Ou peut-être une sous-catégorie de la deuxième sorte. Le joueur qui ne prévoit pas ses coups à l'avance parce que les échecs ne l'intéressent absolument pas.

Hart s'esclaffa.

— Et si nous essayions les cartes ?

Ils jouèrent donc aux cartes durant le reste du voyage.

20

Préparez-vous à quelque chose de terrible.

Jane AUSTEN,
Orgueil et Préjugés

Lakeside Cottage était à quelques kilomètres du village de Quainton. L'après-midi tirait à sa fin quand la voiture s'engagea dans l'allée de graviers. La maison était beaucoup plus grande que George ne s'y attendait. Elle n'avait rien d'un cottage. Les ducs avaient visiblement des standards différents.

Le bâtiment de brique comprenait deux étages, un grand nombre de cheminées, et toute une rangée de fenêtres de toit. Sur un côté se trouvaient de nombreuses dépendances, dont une écurie.

La maison se dressait au milieu d'une vaste pelouse. On ne pouvait qualifier cela de jardin car il n'y avait ni fleurs ni buissons et l'ensemble était plutôt dépouillé. L'endroit était toutefois bien entretenu.

Finn descendit de voiture le premier, et se mit aussitôt en quête de lapins, la truffe au ras du sol. George marqua une pause sur le marchepied et balaya du regard la campagne environnante dont elle avait un aperçu par-dessus la haie. Il n'y avait que quelques rares cottages au loin et, plus près d'eux, un petit lac bordé de saules pleureurs.

Elle comprenait que Hart se soit demandé où le petit Phillip aurait bien pu aller.

Un palefrenier apparut à l'angle de la maison, et un couple d'âge moyen sortit par la porte principale et vint à leur rencontre.

— Votre Grâce, salua la femme. Nous sommes tellement contents de vous voir. Nous ne savons plus quoi faire. Je suis désolée, ajouta-t-elle en se mettant à sangloter.

— Avez-vous des nouvelles ?

À en juger par son ton, Hart s'attendait au pire.

— Non, répondit l'homme. Le garçon n'a donné aucun signe de vie.

Il passa derrière la voiture pour aider à porter les bagages, et Finn vint le renifler.

— Pas de demande de rançon ?

La femme, qui, George l'apprit plus tard, s'appelait Mme Harris, secoua la tête.

— Non, rien du tout, Votre Grâce.

Tout en s'essuyant le visage avec un coin de son tablier, Mme Harris les précéda à l'intérieur. Hart demanda à parler au précepteur, mais celui-ci était parti à la recherche de Phillip, comme chaque jour depuis sa disparition.

Hart rassembla tous les domestiques dans le salon et les interrogea. Quand avaient-ils vu Phillip pour la dernière fois ? Avaient-ils une idée de l'endroit où il pouvait se trouver ? Avaient-ils fouillé tous les bâtiments ? Le grenier ? Les caves ?

Tout le monde répondit par l'affirmative.

S'était-il passé quelque chose d'inhabituel avant sa disparition ?

Non, tout était normal. Ce qui rendait la situation encore plus inquiétante.

George observait et écoutait attentivement. Tout le monde semblait désemparé, et tous les domestiques insistaient sur le fait que Phillip était un gentil petit, tranquille et bien élevé. Ce qui, selon George, n'était pas naturel pour un garçon de son âge.

Hart décida de lancer de nouvelles recherches. Avec l'aide de George et des domestiques, il examina les moindres recoins de la maison et des dépendances.

George fut déçue par l'écurie. Quoique propre et bien tenue, elle n'abritait qu'un vieux cheval et un cabriolet. Où était le poney de Phillip ? Un jeune garçon devait apprendre à monter à cheval. Il n'y avait pas de chien non plus.

Les recherches ne donnèrent rien, et Hart renvoya les domestiques à leurs occupations.

— Nous n'avons rien trouvé. Donc, il ne se cache pas.

— Tu ne peux pas en être sûr, rétorqua George. Tu n'as fouillé que les bâtiments. Il se cache peut-être dans une haie, ou sous une meule de foin. Il y a des toutes sortes d'abris dans la campagne. Je chercherai demain avec Finn.

— Comment sais-tu que ces endroits existent ?

— Tu habitais une grande demeure avec des greniers et des placards secrets. Moi pas. Où crois-tu que j'allais quand j'avais envie d'être seule ?

— Seule ? répéta-t-il en arquant un sourcil.

— Avec mon chien, bien sûr. Et parfois avec mon cheval. Même si Sultan n'était pas facile à cacher.

— Seule, dehors ? Par n'importe quel temps ?

George haussa les épaules, amusée.

— Je ne suis pas une poupée de porcelaine, tu sais.

— Je commence à m'en rendre compte. Et cela me plaît.

George sentit son cœur se gonfler de joie. Elle ne s'attendait pas que le duc trouve plaisant qu'elle sache se cacher dans les haies et les meules de foin.

Peu après, Jephcott, le précepteur, les rejoignit. Il semblait bouleversé, et s'excusa en bredouillant de ne pas avoir été là à leur arrivée. C'était un homme d'âge mûr, vêtu avec soin. Il parut ébranlé quand Hart le questionna, craignant visiblement qu'on ne le rende responsable de la disparition du garçon.

— Je vous assure, Votre Grâce, que je veillais très attentivement sur cet enfant. Phillip est un petit garçon délicat, susceptible d'attraper toutes les maladies qui traînent. Mais il travaille bien et fait de son mieux pour donner toute satisfaction. Je ne peux imaginer la raison de sa disparition. Je ne l'ai quitté des yeux que quelques instants, croyez-moi.

— À quelle heure avez-vous remarqué sa disparition ? demanda Hart.

Jephcott fronça les sourcils, rassemblant ses souvenirs.

— Je ne suis pas sûr. C'était en fin d'après-midi... avant le thé, certainement. Il avait fini d'apprendre ses déclinaisons latines, et je lui avais accordé une heure ou deux de liberté pour jouer. Bien entendu, je le surveillais depuis la terrasse.

Il somnolait probablement sur la terrasse en question, songea George.

— Où avez-vous pensé qu'il était allé ?

— Au lac. Il aime pêcher, même s'il n'attrape jamais rien, naturellement.

— Aurait-il pu tomber à l'eau ?

— C'est la première chose à laquelle j'ai pensé. Nous avons vérifié et n'avons trouvé aucun signe de sa présence là-bas. Ses cannes à pêche étaient à leur place et la barque amarrée au même endroit que d'habitude. Bien entendu, il n'est pas autorisé à pêcher seul, et c'est un garçon responsable et très obéissant.

George était de plus en plus désolée pour cet enfant. Être aussi sage à sept ans, ce n'était pas naturel. Des déclinaisons latines ? Quelle horreur. Pas de jardin, pas de poney, pas de chien. Que lui restait-il pour s'amuser ?

Hart congédia le précepteur et demanda au valet de leur apporter un brandy pour lui et un sherry pour George.

— J'explorerai le lac demain à la première heure, dit-il d'un air sombre. Jephcott n'est pas le genre de précepteur qui convient à un petit garçon. J'aurais dû avoir une entrevue avec lui avant de l'engager. Ses références étaient excellentes, mais je me rends compte à présent qu'il est trop vieux et trop tatillon.

Bien qu'un peu choquée d'apprendre qu'il avait engagé un tuteur sans l'avoir vu, George savait cependant que la priorité de Hart était de restaurer le domaine, et c'était une tâche de grande ampleur.

— Ce n'est pas ta faute.

Hart l'interrompit d'un geste.

— Cet enfant est sous ma responsabilité.

Le dîner fut servi, et ils mangèrent en silence. Puis ils montèrent se coucher. George revêtit une des adorables chemises de Mlle Chance, toutefois, à sa grande surprise, Hart le remarqua à peine. Il enfila sa propre chemise de nuit et grimpa dans le lit sans prononcer un mot.

— Il faut rester positif, murmura-t-elle.

Pour toute réponse, il émit un grommellement et lui tourna le dos. Visiblement, ils ne feraient pas l'amour ce soir. Il était trop inquiet.

— Bonne nuit, Hart.

Elle ferma les yeux, et glissa un bras autour de lui.

— Je suis désolé, murmura-t-il en se retournant face à elle. Je n'arrête pas de penser à cet enfant.

— Je sais. Moi aussi. Espérons que les choses s'arrangeront demain.

Il l'embrassa et la prit dans ses bras. Ils s'endormirent enlacés.

Les nouvelles que Mme Harris leur apporta avec le petit déjeuner étaient encore plus mauvaises que la veille.

— Que se passe-t-il, madame Harris ? lança Hart en la voyant hésiter sur le seuil de la pièce.

— Je vous demande pardon, Votre Grâce, mais une des filles qui habite au village dit qu'un autre petit garçon a disparu. Il s'appelle Danny Glover.

— Quoi ?

Mme Harris fit la grimace.

— Ce ne sont que des rumeurs, Votre Grâce, mais j'ai préféré vous avertir.

Jephcott apparut à cet instant.

— Ce n'est pas la même chose, Votre Grâce. Ce Danny Glover est un pauvre garçon ignorant qui vit comme un sauvage. Il ne peut y avoir de demande de rançon pour quelqu'un comme lui. Non qu'il y en ait eu une pour Phillip, ajouta-t-il. Cela dit, je suis sûr qu'elle arrivera.

Hart repoussa son assiette.

— Depuis quand ce garçon a-t-il disparu ?

Mme Harris tritura nerveusement son tablier.

— Personne ne le sait exactement. C'est le genre de gamin qui court les bois, ses parents ne s'occupent pas vraiment de lui. Deux ou trois jours, je pense.

— Je doute que cela ait quelque chose à voir avec Phillip, Votre Grâce, affirma Jephcott.

Un garçon d'une riche famille pouvait avoir été enlevé pour une rançon, en revanche, un autre du même âge, appartenant à une famille pauvre ? Ce ne pouvait être une coïncidence.

Hart se leva.

— Je vais commencer par explorer le lac, ensuite j'irai voir les parents de ce Danny Glover.

— Je t'accompagne, dit George.

Hart se tourna vers la gouvernante.

— Madame Harris, faites demander au palefrenier qu'il loue des chevaux pour la duchesse et moi. Les meilleurs qu'il pourra trouver.

Alors qu'ils se dirigeaient vers le lac en compagnie du précepteur, d'un valet et de Finn qui gambadait en tête, George prit le bras de Hart et lui dit doucement :

— Tu crois que nous pourrions avoir affaire à un homme qui s'intéresse aux petits garçons ?

Il lui jeta un coup d'œil. Sa femme venait d'évoquer ce qu'il redoutait et n'avait pas osé suggérer à haute voix pour ne pas effrayer les dames.

— C'est possible. Explorons le lac d'abord. Il est tout à fait possible que deux petits garçons se soient enfuis ensemble.

Ils atteignirent le lac et, comme prévu, le matériel de pêche et la petite barque étaient à leur place. Hart et George firent le tour du lac ; ils ne trouvèrent rien d'autre que les traces laissées par des animaux et par l'exubérant lévrier qui les précédait. Pas d'empreintes humaines.

Quand ils regagnèrent la maison, deux chevaux les attendaient. George les examina et s'esclaffa.

— Tu as vu les selles, Hart ?

Hart réalisa alors qu'il n'y avait pas de selle d'amazone pour son épouse.

— Bon sang, ils auraient dû penser…

— Aucune importance, j'ai emporté mes pantalons et ma jupe-culotte.

Et elle se précipita à l'intérieur pour aller se changer.

Les parents de Danny Glover vivaient dans un cottage à deux kilomètres de la maison. C'était une petite ferme devant laquelle paissaient quelques vaches et quelques moutons. Des poules s'éparpillèrent quand

Hart et George arrivèrent dans la cour. À en juger par l'odeur, il y avait une porcherie pas loin.

Une femme leur ouvrit. Pour ne pas l'intimider avec son titre, Hart se présenta sous le nom de Hartley, tuteur de Phillip Wooldridge, de Lakeside Cottage. Mme Glover se tourna aussitôt vers un bambin d'environ cinq ans.

— Peter, va chercher papa !

L'enfant partit en courant. Il était propre et habillé correctement. Il ne correspondait pas du tout à l'idée qu'on pouvait se faire du frère d'un « pauvre garçon ignorant qui vit comme un sauvage ».

Mme Glover hésita, puis les fit entrer dans un salon impeccablement tenu, avant de leur dire que son mari n'allait pas tarder. Puis elle les laissa attendre seuls, ce qui les surprit.

— Elle sera peut-être plus à l'aise pour parler avec toi, murmura Hart.

— Je ne pense pas qu'elle soit timide. Voyons ce que dit son mari.

Glover entra peu après, en s'essuyant les mains. C'était un homme trapu et robuste.

— Que se passe-t-il donc ?

Hart alla droit au but.

— Nous avons entendu dire que votre fils Danny avait disparu.

— Et alors ? En quoi est-ce que ça vous regarde ?

Un peu décontenancé, Hart lui expliqua que Phillip, son pupille, avait également disparu.

— Ça me concerne pas, répondit Glover en haussant les épaules.

— Comment pouvez-vous dire cela ? s'exclama George, outrée. Danny est votre fils.

À en juger par son expression, Glover n'aimait pas être interrogé par une femme.

— Je suis pas son père, dit-il à Hart. Seulement son beau-père, et sa mère est morte il y a quelques années. J'ai aucun lien de sang avec lui, il est pas sous ma responsabilité.

Hart s'efforça de garder son calme.

— Quand avez-vous remarqué sa disparition ?

— Il y a deux ou trois jours, répondit l'homme en haussant de nouveau les épaules.

— Vous savez où il a pu aller ? S'il a des amis ? S'il connaissait Phillip ?

Glover lui coula un regard torve.

— J'espère bien que non. Danny a pas le temps d'avoir des amis, il a du travail à la ferme. Il a pas intérêt à aller traîner, surtout avec un fils d'aristos. C'est tout ce que vous vouliez ? J'ai deux fois plus de boulot depuis qu'il s'est sauvé.

— Sauvé ? répéta Hart. Où serait-il allé d'après vous ?

— Aucune idée. C'est juste un sale feignant.

— Le père naturel de Danny est-il encore en vie ? intervint George.

« Bonne question », songea Hart. Avec un beau-père comme Glover, le gamin avait peut-être essayé de le trouver. Pour toute réponse l'homme émit un ricanement méprisant.

— Danny sait-il qui est son père ? s'enquit Hart. Et vous, vous le savez ?

La question était impertinente. Glover le dévisagea longuement. Hart soutint son regard sans ciller. Il ne bougerait pas tant qu'il n'aurait pas obtenu de réponse.

— C'était une servante, elle s'était fait mettre enceinte par un aristo, là-bas à l'est, précisa-t-il avec un geste de la main. Il offrait cette ferme à celui qui accepterait de l'épouser et de donner un nom à son bâtard. C'est ce que j'ai fait.

— Surtout pour avoir une ferme, souligna George d'un ton suave.

Il la foudroya du regard.

— Cette garce est morte en me laissant le mioche à élever.

Il remonta son pantalon et ajouta d'un ton belliqueux :

— J'ai une vraie femme maintenant, et des enfants bien à moi, alors, si ce petit crétin s'est attiré des ennuis, je m'en lave les mains.

— Vous vous rendez compte que c'est le deuxième garçon qui disparaît cette semaine ? dit Hart.

L'homme haussa encore les épaules. George serra instinctivement les poings, et Hart lui prit la main. Si quelqu'un devait frapper ce porc, ce serait lui. Néanmoins, il comprenait et partageait la colère de son épouse.

— Danny est peut-être mort. Assassiné. Cela vous est égal ? demanda George.

— C'est pas mon fils, pas mon sang. Ce qui lui est arrivé m'intéresse pas.

Et sans même les saluer, Glover tourna les talons et sortit.

George se leva d'un bond.

— Cet homme est horrible ! Je vais parler à sa femme. Elle sait peut-être quelque chose.

Mais quand elle s'approcha de Mme Glover, celle-ci lui lança un regard effrayé, chercha son mari des yeux et secoua la tête. Trois petits enfants se regroupèrent autour d'elle et se cachèrent dans ses jupes.

Hart et George repartirent, écœurés.

— Pourquoi diable des femmes parfaitement honnêtes épousent-elles des hommes comme celui-ci ? marmonna George, furieuse. Il n'avait de toute évidence aucun respect pour sa première femme, il voulait juste la ferme. Et regarde comment il a traité Danny, grâce à qui il avait obtenu cette maudite propriété ! Et maintenant, il terrorise sa seconde femme. Les hommes comme lui ne devraient pas être autorisés à se marier. J'espère qu'il s'étouffera avec la terre de sa ferme !

Hart fut un peu surpris par sa véhémence.

— Les hommes ne devraient pas avoir le droit d'avoir des enfants si c'est pour les ignorer et les laisser à la charge de quelqu'un d'autre. Pauvre petit garçon dont personne ne veut.

De quel garçon parlait-elle ? De Danny ou de Phillip ? Elle ne pensait sans doute pas seulement aux garçons. Il y avait une histoire personnelle derrière cette fureur. Son propre père l'avait abandonnée avant sa naissance, se rappela Hart.

Ils firent une partie du trajet de retour en silence.

— Je me demande qui est le père de Danny, dit-elle soudain. Sait-il que son fils a été négligé ? Est-ce qu'il s'en moque ?

— Cette ferme représentait une dot substantielle, souligna Hart. On peut donc en déduire qu'il souhaitait assurer l'avenir de la jeune femme et de son enfant.

George lui lança un regard oblique.

— Est-ce que toi aussi, tu as des…

— Non, la coupa-t-il. Et si c'était le cas, je m'en occuperais.

— Si nous retrouvons Danny vivant, nous devrions essayer de découvrir qui est son père. Cela te paraît possible ?

— Nous devons d'abord retrouver Phillip.

— Je sais.

Elle se rapprocha de lui et lui prit la main. Ils poursuivirent leur chemin ainsi, main dans la main. C'était étrangement réconfortant. Hart n'avait pas réalisé à quel point il avait eu l'espoir que Danny les aide à retrouver Phillip. Il avait été convaincu que les deux garçons s'étaient enfuis ensemble, et qu'ils n'osaient plus rentrer de peur des représailles.

Mais la situation de Danny démentait cette hypothèse. Danny avait de bonnes raisons de s'enfuir, alors que Phillip n'en avait aucune.

L'idée d'un être dépravé en quête de petites victimes revint le hanter.

Ils passèrent le reste de la journée à sillonner la campagne et à interroger les voisins. Si certains pensaient avoir vu un garçon, ils n'auraient toutefois su dire duquel il s'agissait.

Fatigués et découragés, ils regagnèrent Lakeside Cottage alors que le soir tombait.

La gouvernante en pleurs les attendait à la porte, et se mit à leur raconter une mystérieuse histoire de tapis.

— Oh, Votre Grâce, c'est terrible, je suis désolée. Ce sont les tapis, voyez-vous. Nous les sortons une fois par semaine pour les battre. Et aujourd'hui, quand nous avons soulevé celui de l'entrée, nous l'avons trouvé dessous. Quelqu'un a dû glisser le papier sous la porte, mais il est passé sous le tapis et personne ne l'a vu. Il est peut-être là depuis des jours, et Dieu sait ce que ces gredins ont dû penser en ne recevant pas de réponse. Oh… et s'ils ont fait du mal à ce pauvre petit ? Tout cela à cause du tapis…

— Qu'avez-vous trouvé sous le tapis, madame Harris ?

— La lettre. Une demande de rançon ! Elle était adressée à M. Jephcott, qui l'a donc ouverte.

— Quoi ? Où est cette lettre ?

Jephcott, qui avait dû entendre le bruit dans l'entrée, dévala l'escalier en brandissant la lettre.

— La voilà, Votre Grâce !

Il tendit la missive à Hart qui la parcourut.

Apportez 5 000 livres au pont du vieux moulin et cachez-les sous la pierre cassée, juste avant la tombée de la nuit. Sinon le garçon mourra.

Il n'y avait pas de date, aucun moyen de savoir quand le message avait été écrit. Et personne ne savait depuis quand l'enveloppe était sous le tapis.

Hart jeta un coup d'œil dehors.

— Il fait presque nuit…

— Allons-y, s'écria George qui avait déjà tourné les talons.

Ils rejoignirent le vieux pont, guidés par Stanley, le palefrenier. Ils repérèrent la pierre cassée, puis fouillèrent le vieux moulin, mais à en juger par l'épaisse couche de poussière et les toiles d'araignées, personne n'y était venu depuis des années.

— Y a-t-il d'autres bâtiments abandonnés dans le coin ? demanda Hart.

Stanley leur parla de deux maisons en ruine. Il avait beau faire nuit, la lune était pleine, ce qui leur permit de trouver les bâtiments. Déserts, eux aussi.

Ils regagnèrent Lakeside Cottage plus découragés que jamais. Qu'ils aient découvert la lettre si tard avait-il causé la mort du petit Phillip ?

— Il ne reste plus qu'à espérer que les rumeurs de la disparition de Danny seront parvenues jusqu'aux ravisseurs et qu'ils comprendront que leur message vient à peine d'être découvert, dit Hart alors qu'ils allaient se coucher.

— Tu vas payer la rançon ?

— Je ne pense pas pouvoir l'éviter. Leur patience doit être à bout. Nous aurons encore toute la journée de demain pour les traquer, et si nous n'avons rien trouvé à la nuit tombée, je déposerai l'argent près du pont.

— Et tu pourras te procurer une telle somme à temps ?

— Avant de quitter Londres, j'ai fait transférer une somme importante dans une banque locale. Je m'y rendrai demain matin pour retirer la somme exigée.

George réalisa qu'il allait payer la rançon de sa poche, le père de Phillip n'ayant laissé que des dettes. Son époux était un homme bien.

Vu les circonstances, elle renonça aux chemises de nuit vaporeuse au profit d'une toute simple en coton.

— Que nous ayons reçu une demande de rançon pour Phillip nous permet-il d'espérer que Danny est sain et sauf ? Les ravisseurs n'auraient pas tué un des garçons, n'est-ce pas ? Cela n'aurait pas de sens.

— Nous ne savons même pas si Phillip est en vie, répondit Hart. Cette lettre était peut-être là depuis une semaine, et je n'imagine pas des ravisseurs attendre indéfiniment. Ils ont dû renoncer et partir.

Il semblait si las et démoralisé qu'elle s'approcha et l'enlaça. Hart pensait que Phillip était mort, et elle n'avait pas de mots pour le consoler.

Il l'étreignit en silence, et elle glissa la main sous sa chemise de nuit pour le caresser.

— Viens, allons nous coucher, souffla-t-elle en le sentant durcir sous sa paume.

Ils firent l'amour avec tendresse, cherchant la consolation et l'oubli dans leur étreinte. Pour la première fois, lorsque Hart atteignit la jouissance, elle le rejoignit en tremblant.

Hart alla chercher l'argent le lendemain matin et le déposa dans la soirée à la place convenue.

— Je ne peux pas prendre le risque de ne pas payer, expliqua-t-il à George. Je ne veux pas provoquer la colère des ravisseurs en leur imposant un nouveau délai.

Le lendemain matin, George et Finn l'accompagnèrent jusqu'au pont. Hart mit pied à terre, souleva la pierre cassée, et lâcha un juron.

— Qu'y a-t-il ? demanda George.

— L'argent est toujours là.

— Oh, Hart, je suis désolée ! dit-elle, les larmes aux yeux.

Elle descendit de cheval, courut vers lui et le serra dans ses bras.

— Tu as fait tout ce que tu pouvais, murmura-t-elle.

Mais Hart était inconsolable. Il était peu probable que les ravisseurs aient relâché Phillip, car celui-ci aurait pu les identifier.

Ils repartirent en silence. Alors qu'ils passaient près du lac, Finn bifurqua pour aller explorer les buissons. George eut beau siffler, il ne revint pas, ce qui éveilla sa curiosité.

— Je vais voir ce qu'il fait, dit-elle. Je n'ai pas envie qu'il se roule dans une bouse de vache. J'en ai pour une minute.

George s'approcha de la rive, et lorsqu'elle descendit de sa monture elle découvrit que Finn était occupé à renifler une petite chaussure de cuir. Sa gorge se noua. Il y avait une autre chaussure un peu plus loin.

— Hart, appela-t-elle, tu devrais venir voir.

Hart la rejoignit, examina les souliers et jura entre ses dents.

— Ce n'est pas un cordonnier du village qui a pu fabriquer ces chaussures, dit-il. Elles ne peuvent appartenir qu'à Phillip.

Ils se tournèrent vers le lac et la parcoururent du regard.

— Qu'est-ce que c'est que cela ! s'exclama George.

Et avant que Hart ait pu réagir, elle entra dans l'eau. Elle en sortit un petit pantalon d'enfant.

Affolée, elle scruta la surface de l'eau, et repéra soudain des bulles, près d'un massif de roseaux.

— Là-bas, Hart, des bulles !

Et sans hésiter, elle plongea.

— Non ! hurla Hart.

Trop tard. Il attendit, anxieux. Il y eut d'autres bulles, mais pas signe de George. Alors, il plongea à son tour. Sa jupe s'était accrochée à une plante, la retenant prisonnière. Il la tira d'un coup sec et ils remontèrent à la surface. George se mit à tousser et à cracher tandis qu'ils regagnaient la berge.

— Bon sang, qu'est-ce qu'il t'a pris ? s'écria Hart en lui tapant dans le dos pour l'aider à reprendre sa respiration. C'est de la folie !

Quand elle eut fini de recracher l'eau qu'elle avait avalée, il la souleva dans ses bras et la ramena vers les chevaux au pas de charge.

— Je peux marcher, dit-elle en se débattant faiblement.

— Tais-toi ! Un mot de plus, et je... je t'étrangle.

Il la déposa délicatement sur le cheval, et grimpa derrière elle.

— J'ai cru... quand j'ai vu les chaussures et le pantalon...

— Je sais ce que tu as cru, l'interrompit-il.

Il avait tout à la fois envie de la secouer et de la serrer contre son cœur. L'idée de la perdre...

— Phillip est mort, n'est-ce pas ?

Hart hocha la tête.

— Je vais faire explorer le lac.

Elle se blottit contre lui, et il se rendit compte qu'elle pleurait.

Il la transporta dans la chambre, et demanda qu'on lui prépare un bain chaud.

— Et ensuite, au lit, déclara-t-il d'un ton sévère.

21

Il est rare, très rare qu'une révélation se fasse sous le signe d'une absolue franchise ; et rare qu'on ne dissimule rien ou qu'il ne se produise pas le moindre malentendu.

Jane AUSTEN, *Emma*

Hart décida de rapporter l'argent à la banque pendant que George se reposait. Il préférait ne pas laisser une telle somme dans la maison. En chemin, il passa devant la ferme des Glover et se demanda s'ils avaient des nouvelles de Danny. Les hommes trouveraient-ils deux petits corps quand ils sonderaient le lac ? Il décida de ne pas s'arrêter. S'il entendait Glover exprimer son indifférence pour l'enfant une fois de plus, il risquait de le tuer.

Il en était là de ses réflexions quand il repéra une silhouette rôdant dans les buissons, non loin de la ferme. C'était un garçon, mais ce n'était pas le petit Peter qu'ils avaient vu la veille. Celui-ci était plus grand. Hart s'approcha. Seigneur, c'était Phillip !

— Phillip ! cria-t-il. Phillip !

À sa grande surprise, le garçon s'éloigna, l'air méfiant. Il ne le reconnaissait donc pas ? Cela dit, ils ne s'étaient vus qu'une fois.

— Phillip, je suis Everingham, ton tuteur !

Phillip se mit à courir. Hart se lança à sa poursuite. Le garçon se faufilait entre les buissons, et Hart eut la désagréable impression de chasser le renard.

— Phillip, tout va bien ! Tu n'auras pas d'ennuis, je te le promets.

Le gamin ne lui prêta aucune attention.

— Regarde-moi quand je te parle, mon garçon ! rugit Hart.

L'enfant hésita et jeta un coup d'œil par-dessus son épaule. Hart en profita pour se pencher et l'attraper.

Phillip hurla et se débattit comme un beau diable tandis qu'il le hissait sur son cheval.

— Je suis ton tuteur, petit imbécile. Cesse de te débattre, je ne vais pas te faire de mal.

Mais Phillip ne se calma pas pour autant. Hart le maintint en travers de sa selle, tel un trophée, et reprit le chemin de Lakeside Cottage. Durant tout le trajet, il essaya de faire parler l'enfant, sans succès ; celui-ci lui opposa un silence buté.

Il était visiblement secoué, et Dieu seul savait quelles épreuves il avait endurées. Il n'empêche, être accueilli comme un ravisseur et non comme un sauveur était contrariant.

Après le bain, George se sentit revigorée. Elle n'avait pas envie d'une sieste. Par la fenêtre, elle regarda son mari s'éloigner à cheval. Son incapacité à protéger Phillip l'avait ébranlé. Elle lui avait proposé de l'accompagner mais il avait refusé et lui avait ordonné de se reposer. Elle avait failli se noyer, lui avait-il rappelé, et elle devait récupérer.

Elle n'était pas si faible. Il lui semblait du reste que Hart avait été plus secoué qu'elle par sa mésaventure.

Elle décida donc d'aller faire une promenade à cheval et d'emmener Finn avec elle. Peut-être retrouverait-elle la trace de Danny dont la disparition n'avait sûrement rien à voir avec les ravisseurs. S'il y avait une chance qu'il soit encore en vie...

Les enfants étaient précieux. Ils avaient besoin d'être protégés et aimés, mais aussi encouragés à développer leur confiance en eux. Elle se promit que ses propres enfants ne seraient jamais confiés à des domestiques et transformés en petits adultes responsables et obéissants avant l'âge.

Finn partit en bondissant joyeusement devant elle, agitant la queue comme une bannière. Elle sourit. Il faudrait qu'elle offre un chien à Hart. Finn ne manquait jamais de la dérider. Elle le vit plonger dans un buisson. Était-il sur la piste d'un lapin ? Elle attendit, en vain. Que diable fabriquait-il ?

Elle l'appela, puis l'appela de nouveau, et cette fois, elle entendit un jappement et des froissements de feuillages. Il était donc bien là. Elle mit pied à terre et alla voir ce qui se passait. Les branches formaient une sorte de tunnel et, se pliant en deux, elle s'y engagea.

Finn était assis à côté d'un petit garçon, qui avait passé les bras autour de lui.

— Danny ? hasarda-t-elle.

L'enfant tourna vers elle un petit visage sale et suspicieux.

— Qui êtes-vous ?

— Je m'appelle George.

— Ce n'est pas vrai, vous êtes une fille.

Elle éclata de rire.

— Je suis une fille, et mon nom est George...

Elle s'interrompit, réalisant que l'enfant avait un accent cultivé.

— Tu n'es pas Danny, n'est-ce pas ? Tu es Phillip.

Il se contenta de la foudroyer du regard.

— Tout va bien, Phillip. Je suis l'épouse du duc d'Everingham.

— Mon tuteur ? dit-il, dubitatif.

Elle fut submergée par le soulagement.

— Nous t'avons cherché partout, Phillip. Tout va bien ?

Il hésita, puis :

— Il y avait des méchants hommes. Des ravisseurs.

— Je sais, mais ils sont partis.

— Vous êtes sûre ? demanda-t-il en resserrant les bras autour de Finn.

— Ton tuteur a payé la rançon, et personne n'est venu la chercher. Ils ont dû s'enfuir. Ils t'ont libéré ?

Il esquissa un petit sourire.

— Ils l'ont pas fait exprès.

— Tu t'es enfui ? C'est très malin, et très courageux. Que dirais-tu de rentrer avec moi à Lakeside Cottage ? Tu dois avoir faim. Mme Harris te préparera un dîner avec tous tes plats favoris.

Le nom de Mme Harris eut l'effet escompté. Convaincu de pouvoir lui faire confiance, le garçon la suivit. Il se figea en découvrant le cheval.

— Je ne sais pas monter à cheval.

— Ne t'inquiète pas, tu seras avec moi. Je ne te laisserai pas tomber. Et plus tard, si tu veux, je t'apprendrai à monter. Cela te plairait ?

Il hocha la tête. George enfourcha sa monture, puis se pencha et tendit la main au garçonnet.

— À trois, saute le plus haut possible.

Le cœur en fête, George regagna Lakeside Cottage avec Phillip assis fièrement devant elle. Hart allait avoir une merveilleuse surprise.

Alors qu'ils approchaient de la maison, elle vit son mari arriver de l'autre côté de la colline. Il y avait une sorte de paquet posé sur la selle devant lui.

— Voilà le duc, dit-elle à Phillip. Nous allons lui faire une surprise.

Les deux chevaux contournèrent la haie et s'arrêtèrent face à face. Le paquet devant Hart était en fait un enfant, qui se mit à gigoter. Hart l'aida à s'asseoir.

Ils se dévisagèrent, n'en croyant pas leurs yeux. Devant chaque adulte se trouvait un enfant. Des enfants *identiques*, constata George en les regardant tour à tour.

— Danny ! s'écria joyeusement Phillip.

— Phil ! s'exclama l'autre garçon.

Hart secoua la tête, perplexe.

— Je suis sûr que nous finirons par connaître le fin mot de l'histoire, en attendant...

— Un repas et un bain pour tout le monde ! acheva George à sa place.

— On voulait jouer un tour à M. Jephcott, expliqua Phillip entre deux bouchées.

Mme Harris avait préparé un délicieux repas pour les enfants, mais elle avait insisté pour qu'ils prennent un bain avant de passer à table.

— On a échangé nos vêtements, ajouta Danny. Il ne s'en est même pas aperçu.

— Il est parti ? s'enquit Phillip.

Bonne question.

— Je ne sais pas, avoua Hart. Je ne l'ai pas vu de la journée.

— Moi non plus, ajouta George. En fait, je ne l'ai pas vu depuis hier.

Hart fit un signe à Mme Harris, qui hocha la tête et sortit.

— Donc, on a mis les mêmes vêtements pour qu'il ait l'impression de voir double. J'allais traverser la pelouse pendant qu'il dormait au soleil, comme d'habitude, quand quelqu'un m'a attrapé et m'a mis un sac sur la tête, raconta Danny. Ils m'ont ligoté et ils m'ont jeté dans une carriole.

— J'ai tout vu, dit Phillip. Alors je les ai suivis, bien sûr.

— Tu n'as pas appelé à l'aide ? s'étonna Hart.

Les deux garçons échangèrent un regard.
— Non, répondit Phillip.
De toute évidence, il leur cachait quelque chose.
— De toute façon, ç'aurait rien changé, déclara Danny.
— Pourquoi ?
Il y eut un nouvel échange de regards.
— Vous êtes sûrs que M. Jephcott n'est plus là ?
— Mme Harris est allée vérifier, dit George. Nous n'allons pas tarder à le savoir. Donc, que s'est-il passé ensuite ?
— Je les ai suivis, enchaîna Phillip. Ils l'ont emmené dans un petit abri en ruine, derrière le vieux moulin.
— Et alors, qu'as-tu fait ?
Les garçons hésitaient de nouveau lorsque Mme Harris réapparut.
— Jephcott n'est plus là, annonça-t-elle, un peu hors d'haleine. Ses affaires non plus. Une des servantes dit qu'elle l'a vu filer hier matin. Sans même nous avertir ! Qui l'eût cru ?
Phillip hocha la tête d'un air satisfait.
— Je voulais aller chercher de l'aide et raconter ce que j'avais vu...
— C'est alors qu'il a vu le vieux Jephcott arriver, le coupa Danny.
— Oui, il a frappé à la porte de la cabane et il est entré. Une demi-heure plus tard, il est ressorti...
— En me laissant seul avec ces sal...
— Ces méchants, rectifia Phillip en adressant un regard d'excuses à George. Je me suis demandé s'il y avait d'autres personnes, en plus de M. Jephcott, qui étaient complices de ces inconnus. Je suis désolé, madame Harris, je ne savais pas à qui faire confiance.
— Ne vous en faites pas, maître Phillip, nous n'y étions pour rien. Nous nous sommes beaucoup inquiétés pour vous. Nous ne l'avons jamais aimé, ce

Jephcott, vous savez. Il prenait toujours de grands airs avec nous.

— J'étais forcé de me cacher, expliqua Phillip. Je ne voulais pas qu'ils comprennent que c'était Danny qu'ils avaient pris…

— Phillip savait que mon vieux aurait pas dépensé un penny pour me sauver la vie.

— Oui, et Danny aurait été en danger.

— Tu as bien agi, assura Hart.

— Comment t'es-tu échappé, Danny ? demanda George.

Phillip sourit.

— J'ai volé deux bouteilles de brandy dans la cave, je les ai déposées près de la cabane. Les hommes ont tellement bu qu'ils se sont endormis et comme ça j'ai pu libérer Danny.

— Bravo, c'était très malin !

— Mais que faisaient tes chaussures et ton pantalon dans le lac ? s'enquit Hart, intrigué.

Danny eut l'air un peu embarrassé.

— Ces chaussures étaient trop petites pour moi, j'ai de plus grands pieds que Phillip. Je m'en suis débarrassé.

— Et le pantalon ?

Danny baissa les yeux et marmonna quelques paroles inaudibles. Phillip se pencha et murmura à l'oreille de Hart :

— Les méchants ne le laissaient pas se soulager à temps. Le pantalon était sale, c'est pour ça qu'on l'a jeté. Danny est allé rechercher de vieux vêtements en cachette, à la ferme.

— Eh bien, tout ce que je peux dire, c'est que vous avez été admirables, les enfants, déclara Hart. Vous avez fait preuve de courage, de bon sens, et d'intelligence. Je suis fier de vous.

Les deux garçons se rengorgèrent.

— Je me demandais…, commença Phillip. Danny n'a pas envie de retourner…

— Chez cet horrible bonhomme ? l'interrompit George. Jamais ! Dorénavant, il vivra avec nous, bien sûr.

Le duc, Phillip et Danny la fixèrent, les yeux ronds.

— Avec *nous* ? répéta Hart.

— Naturellement. Mme Harris est une femme merveilleuse, mais nous ne laisserons pas Phillip seul à la campagne. Et Danny ne peut pas retourner chez son affreux beau-père. Non, les garçons, vous vivrez désormais avec le duc et moi. Et Finn.

— Ici ? risqua Phillip.

— Non, je ne crois pas qu'il serait judicieux de rester à l'endroit où vous avez failli être enlevés. Et je doute que Danny ait envie de vivre près de son beau-père. Donc, c'est entendu, vous viendrez chez… le duc ? suggéra-t-elle en croisant enfin le regard de Hart.

— Oui, chez moi, confirma-t-il.

Le sourire éblouissant dont George le gratifia lui coupa le souffle.

Ils déclarèrent la tentative d'enlèvement aux autorités locales, et Hart engagea un détective pour retrouver Jephcott et ses complices.

— Ses références étaient authentiques, expliqua-t-il à George. Pour autant, il avait dû se lasser d'exercer ce métier et avait trouvé le moyen de se préparer une retraite confortable.

Ce soir-là, après avoir fait l'amour, George demanda à Hart s'il ne lui en voulait pas d'avoir décidé que les garçons viendraient vivre avec eux. Elle avait obéi à une impulsion et ne le regrettait pas, elle était néanmoins consciente de l'avoir mis devant le fait accompli.

— Je ne m'attendais pas à autre chose de ta part, assura-t-il. Les garçons seront beaucoup mieux avec toi.

Avec *toi*, nota-t-elle. Pas avec *nous*.

Deux jours plus tard, ils partirent pour Everingham Abbey. Les domestiques sortirent et s'alignèrent de chaque côté de la porte pour accueillir le duc. Il y avait plus de vingt personnes et George ne put s'empêcher d'être intimidée. Puis elle remarqua que les sourires étaient chaleureux et sincères tandis que le duc adressait un mot à chacun et les présentait à son épouse.

De toute évidence, il était aimé, mais elle n'était pas sûre qu'il le sache.

À l'invitation du duc, les garçons passèrent les premiers jours à explorer le château et l'immense parc qui l'entourait.

George était fascinée par les vieilles pierres, et les œuvres d'art accumulées par plusieurs générations. Ainsi que par la cuisine moderne, et les luxueuses salles de bains installées récemment.

La vaste demeure offrait un étonnant mélange de styles, et George adorait son excentricité.

La chambre du maître de maison était immense, et assez impressionnante. Il lui suffit cependant d'une nuit passée avec Hart dans le grand lit pour être réconciliée avec les lourdes tentures et les meubles imposants.

Si, là encore, le duc l'invita à apporter les changements qu'elle souhaiterait en matière de décoration, elle ne perdait cependant pas de vue que cette demeure ne serait jamais la sienne. Il était spécifié dans leur contrat de mariage qu'elle aurait sa propre maison, et ce souvenir lui pesait.

Danny, qui était gourmand, entra tout de suite dans les bonnes grâces du personnel de cuisine, tandis que Phillip faisait connaissance avec les occupants de l'écurie – et ne perdait pas une occasion de rappeler sa promesse à George.

Leur attitude amusait beaucoup Hart.

— Ces garçons iront loin, dit-il à son épouse. Ils savent ce qu'ils veulent et font ce qu'il faut pour l'obtenir. Chacun à sa façon.

Le deuxième jour, George envoya chercher Sultan, qui lui manquait. Le duc possédait de beaux chevaux, malheureusement aucun ne convenait à des enfants. Ils emmenèrent donc ces derniers dans une ferme où ils choisirent des poneys assez dociles pour leurs premières leçons d'équitation. Et quand George apprit qu'il y avait une portée de springers à adopter, elle emmena les garçons en choisir un chacun.

Le mois qui suivit ne ressembla à rien de ce que le duc avait vécu jusqu'ici. Ce n'était pas du tout ainsi qu'il avait imaginé sa lune de miel. Les images de canaux et de gondoles s'effacèrent peu à peu.

L'arrivée de deux garçons et d'une jeune femme énergique avait mis de la vie dans la vieille demeure. Et il devait reconnaître que le changement lui plaisait.

George avait décidé qu'ils étaient en vacances. Reconnaissant que Hart avait besoin de consacrer du temps à la gestion de ses domaines, elle lui avait gracieusement accordé ses matinées. Le reste de la journée – et de la nuit – lui appartenait.

Hart ne trouva rien à redire à cet arrangement. Leurs étreintes étaient… émouvantes… enrichissantes. Elles le comblaient.

Phillip avait découvert le pianoforte et prenait des leçons chaque matin, pendant que George enseignait la lecture, l'écriture et l'arithmétique à Danny. Elle comptait lui faire rattraper son retard afin que les deux garçons aillent en pension ensemble. Quand ils auraient douze ans. Pas avant.

Après le déjeuner, ils profitaient du beau temps. George et Hart apprenaient aux garçons à monter à cheval et à s'occuper de leurs poneys. Au début, Danny avait rechigné à s'abaisser à ce travail. Hart avait haussé les sourcils et déclaré froidement :

— Un gentleman apprend à soigner ses animaux. Parfois, un valet viendra prendre soin de ton cheval, mais tu dois savoir le faire toi-même.

Hart n'avait jamais appris à quelqu'un à monter à cheval et était étonné d'éprouver une telle fierté devant les progrès des garçons.

Une fois qu'ils eurent leurs chiots, ils s'attaquèrent avec enthousiasme à leur éducation. Finn regarda d'abord avec circonspection les petites créatures qui le suivaient partout, puis il se résigna à leur présence et leur permit même de lui mâchouiller les oreilles. Quand il en avait assez, il se levait et s'éloignait d'un air digne.

L'été tirait à sa fin. Le temps était splendide, et ils apprirent à nager aux enfants.

Parfois, George et lui partaient se promener seuls, sans les garçons. Ils nageaient, déjeunaient sur l'herbe, puis faisaient l'amour. Hart n'avait encore jamais fait l'amour en plein air et il trouvait cela délicieux – à condition de ne pas oublier d'emporter une couverture.

Le temps passait. Venise s'était totalement effacée de ses pensées.

— Ils prennent de l'assurance, tu as remarqué ? dit George un après-midi, alors qu'ils regardaient les garçons sur leur poney. Phillip a même tendance à faire des bêtises.

— Cela semble te réjouir, nota-t-il, incrédule.

— Bien sûr. C'est un petit garçon épanoui. Il était si bien élevé et responsable avant d'arriver ici.

— À t'entendre, on a l'impression que c'était un défaut.

— Chez un adulte, le sens des responsabilités est une qualité. Chez un enfant, en revanche, ce n'est pas naturel.

— Dans ce cas, je suppose que les manières de Danny te ravissent.

George éclata de rire.

— Danny aussi fait des progrès. Il est moins rebelle et prend exemple sur Phillip. Ils se respectent mutuellement, et ils t'admirent. Surtout Danny. Tu es son modèle.

— Moi ? Je ne crois pas.

— C'est pourtant vrai. Ces deux garçons ont pour toi une admiration sans borne. Et ils font de merveilleux progrès.

Sidéré, Hart la regarda encourager les deux orphelins sur les poneys. S'ils faisaient des progrès, c'était avant tout grâce à elle. Ils l'adoraient. Pour eux, elle était à la fois une mère, une sœur, un mentor, et une compagne de jeux.

Quant à lui... il la trouvait éblouissante.

Il n'avait jamais eu de vie de famille. Elle non plus, du reste. Et pourtant elle parvenait à les rendre heureux tous autant qu'ils étaient.

Georgiana lui apportait tellement plus qu'il ne l'avait escompté.

— À propos, j'ai découvert qui était le père de Danny, annonça-t-il tranquillement.

— Qui est-ce ?

— Devine.

— Le père de Phillip ?

Hart acquiesça d'un signe de tête.

— J'en ai trouvé la preuve dans les registres du domaine. Lakeside Cottage ne représentait qu'une infime partie des domaines de mon cousin. Il a divisé la propriété en parcelles, qu'il a vendues afin de rembourser ses dettes de jeu. Une note dans les registres il y a sept ans signale qu'une ferme et son terrain ont été légués à Judith Glover et son enfant.

— Danny et sa mère.

— En effet. Ce qui est encore plus intéressant, ajouta-t-il en regardant les demi-frères s'esclaffer dans l'enclos, c'est la façon dont le legs est formulé dans le registre. La ferme est cédée à Judith Glover et à son enfant *pour la durée de leur vie.*

— Mais Judith est morte. Et Danny n'est plus là-bas.

— J'ai fait examiner le document par mon notaire. Apparemment, j'ai le droit de chasser Glover de la ferme.

George applaudit.

— Oh, ce serait merveille...

Elle s'interrompit brutalement.

— Et que deviendront cette pauvre femme et ses enfants ? Glover ne subviendra plus à leurs besoins s'il perd la ferme.

Hart sourit. Il avait anticipé sa réaction.

— J'ai réfléchi. La ferme appartient à Danny et ce serait bien de la conserver pour plus tard. Je vais faire mettre la ferme à son nom et la louer aux Glover.

— Je suppose que c'est ce qu'il y a de mieux à faire.

— Je peux leur proposer un bail de location au nom de Mme Glover. Ainsi, elle sera la locataire officielle.

Le regard de George s'illumina.

— C'est une merveilleuse idée, Hart. Glover dépendra de son épouse, et s'il la quitte elle aura au moins un toit. Tu devrais toutefois en parler d'abord avec elle, je pense. On ne sait pas comment Glover réagira et je ne voudrais pas qu'il s'en prenne à elle.

— Tu as raison. Tu viendras avec moi ; elle sera sans doute plus à l'aise pour parler avec une femme. Mais je vais annoncer dès ce soir aux garçons qu'ils sont frères. Et discuter de la ferme avec Danny. Il a beau être jeune, il est très futé.

22

Vous transpercez mon âme. Je suis tiraillé entre espoir et angoisse... Je n'ai jamais aimé que vous.

Jane AUSTEN, *Persuasion*

Un mois. Ils étaient déjà mariés depuis un mois. George avait du mal à le croire. Parfois elle avait l'impression qu'ils l'avaient toujours été, d'autres fois il lui semblait que cela datait de la veille. Le temps passait si vite.

Elle décida que cet anniversaire méritait d'être célébré.

Tôt levée, elle tira son époux du lit pour une promenade à cheval. Hart protesta, puis se leva en ronchonnant.

La matinée était superbe, et ils firent une magnifique promenade. De retour à la maison, George monta prendre un bain, et Hart alla lire son courrier dans la bibliothèque.

Quand elle le retrouva pour le petit déjeuner, elle remarqua qu'il semblait d'humeur sombre.

— Que se passe-t-il ?

— Je dois retourner à Londres. J'ai des affaires importantes à régler et je ne peux le faire ici. Je partirai demain matin.

Il gardait les yeux rivés sur les documents posés à sa droite.

— Demain ? répéta-t-elle, la gorge serrée.

— Oui. Je suis désolé, mais je dois mettre fin à ce délicieux séjour à la campagne.

— Et les garçons ?

— Quoi, les garçons ?

Ce n'était pas vraiment une question. À en juger par son expression, il estimait que c'était à elle de s'occuper d'eux. George laissa son porridge refroidir dans le bol. Leur lune de miel était terminée. Il retournait à sa vie londonienne.

Le plus terrible, c'était que cette idée venait d'elle. C'était elle qui avait exigé d'avoir une maison séparée.

— Pouvons-nous rester ici quelque temps, les garçons et moi ?

— Ici ? fit-il en fronçant les sourcils. Tu veux rester ici ?

— Je n'ai pas encore de maison à moi. Cela dit, nous pouvons aller à Ashendon Court si tu préfères.

— Non, reste ici aussi longtemps que tu le souhaiteras, répondit-il avec froideur en retournant à son courrier.

— Excuse-moi, bredouilla-t-elle en se levant. J'ai à faire.

Elle sortit et regagna leur chambre. Ce maudit contrat. À l'époque, elle avait cru que c'était ce qu'elle voulait. Ce n'était plus le cas. Ce qui paraissait impossible était arrivé : elle était tombée amoureuse du duc. Elle ne reviendrait cependant pas sur ses promesses. Il voulait des visites conjugales et elle respecterait sa volonté.

Il lui manquerait. Et pas seulement dans son lit. Son expression quand il la regardait. Sa voix grave, qui devenait aussi douce que du velours. Les conversations à mi-voix dans la pénombre.

Il lui manquerait quand elle s'éveillerait seule au milieu de la nuit et que son grand corps chaud ne serait plus lové contre le sien. Quand elle ne sentirait pas l'odeur de son eau de Cologne, et celle de sa peau.

Le duc. Les autres voyaient son orgueil, son arrogance, sa froideur. Elle, en revanche, connaissait l'homme qui se cachait derrière cette façade austère. Un homme qui prenait ses responsabilités au sérieux, qui accordait de la valeur à l'honneur et à l'honnêteté, qui renonçait à un voyage à Venise pour partir à la recherche d'un petit garçon perdu. Un homme qui prenait pour épouse une femme difficile, supportait ses sautes d'humeur, s'efforçait de la comprendre, et la chérissait comme personne avant lui ne l'avait fait.

George essuya ses larmes d'un revers de main. Toute sa vie, la mère de Hart avait tenté de le manipuler en le prenant par les sentiments. Elle ne ferait pas comme elle. Elle honorerait l'accord idiot qu'elle avait voulu inclure dans le contrat. Calmement, sans faire d'histoires.

Et s'il voulait qu'elle vive à la campagne comme convenu, elle se comporterait dignement. En vraie duchesse. Ce serait supportable, car elle aimait la campagne.

Vivre séparément serait un crève-cœur, mais elle le laisserait partir parce qu'elle l'aimait. Elle ne voulait pas être un boulet pour lui.

Cette nuit-là, ils firent l'amour plusieurs fois. Ce fut merveilleux, et terrible, et atrocement émouvant. Ils parlèrent peu. George craignait de fondre en larmes, et Hart n'avait jamais été très bavard.

Elle s'efforça de garder en mémoire chaque geste, chaque baiser, chaque caresse, pour y repenser plus tard, quand il serait parti.

Les bagages de Hart étaient prêts, et la voiture l'attendait. Ils avaient fait l'amour à l'aube, et il était encore bouleversé.

George, en revanche, semblait calme, organisée et digne. Elle lui avait fait préparer un panier de pique-nique pour le voyage, comme pour un enfant qui part à l'école. Les garçons, l'air grave, malheureux, déconcertés, lui serrèrent la main dignement, comme des petits hommes.

La facilité avec laquelle George le laissait partir le stupéfiait. Mais, après tout, il avait accepté, comme un idiot, de signer ce maudit contrat avec ses conditions stupides. Il n'avait toutefois pas le choix et devait lui laisser la liberté qu'elle désirait. Comment allait-il supporter de vivre de longues semaines sans elle ?

Il avait toujours cru qu'il était d'un naturel solitaire. Elle l'avait fait changer. Elle lui avait même appris à apprécier la compagnie de deux petits chenapans.

George était le soleil autour duquel ils tournaient, leur source de vie et de chaleur.

Hart s'était cependant toujours targué d'avoir du sang-froid, et il n'était pas question de s'effondrer maintenant et de se ridiculiser. Il l'embrassa en s'efforçant de ne pas laisser voir sa détresse, puis grimpa dans la voiture et donna un coup au plafond. L'attelage s'ébranla. Hart s'abstint de regarder par la fenêtre, il détestait les adieux et ne voulait pas voir ses beaux yeux gris, brillants de larmes contenues…

De larmes contenues ?

Il frappa de nouveau au plafond, et, sans même attendre que le cocher ait arrêté les chevaux, il ouvrit la portière et bondit dans l'allée. George fit quelques pas vers lui.

— Tu as oublié quelque chose ?

— Oui. Toi.

Elle le regarda, le visage indéchiffrable.

— Je ne veux pas te quitter, George. Je ne veux pas que nous vivions séparément. Je veux que nous restions ensemble, dans la santé et la maladie, aussi longtemps que nous vivrons. Je t'aime, George.

George courut vers lui et se jeta dans ses bras.

— Oh, je t'aime, Hart, je t'aime tant ! murmura-t-elle en couvrant son visage de baisers. Je sais que tu ne voulais pas que je t'aime, mais...

— Je ne peux pas avoir été aussi idiot.

— Nous l'étions tous les deux.

Elle l'embrassa de nouveau et il crut que son cœur allait exploser. Il la souleva dans ses bras, entra dans la maison et gagna directement leur chambre.

Ils firent de nouveau l'amour, puis se confièrent les pensées et les sentiments qu'ils avaient si longtemps gardés prisonniers de leur cœur.

— Quand tu m'as dit que tu partais à Londres, j'ai cru que c'était fini. Tu as d'ailleurs dit que c'était la fin de notre délicieux séjour ensemble.

— Je suis un imbécile qui n'a rien compris. Je dois bel et bien aller à Londres, et je pensais que nous irions ensemble. Quand tu m'as demandé de rester ici... j'ai eu l'impression d'être jeté à la porte.

— Pourquoi n'as-tu rien dit ? chuchota-t-elle en lui caressant la joue tendrement.

— Je t'ai piégée dans ce mariage. Je n'allais pas en plus t'obliger à rester avec moi juste parce que je...

— Parce que tu... ?

— Parce que je suis follement, désespérément amoureux de toi.

— C'est merveilleux, souffla-t-elle, les larmes aux yeux. Je sais depuis longtemps que je t'aime, mais je ne voulais pas avoir recours aux sentiments pour te manipuler, comme ta mère. Je mourrai plutôt que de t'obliger à rester si tu n'en as pas envie.

— Je ne peux imaginer une femme plus différente de ma mère que toi ! s'exclama-t-il en riant.

— Cela fait un mois que nous sommes mariés, murmura-t-elle. Et j'avais prévu de te chérir… particulièrement pour cette occasion.

— Cela me convient parfaitement, assura-t-il avant de capturer ses lèvres.

Épilogue

Vous êtes invité au bal donné en l'honneur du mariage du duc et de la duchesse d'Everingham, à Everingham House à Londres.

George découvrait qu'il était plus facile d'être duchesse qu'elle ne le pensait. Elle n'avait qu'à exprimer un souhait pour qu'il soit exaucé. Le duc avait une armée de domestiques tout prêts à satisfaire les désirs de leur nouvelle maîtresse.

La salle de bal brillait de mille feux, et l'air embaumait les fleurs et la cire d'abeille.

George jeta un dernier coup d'œil dans le miroir et hocha la tête. À la demande de Hart, elle avait revêtu une robe de bal écarlate et portait la parure de rubis.

Elle était heureuse comme jamais elle n'aurait cru possible de l'être. Elle avait une famille qu'elle adorait, à laquelle venaient de s'ajouter deux jeunes garçons, des chiens et des chevaux. Et surtout, elle était mariée à un homme aussi séduisant qu'austère et arrogant, qui l'aimait et le lui prouvait chaque jour – et chaque nuit.

Un bonheur n'allant jamais seul, Bertie avait été baptisé dans la semaine, et immédiatement après, à la surprise générale, le jeune Danny Glover l'avait été aussi, avec la même marraine et le même parrain.

— Le garçon n'a pas été baptisé, et cela ne lui fera pas de mal de devenir le filleul du duc et de la duchesse d'Everingham, avait déclaré Hart.

George lui avait sauté au cou.

Et maintenant, un grand bal allait avoir lieu.

— Tu es splendide, la complimenta Hart depuis le seuil.

Il lui offrit son bras et ils descendirent retrouver leur famille et leurs plus proches amis, rassemblés pour le dîner qui précédait le bal. Tous les gens qu'elle aimait étaient présents, y compris Martha, fière et élégante dans sa nouvelle robe. Dieu seul savait comment Hart l'avait persuadée de venir à Londres, quoi qu'il en soit il avait réussi.

Ils prirent place autour de la table de façon informelle. Le champagne fut servi, et Hart s'apprêtait à faire signe aux valets d'apporter les plats quand George l'interrompit d'un geste et se leva.

— Je sais que cela ne se fait pas, mais nous sommes en famille et je voudrais faire un discours.

Tante Agatha souleva son lorgnon et pinça les lèvres.

— Je propose de porter un toast. Tout d'abord à ma chère Martha, qui m'a élevée et m'a aimée comme une mère. Les garçons, dit-elle en se tournant vers Phillip et Danny, qui avaient été autorisés à assister à leur premier dîner avec des adultes, je vous interdis de l'interroger sur les bêtises que je faisais quand j'avais votre âge. Ensuite, à Cal, qui m'a fait entrer dans la famille Rutherford – à mon corps défendant au début. Cal, tu t'es montré affectueux, et presque patient parfois.

Tout le monde s'esclaffa.

— À Emmaline, qui fut à la fois une mère, une sœur, une amie et un mentor. Tu n'as peut-être pas réussi à faire de moi une dame, mais tu m'as montré l'exemple. À mes sœurs de cœur, Lily et Rose, qui furent mes premières vraies amies. Et à leurs maris, Thomas et Edward. À tante Dottie, si pleine d'amour et de sagesse, qui est l'incarnation de la joie de vivre.

Son sourire s'adressa aussi à Logan, qui avait accompagné tante Dottie à Londres, et se comportait comme son valet personnel en l'entourant de mille attentions.

— À tante Agatha, qui a aussi essayé de faire de moi une dame, et qui, par ses ingérences dans ma vie, a réussi à faire mon bonheur. Je vous prie de ne plus vous mêler de mes affaires, désormais, ma tante.

Il y eut encore des rires. Tante Agatha se rembrunit, puis afficha un sourire crispé et se rengorgea.

George se tourna alors vers la mère du duc.

— À ma belle-mère, qui m'a appris... à regarder sous la surface des choses. Et qui me pardonnera, je l'espère, de faire d'elle une duchesse douairière.

La mère de Hart fit la grimace, puis plaqua sur ses lèvres un sourire factice.

Sinc avait parié qu'elle se remarierait très vite, pour se débarrasser du qualificatif de « douairière » qui la vieillissait.

— Et à mes chers amis, ajouta George en se tournant vers les Peplowe, M. Yelland, et M. Sinclair. Merci de votre amitié. Pour finir, je voudrais souhaiter la bienvenue à la nouvelle génération. Bertie, mon filleul, Phillip et Danny. Et aux bébés à venir, conclut-elle en adressant un sourire à Rose.

Les yeux humides, elle tendit la main à son mari, qui y glissa un mouchoir.

Le duc se leva à son tour.

— Pour compléter ce toast, je voudrais dire que lorsque j'ai demandé la main de mon épouse...

— Tu ne l'as jamais fait, en réalité, murmura George.

Hart s'esclaffa et lui prit la main.

— Je ne savais pas grand-chose de la vie de famille. Mais ma femme bien-aimée m'a appris qu'une famille n'existe pas seulement par les liens du sang. Une vraie famille se construit sur la confiance et l'amour. Je porte donc un toast à ma femme, à nos amis, à notre famille, et au pouvoir de l'amour.

— À mon mari, ajouta George. Et au pouvoir de l'amour.

Et toute l'assemblée leva son verre.

— Au pouvoir de l'amour.

Le bal se déroulait merveilleusement, et tout était parfait. George passa à l'arrière de la maison pour faire sortir Finn et les chiots. Hart et elle avaient prévu de se retrouver un peu plus tard dans la bibliothèque.

Elle rentrait par l'office quand un mouvement à l'extérieur attira son attention. Dans la cour déserte de la cuisine, tante Dottie dansait avec Logan. George s'immobilisa et les contempla, le sourire aux lèvres.

— Que fais-tu là, George ? Hart te cherche pour la prochaine danse... Oh, mon Dieu ! s'exclama Rose, stupéfaite.

— C'est bien tante Dottie avec *Logan* ? dit Lily en regardant par-dessus l'épaule de sa sœur.

La musique s'arrêta, Logan fit tournoyer tante Dottie une dernière fois, et l'attira à lui pour l'embrasser. Elle l'enlaça et lui rendit son baiser avec l'ardeur d'une jeune femme.

— Tante Dottie et Logan ? répéta Lily.

— Chut ! murmura George. C'est un secret. Ne le dites à personne, cela gâcherait tout.

— Et cela dure depuis quand ? murmura Rose.

— Depuis toujours, répondit George. Tante Dottie avait quinze ans et Logan dix-huit quand ils sont tombés amoureux.

— Si longtemps ?

— Oui. Et elle dit que ce sera pareil pour nous. Elle a...

— Un de ses fameux pressentiments ! s'exclamèrent les trois filles en chœur.

Bras dessus bras dessous, elles s'éloignèrent sur la pointe des pieds pour aller retrouver leurs maris respectifs.

À propos de l'auteure

Anne Gracie est l'auteure primée de nombreux romans. Elle a passé son enfance et sa jeunesse à voyager. Cette vie lui a appris que l'humour et l'amour sont des langages universels, et que vos livres préférés peuvent vous ramener chez vous où que vous soyez. Anne a écrit son premier roman alors qu'elle faisait le tour du monde, seule et sac au dos, écrivant à la main dans des cahiers. Depuis, ses livres ont été traduits dans plus de dix-huit langues, y compris dans des éditions de mangas japonais, et des versions audio. En dehors de son activité d'écrivain, Anne s'occupe de la promotion de littérature pour adultes, passe du temps à lancer des balles à son chien, profite de son jardin et veille sur ses ruches. Vous pouvez visiter son site sur annegracie.com. Vous pouvez aussi vous inscrire à sa newsletter.

AVENTURES & PASSIONS

18 août

Mary Balogh

Les Westcott - Celui qui me charmera

Inédit

La jeune lady Jessica Archer a du caractère, une dot enviable et peu d'illusions sur le grand amour. Pourtant, à vingt-cinq ans, elle décide qu'il est temps de se marier. Très courtisée, elle est présentée à Gabriel Thorne, un séduisant jeune homme qui revient d'Amérique, où il a fait fortune. Qui est cet aventurier au regard pénétrant, qui a l'outrecuidance de lui déclarer sa flamme à leur première rencontre ? Lorsque Jessica découvre la véritable identité de Gabriel, ainsi que la mission qu'il s'est assignée pour protéger les siens, la jeune femme n'hésite pas à se rallier à sa noble cause.

✦

Marsha Canham

Le loup des mers - La femme aux yeux de tigre

Inédit

Simon Dante est un fameux corsaire, une véritable légende. Ce fougueux jeune homme est au service de la reine Elizabeth Ire. Trahi par son acolyte, il s'est juré de se venger. Lorsque sa route croise celle d'Isabeau Spence, timonière sur le bateau de son père, l'Egret, Simon y voit un don du ciel. Unir leurs forces, c'est l'assurance de regagner son honneur. Si les relations sont d'abord orageuses, le feu de la passion ne tarde pas à les surprendre. Mais, sur cet océan de désirs, les dangers sont innombrables...

Kinley MacGregor

Les MacAllister - Le guerrier

Inédit

Catarina est la fille illégitime du roi de France. Lorsqu'elle comprend que son père veut la marier de force pour agrandir son royaume, elle n'a d'autre choix que de s'enfuir. Mais les routes sont dangereuses pour une jeune femme seule. Alors que des hommes tentent de l'enlever, Catarina ne doit son salut qu'à son pire ennemi, Lochlan MacAllister. Désormais, le destin de ces deux êtres qui se haïssent est étroitement lié, pour le pire comme pour le meilleur.

✦

Joanna Shupe

Cinquième Avenue - Le prince de Broadway

Inédit

Clayton Madden est un homme comblé. Propriétaire de l'un des casinos les plus courus de New York, il voit se faire et se défaire les grandes fortunes de la ville. Un jour, Florence Greene, la fille d'une riche famille, lui fait part de son projet d'ouvrir une salle de jeu réservée aux femmes et lui demande quelques conseils. Clayton comprend que son heure est venue d'assouvir sa vengeance puisque sa proie vient de tomber dans ses filets. Or, si la jeune femme paraît bien plus douée pour les affaires – et bien plus séduisante – qu'il ne le pensait, il devine qu'elle a des projets qui pourraient bien compromettre ses propres plans. Prendre des risques certes, mais parier l'avenir de son empire pour les beaux yeux d'une débutante, jamais...

Lorraine Heath

Les lords Pembrook - Le doux souvenir d'une promesse

Inédit

À Londres, toute la bonne société se presse aux fastueux bals de lord David Easton. À l'occasion d'une de ces fêtes, la jeune lady Mary Wynne-Jones fait son entrée dans le monde, après une longue réclusion dans un convent. Alors que le bal bat son plein, trois hommes font irruption, sommant leur oncle, lord David, de restituer la totalité des biens de leur père, le septième duc de Keswick, mort accidentellement. Faisant fi du scandale qu'elle provoque et, en souvenir d'une promesse faite il y a douze ans, Mary décide de soutenir la juste cause des trois frères Easton.

✦

Johanna Lindsey

Les Malory - Lady Regina Ashlon

Nicholas Eden, jeune débauché qui collectionne les aventures, vient d'être abandonné par sa maîtresse Selena, pour les beaux yeux de l'ainé des quatre frères Malory : Anthony. L'offense est insupportable et exige réparation. À l'occasion d'un bal donné par son rival en l'honneur de sa nièce Regina Ashton, Nicholas kidnappe Selena, sous les yeux éberlués des invités. Après une chevauchée débridée, le jeune don Juan s'apprête à savourer sa victoire en libérant sa maîtresse, mais, ô surprise, la femme qu'il découvre n'est pas l'élue de son cœur !

13194

Composition
FACOMPO

Achevé d'imprimer en Italie
par GRAFICA VENETA
le 7 juin 2021

Dépôt légal : juin 2021
EAN 9782290261194
OTP L21EPSN002328N001

ÉDITIONS J'AI LU
87, quai Panhard-et-Levassor, 75013 Paris

Diffusion France et étranger : Flammarion